本书为2014年度教育部人文社科基金项目
“面具政治：华裔美国文学‘身份表演’书写研究”研究成果
（项目批准号：14YJA752017）

华裔美国文学『身份表演』书写研究

Identity Performance in Chinese American Literature

许双如　著

暨南外语博士文库

主　编　宫　齐

副主编　王　琢　蒲若茜

暨南大學出版社
JINAN UNIVERSITY PRESS

中国·广州

图书在版编目（CIP）数据

华裔美国文学“身份表演”书写研究/许双如著. —广州：暨南大学出版社，2018.6
（暨南外语博士文库）
ISBN 978-7-5668-2407-3

Ⅰ.①华…　Ⅱ.①许…　Ⅲ.①华人文学—文学研究—美国　Ⅳ.①I712.06

中国版本图书馆 CIP 数据核字（2018）第 132618 号

华裔美国文学“身份表演”书写研究
HUAYI MEIGUO WENXUE “SHENFEN BIAOYAN” SHUXIE YANJIU
著　者：许双如

....

出 版 人：徐义雄
策　　划：黄圣英
责任编辑：郑晓玲
责任校对：黄晓佳
责任印制：汤慧君　周一丹

出版发行：暨南大学出版社（510630）
电　　话：总编室（8620）85221601
　　　　　营销部（8620）85225284　85228291　85228292（邮购）
传　　真：（8620）85221583（办公室）　85223774（营销部）
网　　址：http://www.jnupress.com
排　　版：广州市天河星辰文化发展部照排中心
印　　刷：广州市穗彩印务有限公司
开　　本：880mm×1230mm　1/32
印　　张：10
字　　数：253 千
版　　次：2018 年 6 月第 1 版
印　　次：2018 年 6 月第 1 次
定　　价：39.80 元

总　序

暨南大学创办于1906年，是我国第一所由国家创办的华侨高等学府，是目前在全国招收港澳台和海外华侨学生最多的高校，是国家“211工程”重点综合性大学。“暨南”二字出自《尚书·禹贡》：“东渐于海，西被于流沙，朔南暨，声教讫于四海。”意即面向南洋，将中华文化远播到五洲四海。

暨南大学外国语学院的前身是创办于1927年的外国语言文学系，历史上曾有许多著名专家、学者在该系任教，如叶公超、梁实秋、钱钟书、许国璋等。1978年复办后，外语系在曾昭科教授、翁显良教授的主持下，教学与科研成绩斐然，1981年外国语言文学系获国家第一批硕士学位授予权，成为暨南大学最早拥有硕士学位授予权的单位之一。当时的英语语言文学硕士点以文学为主，专长翻译，翁显良、曾昭科、张鸾铃、谭时霖、黄均、黄锡祥等一大批优秀学者先后担任硕士研究生导师，他们治学严谨，成绩卓著，为我们今天的发展奠定了坚实的基础。

如今，外国语学院已拥有专任教师138人，其中教授10人、副教授46人、讲师70余人。教授中有博士生导师2人、硕士生导师37人。学院教师中获博士学位者36人，在读博士20余人。现有英语语言文学系、商务英语系、日语系、法语系和大学英语教学部5个教学单位，有外国文学研究所、应用语言学研究所、跨文化及翻译研究所、日本语言文化研究所及外语教学研究中心5个专门的研究机构。学院现有外国语言文学硕士学位一级学科授权点，英语语言文学、外国语言学及应用语言学、日语语言文学3个二级学科硕士学位授权点，以及翻译硕士专业（MTI）学位授权点。英美文学方向主要为华裔美国文学研究、英美女性文学和英美后现代文学研究；外国语言学及应用语言学方向以理论语言学、功能语言学和音系学为研究特色；日语语言文学方向侧重现当代日本文学、日中比较文学、日语语言及中日文化研究；翻译方向从语言学、文学和文化等多个层面探讨翻译理论与实践，突出翻译的实践性。研究生导师大多数具有在海外大学或学术机构从事教学、科研和进修的经历。目前，学院教师主持国家社科基金项目6项，教育部、广东省社科规划项目数十项。

“暨南外语博士文库”（以下简称“文库”）是暨南大学外国语学院部分获博士学位教师的研究成果，它的编纂主要基于以下目的：首先，是对近十几年来我校外语学科获博士学位教师研究成果的梳理；其次，为我校中青年外语学人搭建展示团队科研成果的平台，以显示本学科发展的集群效应；最后，旨在激励暨南外语学人不断进取，勇攀教学、科研的新高峰，再创新辉煌。“文库”主要收录了2000年以后我校外语学科博士学位获得者尚未正式出版的博士论文，这些论文均经笔者反复修改和校对，再经相关方向博士生导师认真审阅后提交出版社排版付梓。“文库”涵盖了语言学、外国文学、翻译、文化及其他相关学科，涉及语种包括汉语、英语、日语、法语、西班牙语等。“文库”第一批拟出版8部，其他教师的博士论文将在此后陆续编排、出版。

“文库”的成果是新一代暨南外语学人孜孜不倦、努力奋进的结晶，是他们宁静致远、潜心治学的象征。这些成果代表了暨南外语学科的进步与发展，预示着我们的未来和希望，也是我们献给暨南大学110周年校庆和外国语学院90周年华诞的一份厚礼。

“文库”的出版得到了广东省优势重点学科建设项目和暨南大学重点学科建设项目的支持，此外，暨南大学出版社在本套丛书的编辑、设计等方面付出了大量心血，在此我们一并表示衷心感谢！

宫 齐

2016年4月

前　言

身份的复杂性、多重性和不确定性一直是困扰亚裔美国人的一个现实问题，也是华裔美国文学一个不可或缺的主题，催生了一个在华裔美国文学文本中具有普遍性的象征符号——身份面具，以及围绕这一象征符号而展开的“身份表演”书写。本书以华裔美国文学中的“身份表演”为研究对象，选取具有一定代表性的华裔美国叙事性文本，采用符号学、审美分析与文化研究相结合的研究方法，并借助后结构主义的权力话语理论、女性主义的“身份操演”理论以及精神分析理论等理论工具，通过解码附加于美国少数族裔的“面具”以及美国少数族裔主体借助“面具”的“身份表演”，追寻符号的深层意义及其背后的社会和文化动因，力图揭示少数族裔“身份表演”背后错综复杂的权力运作关系。本书在文本细读的基础上分析了“身份表演”的符号化过程以及“身份表演”的不同模式，包括现实空间的“种族越界”和“混充”、心理空间的梦境“化身”、文化空间的种族/性别扮装和角色扮演游戏等，探讨“身份表演”书写作为华裔美国文学作品独特的叙事形式所创造的美学效果；并从“族裔身份表演”与族裔表征政治、“族裔身份表演”与族裔生存政治、“族裔身份表演”与族裔自我追寻三个方面挖掘

“身份表演”背后的文化政治内涵。本研究旨在由“身份表演”这一全新视角展示华裔美国文学表现身份主题的独特风貌，彰显华裔美国文学的文学审美价值和文化价值。

本书部分章节内容曾发表于《当代外国文学》《当代文坛》《华文文学》《世界华文文学论坛》《暨南学报》等学术期刊，特此说明。

许双如

2018 年 1 月

目　录

CONTENTS

总　序 / 1

前　言 / 1

绪　论 / 1

第一节　华裔美国文学研究现状及存在问题 / 1

一、蓬勃发展的华裔美国文学研究 / 1

二、意识形态批评范式的确立 / 12

三、文学审美回归的趋向 / 15

第二节　“身份表演”：华裔美国文学研究的新视角 / 19

一、“身份表演”的研究现状 / 19

二、“身份表演”概念的梳理和界定 / 23

三、华裔美国文学“身份表演”书写研究的意义 / 36

第三节　本书的研究思路及观点体系 / 37

一、研究范围 / 37

二、研究方法 / 40

三、整体框架 / 44

四、创新之处 / 46

第一章　面孔抑或面具——“族裔身份表演”与族裔表征政治 / 48

第一节　绘写“他者”：美国权力话语对华人的符号化表征 / 52

一、美国主流话语中的华人/华裔面孔迷思 / 54

二、权力操纵的符码 / 59

第二节 表演“模范少数族裔”：早期华裔自传体小说中的“族裔文化表演” / 78
一、华裔自传体写作：“他者”的自我表征 / 79
二、表演“模范少数族裔”：刘裔昌和黄玉雪的“族裔文化表演” / 83
三、如实表征抑或选择性表演：对“族裔文化表演”的再思考 / 111
第三节 “意指的猴子”：《孙行者》的“族裔身份表演”与族裔表征政治 / 116
一、“意指的猴子”：对符号霸权的反讽和戏谑 / 117
二、全民狂欢化表演：开辟族裔表征场域 / 124
第四节 “蝶变”：《蝴蝶君》的性别表演及性别/文化表征政治 / 130
一、“蝴蝶”：权力运作下的“他者”表征符号 / 132
二、扮装：作为对“他者”表征的戏仿和解构 / 138
三、蝴蝶的启示：从权力博弈走向对话 / 145
小 结 / 149

第二章 “真”与“伪”——“族裔身份表演”与族裔生存政治 / 151
第一节 “面具”背后的博弈：《中国娃娃》对种族化身体的表演和解构 / 152
一、权力对族裔身体的规训和编码 / 155
二、作为生存策略的种族面具表演与身份的操演性 / 162
三、种族化身体符码的改写与主体能动性 / 169
第二节 《骨》：“沉默面具”与“隐性叙事” / 176
一、困陷于谎言中的假冒者 / 179
二、沉默作为“他者”的“面具” / 184

三、沉默中的“隐性叙事” / 192
第三节 《鸡笼华仔》:“语言面具”与“种族越界” / 199
一、语言的乱码与文化的失根 / 202
二、“标准英语”与“白色面具” / 208
三、“他者”镜像的破裂与主体的迷失和分裂 / 215
四、族裔化语言的探索与亚裔美国身份的操演 / 223
小 结 / 227

第三章 梦幻与游戏——“族裔身份表演”与族裔自我追寻 / 229
第一节 华裔美国文学的族裔自我追寻主题 / 229
第二节 被压抑者之重返:汤亭亭、赵健秀、徐宗雄笔下的“梦境身份扮演” / 241
一、“缺失”的“潜叙述” / 242
二、弥补“缺失”,召唤新义 / 251
第三节 游戏中的自我追寻与身份建构:任璧莲笔下的“身份表演” / 260
一、自我意识的萌芽与争取认同的表演 / 262
二、“身份表演”实践与自我的追寻和定位 / 266
三、对身份建构性的文化思考 / 270
小 结 / 277

结 语 / 279

参考文献 / 285

后 记 / 302

绪　论

华裔美国文学自其滥觞至今已有一百多年的历史，经历了从被忽略到被关注、从边缘书写到进入主流的曲折历程。如今，在几代人的共同努力下，华裔美国文学已经呈现出欣欣向荣的景象，成为美国多元文化格局中不可或缺的一部分，并催生了文学研究的一个新领域——华裔美国文学研究（或者更广泛意义上的亚裔美国文学研究）。肇始于20世纪70年代初的亚裔美国文学研究经过四十多年的发展，不仅在美国凝聚了一批重要的理论家和批评家，也带动了美国本土以外的研究。例如，中国大陆和中国台湾都已经建立起颇具规模的研究队伍，主要聚焦于华裔美国文学，发展形成了各具特色的研究模式。尽管亚裔/华裔美国文学研究日益蓬勃，但在检视亚裔/华裔美国文学批评话语时，笔者还是发现了一些问题。下文将对华裔美国文学研究现状作一番梳理和评述，在思考所存在问题的基础上提出一些针对性设想。

第一节　华裔美国文学研究现状及存在问题

一、蓬勃发展的华裔美国文学研究

华裔美国文学发端于19世纪中叶，距今已有一百五十多年，却在20世纪60年代的民权运动、女权运动、学生运动等各种力量合力推动后才得以被命名和研究。在这短短的几十年间，华裔美国文学不仅在美国文坛取得一席之地，而且进入美国文学典律，成为一道引人注目的文学风景线。美国的华裔文学研究是在亚美研究体系内进行的，从20世纪70年代至今，涌现了一批重要的亚裔/华裔美国文学批评家，如赵健秀（Frank Chin）、陈耀光（Jeffery Paul Chan）、金惠经（Elaine Kim）、林英敏（Amy Ling）、黄秀玲（Sau-ling - Cynthia Wong）、林玉玲（Shirley Geok-lin Lim）、张敬珏（King - Kok Cheung）、骆里山（Lisa Lowe）等，不仅在美国掀起了研究热潮，同时也得到亚洲、欧洲等世界各处研究者的广泛关注。

中国国内对华裔文学的关注始于20世纪80年代初，1981年首次出现两篇介绍汤亭亭（Maxine Hong Kingston）的文章[①]，标志着国内华裔文学引介的开始，但真正意义上的华裔文学批评则始于90年代。《外国文学》分别于1990年、1992年刊登了两篇对谭恩美（Amy Tan）作品的评介[②]，但这两篇文章仍然局限于一般介绍，尚未作深入的分析和评论。1992年张子清的《美国华裔小说初探》（《当代外国文学》1992年第2期）首次全面介绍了美国华裔作家群，并分析了作家的审美意识、创作背景及作品主题，开启了真正意义上的华裔小说批评。此后，中国几份重要外国文学研究期刊如《外国文学》《国外文学》《当代外国文学》《外国文学评论》《外国文学动态》等，纷纷刊出华裔美国文学研究论文，重要的论文有：王家湘的《浅谈美国华裔作家作品之主题》（《外国文学》1993年第2期）、吴冰的《哎——咿！听听我们的声音！——美国亚裔文

---

① 这两篇文章分别是江小明的《新起的华裔美国女作家马克辛·洪·金斯顿》（《外国文学》1981年第1期）和凌彰的《美国华裔女作家洪婷婷》（《世界图书》1981年第5期）。

② 这两篇文章分别是王立礼的《评介谭爱梅的〈喜幸俱乐部〉》（《外国文学》1990年第6期）和王家湘的《评艾米·谭新作〈灶神婆〉》（《外国文学》1992年第1期）。

学初探》(《国外文学》1995年第2期)、张子清的《中美文化的撞击与融汇在华裔美国文学中的体现》(《外国文学评论》1996年第3期)等。90年代后期,华裔美国文学研究发展迅猛,在2001年至2002年,《国外文学》《外国文学》《当代外国文学》等学术期刊分别推出华裔美国文学研究专栏,连续发表了多篇专门论述华裔美国文学的论文,掀起了一次发展高潮。近10年,华裔美国文学研究热潮持续高涨,取得了极为丰硕的研究成果。据笔者统计,从1990年至2013年2月,发表在各级刊物上有关华裔美国文学的论文已达873篇。

华裔美国文学研究在中国得以蓬勃发展,与一批开拓者在推动华裔美国文学作品的译介和编写教材、高校成立研究机构和主办专题学术会议等方面的努力息息相关。早在1993年,著名比较文学和海外华文文学研究专家、暨南大学饶芃子教授就以宽阔的学术视野,倡导海外华人文学的跨文化、跨语言研究,提倡打通海外华人汉语文学与英语文学研究。① 2002年,"中国世界华文文学学会"在暨南大学成立,饶芃子教授任会长。2002年10月,在学会成立后主办的第一次国际学术研讨会上,华裔英语文学问题就已经纳入了会议的论题中。② 2003年1月,北京外国语大学英语学院在吴冰教授的带领下,成立了国内第一个"美国华裔文学研究中心"。2004年3月,复旦大学成立了"华人文学研究所"。随后,国内多所高校也成立了亚裔/华裔美国文学研究中心或研究所。在华裔美国文学作品引介方面,张子清教授贡献卓著,他不仅撰文系统介绍

---

① 参见饶芃子:《中国大陆海外华人文学研究概观(代序)》,见《流散与回望:比较文学视野中的海外华人文学》,天津:南开大学出版社,2007年;另参见蒲若茜:《族裔经验与文化想象》,北京:中国社会科学出版社,2006年,第30页。

② 参见饶芃子:《中国大陆海外华人文学研究概观(代序)》,见《流散与回望:比较文学视野中的海外华人文学》,天津:南开大学出版社,2007年。

美国华裔作家群产生的背景、美国华裔文学的现状和地位，增进国内研究者对相关作家作品的了解，还积极组织人员翻译华裔美国作家的作品，2004年，其主编的新一辑“华裔美国文学译丛”由译林出版社出版。至今，国内已经译介了汤亭亭、谭恩美、任璧莲（Gish Jen）、赵健秀、黄哲伦（David Henry Hwang）、伍慧明（Fae Meynne Ng）、雷祖威（David Wong Louie）、哈金（Ha Jin）等华裔美国作家的作品二十多部，为国内华裔美国文学的研究奠定了基础。同时，华裔美国文学也成为国内各个外国文学研讨会上的热点议题，甚至已有机构专门组织了专题研讨会。在2003年11月于四川大学召开的“美国少数族裔文学学术研讨会”上，华裔美国文学成为会议讨论的焦点。2009年6月，中央民族大学外国语学院、北京外国语大学英语学院华裔美国文学研究中心与北京语言大学外国语学院在北京联合举办了“2009亚裔美国文学研讨会”。亚裔美国文学研究领域中的知名专家学者，包括来自中国台湾的李有成教授、单德兴教授、冯品佳教授，中国大陆的吴冰教授、张子清教授，以及美国加州大学洛杉矶分校的张敬珏教授、凌津奇（Jinqi Ling）教授等都参加了此次会议。由此可见，国内的亚裔/华裔美国文学研究在勤修“内功”的同时，也不断寻求与国际学术界的交流和对话，迫切希望与国际接轨。

与此同时，华裔美国文学逐渐进入各大学校的课程设置。北京外国语大学英语系早在20世纪90年代初就由吴冰教授开设了面向硕士生的“亚裔美国文学”课程。90年代末，南京大学（汪应果教授、王守仁教授）、厦门大学（杨仁敬教授）、暨南大学（饶芃子教授）、北京外国语大学（吴冰教授）等开始培养以华裔美国文学研究为志向的博士研究生。现在全国各高校外文系的英语文学专业和中文系的外国文学专业几乎都开设了华裔美国文学课程，学士、硕士和博士以华裔美国文学为题的学位论文呈逐年增多之势。据笔者不完全统计，至2012年以华裔美国文学为题的博士学位论文已有32篇，硕士学位论文则更多。至今中国大陆出版的华裔美国文学研究专著已有十多部，如卫景宜的《西方语境中的中国故事》（杭州：中国美术学院出版社，2002年）、胡勇的《文化的乡愁：华裔美国文学的文化认同》（北京：中国戏剧出版社，2003年）、蒲若茜的《族裔经验与文化想象》（北京：中国社会科学出版社，2006年）、陆薇的《走向文化研究的华裔美国文学》（北京：中华书局，2007年）、方红的《华裔经验与阈界艺术：汤亭亭小说研究》（天津：南开大学出版社，2007年）、张琼的《从族裔声音到经典文学——美国华裔文学的文学性研究及主体反思》（上海：复旦大学出版社，2009年）、程爱民等的《20世纪美国华裔小说研究》（南京：南京大学出版社，2010年）等；重要的论文集有吴冰、王立礼主编的《华裔美国作家研究》（天津：南开大学出版社，2009年）。

中国台湾早在20世纪80年代初就开始接触华裔美国文学，但华裔美国文学并非甫一进入台湾就为人所重视。刘绍铭于1981年出版的《唐人街的小说世界》（台北：时报文化出版事业有限公司）最早将华裔美国文学介绍到台湾，但这一新文学直到80年代末90年代初才受到学界的关注，成为单德兴所称的“冒现的文学”（literature of emergence）。[①] 从目前所掌握的资料来看，台湾本地学者发表的最早一篇以华裔美国文学为研究对象的论文是林茂竹的《女斗士的身份追寻》（*Woman Warrior's Quest for Identity*）[②]。林茂竹还于1992年出版了专著《谭恩美〈喜福会〉中的婚姻问题》（台北：书林书店）。同年，单德兴、何文敬等人亦相继发表华裔美国文学研

① 单德兴：《冒现的文学/研究：台湾的亚美文学研究——兼论美国原住民文学研究》，（台湾）《中外文学》2001年第29卷第11期，第12页。

② 林茂竹：《女斗士的身份追寻》，《彰化师范大学学报》1991年第6期，第259－284页。

究论文。何文敬的文章《我是谁：汤婷婷〈女勇士〉中的属性建构》①，与林茂竹的文章共同开族裔文化属性追寻之风。1993年至1995年期间，台湾重要学术期刊《淡江评论》(*Tamkang Review*)连续刊发了一系列研究华裔美国文学的原创性论文及对金惠经、黄秀玲等华裔美国文学理论家的访谈录，其中包括张继庄（Kai-Chong Cheung）的《汤亭亭的非中国佬》(*Maxine Hong Kingston's Non-Chinese Man*)②，张小虹（Hsiao-Hung Chang）的《〈蝴蝶君〉中的文化/性/戏剧矛盾性》(*Cultural/Sexual/Theatrical Ambivalence in M. Butterfly*)③，梁耀南（Yiu-nam Leung）的《金惠经访谈录》(*Conversations with Elaine Kim*)④、《黄秀玲访谈录》(*Conversations with Sau-ling Wong*)⑤，以及单德兴的《法律作为文学，文学作为法律：汤亭亭〈中国佬〉对“法律”的表述》(*Law as Literature, Literature as Law: Articulating "The Laws" in Maxine Hong Kingston's China Men*)⑥。这一系列文章的发表传递出一个信息：华裔美国文学已经成为台湾学术界的一个研究热点。

于此期间，台湾“中央研究院”欧美研究所举办了两次华裔美国文学研讨会：“文化属性与华裔美国文学”（1993年）、“再现政

---

① 何文敬：《我是谁：汤婷婷〈女勇士〉中的属性建构》，《中外文学》1992年第21卷第7期，第131-151页。

② KAI-CHONG CHEUNG. Maxine Hong Kingston's non-Chinese man. Tamkang review, 1992, 23 (1-4): pp. 421-430.

③ HSIAO-HUNG CHANG. Cultural/sexual/theatrical ambivalence in M. Butterfly. Tamkang review, 1992, 23 (1-4): pp. 735-755.

④ YIU-NAM LEUNG. Conversations with Elaine Kim. Tamkang review, 1993, 25 (2): pp. 149-160.

⑤ YIU-NAM LEUNG. Conversations with Sau-ling Wong. Tamkang review, 1993, 25 (1): pp. 117-133.

⑥ SHAN TE-HSING. Law as literature, literature as law: articulating "the Laws" in Maxine Hong Kingston's China Men. Tamkang review, 1996, 26 (1): pp. 235-264.

治”（1995 年）。这两次会议均取得了丰硕的成果，出版了会议论文集《文化属性与华裔美国文学》（单德兴、何敬文主编，台北，1994 年）、《再现政治与华裔美国文学》（何敬文、单德兴主编，台北，1996 年），成为华裔美国文学研究必备的参考书。此后华裔美国文学研究在台湾已然蔚为风潮。有鉴于该领域研究的蓬勃发展，欧美研究所于 1997 年、1999 年、2003 年又相继主办了分别以“创造传统”“重绘华美图志”“与过去协商”为专题的台湾本土和国际学术研讨会，产生了一批重要的研究成果。从这几次会议的议题来看，台湾华裔美国文学研究在 10 年中走过了从发现、开拓到回归过去、重新思考现在与过去之关系的发展轨迹，几次会议组织的周期性也显示台湾学界善于在研究实践中积极反思，并自觉推动华裔美国文学研究的“建制化”。

截至 2010 年，除了上述两部论文集外，台湾本土学者已出版的中、英文华裔美国文学研究专著和论文集包括：林茂竹的 *Frank Chin Writes Back*（且译为《赵健秀的论辩》，Taipei：Bookman，1997），冯品佳的 *The Female Bildungsroman by Toni Morrison and Maxine Hong Kingston*（《托尼·莫里森与汤亭亭的女性成长小说》，New York：Peter Lang，1998），单德兴的《铭刻与再现：华裔美国文学与文化论集》（台北：麦田出版社，2000 年）、《“开疆”与“辟土”——美国华裔文学与文化：作家访谈录与研究论文集》（天津：南开大学出版社，2006 年）、《越界与创新：亚美文学与文化研究》（台北：允晨文化，2008 年）、《故事与新生 ：华美文学与文化研究》（天津：南开大学出版社，2009 年）、《与智者为伍 ：亚美文学与文化名家访谈录》（台北：允晨文化，2009 年），张琼惠的 *Transforming Chinese American Literature：A Study of History，Sexuality，and Ethnicity*（《变革中的华裔美国文学：对历史、性与族裔的研究》，New York：Peter Lang，2000）以及李有成、张锦忠主编的《离散与家国想像：文学与文化研究集稿》（台北：允晨文化，2010年）等。

自20世纪90年代起，华裔美国文学进入了台湾地区的文学教育体系，很多高校都开设了“华裔美国文学”课，吸引了越来越多的年轻学者选择以此为博士和硕士学位论文的研究领域。笔者在台湾图书馆博硕士论文数据库搜索到的自1991年至2010年以华裔美国文学为研究对象的学位论文就多达88篇。每年发表在台湾各大学术期刊上的华裔美国文学研究论文的数量，虽不如大陆呈逐年成倍增长的态势，但也颇为可观。

由于两地政治、历史以及文化差异等因素的影响，台湾和大陆的华裔美国文学研究形成各自的风貌和特点。从目前掌握的资料来看，台湾早期的美国华裔文学研究主要集中在汤亭亭、谭恩美、黄哲伦、任璧莲等少数作家，存在如单德兴所言的“研究对象、文类、主题、方法、地理等方面的高度集中现象”①，2000年后研究范围开始拓展到更多华裔作家，如雷祖威、伍慧明等，以及一些东南亚华裔和东南亚裔、南亚裔、日裔、韩裔作家，如林玉玲（马来西亚华裔）、卜娄杉（Carols Bulosan，菲律宾裔）、穆可杰（Bharati Mukherjee，印度裔）等，呈现出华裔美国文学研究不断开疆辟土并逐步走向亚裔美国文学研究的可喜势态。从研究范式来看，由于台湾的研究者大多是英文系毕业或是曾留学美国的归国学者，有较为深厚的英美文学研究基础，他们与美国的华裔美国文学研究界联系紧密，所以台湾地区的华裔美国文学研究几乎与美国的亚裔美国文学研究达到同步，表现出对国际学术风潮的高度敏感，并积极呼应各种国外新兴理论：早期多采用后殖民理论、少数族裔理论、女性主义理论等视角，近年来理论视角更为多元，如离散论述、符号

---

① 单德兴：《“创造传统与华裔美国文学”专题绪论》，《欧美研究》2002年第32卷第4期，第637页。

学、性别研究、身体论述、地理空间理论等，不一而足。从研究特点来看，相对于大陆的研究而言，台湾的华裔美国文学研究具有视角广阔、切入点新颖、以小见大、理论性强的特点，如辅仁大学博士学位论文《疾病叙事：三个亚美文学文本中的身体、历史与认同》（李小清，2008 年），运用苏珊·桑塔格（Susan Sontag）的疾病与文化意象理论以及伊莲娜·西苏（Hélèna Cixous）的身体论述，探讨种族主义如何将身体差异移置为健康与疾病的两元，从而引发亚裔美国人的疾病叙事。论文的视角新颖，研究方法独特，很值得学习借鉴。更重要的是，台湾学者研究视野比较宽广，目光并不囿于华裔美国文学，而是善于运用比较文学的方法，将华裔美国文学与中国文学或其他族裔文学进行比较研究。此方面单德兴堪称范例，其论文《说故事与弱势自我之建构：汤亭亭与席尔柯的故事》（《欧美研究》1992 年第 2 期）将汤亭亭的《女勇士》《中国佬》与美国原住民作家席尔柯（Leslie Marmon Silko）的《说故事者》三部作品进行比较，探讨弱势族裔作家说故事与自我建构的关系，使研究更深入，更具说服力。此外，单德兴还将研究从文学文本延伸到其他文类甚至其他艺术门类，如摄影、电影文本等。在其出版的著作《“开疆”与“辟土”——美国华裔文学与文化：作家访谈录与研究论文集》中收录了两篇论文，其中一篇运用后现代空间理论和再现政治批评话语分析华裔导演王颖的电影《寻人》，另一篇运用后殖民主义关于他者的论述以及摄影理论，对白人摄影师简德（Arnold Genthe，1869—1942）所拍摄的旧金山老华埠照片进行文化解读，并与华裔美国文学互涉。虽然此类研究严格上讲已经超越了华裔文学研究的范畴，但其开阔的视野以及跨文类、跨学科方法的运用十分值得借鉴，为华裔美国文学研究提供了很有价值的参照。

总的来说，台湾华裔美国文学研究往往积极呼应国际批评理论和文学思潮，理论视野开阔，视角比较多元，但同时也存在其局限。张锦忠在《检视华裔美国文学在台湾的建制化（1981—2001）》一文中曾尖锐地质疑：“台湾学者在以中文诠释华美文学时，究竟站在什么样的位置发言？……研究华美文学究竟能够带给台湾学者什么样的反思？……我们的台湾观点在哪里？”① 10 年过去了，回顾这 10 年来台湾华裔美国文学研究状况，张锦忠所指出的问题依然存在。而从文类上讲，台湾华裔美国文学研究与大陆同样存在重视小说，对诗歌、戏剧作品关注不够的情形，当然，从另一角度看，这也为华裔或亚裔美国文学研究留下了一大片尚待开发的学术空间。

与台湾的华裔美国文学研究相比，大陆的华裔美国文学研究更加具有自身的文化特色。对于华裔美国文学，大陆有两支研究队伍：一支是英语系学者组成的专注于华裔英语文学的华裔美国文学研究队伍；一支是以中文系学者为主体的海外华文文学研究队伍。早在 20 世纪 70 年代末 80 年代初，大陆学者已经开始进行海外华文文学研究，而到了华裔英语文学研究刚起步的 90 年代初，大陆的海外华文文学研究已经颇具规模。90 年代后，在饶芃子等著名学者的倡导和推动下，华文文学研究和华裔美国文学研究这两支队伍开始携手并呈互相兼容之势。但基于各自学科的渊源及学术专长，这两支队伍的研究视角各有侧重。中文系背景的研究队伍似乎倾向于从中国文化视角、跨文化交流视角切入，寻找作品中的“中国文化之根”，表现出强烈的“文化中国”情结。② 而英文系背景的研究者研究视角相对较为多元化，除了采取中国文化视角、跨文化交流视角外，对国外各种理论资源如女性主义理论、后殖民理论、离散论述等接受较多。

---

① 张锦忠：《检视华裔美国文学在台湾的建制化（1981—2001）》，《中外文学》2001 年第 29 卷第 11 期，第 42 页。

② 参见蒲若茜：《族裔经验与文化想象》，北京：中国社会科学出版社，2006 年，第 34－35 页。

值得注意的是，近年大陆的华裔美国文学研究表现出几个可喜的发展趋势：首先是研究疆域的不断扩展，逐渐从华裔美国文学研究拓展到亚裔美国文学研究和亚裔英美文学研究，研究对象也由原来只局限于汤亭亭、谭恩美、任璧莲等少数当红作家，逐渐扩展到这些知名作家以外的亚裔/华裔作家，发掘出一批有实力的作家和作品，如伍慧明、张岚（Lan Samantha Chang）、雷祖威、梁志英（Russell Charles Leong）、林玉玲等。其次是文类的拓展，从原来只注重小说，到逐渐关注诗歌、戏剧等多种文类。研究视角也更为多元化，跨学科研究得到发展。最重要的是，大陆的亚裔美国文学批评日趋深入，越来越具理论意识，从初期的单向接受和运用西方批评话语解读文本走向自觉的理论建构。如果说2000年以前的华裔美国文学批评多属对作家作品的微观研究，那么，迈入新千年以后[①]，尤其是近几年，中国的华裔美国文学批评表现出理论的自觉和建制化，一些华裔美国文学批评界后起之秀纷纷着力于推动华裔美国文学批评理论的建构，所发表的研究论文不仅自觉运用西方文学批评理论于实践，使批评更加深入化、复杂化，而且对传统的批评范式、批评策略加以梳理、审视、质疑和再建构。如蒲若茜的《亚裔美国文学批评探源》检视了亚裔美国文学批评产生的政治、历史、文化语境，并对两种批评范式——心理批评范式和社会历史批评范式进行探源和分析。[②] 张冲的《散居族裔批评与美国华裔文学研究》

---

① 2000年前后出现了几篇对亚裔/华裔美国文学的发展和现状进行宏观把握的论文，如张龙海的《美国华裔文学的历史和现状》（《外国文学动态》1999年第2期）、张子清的《与亚裔美国文学共生共荣的华裔美国文学》（《外国文学评论》2000年第1期）、王裕秋的《近二十年来美国华裔文学的崛起》（《外国文学研究》2000年第1期），而第一篇华裔美国文学研究综述是胡勇的《美国华裔文学研究综述》（《新疆大学学报》（哲学社会科学版）2003年第4期）。

② 参见蒲若茜：《亚裔美国文学批评探源》，《广东社会科学》2011年第3期，第184－190页。

讨论了将散居族裔批评方法用于美国华裔文学研究的可能性与需注意的问题。[①] 周郁蓓的《亚裔美国文学批评与后现代、后现代理论》分析了亚裔美国文学批评与后现代、后现代理论的关系，指出亚裔美国文学批评受后现代理论影响和制约，批评话语自身存在矛盾性。[②] 陆薇的《形式与内容的交叉互涉：亚裔美国文学的哥特批评》则尝试将哥特批评引入亚裔美国文学批评，为亚裔美国文学批评话语建构提供新的可能性。[③] 2011 年南京大学刘增美的博士学位论文《族裔性与文学性之间——美国华裔文学批评研究》是现有比较系统研究华裔美国文学批评理论的文章。各项专注于理论探索的研究不断涌现，标志着国内华裔美国文学批评的成熟，也标志着华裔美国文学研究进入了元批评时期，走向更为深入、广阔的发展空间。

二、意识形态批评范式的确立

尽管亚裔/华裔美国文学研究态势日益蓬勃，已经形成比较成熟的批评范式，并且正走向理论的建制化，但在检视亚裔/华裔美国文学批评话语时，笔者还是发现了一些问题，主要表现在批评范式的集中和单一化，以及对意识形态批评的过度倚重。

早在 1998 年，美国加州大学洛杉矶分校亚裔研究专家、亚裔文学批评家凌津奇在《叙述民族主义：亚裔美国文学中的意识形态和形式》（*Narrating Nationalism: Ideology and Form in Asian American Literature*）中就指出，亚裔美国文学研究存在着重意识形态、轻形

---

① 参见张冲：《散居族裔批评与美国华裔文学研究》，《外国文学研究》2005 年第 2 期，第 87－91 页。

② 参见周郁蓓：《亚裔美国文学批评与后现代、后现代理论》，《南开学报》（哲学社会科学版）2009 年第 5 期，第 43－50 页。

③ 参见陆薇：《形式与内容的交叉互涉：亚裔美国文学的哥特批评》，《英美文学研究论丛》2010 年第 1 期，第 51－58 页。

式的倾向。的确，综观华裔美国文学研究的三个重镇——美国以及中国大陆和中国台湾的华裔美国文学批评史，不难发现各种批评话语都注重从历史、社会、政治和文化维度来研究华裔美国文学，挖掘作品中的社会、历史和政治价值。

一般认为，最早的亚裔美国文学批评文本是赵健秀等为《啊咿——亚裔美国作家文选》（*Aiiieeeee! An Anthology of Asian - American Writers*, 1974）一书所撰写的前言，这篇宣扬"亚裔情感"（Asian American Sensitivity）的文章可以说定下了亚裔美国文学批评的政治性基调。1982 年，金惠经的《美国亚裔文学：作品和社会背景介绍》（*Asian American Literature: An Introduction to the Writings and Their Social Context*）从历史和社会学分析的角度阐明亚裔作家创作文学作品的社会语境，开创了亚裔美国文学批评的历史和社会学分析传统。此后的一些重要批评著作，如麦礼谦（Him Mark Lai）的《天使岛 1910—1940：中国移民的诗歌与移民史》（*Island: Poetry and History of Chinese Immigrants on Angel Island*, 1910—1940, 1980）、林英敏的《在两个世界之间：华裔女作家》（*Between Worlds: Women Writers of Chinese Ancestry*, 1990）、林玉玲的《阅读亚裔美国文学》（*Reading the Literatures of Asian America*, 1992）、骆里山的《移民法案：亚裔美国人的文化政治》（*Immigrant Acts: On Asian American Cultural Politics*, 1996）、张敬珏主编的《亚裔美国文学族裔间的导读》（"*An*" *Interethnic Companion to Asian American Literature*, 1997）、尹晓煌（Xiaohuang Yin）的《1850 年代以来的华裔美国文学》（*Chinese American Literature Since the* 1850*s*, 2000）等，基本上都延续了这一传统。此历史和社会学路径基本上是将亚裔美国文学当作追溯亚裔历史、研究亚裔社群的参考文献，侧重的是文本所反映的外部世界，而对文学的本体——作品的文学性关注较少。

20 世纪 90 年代后，随着解构主义、后殖民主义、女性主义、散居族裔等文化理论形成热潮，亚裔美国文学批评逐渐走向文化批评，由早先关注亚裔作家创作的历史和社会语境，转而关注作品中的性别、阶级、族裔、文化身份等问题，批评话语带着浓厚的政治和意识形态色彩。这一批评范式很快由美国影响到了中国台湾和中国大陆。

中国台湾的华裔美国文学研究者对以后殖民主义理论、少数族裔理论和女性主义理论等为视角的文化批评范式的响应可谓迅速和热情，这使得他们的研究同样打上鲜明的政治烙印。从许多研究成果的题目和关键词中频繁使用诸如“弱势族裔”“东方主义”“抵抗”“颠覆”“政治”等字眼，我们不难分辨出其中的政治色彩。据冯品佳分析，台湾华裔美国文学研究倾向于文化政治批评的原因有二：“其一就如同新英文文学的兴起，是受到后殖民主义论述盛行的影响；其二则是台湾本土多元族裔的族群形构与美国多种族情境相似，文化认同的异质性也很高，都是当前台湾政治、社会所必须正视的问题，进行弱势族裔学术研究也因此与外在政治情境息息相关。”①

中国大陆的华裔美国文学研究虽然起步较中国台湾稍晚，但在接受美国和台湾地区研究影响的同时又形成了自身的特点，表现出独特的“中国视角”。从近20年来在各种期刊发表的文章来看，以中国文化视角及跨文化视角进行的研究占据最大比例，成为大陆华裔美国文学研究的最大特色，许多研究的关注点集中在“中国文化书写”“中美文化冲突和融合”“文化误读”“母女关系”“文化身份认同”及作品中的中国形象、种族问题、族裔历史建构等，形成独具特色的“中国言说”的文化批评范式。例如，南京大学胡勇的

---

① 冯品佳：《世界英文文学的在地化：新兴英文文学与美国弱势族裔文学研究在台湾》，《英美文学评论》2006年第9期，第47页。

博士学位论文《文化的乡愁：美国华裔文学的文化认同》主要论及华裔美国文学对中国文化的认同和对“文化中国”的书写，还有卫景宜的《西方语境中的中国故事》、陆薇的《走向文化研究的华裔美国文学》、石平萍的《母女关系与性别、种族的政治：美国华裔妇女文学研究》等。当然，近几年来，大陆的华裔美国文学研究虽呈现出视角多元化的趋势，但大都仍然沿袭了后殖民主义、女性主义、散居族裔等理论的文化批评模式。

总而言之，大陆的华裔美国文学研究与台湾一样都偏向社会、政治和意识形态向度，文化民族性和族裔政治性方面的分析占据了研究的主导地位，而针对美学或是文学因素的研究却很欠缺。的确，华裔美国文学作为一种“边缘言说”的文学形式，产生于独特的社会、历史和文化语境，其丰富的政治和文化内涵是其重要的价值所在，从这一意义上说，意识形态批评不失为一种重要的批评范式。然而不能否认的是，华裔美国文学首先是文学的一种形态，具有一切文学普遍具有的文学性，也即审美价值，批评范式的单一化和集中化不仅对于文学批评本身的健康均衡发展不利，而且不利于华裔美国文学作为文学的价值体现。

三、文学审美回归的趋向

其实，华裔美国文学创作本身早已经不是早期的民族志文本写作了，其中不乏优秀作品，有的甚至达到了令人瞩目的艺术高度。如果再以一成不变的眼光，只看到作品的政治和文化意义，而无视作品的文学性和艺术特征，是对作家和作品的不公。著名华裔作家汤亭亭曾呼吁：“我觉得自己在亚裔美国文学中的角色是：我努力写作，希望人们认真地将我们的作品视为文学，而不仅仅作为民族学、娱乐节目或异国情调来看待。”①

对此呼声，学界应该是有所触动的。实际上，随着华裔美国文学研究不断走向理论的自觉和建制化，学界也开始注意检视和反思华裔美国文学研究发展过程中存在的问题。早在1997年，凌津奇就对重意识形态、轻形式的批评动向提出批评。② 另一重要亚裔文学批评家黄秀玲也曾在多个场合强调亚裔文学批评要重视审美。2002年，美国多元族裔文学研究会（Melus）会长兼会刊*Melus*主编邦妮·图史密斯（Bonnie TuSmith）在研究会年会的发言中强调：“在考察少数族裔文学作品的社会文化语境时，或者在检视经典形成的政治时，不应该遮蔽同样重要的文学性批评。”③《文学的姿态：美国亚裔写作中的美学》（*Literary Gestures：The Aesthetic in Asian American Writing*，2006）一书的编者李素音（Sue－Im Lee）也指出：“种族、性别、国别、家庭、殖民主义等一直是亚裔文学批评话语中的特色，而形式、文学手法、文类、语言修辞等却往往被批评所忽略了。”④ 她认为，“美国亚裔文学研究中的政治批评不应排斥将文学作品作为文学审美对象”⑤。

国内学界也已经注意到了这一问题。2007年，孙胜忠撰文对华裔美国文学研究中的“唯文化批评”提出尖锐批评，呼吁华裔文学

---

① XIAO－HUANG YIN. Chinese American literature since the 1850s. American literature，2000，73（7）：p. 229.

② See JINQI LING. Introduction. Narrating nationalism：ideology and form in Asian American literature. New York：Oxford University Press，1998：pp. 1－2.

③ BONNIE TUSMITH. On cultural contexts，aesthetics，and the mission of Melus，presidential address. Melus，2002，27（2）：p. 7.

④ ROCIO G DAVIS，SUE－IM LEE. eds. Literary gestures：the aesthetic in Asian American writing. Philadelphia：Temple University Press，2006：pp. 2－3.

⑤ ROCIO G DAVIS，SUE－IM LEE. eds. Literary gestures：the aesthetic in Asian American writing. Philadelphia：Temple University Press，2006：p. 2.

批评应回归文学本身，关注其审美价值。[①] 2010 年，张子清也在一篇文章中提出“应当关注华裔美国文学的审美情感和审美理念”[②]。2009 年于北京举行的“亚裔美国文学”研讨会对此问题相当重视，对亚裔美国文学研究“向文学本体回归”“重视美学价值”的呼吁成为与会专家学者的共识。这些智识学者的呼声对维护亚裔/华裔美国文学研究的健康发展堪称及时。

可喜的是，有些批评家已经在为促进批评的多元化发展作出努力。例如，凌津奇的著作《叙述民族主义：亚裔美国文学中的意识形态和形式》（1998）就是协商形式批评和意识形态批评之关系卓有成效的尝试。而之后的三部理论著作《美国亚裔文学中的形式与变革》（2005）、《恢复传统：早期美国亚裔文学的权威和身份》（2005）、《文学姿态：美国亚裔文学中的审美》（2006）则旗帜鲜明地反对政治工具化的阅读方式，提出“重返审美”的口号，倡导亚裔美国文学批评的“新形式主义”方向。[③] 正是在这些学者的努力推动下，亚裔美国文学研究在 21 世纪后出现了“美学转向”。

需要指出的是，呼吁文学审美的回归并非要否定政治和文化批评，亚裔美国文学研究中的审美和意识形态批评并非不可相容的二元对立。西方马克思主义理论家路易·皮埃尔·阿尔都塞（Louis Pierre Althusser）说过：“每一种艺术作品，都是由一种既是审美的又是意识形态的意图产生出来的……因此，艺术作品与意识形态保

---

① 参见孙胜忠：《质疑华裔美国文学研究中的“唯文化批评”》，《外国文学》2007 年第 3 期。

② 张子清：《华裔美国文学的价值与译介》，《英美文学研究论丛》2010 年第 1 期。

③ See ZHOU XIAOJING, SAMINA NAJMI. eds. Form and transformation in Asian American literature. Seattle: University of Washingtom, 2005; KEITH LAWRENCE, FLOYD CHEUNG. eds. Recovered legacies: authority and identity in early Asian American literature. Philadelphia: Temple University Press, 2005; DAVIS, SUE - IM LEE. eds. Literary gestures: the aesthetic in Asian American writing. Philadelphia: Temple University Press, 2006.

持的关系比其他物体都远为密切。”① 优秀的文学作品必然是作家审美体验和审美理念的表达，同时又是特定时代精神和生活的反映，因此是审美性和意识形态性的统一，或者说是形式和内容的融合。形式和内容表里相依存，因此对作品的文化研究和文学审美不应该是非此即彼的取舍。很多优秀的亚裔/华裔文学作品既是族裔经验的感性言说，又是作家审美理念的传达，无论是研究作品的审美特征还是研究作品的意识形态内容，都是对作品价值的挖掘，有助于对作品的多方位解读，都是构建批评话语的有机成分。问题的关键是，既然从事文学批评，那么研究的路径和方法的选择就应该符合文学活动的规律。正如图史密斯所指出的：研究少数族裔文学并非不应该研究作品的社会文化语境，问题是采取什么样的方法去研究。她认为，就少数族裔文学中的社会文化语境研究而言，主要有两种路径：一种是“直达主旨”式，即将文化语境作为反映文本和“真实”世界关系的“镜子”；另一种则是“曲径通幽”式，通过审美，尤其是文本的语言来透视作品的文化语境。虽然图史密斯承认这两种路径都不会削弱文化语境的重要性，但她显然更加赞同后者。② 的确，对于文学研究而言，没有哪一种路径和方法是唯一的，如果说金惠经的《美国亚裔文学：作品及社会背景介绍》确立了第一种研究路径的范式，并且这一范式已经发展成熟和规模化，那么，鉴于亚裔美国文学研究的总体态势，目前需要的恐怕是更多地运用图史密斯所说的第二种研究路径，即从文学作品的形式入手来研究作品，从中透视作品的社会和文化语境。当然，如何真正做到从形式到意识形态，具体的研究方法仍然有待研究者多方探索。这

---

① 中国社会科学院外国文学研究所、外国文学研究资料丛书编辑委员会编，陆梅林选编：《西方马克思主义美学文选》，桂林：漓江出版社，1988 年，第 537 页。

② See BONNIE TUSMITH. On cultural contexts, aesthetics, and the mission of Melus. Melus, 2002, 27 (3): pp. 3 -4.

也是华裔美国文学研究在新的发展趋势下所提出的新课题。

本书在思考华裔美国文学的形式与内容、文学性与政治性关系的同时，尝试从不同于以往的研究视角入手，对华裔美国文学批评进行一些新的探索，以期促进文化批评和文学审美的互融。

第二节 “身份表演”：华裔美国文学研究的新视角

“身份表演”（performance of identity）是亚裔美国文学研究于近年从族裔文化研究引进的一个理论术语，此处的“表演”并非传统意义上的舞台表演，而是糅合了心理学中人格多重性、族裔研究和女性主义理论中的扮装和操演、人类学表演理论中的社会表演等理论的一个新概念。这一术语以其独特的风貌、丰富的文化内涵和深厚的哲学底蕴为亚裔/华裔美国文学研究打开了一个全新的视域，展示出重要的学术研究价值。

一、“身份表演”的研究现状

最早将“身份表演”概念用于探讨族裔身份建构的研究见于苏珊·凯尔锡克（Susan Kalcik）写于1984年的文章《美国的少数族裔饮食：符号与身份表演》（*Ethnic Foodways in America: Symbol and the Performance of Identity*）。该研究认为，饮食方式是美国少数族裔表达身份认同的符号，少数族裔通过展示饮食方式“表演”其族裔身份。20世纪90年代，美国后结构主义女性主义理论家朱迪斯·巴特勒（Judith Butler）在法国精神分析学家琼·里弗埃尔（Joan Riviere）的“女性性别面具”理论基础上提出“性别操演”（gender performativity）的概念，认为女性的性别身份是女性遵循社会对女性的规约，不断拨用和操演被认为具有女性气质的“表情符号”

而建构起来的。所谓的性别（gender）只是表演的结果，而非本来面目。巴特勒这一理论对此后的文化研究、女性主义研究和族裔研究都产生了巨大影响。

在美国，纽约州立大学的凯伦·岛川（Karen Shimakawa）是较早将巴特勒的“性别操演”理论运用于亚裔美国文学研究的学者。她在发表于《戏剧》（载 *Theatre Journal*，1993）的文章中，运用“性别操演”理论分析了黄哲伦的戏剧《蝴蝶君》（*M. Butterfly*），认为剧中宋丽玲与伽利马尔的性别易装表演暗示了身份既具有流动性和可操控性，又在很大程度上受制于历史。但岛川的研究侧重于性和性别问题，仍然属于女性主义研究的范围。20世纪90年代末，亚裔美国文学领域出现了对“身份表演”相对比较系统的研究。1999年，日裔美国学者特蕾丝·山本（Traise Yamamoto）在其专著《面具后的自我，建构中的主体》（*Masking Selves, Making Subjects*）中，运用“种族/性别面具”理论和巴特勒的“性别操演”理论阅读由日裔美国女性书写的自传作品，发现日裔美国女作家在文本叙事中往往运用具有族裔特色的话语策略，在文本中建构符合西方想象的东方女性气质，反映了西方男性话语对日裔女性主体性的消抹，但日裔美国女作家也通过在文本中运用“种族/性别面具”而产生某种话语式的能动性。如果说特蕾丝·山本的研究仅限于美国日裔自传作品，那么蒂娜·陈于2005年出版的专著《双重能动性》（*Double Agency*）则已经将“身份表演”研究拓展到华裔、韩裔等，也包括小说、戏剧等不同文类的亚裔美国文学。蒂娜·陈主要聚焦于种族维度，运用“身份表演”的概念探讨亚裔美国文学和文化中的“身份扮演”（impersonation of identity）。从词义上看，“身份扮演”也是“身份表演”的一种。“身份扮演”这一概念早在20世纪中期已经出现在女性主义研究和种族研究领域，如女性主义研究对于女性作家假冒男性身份写作现象的研究，种族研究对于“族裔身份扮演”现象的讨论等。美国文学批评界对此也有零星的研究，如美国批评家利昂纳尔·特里林（Lionel Trilling）在《曼斯菲尔庄园》（载 *The Opposing Self*，1955）一文中，将选择职业、“身份扮演”与“自我人格的完整”结合起来。劳拉·布劳德（Laura Browder）的《变动不居的角色：种族身份扮演者与美国身份》（*Slippery Characters*：*Ethnic Impersonators and American Identities*，2000）则考察“种族身份扮演”与美国身份认同的关系，提示“身份扮演”对族裔身份具有建构意义。正是受这些研究的启发，蒂娜·陈（2005）将“身份扮演”概念引入亚裔美国文学研究，并将其与“性别操演”理论相联系，指出“身份扮演”是亚裔对刻板化形象的瓦解，亚裔通过“身份扮演”，表演出其“既是……也是……”的双重能动性。其他研究包括2006年美国南加州大学塞穆尔·帕克（Samuel Park）的博士学位论文《亚裔美国戏剧中的“种族”表演》（*The Performance of* “*Race*” *in Asian American Drama*）。帕克将“性别表演”理论作为其亚裔美国戏剧研究的理论框架，提出了种族身份具有“表演性”（performativity）的观点，认为少数族裔主体在按照主宰性文化的期望扮演种族身份的同时，其有意识的表演揭示了种族身份并非“本质性”的存在，而是“表演”的结果。

国内目前涉及“身份表演”的研究尚不多见。1995年中国台湾学者张小虹的《性别越界》开始运用女性主义的性别扮装等“身份表演”理论分析了包括汤亭亭、黄哲伦等人在内的文学作品，这应该是台湾地区关于“身份表演”最早也最具系统性的研究。2008年，陈福仁发表了《任璧莲及罗蓓卡·华克作品中的后现代混杂与身份扮演——〈梦娜在应许之地〉与〈黑人、白人、犹太人〉》一文,[①] 分析了莫娜的“身份扮演”,认为这是其主体性建构的一种方式。2010 年台湾大学周妍君的硕士学位论文《以语言建构的性别认同与后殖民叙事:比较〈蝴蝶君〉与〈九重天〉》运用巴特勒的“性别操演”理论,以《蝴蝶君》的语言为基础,分析性别在其中所展现出的假扮性、表演性及流动性。这篇硕士学位论文将语言看作“性别表演”的手段,可惜这只是论文的一部分,尚未完整深入。

在中国大陆,自 2009 年巴特勒的《性别麻烦:女性主义与身份的颠覆》(*Gender Trouble*: *Feminism and the Subversion of Identity*, 1990)中译本出版后,近年开始出现零星几篇评介其“性别操演”理论的文章,但将“性别操演”理论与“面具”理论相联系并用于亚裔美国文学研究的,目前仅有的研究成果是笔者发表的论文《“他者”的面具政治——亚裔美国文学中的身份扮演与族裔主体性建构》(《当代外国文学》2011 年第 3 期)。该论文对亚裔美国文学研究领域新出现的关键词“身份扮演”进行了词源学的溯源和理论衍化过程的爬梳,并结合亚裔美国文学文本的阅读,提出“身份扮演”是弱势族裔“他者”的“面具”政治。其他涉及“身份表演”的研究还有马岩的《跨越藩篱,追求多元——论华裔美籍女作家任碧莲笔下的“身份表演”》(《中国比较文学》2010 年第 1 期)。该文基于对任璧莲小说的阅读,分析了任璧莲如何以“身份表演”书写表达其流动性文化身份观。从学界的反应来看,巴特勒的“性别操演”理论虽然只是刚引起国内文论界的关注,但已逐渐成为理论新热点,而相关理论在亚裔/华裔文学研究中的运用也正起步。可见,本研究在国内正处于学科理论前沿,极具研究价值。

---

① 陈福仁:《任璧莲及罗蓓卡·华克作品中的后现代混杂与身份扮演——〈梦娜在应许之地〉与〈黑人、白人、犹太人〉》,《英美文学评论》2008 年第 12 期,第 191－223 页。

从国内外相关研究现状来看，虽然研究视角和方法实现了对以往亚裔/华裔文学研究的突破，但因其属于新研究方向，尚存在诸多不足之处和待发展的空间：其一，欠缺对“身份表演”概念的演变进行历史性爬梳和清晰界定，以及对相关理论的梳理和阐述；其二，虽然研究视角实现了突破，但基本上仍限于社会历史批评范式，缺乏哲学上的思考和美学层面的关怀；其三，对“身份表演”具体的形态和模式欠缺形式上的分析，也缺乏对族裔主体内心的挖掘；其四，所涉及的文学文本非常有限，尚不能形成系统、深入的研究。鉴于目前相关研究所存在的不足，本研究将在前人研究的基础上，力图将华裔美国文学“身份表演”研究向前推进。本研究注重“身份表演”的形式审美分析，同时结合意识形态分析，力求做到形式与内容的互涉互融，以消解华裔美国文学研究中形式和内容、文化批评和文学审美之间的对立。

二、“身份表演”概念的梳理和界定

虽然“身份表演”在亚裔美国文学研究中是新概念、新课题，但它并非凭空冒现，而是有其学理上的渊源。它涉及人之身份的多重性这一古老的文学母题，是哲学对“面具”（人格面具、自我面具、性别面具、种族面具）命题的思考在文学中的反映。从荣格的“人格面具”、叶芝用以象征第二自我的“面具”、琼·里弗埃尔的“性面具”到巴特勒的“性别操演”，这些概念在内涵上都有着亲缘关系，都指涉人在不同场合扮演多种身份。鉴于这些概念之间的复杂关系，在进一步研究之前有必要对之进行梳理和界定。

（一）“面具”

面具，其拉丁语源为persona，最初是古希腊人在春秋两季于酒神的祭祀仪式中用来作为酒神的神圣替身的道具，是“酒神的缺席在场”（the absent presence），这个词自其起源就浸润着神性。此后，面具开始成为古希腊戏剧中重要的表现手法。贺拉斯在《诗艺》中记载：“是埃斯库罗斯创造了面具。”[①] 在古希腊戏剧中，每一部的人物通常只有六七人，这些人物由3个演员轮流扮演，女角色同样由男演员扮演，戴面具。借助面具，一个演员可以轮流扮演几个不同的角色，女人的角色可由男人扮演，可以说古希腊戏剧开创了女性角色由男性易装扮演的传统。面具的作用除了方便一人分饰多角，也方便观众辨认角色外，更重要的是，面具可以用来直观地表现人物性格类型，代表和象征戏剧的情绪基调。如喜剧人物戴喜剧面具，悲剧人物戴悲剧面具。但自文艺复兴时期起，欧洲戏剧舞台上普遍摘除面具，“象征着神性象征时代的告终，此后英语从阿拉伯语引进 mask 这个词汇，是人文主义对神意的阉割”[②]。

所谓的“戏剧的面具时代就此结束”[③] 的说法，其实只是指面具作为神性象征时代的结束。面具并没有历史地消失，在东方戏剧艺术中一直都传承和延续着使用面具的传统，如中国传统戏曲中的脸谱就是借以表现人物类型的面具，并且已经形成了一套完整的人物性格象征体系；日本的能面更是将面具的象征性发挥到极致的一种艺术形式。在现代欧洲戏剧舞台上，面具的艺术价值也正被重新发现。对于面具的重返舞台，美国著名剧作家尤金·奥尼尔的努力功不可没。他在继承戏剧面具传统的同时大胆创新，深入挖掘面具新的象征意义及在戏剧表现中的价值。他称面具为“人们内心世界

① 亚里斯多德、贺拉斯著，罗念生、杨周翰译：《诗学·诗艺》，北京：人民文学出版社，1982年，第152页。

② 孙柏：《丑角的复活：西方戏剧文化的价值重估》，上海：学林出版社，2002年，第124页。

③ 孙柏：《丑角的复活：西方戏剧文化的价值重估》，上海：学林出版社，2002年，第124页。

的象征”[1]，在其戏剧中运用这一表现手法来展现人物深层次的心理，表达人物两面性的矛盾，使面具在舞台上重新大放异彩。

面具的神性虽然消亡，但由于其无可替代的象征功能，在现代又担当起越发厚重的人文内涵的负载，在心理学、社会学、文学等学科上都成为一个具有丰富内涵的符号，成为哲人、学者、艺术家探究人的身体与精神，思考人的存在、人与社会的关系的一个能指。

心理学使用“面具”一词来指每个人在人生舞台上各自扮演的角色及其不同于他人的精神面貌，如瑞士心理学家荣格所说的人格面具[2]。在荣格的理论中，人格面具是特定的人在特定场合的心理活动的总和，是人格的“侧面”。面具可以分为角色面具（如家庭角色面具、职业角色面具、社会角色面具）、年龄面具、公开面具与隐私面具、正常面具与病态面具、主导面具与辅助面具、性别面具等不同类型。人在不同的场合使用不同的面具，而且无时无刻不戴着面具。人格面具也被荣格称为从众求同原型（conformity archetype）。在荣格看来，人格面具的产生是有必要的，它是社会生活和公共生活的基础，保证了我们能够与人，甚至是与那些我们并不喜欢的人和睦相处，为各种社会交际提供了多重可能性。人格面具的产生不仅仅是为了认识社会，更是为了寻求社会认同。

心理学的“面具”理论对文学的影响极为深远，文学运用“面具”意象来指文学作品中人物内心世界的不同侧面，或者说不同的自我（自我与对立自我，或第二自我、他我）。将心理学的“面具”理论与文学艺术完美结合，运用于对人、对世界的探索中的，当属爱尔兰诗人叶芝。叶芝在《人的灵魂》（1917）一文中讨论自我和

---

① E O'NEILL. Memoranda on masks. In T COLE. ed. Playwrights on playwriting. New York：Hill and Wang，1961：p. 65.

② C. S. 霍尔、V. J. 诺德贝著，冯川译：《荣格心理学入门》，北京：生活·读书·新知三联书店，1987 年，第 48 页。

反自我（又称对立自我、第二自我、他我和类我），充分阐述了他的“面具”理论。叶芝认为，人的智能再创造是外部命运的对立面，“而我所谓的‘面具’是出自其内在本质的一切情感的对立面”[①]。因此，面具是自我的对立面，即反自我或第二自我。叶芝认为自我只有找到且自觉地模仿反自我，人格才有可能发展完善，也才能具有创造力。叶芝将其“面具”理论运用于诗歌创作中，探索人的内心世界，追求自我的完整，实现了诗歌艺术和哲学思想的完美统一。叶芝明确使用“面具”象征第二自我，这是他对文学中自我的探索所作的贡献。后人关于文学中的自我和第二自我的研究成果丰富，这些研究几乎都带有心理学的成分，最具影响力的有奥托·兰克（Otto Rank）的《类我》（*The Double*，1979）、罗伯特·罗杰斯（Robert Rogers）的《文学作品中的类我》（*The Double in Literature*，1970）、C. F. 凯普勒（C. F. Keppler）的《第二自我的文学》（*The Literature of the Second Self*，1972）、拉尔夫·提姆斯（Ralph Tymms）的《文学心理学中的类我》（*Double in Literary Psychology*，1949）、卡尔·米勒的《类我：文学史的研究》（*Doubles：Studies in Literary History*，1985）、保罗·可埃提斯（Paul Coates）的《类我和他者：后浪漫主义小说中作为意识形态的身份》（*The Double and the Other：Identity as Ideology in Post－Romantic Fiction*，1988）等。这些关于类我/第二自我的研究可视为“面具”理论在文学领域的发展。“面具”从指称人格到成为多重自我的象征，从一个侧面体现了现代对人的关注由生物性主体向文化性主体倾斜的趋势，而“面具”作为一个象征符号也由此获得了更多的文化内涵。

（二）“性别面具”：性别扮装与性别操演

受心理学、精神分析启发，社会学、性别研究、女性主义文学

---

① YEATS，W B. Autobiographies. London：Macmillan，1955：p. 152.

研究等也借用了“面具”象征来研究性别问题，衍生了“女性面具”“性面具”等术语，并赋予了“面具”在心理学意义上所没有的政治内涵。琼·里弗埃尔在《作为面具的女性气质》（*Womanliness as Masquerade*，1929）一文中描述了这样一种现象：成功女性为了避免引起男性的焦虑和报复而在公共场合伪装出女性气质，戴上一副“女性面具”。例如，在男性面前卖弄风情，使男性相信她的成功不是因为她的能力而是男性的施舍，从而掩盖其身上具有的男性权威，使男性不致感受到“阉割”的威胁。在里弗埃尔眼中，女性气质成了可以采用或穿戴的面具（里弗埃尔使用英文词 mask），她将这种伪装行为称为 masquerade，即“戴假面具扮装”的意思。值得注意的是，女性扮装的预期观众几乎总是拥有父亲式权威的人物或女性希望取悦的男同事，她们希望通过扮装消除因女性参与职业竞争可能给这些男性带来的敌对心理。可见，女性扮装不是出于异性之间的吸引力，而是女性应对男性权威的策略。由此，里弗埃尔将“面具”的运用带进了性别政治中。

对于里弗埃尔所描述的“女性面具”现象，朱迪斯·巴特勒认为这是女性在“公众场合的表演”（public performance），是将对男性话语所规定的性别角色的认同作为面具。但巴特勒更为关注的不是面具之于女性的政治意义，而是这种表演在女性性别身份建构过程中所产生的效果，以此批判本质论的性别身份假设。里弗埃尔的“女性面具”说给巴特勒很大的启发，从某种程度上促成了巴特勒的“性别操演”理论。

“性别操演”是巴特勒在其著作《性别麻烦：女性主义与身份的颠覆》中提出的概念。对于 gender performativity 的翻译，国内学界有“性别表演”“性别施为”“性别述行”“性别操演”等不同译法，如《性别麻烦：女性主义与身份的颠覆》一书的译者宋素凤就采用“性别操演”这一译法，但在书中有时又将 performance 译为

“表演”。这并非翻译者理解上的分歧，而是巴特勒在建构这一理论时既借鉴了语言学家奥斯汀（John L. Austin）的言语行为（speech act）理论①，又借鉴了里弗埃尔的“面具”理论，因此这个概念本身既有语言性维度又有戏剧性维度。巴特勒本人承认其理论有些摇摆不定，但他认为语言性和戏剧性二者是互有关联的，并专门在1999年的序言中就此加以解释。② 从其侧重点而言，“表演”的译法比较侧重于戏剧性维度，而“操演”的译法比较侧重于语言性维度，即含有语言施为/述行的意思。“操演”一词在汉语中的意思是依照一定的样式和姿势演练，比较符合巴特勒认为性别角色是在强制性地重复性别规范的过程中逐渐形成的这一观点。巴特勒在《性别麻烦：女性主义与身份的颠覆》一书的论焦是，生理性别、社会性别、性行为模式之类分，看似自然所为，实际上是文化通过程式化、重复的身体行为历时地建构而成的。这些程式化的身体行为通过不断地重复，建立起本体论上的“核心”性别的外观。但“性别操演”并不是自愿的选择，而是社会文化话语的规定。巴特勒借用了福柯的说法，称这些文化话语为“调控性话语”（regulative discourses）。“调控性话语”提前决定什么样的性别表现和性行为是社会允许的，因而是“自然”的。这些话语胁迫其对象执行特定的程式化动作，从而达到保持这些话语所产生的“核心”性别和性模式的稳定。

在论述“性别操演”是如何建构性别时，巴特勒强调了重复行为在其中的作用。巴特勒借用了德里达的“可重复性”（iterability）

---

① 奥斯汀在《如何以言行事》中指出，言语具有施为/述行（performative）功能，例如，牧师在婚礼上宣布新人结为夫妇，他的宣布就产生了施为效果。See JOHN AUSTIN. How to do things with words. Oxford：Oxford University Press，1962：p. 13.

② 朱迪斯·巴特勒著，宋素凤译：《性别麻烦：女性主义与身份的颠覆》，上海：上海三联书店，2009年，第19页。

和“引用”（citationality）概念①，认为操演性是对规范的重复引用实践，通过这种实践，话语会产生它所命名的效果。操演不是一次单一的行为，而是对规范的不断重复，以仪式性的方式进行，经历时间的推进而逐渐构成主体，因此这是一个没有终点的过程。可重复性使性别身份的形成成为可能，同时又以其无穷尽和不确定性使主体处于开放性过程之中。

巴特勒的“性别操演”理论是“女性面具”理论的新发展，对女性主义、性别研究以及少数族裔研究都产生了极大的影响。本书所涉“身份表演”概念正是在其理论的基础上提出的，后文将对此进行进一步讨论。

其他对“性别面具”理论有贡献的学者还包括美国学者卡米拉·帕格利亚（Camille Paglia）。帕格利亚是从另一独特的角度来讨论“性面具”（sexual personae）的，而且主要用于指男性的易性癖、性别错位。她挖掘了西方艺术史、文学史上高比例的艺术家同性恋现象，分析他们所创造的具有多副“性面具”的艺术形象，认为“性面具”模糊了性别身份的分类，是对传统、权威和道德的抗争，而且是伟大艺术创造的动力源泉之一。

女性主义理论、后现代性别研究对于“性别面具”的理解和运用虽然有所不同，但基本上都是建立在建构论的基础上，以“面具”的装扮性、表演性和可变性揭示性别身份的不稳定性和建构性，从而瓦解了本质论的性别类分。可见，在女性主义理论、后现代性别研究这里，“面具”已经不同于传统心理学那个封闭、静态、抽象的“人格面具”了，而是与社会和文化展开对话并处于开放之

---

① 德里达是在符号学意义上使用“可重复性”（iterability）这一概念的。他认为，可重复性乃是符号存在的前提条件。只有当一个符号能够在不同情况下都被认作“相同”，并且在不考虑讲话人意图的情况下依然能被人们正常理解和接受时，符号才能够成其为符号。

中的身份的象征。

（三）“种族面具”：种族扮装

后殖民研究和少数族裔文学研究中同样存在一种“面具”理论，最为著名的是弗朗兹·法农在《黑皮肤，白面具》（*Black Skin, White Masks*）中对法属殖民地黑人的心理所作的分析。在其观察中，法属殖民地马提尼克的黑人有着强烈的种族自卑情结，他们极其渴望成为白人，不仅尽量在语言、衣着打扮上向白人靠近，而且渴望通过与白人婚恋而获得白人的接纳。法农使用了精神分析的方法来揭示黑人为何要在黑色皮肤上戴上“白面具”。法农所说的“面具”，表面是指黑人自我“漂白”，即被殖民他者对殖民文化的心理趋同，实际指的是殖民文化对于被殖民他者的精神蒙蔽。对于法农而言，所谓文化只不过是白色的假面具而已，这白色面具遮蔽了殖民地黑人的心灵，甚至试图“漂白”其仅存于皮肤的黑色。在这白色面具后面，黑人没有本质，没有自我，“黑人的存在，来自白人所编织的千丝万缕的琐事、轶闻、谣言、掌故、传说、叙述，这些最后都要收编到整个帝国文本之中”①。

法农所分析的黑人在心理上的自我“漂白”现象，其实就是一种“种族身份伪装”（racial passing）。“种族身份伪装”指的是来自某一种族文化的个体在心理上渴望进入另一文化（通常是另一优势文化），全面接受这一文化的价值观并以该文化的人自居。“种族身份伪装”可以发生在不同种族的人身上，但在美国主要指肤色较浅的黑人后裔选择归入具有优势地位的白色文化。在美国社会观念中，这种行为往往被视为种族身份的“混充”。蒂娜·陈认为“种族身份伪装”与“种族身份扮演”（ethnic impersonation）非常近似。

---

① 陈芳明：《肤色可以漂白吗》，见法农著，陈端桦译：《黑皮肤，白面具》，台北：心灵工坊文化，2005年，第14页。

(四)“身份扮演”

“身份扮演”(impersonation)一词直接与“面具”相关,它源于拉丁语 persona(面具)。从词义上看,impersonate 主要表示“扮演”,“出演[剧中]角色”;通过模仿声调、动作和神态等戏剧表演手法来表达一种身份、性格;“仿效[某人]”“以[某人]为榜样[进行模仿]”,以示身份认同;“设想自己成为[某人]的化身”,“人格移入”等。[①] 此处暂且将之翻译为“身份扮演”。

“身份扮演”与“面具”一样走过了从戏剧舞台到政治舞台的漫长过程。“身份扮演”的政治化,首先应归功于女性主义研究。女性主义研究者从舞台上的“性别反串”表演得到启发,将之与性属研究(gender studies)结合,提出了“性别扮演”(gender impersonation)的概念。“性别扮演”除了指舞台戏剧表演中常见的“性别反串”外,更被借用来指在 18 世纪至 19 世纪普遍存在的一种独特的文学现象,即男作者模仿女性口吻、以女性名义著述或女性作者假借男性身份写作。女性主义研究者通过对该现象的研究揭示这一事实:在男权话语体系下,女性是隶属于男性的弱势群体,是没有话语权的“他者”,关于她们的言说是由男性来完成的,而女性一旦想要通过写作来发声则要受到种种束缚和制约,她们必须克服巨大的困难,包括隐姓埋名、遮遮掩掩,尽量去除作品中的脂粉气,冒充男性口吻,才能以一种虚拟的方式暂时得以发声。

以“身份扮演”来观照“他者”问题的,不仅限于女性主义研究,族裔研究对“身份扮演”问题的关注同样引人注目。“族裔身份扮演”(ethnic impersonation)可以追溯到 19 世纪美国娱乐表演中白人模仿黑人歌舞的“明斯特里秀”(Minstrelsy Show)传统。这种模仿秀始于 1830 年左右,是由白人将脸涂黑,画上厚嘴唇,以滑稽

---

① 参见 *Webster's New Universal Unabridged Dictionary* 对“impersonate”一词的释义。

的形式模仿黑人的舞蹈，以此娱乐观众，其中不乏对黑人的肆意丑化。之后逐渐影响到其他流行艺术形式，如歌舞杂耍、戏剧、影视，也不再仅限于扮演黑人，还扮演犹太人、印第安人、亚洲人等少数族裔和移民。这种表演形式在舞台上塑造少数族裔和移民的刻板形象，对其进行丑化和攻击，在19世纪至20世纪初期种族主义情绪蔓延的美国很是迎合了民众的心态，因而风靡整个美国。20世纪60年代随着美国民权运动的高涨，美国民众对种族和种族主义的态度发生了变化，这一表演形式终于逐渐销声匿迹。有批评者认为，这种白人对少数族裔的扮演成为强化某一特定社群的“美国性”的重要仪式，然而为了达到这一目的，却不惜排斥和贬低另一族群。①

“身份扮演”现象不仅提供了一个透视种族压迫和种族歧视等社会问题的独特视角，更成为一些深受后殖民理论影响的研究者向既有族裔身份概念发难的一个突破口。劳拉·布劳德在其著作《变动不居的角色：种族身份扮演者与美国身份》中，以后殖民理论身份观来观照文学写作中族裔作家的“身份扮演”，指出“族裔身份扮演”解构了既有种族身份观。布劳德在对美国历史上多名自传作者的研究中，发现了一个耐人寻味的现象，即本属于某一种族/族裔身份的人却以另一种族/族裔的面目撰写自传，例如，白人废奴主义者假冒黑奴身份以自传或回忆录形式书写的黑奴叙事（slave narratives），土生美国人假托新移民身份所写的自传体叙事等。布劳德将这类自传称为“族裔扮演者自传”（ethnic impersonator autography），并认为这些“族裔扮演者”以自传的形式为自己重新书写新

① MITA BANERJEE. Vikrams of change：the suspended transnational presence of the Indian on friends. Amerikastudien/American studies，2006，51（3）. http：//www.amerikastudien. de/quarterly.

的种族身份，并以此逃避原有身份的束缚。[①] 这种扮演行为无疑挑战了静止不变的种族/族裔身份观。布劳德不仅将“族裔身份扮演者”作为既有族裔身份观念的挑战者和解构者加以褒扬，更进一步肯定其“身份扮演”对美国身份建构的意义。

可见，关于“身份扮演”的讨论已经被意识形态化，被抹上了浓厚的政治色彩，因而也具有了深远的文化意义。尽管在此阶段的女性主义和族裔研究中，“身份扮演”作为政治话语似乎只是局限于一些属于弱势群体著作者的“发声权”问题，尚未触及更具广泛意义的普通弱势人群，但重要的是，“身份扮演”已经走出了狭窄的戏剧舞台，成为社会和文化领域中的一个“权力运作场”，成为被边缘化、他者化的弱势群体与霸权文化争夺话语权的场域，并继续以一种开放的姿态走向新的意义。

（五）“身份表演”

由上文的梳理可看到，“面具”意象从古希腊祭祀文化中的一个表演道具经过多次“转喻”（trope）[②] 而逐渐被赋予性别政治和族裔政治的多重意义。虽然从人格面具到“种族扮装”“性别扮装”（gender masquerade）或“性别表演”（gender performance）发生了意义的滑动，但这些词语及其所定义行为的核心内涵并没有发生本质的变化，它们都是对某一种身份的扮演，是 impersonation 在不同语境的具体表现，都具有表演性。社会表演学认为，人总是在向他人呈现自己，从戏剧舞台的艺术表演、正式场合的演讲，到家庭宴

---

① LAURA BROWDER. Slippery characters：ethnic impersonator and American identities（cultural studies of the United States）. Chapel Hill：University of North Carolina Press，2000：p. 2.

② 从符号学视角看，转喻就是符号的所指意义向外延伸的一种体现，从所指和能指的关系看，转喻的发生具有双重所指性，即一个能指具有两个所指，这时，转喻词在未失去与原来所指事物联系的条件下，又产生了与新事物的隐性联系，改变了原来的所指。

会、迎来送往，甚至个人在街边散步溜达等，都是一种面向他人的自我呈现，一种自我指涉的行为。[①] 在社会表演学理论中，凡是自我指涉的行动就是表演（performance），因此，人的大多数社会行动都具有表演性（performativity）。根据社会学家戈夫曼的观察，人在社会关系上有四种表演方式：一是自我理想化表演（把自己表演得比实际的强）；二是误解表演（有意给人错误的表现、欺骗、谎言）；三是神秘化表演（以保持距离让对方猜不到自己的底细）；四是补救表演（立即转换表演以纠正某个印象）。[②] 戈夫曼所列举的这几种表演方式实际上并不全面，还有一类表演并不是为了有意误导他人或自我理想化，或有意将自己神秘化，也不是为了补救形象，而仅仅是因为他人已经为其预设了角色，社会已经为其预设了一套行为规范，由于权力的不平衡，被预设者只有接受所预设的角色，按照既定的行为规范去“表演”。当然还有其他的表演方式，例如，行为者自己不自觉，但其行为所流露出来的信息给他人造成某一印象，在他人看来，这是行为者在进行身份表演。总之，“我们在生活中无时无刻不在展示一个身份，甚至独处时也向自己展示一个身份，而每次展示的身份可以完全不同”[③]。由这一观点来看，“种族扮装”和“性别扮装”等身份扮演形式即人的一种社会表演，是人在不同社会语境下展示他人（或社会和文化）预先设定或自愿选择的种族身份/性别身份的社会性行动。

值得指出的是，人的社会行动并非个体自由意志的体现，而是

① 社会表演学是人类表演学的一个分支。人类表演学在20世纪70年代末兴起于欧美，是戏剧研究与人类学研究相结合的一门交叉学科，其最为重要的代表人物为查理·谢克纳。

② 转引自赵毅衡：《符号学：原理与推演》，南京：南京大学出版社，2011年，第262页。

③ 转引自赵毅衡：《符号学：原理与推演》，南京：南京大学出版社，2011年，第262页。

社会规范和自由表演的对立统一体，是个体与社会权力运作之产物。反之，人的各种社会表演就成为体现人与社会权力互动运作的“展示窗”，透过此窗，可以观察人作为主体是如何在与社会权力意志的对立与互动中走向分裂或统一。“身份扮演”由于涉及人的多种身份、多个人格，以及不同社会语境中的权力结构，具有相当的复杂性、复义性，因而对解读人与社会的权力运作就具有重要的意义。鉴于“身份扮演”的表演性特质以及所牵涉的社会权力结构的动态关系，本书综合巴特勒的“性别操演”说和社会表演学的概念，将所涉及的多种“身份扮演”形式都置于“身份表演”的大背景中，也就是说，我们将以“身份表演”为统摄概念、“身份扮演”为具体行为方式、“面具”为隐喻和象征，展开我们对华裔美国文学中关于族裔、性别“身份扮演”书写的讨论。

综上所述，本书将“身份表演”定义为：通过扮演或模仿某种社会角色，以彰显某一期望的身份，表达对另一已所不喜的身份的离弃，或隐匿某一不期望为人知的身份，是人格多重性和身份复杂性的表现。这里需要澄清的是，正如前文在介绍巴特勒的“性别操演”理论时所说，“身份表演”既有言语施事带来预期结果的功能，也有表演性的特征，因此，在后面章节的论述中，将视侧重点使用“表演”或者“操演”术语，另外，鉴于一种身份可能是由多个角色组成——戈夫曼将在表演期间展开并可以在其他场合呈现或表演的预先确定的行为模式称为“角色”① ——笔者有时也会将“身份扮演”分解成各种角色的扮演。

---

① 欧文·戈夫曼著，冯钢译：《日常生活中的自我呈现》，北京：北京大学出版社，2008 年，第 12 页。

三、华裔美国文学“身份表演”书写研究的意义

从整体上看，华裔美国文学文本中涉及“身份表演”的书写具有相当的普遍性，尽管不同文本对其表现形式各异，但其共性特征是围绕人的多重身份、多重自我的展现、冲突和困扰进行人物的塑造和情节的推进。从这一意义上讲，“身份表演”是亚裔/华裔美国文学研究的核心主题——身份问题的深入和细化，是身份问题的文学性表现。

不可否认，华裔美国文学产生于独特的社会历史语境，围绕这一文学形态及其所催生的华裔美国文学研究的话题，始终离不开历史、政治和文化因素，其中一个绕不开的核心问题是身份（identity）问题，即个体对于自身种族、性别、文化等身份归属的焦虑。身份归属的焦虑不单是华裔美国人个体生存经验的焦点，也是美国华裔的群体经验之集中体现，在华裔美国文学中不断有着或隐或显的反映，它关乎华裔美国人在“夹缝”中的生存策略，以及思考自我存在价值，重新定义自我以争取平等权利的目标。

值得注意的是，华裔美国文学作品对于身份问题的探讨有其独特的文学表现形式。实际上，华裔美国文学文本并非像一般认为的是政治和文化文本。在对大量华裔美国文学作品的阅读过程中，笔者发现，华裔美国文学为读者打开了一个既有历史纵深又有当下关怀、既有群体意识又有个体经验的色彩斑斓的世界。华裔美国文学不仅是反映美国族裔文化历史的文本，更是具有独特美学价值的文学文本；既是族裔经验的言说，更是华裔作家个人审美经验的表达。普遍性和族裔性、文学性和政治文化性兼具是这一文学形式最为突出的特征。这一特征集中体现在表现身份问题的模糊性和复义性，表现在充斥于各部作品中的“身份表演”上。

从符号学意义上讲，“身份表演”是一个文学隐喻和象征符号，以人物多重身份的表演为具象，以模棱两可、含混不明的表现形式

为特点，具有复杂性、多义性和模糊性，为文本打开了多种解读空间，有着丰富的文学性和审美价值。此外，无论是从宏观的文学文本层面，还是从微观的文本中的人物层面，“身份表演”都是一种叙事。在整部作品的文本层面，“身份表演”是塑造人物、组织和推动情节发展的一种手段；而在文本中的人物，即“身份表演者”层面，其“身份表演”作为符号文本，本身也是一种叙事——“身份表演者”以身体及其行动为媒介讲述其人生故事。对于华裔美国文学而言，“身份表演”叙事既有其审美特征，又蕴含着丰富的政治、文化内涵，是一扇透视美国社会亚裔/华裔的生存境遇、心理状况和文化心态以及美国复杂的族裔政治的窗户。

总之，华裔美国文学“身份表演”以其形式上的多重性、内涵上的复义性而展示出极具张力的文学阐释空间，具有重要的研究价值，为研究者提供了一个解读华裔美国文学的独特视角。从这一角度来研究华裔美国文学，将能深化阅读，提升对作品的审美体验，得出更有美学意义和文化意义的结论，有助于彰显华裔美国文学从形式到内容上的审美特质，有助于人们正确评判华裔美国文学的文学价值。

第三节 本书的研究思路及观点体系

一、研究范围

本书所说的“身份表演”，既含有人类表演学意义上的“表演”层面，这一层面指人在社会生活中有意识地展示自己的行动，如在以下情境中的活动：烹饪、谈话、艺术、娱乐、运动、世俗和宗教仪式等，具有“表演性”和自我指涉性①；又包含了心理学意义上

① 理查·谢克纳：《什么是人类表演学》，见理查·谢克纳著，孙惠柱主编：《人类表演学系列：谢克纳专辑》，北京：文化艺术出版社，2010 年，第 4 – 5 页。

人呈现多重身份、多重自我这一层面的意义，这一层面涉及表面与内在、真实与虚假、被压抑的个性与释放的个性、第一自我与第二自我等悖论性问题。因此本研究将涉及这两个方面，涉及人物在不同时空，包括现实时空和心理时空的表演行为。

从符号学角度看，“身份表演”是一种符号文本，是以身体和行动为媒介进行的叙事，其基本特征是身体性和展示性，“身份表演者”的一言一行、一举一动都可以成为叙述故事、言说自我的语言符号。因此，本书的研究范围包括作品中人物的面貌、服饰、姿势、行为、语言、饮食以及与日常生活密切相关的仪式符号，但主要以主人公的行动为考察对象。出于研究旨趣，本书的观察对象限定在华裔美国文学文本中处于美国多族裔文化语境中的少数族裔（主要以华裔和其他亚裔为主）在特定时空中的表演性活动。考虑到美国亚裔/华裔所处的多元文化语境，他们在生活中所展示出来的言行和文化仪式活动必将具有鲜明的跨文化符号意义，因而也更能体现亚裔/华裔独特的身份意识。

鉴于人的社会角色和身份基本包括两种——由社会和文化设置的以及个体自主选择的角色和身份，本书以“面具”为隐喻，一方面考察宰制性社会和文化对亚裔/华裔的角色和身份的设置和规约，另一方面喻指亚裔/华裔在不同场合所行使的不同身份，考察亚裔/华裔在表演既定身份时，如何通过仿拟、滑动、改写、否定等策略表演出新的自我身份。文学中的“身份表演”作为一种以人物行动为主体的叙事形式，主要出现在叙事性文学文本中，因此本书通过对华裔美国文学中具有相对较大影响力的小说、自传、剧本等体裁的主要叙事文本的分析，力求较为全面地展示“身份表演”书写的风貌。虽然华裔美国文学的范围已经不限于以英文创作的作品，也包括华裔作家使用华文创作的作品，但受篇幅和精力所限，本书的研究范围仍然限定于华裔作家运用英文创作的作品，主要是从 20 世纪70年代至90年代期间，也即民权运动之后创作和出版的具有代表性的叙事性作品。之所以将研究的目光聚焦于这一时期的作家作品，主要是因为20世纪70年代是华裔美国文学的转型期和觉醒期，是美国华裔文学走向成熟和繁荣的一个重要阶段，具有一定篇幅的华裔叙事性作品（包括长篇小说和戏剧创作）集中出现在这一时期，包括七八十年代汤亭亭的《女勇士》（*The Woman Warrior*，1976）和《孙行者》（*Tripmaster Monkey*，1989）、徐宗雄（Shawn Wong）的《家园》（*Homebase*，1979）、赵健秀的《鸡笼华仔》（*The Chickencoop Chinaman*，1981）、黄哲伦的《蝴蝶君》（*M. Butterfly*，1986），以及90年代出现的新生代作家作品，如伍慧明的《骨》（*Bone*，1993）、黄准美（Elizabeth Wong）的《中国娃娃》（*China Doll*，1996）、任璧莲的《典型的美国佬》（*Typical American*，1991）和《莫娜在应许之地》（*Mona in the Promised Land*，1996）等。这些作家因深受亚美运动以及90年代多元族裔文化思想的影响，他们的创作对族裔身份的复杂性和变动性均有生动的表现，都包含丰富的有关族裔身份表演的内容，反映了其自身对身份问题的独特思考。

另外，作为参照，本书选取了两部较早期对华裔文学具有重要影响、富有代表性的华裔自传体小说——黄玉雪的《华女阿五》（*Fifth Chinese Daughter*，1945）和刘裔昌的《父亲与裔昌》（*Father and Glorious Descendant*，1943），以考察早期华裔作家对于族裔身份的不同表现形式和态度。

总之，在研究对象的选择上，本书围绕“身份表演”这一核心论题，尽量做到既有正面聚焦，也有侧面参照，既有当下的关怀，也有历史的铺垫。

二、研究方法

本书赞同 *Melus* 主编图史密斯的看法，认为华裔美国文学研究应该采取从形式到意识形态的研究路径。这一研究思路与当代符号学的研究方法具有颇多契合之处。笔者认为，符号学与华裔美国文学研究相结合，将能从形式入手，通过对符号形式的分析和解码，追寻符号背后的政治和文化内涵，从而实现文学审美与意识形态批评的互融。这或许将是消解华裔美国文学批评中的形式与内容及文学性与政治性、文化性对立的一个有效途径。

符号学是一门“研究意义的产生、传达和诠解过程的学说”①，它发端于结构主义语言学，但随着后结构主义的兴起，当代的符号学研究已经从元语言符号学走向含蓄意指符号学，从封闭的文本走向开放的世界、从形式走向意识形态、从结构走向解构，并且与各个学科融合，成为广泛应用于各个学科，尤其是人文—社会科学的总方法论。正如朱莉娅·克里斯蒂娃（Julia Kristeva）所言，“……符号学已成为一种思想方式、一种方法，它今已渗入一切社会科学，渗入与意指方式有关的一切科学话语或理论（人类学、精神分析学、认识论、历史、文学批评、美学）中，并位于科学与意识形态在其中相互斗争的场所内。符号学取代了古典哲学，成为科学时代的科学理论”②。在符号学看来，一切用来表达意义的东西都可以被称为符号，一切与意义相关的人类活动都可以成为符号学研究的对象，包括文学、音乐、绘画、电影、摄影、建筑、烹饪、广告、时装、民俗、宗教等，都可以用符号学方法进行探讨。文学符号学

① 赵毅衡：《符号学与符号学的文学研究》，《外国文学评论》1989 年第 2 期，第 33 页。

② 克里斯蒂娃编：《符号学论文集》，转引自李幼蒸：《理论符号学导论》，北京：中国人民大学出版社，2007 年，第 645 页。

认为，叙述是人类的表意行为，通过这样的行为，人类传达出各种信息，在此意义上说，文学叙事是一种符号化过程，这一过程产生了文学文本，即一种符号形式；而文学读者和批评家则对文学文本符号进行解码和阐释，透过文学文本的表面意思，发掘其底层及“背后”的意思，并在此过程中传达自己的审美经验和审美理念，这同样是一种符号化过程。

当代符号学携当代文化研究各种理论思潮，如马克思主义意识形态批判、女性主义、性别研究、心理分析等，进入文学和文化研究，成为文学和文化研究的一个强有力工具。本书尝试将符号学的方法运用于华裔美国文学研究，首先是因为符号学的“文本”观为把握华裔美国文学的文学本质提供了一个坚实的立足点。在解构主义符号学理论（以后期的巴特、克里斯蒂娃及巴赫金、罗特曼等俄国符号学家为代表）中，任何一个携带意义的等待解释的东西都是“文本”（texte，有些符号学著述译为“本文”）[1]，小到一张照片，大到整个社会、宇宙，都可以是一个文本。任何一个符号文本都既有形式又有内涵，都携带了大量的社会约定和文化联系，也即其意义。但文本不是一个封闭、固定的意义系统，而是一个处于开放、不确定状态的意义网，具有复杂的“文本间性”（克里斯蒂娃语）。符号学的任务就是揭开文本能指面，分析造成其意义不定性的各种政治、文化、社会因素。符号学的文本观及其对文本的分析方法使其成为“意识形态批评的基本方法”[2]。这恰恰契合了华裔美国文学兼具文学性和意识形态性的特质。正如学界所周知的，华裔美国文

---

① 乌斯宾斯基语，转引自赵毅衡：《符号学：原理与推演》，南京：南京大学出版社，2011 年，第 43 页。

② 屠友祥：《罗兰·巴特与索绪尔：文化意指分析基本模式的形成》，见罗兰·巴特著，屠友祥、温晋仪译：《神话修辞术：批评与真实》，上海：上海人民出版社，2009 年，第 3 页。

学既是文学文本，又是文化文本，既是华裔作家个人审美经验的表达，又是族裔经验的言说，普遍性和族裔性、文学性和政治文化性兼具，是这一文学形式最为突出的特征。这一特征使华裔美国文学文本成为一个多层级、多元的符号系统，成为符号学分析的最佳对象。

符号学的文本观也契合了本书研究对象——“身份表演”的特点。笔者认为，华裔美国文学作品中的“族裔身份表演”是少数族裔运用各种符码建构的符号文本，是“面具”隐喻在华裔美国文学文本中的符号化过程的展示。运用符号学方法有助于解码美国少数族裔的种种面具，例如，“模范少数族裔”这一面具是如何被编码、被自然化并成为美国华裔的身份符号的？通过对语言、行为、文化仪式等符号的解码，可以让我们洞察其中的权力运作；又如，美国少数族裔为何表现出身份的模棱两可、隐晦不明？通过符号学的方法，可以分析人物的行为态度等显性符号，探询人物内心的矛盾情结和对身份的困惑。

其次，文学符号学重视从文学作品的语言、修辞、叙述情节等符号形式进行分析，揭示作品形式中蕴含的意义，运用这种批评方法有助于分析华裔美国文学的美学特征。具体到本书所研究的“身份表演”，经由对“身份表演”的种种不同符号形态的解码，有助于深入观察作家如何发挥“身份表演”的叙事和修辞功能，使我们获得更为深刻的美学体验。

简言之，符号学的文艺批评方法既是形式批评，又是意识形态批判。它在重视形式分析的同时，深入文学的肌理，致力于探讨形式与内容之间或潜在或显现的关系，积极探寻作品的意义、意味等深层内容。在华裔美国文学批评实践中运用符号学方法，既有助于提升对作品的审美体验、深化阅读，也有助于彰显华裔美国文学从形式到内容上的审美特质，有助于人们正确评判华裔美国文学的文学价值。这正是本书将之作为主要研究方法的原因。

当然，面对内涵和形式如此丰富的“身份表演”叙事，任何单一的研究方法都不足以全面体现这一复杂文学现象的多姿风貌。而且，华裔美国文学本身具有多元的文化背景，呈现了开放性、极具张力的文化空间，由此注定其研究方法必然是立体、多层面和多角度的。国内华文文学和比较文学界著名学者饶芃子教授多次强调，文艺学研究需要“一种开放的眼光和方法”，至于海外华文文学研究，饶教授认为应该“把文学研究和文化研究紧密结合在一起”①。因此，本书还将所研究对象置于权力话语、精神分析、主体性等理论的观照之下，以饶教授所说的“开放的眼光和方法”，以更为广阔的理论视野，从多个角度、多个层面观察研究对象，使阅读更为深入、更具洞察力。

例如，借助米歇尔·福柯（Michel Foucault）的权力话语理论，笔者将弱势族裔的“身份表演”置于权力运作的网络中，通过追踪权力话语对弱势族裔的规约和铭刻，分析弱势族裔“身份表演”背后的社会和文化原因，将有助于深切理解美国弱势族裔的生存境遇和文化心态，也将使本书的研究更具历史感。而借助精神分析理论、主体性理论，将获得由人物的外在通往内在的路径，深入人物的精神世界，思考人在异化的环境中如何追寻自我、建构主体性，从而实现从形而下的现实关怀升华到形而上的精神关怀。

文学终究是人学，离不开对主体的研究。笔者认为，无论是社会生活中人的“身份表演”还是文学作品中人物的“身份表演”，都涉及人的多面性和复杂性这一哲学和心理学命题。按照人类表演学的说法，人有多种身份，拥有多个面具，那么主体也就具有多义

① 饶芃子：《海外华文文学理论建设与方法论问题》，见《比较诗学》，西安：陕西师范大学出版社，2000 年，第 227 页。

性，成了一种暧昧、复杂的存在。对于文学而言，作品中人物自身的复杂性和多面性，人物所面临存在的多义性和不确定性，正是文学的魅力所在。而解读这种谜一般的复杂性、多面性、多义性、不确定性，正是读者乐此不疲的工作。

总之，本研究以华裔美国文学文本中族裔主体的“身份表演”为研究对象，不仅要在文本层面的阅读中鉴赏作家笔下的人物描写，分析人物外在的行为符号，还要深入文本背后的“潜文本”，捕捉潜行于字里行间的潜在信息，在解读文本的同时参与文本的再建构。笔者试图接近作品中的人物，与之对话，了解其内心的思想和情感状态，尽力描绘出其“心灵地图”。笔者想要探究的问题是：为何“身份表演”会成为美国华裔文学作品的普遍主题？是什么原因推动着美国亚裔/华裔的“身份表演”？“面具”后面的主体究竟是何种存在形态？如果说身份符号受权力的支配，那么主体在受这些身份符号表征的时候，或者说扮演这些不同身份的时候，主体处于一种什么样的精神和情感状态？是服从于权力体系的管控，被动地接受角色身份的安排，还是具有其能动性，存在反抗压制和管控的可能性？

三、整体框架

本课题以华裔美国文学中的“身份表演”书写为研究对象，采用符号学的研究方法，并借助后结构主义的权力话语理论、女性主义的“身份操演”理论以及精神分析等理论工具，考察华裔美国文学文本如何运用“面具”隐喻表达作品主题，分析“身份表演”的符号形式，通过对符号形式的解码，追寻“面具”或“身份表演”符号背后深层次的意义，剖析“身份表演”背后的话语权力关系，并从心理层面探讨“身份表演”对族裔主体性的影响，对其个体自我以及族裔自我建构的意义以及主体能动性在其中所扮演的角色等问题。本书共有五部分：

绪论部分主要介绍华裔美国文学研究的现状及存在的问题，指出研究新趋势，阐明本研究的对象、目的、意义，对“身份表演”概念加以界定并进行理论推演，并明确本研究的范围和研究方法。

第一章围绕“面具/面孔”的隐喻，考察华裔美国文学作品中“身份表演”书写与族裔表征政治的关系，分别选取两部早期的华裔自传和两部20世纪80年代末的华裔美国文学作品进行阅读，分析不同历史时期华裔作家运用“身份表演”书写表征族裔自我形象时的不同艺术表现，由此观察他们对待美国族裔表征政治的不同立场和态度。

第二章由几部具有代表性的华裔文学作品的“身份表演”书写中，提炼出“真/假身份”这一主题，围绕美国少数族裔的身份悬疑，运用符号解码的方法，揭示“族裔身份表演”与生存政治的意指关系。

第三章探讨“身份表演”在族裔主体性追寻和建构中的作用，选取几个华裔美国文学文本中独具特色的两类“身份表演”展开讨论：一类是梦幻时空中的“身份表演”，观察族裔主体如何借此突破时空界限，在族裔历史的追寻中定位自我，实现自我的建构；一类是后现代多元文化语境中的美国少数族裔青少年的“身份表演”游戏，考察新一代华裔如何以“身份表演”游戏打破社会文化体制中的身份范畴，建构自我主体性。

结语部分指出“身份表演”是身份主题在华裔美国作家笔下的具体化和个性化艺术呈现。华裔美国作家笔下的“身份表演”模式多样化，有着复杂、多义的特点，表现出鲜明的符号性和浓郁的文化隐喻性，是华裔美国作家借以表现族裔经验和族裔政治的艺术形式，被赋予了丰富的文化政治内涵。本书通过对“身份表演”书写的研究，揭示了华裔美国文学普遍性和族裔性、文化性和政治性兼具的特征。

四、创新之处

（1）本研究突破了以往华裔文学研究以后殖民主义、女权主义、文化取向等为视角，以种族歧视和压迫、母女关系、中国文化因素的利用、文化误读等为对象的研究范式，由一个全新的角度——“身份表演”入手，由表入里，层层深入，探索一个更具普适性意义的命题，即少数族裔主体性的追寻和建构。这是本书对华裔美国文学研究的一项创新，有助于拓宽华裔美国文学研究的领域和思路。

（2）本研究在方法上具有独创性，主要运用符号学、精神分析等方法，并借助国外新兴理论，如权力话语理论、“面具”理论、“身份操演”理论等，以跨学科的视野来考察研究对象，追寻“面具”符号和“身份表演”符号背后的意义。凭借理论视野的拓展以及研究方法的创新，本研究努力尝试参与国际学术前沿的对话。

（3）本研究糅合社会历史批评与心理批评，分别从社会、心理、文化多个维度来考察“身份表演”，力图使亚裔/华裔主体的“身份表演”得到立体、全方位的展示，充分挖掘“身份表演”符号文本的政治、文化内涵，揭示其对亚裔/华裔主体的个体心理以及族群文化心理的影响，并重新思考族裔主体的能动性问题。这是对以往过于侧重社会历史批评、忽视对行为主体的心理和主体性的关怀、忽略主体能动性的研究范式的突破。

（4）鉴于现有研究欠缺对“身份表演”概念的清晰界定和系统论说，本研究将试图对这一概念的演化作历史性的梳理，对其意义、内涵加以界定，分析“身份表演”的多种表现形式，并尝试从符号学角度对其进行理论建构，这将是一次非常有意义、具创新性的实践。

（5）有别于以往华裔文学研究侧重文化诗学关照而忽视华裔文学的文学性倾向，本研究力图兼顾文化意义的挖掘与审美价值的辨析。本研究将“身份表演”视为一种符号文本，势必涉及文本中人物语言、行为、动作、姿态及其在社会生活中的仪式性行为等形象性描写，以及人物心理活动的表现。本书通过对这些意符在文本中修辞功能的分析，揭示符号与现实社会和文化语境的意指关系，挖掘符号所蕴含的政治和文化含义。这是以文本中的人物形象为依托，将文本内部研究与外部研究紧密结合，充分展现作品的风格特点、美学价值及其文化内涵，从而为华裔美国文学提供文化诗学和美学意义上的双重观照。

第一章　面孔抑或面具
——“族裔身份表演”与族裔表征政治

华裔美国文学是伴随着华人向美国移民的历史而产生的。从历史上看，华裔美国文学起源于早期移民用中文创作的歌谣、诗文。这类移民文学的创作目的主要是表现移民生活的艰辛，抒发背井离乡的愁苦和对故土的眷恋之情。此类用中文写作的移民文学能否归入严格意义上的华裔美国文学尽管仍然存在争议，但它已经代表了早期华裔美国文学的主要创作目的之一，即提供一种表达和言说自我的途径，是“另类的历史、竞争的叙述和被压抑的声音”①。早期华裔美国文学的另一主要创作目的则是希望通过塑造真实的华人/华裔形象，以纠正美国主流文化一直以来对华人/华裔的误解和歪曲印象。实际上，这在此后一段时期一直是华裔美国文学创作的主旨之一。可以说，从一开始，华裔美国文学就被赋予了政治性。

从第一批华人抵达美洲大陆之日起，他们就作为“他者”而进入美国人的视线，再进而进入美国主流文化文本，成为主流文化观察、想象和表征的对象。然而在这些文本中，华人/华裔仅仅是作为无主体性的对象、物化的“他者”而存在，这样一个静默的“他者”实在给了观看者太多排解好奇心和发挥想象力的空间。可想而知，如此一厢情愿表征出来的华人/华裔形象自然充满想象、虚构

---

① STEPHEN GREENBLATT. ed. New world encounters. Berkeley：University of California Press，1993：p. viii.

以及种种出于偏见和误识而造成的歪曲成分。在这种背景下产生的华裔美国文学便成为华裔对抗“他者化”表征的一个重要场域。

“表征”（representation）是当代文化研究的一个热点问题，这一概念将语言、意义、文化和权力相联系，其内涵相当丰富，不仅关涉人类生活中人与人之间语言的交流、意义的传递，还与文化实践中的意识形态、社会实践中的权力政治有着复杂的关系。围绕表征的讨论已将之作为文化和政治理论的一个重要命题，而当表征作为一种实践，其所透视出来的是社会集团之间的文化政治和权力政治，其具体表现形式不一而足。

斯图尔特·霍尔在《表征——文化表象与意指实践》中对表征的意义和文化内涵作了界定。他借用《牛津英语简明辞典》的解释，指出表征有两个意义：“1. 表征某物即描绘或摹状它，通过描绘或想象而在头脑中想起它；在我们的头脑和感官中将此物的一个相似物品摆在我们面前……2. 表征还意味着象征，代表，做（什么的）标本，或替代。”① 概言之，表征涉及人要先理解人、物、事的世界，在头脑里形成人、物、事的概念，然后将这些概念向他人表达的整个过程。单从这一定义来看，表征与亚里士多德的再现论很相似，但在当代文化研究中其含义要比“再现”宽广很多。再现论的局限在于，它将语言、概念和世界的关系看作是固定、对应的，认为人的语言可以像镜子般客观地反映世界。然而，随着20世纪人文科学尤其是语言哲学的发展，人们发现“在语言和现实世界之间，不存在简单的反映、模仿或一对一的关系。世界并非精确或不精确地反映在语言之镜中”②。世界的意义并非确定的，而是处于不

① 斯图尔特·霍尔编，徐亮、陆兴华译：《表征——文化表象与意指实践》，北京：商务印书馆，2003年，第16页。

② 斯图尔特·霍尔编，徐亮、陆兴华译：《表征——文化表象与意指实践》，北京：商务印书馆，2003年，第28页。

断滑动中，需要人们加以阐释，而阐释也永远处于未完成、开放状态中。建立在这一语言哲学观基础上，当代表征理论认为，表征的过程不是简单地将事物或观念加以“客观”反映，它受到作为主体的人的知识、情感、权力以及所处社会文化系统的政治和意识形态等因素的影响。首先，表征是通过语言的意指实践实现的。“语言”一词不仅包括我们通常所说的文字语言或口头语言，还包括各种视觉形象、表情姿态、服装、信号等符号，换言之，语言是一个符号系统。现代语言学认为，语言符号作为能指与其指称的事物之间的关系是具有任意性的，意义不在客体中，也不在词语中，使它们产生意指关系的是人的实践。霍尔指出，“在文化中的意义过程的核心，存在着两个相关的‘表征系统’。通过在各种事物（人、物、事、抽象概念等等）与我们的概念系统、概念图之间建构一系列相似性或一系列等价物，第一个系统使我们能赋予世界以意义。第二个系统依靠的是我们的概念图与一系列符号之间建构一系列相似性，这些符号被安排和组织到代表或表征那些概念的各种语言中。各种‘事物’、概念和符号间的关系是语言中意义生产的实质之所在。而将这三个要素联结起来的过程就是我们称为‘表征’的东西。”① 以构成论观点来看，这一过程离不开主体的操控，离不开社会文化系统、知识和权力，借用福柯的术语就是离不开话语和权力的运作。因此说意义是表征的实践和“运作”产生出来的，是经由意指实践而得以建构的。反言之，表征具有建构性。

表征的建构性使其成为“复杂意识形态关系的最集中的再现”②，也成为各个社会集团争夺意义的场域。一方面，社会集团之

---

① 斯图尔特·霍尔编，徐亮、陆兴华译：《表征——文化表象与意指实践》，北京：商务印书馆，2003 年，第 19 页。

② 王晓路：《表征理论与美国少数族裔书写》，《南开学报》2005 年第 4 期，第 33 – 38 页。

间通过表征争夺意义的赋予权和阐释权，以期建构以本集团为主导的话语体系，这就是所谓的“表征政治”（politics of representation）。当然，身处表征政治中的不同社会集团往往处于权力不平衡状态。拥有支配权力、处于主导地位的文化、社会机构、群体往往可以根据自身的需要，以符合自身目的的形式和内容，对处于从属地位、受支配的“他者”进行“自由”表征，通过这种表征“蓄意遮蔽某些现象，或造成蓄意误读，或隐去其中的意识形态意图，或模糊社会族群和社会性别之间的差异以及内在矛盾”①。另一方面，他们也利用所掌握的各种宣传、广告媒介等文化符号系统进行自我表征，在某种程度上美化自我形象，强化和固化自身的支配地位。而处于从属、被支配地位的社会群体则因为没有话语权和表征途径而只能成为被表征者。

使情况更为复杂的是，受话语操控的表征经过不断重复和强化，本身也成为话语，进入庞大的话语系统，并以其强大的生长力自我建构成“神话”或“真理”。这些“神话”和“真理”不但以文化霸权的形式牢牢统治着主流社会的意识形态，“往往排除了更具独立意识和怀疑精神的思想家对此提出异议的可能性”②，而且形成了对被表征者的心理控制，让他们“对一些观念变得不敏感”③，并且自觉或不自觉地接受对他们的表征。表现在种族语境中，有色人种在强大的主流表征系统中，往往接受和内化了白人对他们的表

---

① KRELL, DAVID FARRELL. The bodies of black folk: from Kant and Hegel to Du Bois and Baldwin. Boundary, 2000, 227 (3). 转引自陈爱敏：《表征与反表征——兼论美国华裔文学的表征实践》，《外语研究》2008 年第 6 期，第 89 页。

② 萨义德著，王宇根译：《东方学》，北京：生活·读书·新知三联书店，1999 年，第 10 页。

③ KRELL, DAVID FARRELL. The bodies of black folk: from Kant and Hegel to Du Bois and Baldwin. Boundary, 2000, 227 (3). 转引自陈爱敏：《表征与反表征——兼论美国华裔文学的表征实践》，《外语研究》2008 年第 6 期，第 90 页。

征，诸如各种种族刻板印象，结果就是产生对本种族的自我憎恨(self-hatred)和厌弃，或是刻意改变自己以迎合白人的价值标准。

这种表征权力的不平衡凸显了边缘群体参与表征政治的迫切性。但在宰制性文化的表征系统内，边缘族裔要参与到主流文化的话语中是非常困难的，只有另辟蹊径，积极建构属于本族群的表征系统，才能实现言说自我，摆脱被言说、被表征的被动处境。华裔美国文学的产生便是华裔作家及其代表的华裔族群寻找和建构自己的表征系统的结果。本章将在考察剖析美国主流文化对华人的符号化表征基础上，通过细读两部具有代表性的华裔美国自传小说，分析华裔美国作家如何通过书写族裔历史和生活故事，构建新的表征系统，从正面绘写族裔自我形象，以笔为武器，积极参与到族裔表征政治中。

第一节　绘写“他者”：美国权力话语对华人的符号化表征

长久以来，在美国的主流文化文本中，华人华裔往往是以负面的刻板形象出现的。作为弱势群体，毫无表征权和表征途径的华人和华裔一直沦为美国主流话语的表征对象，被动地遭受白人表征符号的涂抹、歪曲和虚构。纵观美国华人华裔的被表征史，支配华人华裔形象表征的主要因素有美国国内的政治经济形势以及根深蒂固于白人社会文化心理中的白色人种优越论、白色文化优越论等意识形态。

从政治、经济上分析，美国主流社会对华人的负面表征主要是由华人和白人在工作机会方面的竞争而引起的。19 世纪下半叶，美国出现的“淘金热”吸引了大批怀揣梦想的“金山客”漂洋过海来到美国，开始了他们在美国的奋斗历程。当时在各个工矿工作的华人劳工由于勤劳肯干，深受美国雇主赏识。这却使白人工人感受到了威胁，认为华工抢走了他们的饭碗，于是滋生了对华人移民的不满和敌视心理。这种社会情绪很快蔓延开来，并催生了从民间到政府的一波波排华运动。与此同时，为配合排华运动，白人社会也开始利用各类宣传媒介，在各种文化文本中肆无忌惮地对华人移民进行丑化和贬低，于是各种华人的刻板形象随之而生。

就文化心理而言，在美国这个多种族杂居的移民国家，人们迫切需要获得概念清晰的身份认同，然而，自我身份的确立并非自足自为的，而是需要外界符号系统的投射和参照，因此人们采取了构建“他者”的方式，以获得自我身份的边界。美国学者萨义德认为，“自我身份的建构……牵涉到与自己相反的‘他者’身份的建构”[①]。在美国，自19世纪以来，以WASP（盎格鲁—撒克逊族白人新教徒）为主导的主流社会为了将自己确立为高人一等的种族，尤其热衷于运用所掌握的符号系统，将其他少数族裔建构成低劣的“他者”，塑造出一个个模式化的种族面具，企图以此规约和控制少数族裔，维护其统治秩序。长期以来，在美国的华人华裔深受其害。他们发现自己被打上了各种标签，被套上了多种面具，这些面具顽固难除，直至长在了面孔上，真假难辨，甚至连自己都无法辨认。在白色文化的符号系统中，华人华裔甚至没有个体的面孔，而只是作为一个群体形象出现。实际上，他们从不被认为是一个个活生生的个体，而是经过简约、固化而适用于各种文化文本的符号，就像费力斯·高桥（Ferris Takahashi）诗中所描绘的，“我没有面

① 萨义德著，王宇根译：《东方学》，北京：生活·读书·新知三联书店，1999年，第426页。

孔”，有的只是“钉在我肉体上的敌人的面具”。[①]

美国白色文化对于华人华裔的建构其实只是萨义德所揭示的“东方主义”话语的一部分，正如“东方并非一种自然的存在”[②]，“东方人的面孔”也并非自然的存在，而是西方的“东方主义”臆想和种族主义意识形态虚构出来的神话。正如萨义德所指出：“神话话语的主要特征是，它隐藏起了自身的起源以及它所描述的那些东西的起源。”[③] 我们的任务则是要揭露其虚构性和欺骗性。本节将重点分析美国白色文化是如何操弄所掌握的符号系统，编织适心应手的符码[④]，铸造符合其种族主义意识形态和“东方主义”臆想的华裔符号的。

一、美国主流话语中的华人/华裔面孔迷思

罗伯特·李（Robert G. Lee）在《东方人：大众文化中的亚裔美国人》（*Oriental: Asian Americans in Popular Culture*，1999）一书中指出，在美国大众文化中，东方人有着六副面孔，其中涉及华人的主要有五副：污染者、道德堕落者、苦力、黄祸和模范少数族裔。[⑤] 每一副面孔都是在不同历史时期伴随着美国主流社会对华人

---

① FERRIS TAKAHASHI. Nisei! Nisei! In LILLIAN FADEMAN, BARBARA BRADSHAW. ed. Speaking for ourselves. Atlanta: Scott Foresman & Co., 1969. In ELAINE KIM. Asian American literature: an introduction to the writings and their social context. Philadelphia: Temple University Press, 1982: p. 72.

② 萨义德著，王宇根译：《东方学》，北京：生活·读书·新知三联书店，1999年，第6页。

③ 萨义德著，王宇根译：《东方学》，北京：生活·读书·新知三联书店，1999年，第413页。

④ 符码（code）指的是各种符号系统化的组合，受到了成规和规则的限制。实际上，符码就是一系列依据成规运作的文本元素。

⑤ ROBERT LEE. Oriental: Asian Americans in popular culture. Philadelphia: Temple University Press, 1999: p. 8.

态度的变化而被塑造出来的。

(1)“污染者”。据罗伯特·李的考证，华人被当作美国文化和社会的“污染者”始于19世纪中期，当时的“淘金热”吸引了大批怀揣梦想的华人工人来到美国加州一带。在白人眼里，这些华人移民又脏又乱，胆小懦弱，赌博偷窃，吸食鸦片，是致命疾病的携带者，他们的到来“污染”了美国社会。

(2)“道德堕落者”。这一面孔产生于19世纪六七十年代，当时有成百上千的中国女性被送到美国当妓女，而有些男性则进入白人家庭从事家仆工作。在此背景下，美国主流开始鼓吹华人兼具“性诱惑和性威胁”①，认为华人女性将性诱白人男性，华人男性则对白人女性造成性威胁，他们将败坏社会道德，破坏美国人的家庭，危及白人种族血统的纯洁性。

(3)“苦力”。“苦力”这一面孔同样产生于19世纪六七十年代，当时的美国人将留着大辫子的“苦力”形象作为区分华人与其他亚裔移民的标志。“苦力”们基本上都是些文盲，也不会讲英语，他们拖着大辫子，干着白人不愿干的最脏、最苦、最累的活，换取最低的薪酬。他们虽然受到白人雇主的赏识，却招致白人工人的不满，认为这些“苦力”抢走了他们的饭碗，降低了他们的薪酬。

(4)“黄祸”。19世纪末期，随着美国国内亚洲移民人数的激增，白人社会原先对华人的鄙视逐渐演变成一种莫名的恐慌，加上经济不景气造成就业竞争加剧，白人劳工原先对华工的不满逐步升级为强烈的排华情绪，并且最终升级为政府行为。1882年美国国会通过了《排华法案》，此后一直到20世纪初期，自民间到政府的排华浪潮一波接一波，“黄祸”这一面孔正是白人主流社会为了配合

① ROBERT LEE. Oriental：Asian Americans in popular culture. Philadelphia：Temple University Press，1999：p. 10.

排华宣传而适时炮制出来的。“黄祸论”将华人塑造成神秘阴险、狡诈邪恶、诡计多端、冷血残暴的异类，指责这个民族大规模的“入侵”是“对整个西方文明和白人种族最大的威胁”。①

（5）“模范少数族裔”。“模范少数族裔”这一面孔是在20世纪五六十年代安给华裔的。此时正值冷战时期，美国社会将华裔树立为“模范少数族裔”，一方面是为了配合舆论，向共产主义世界宣传美国意识形态和制度的优越性，另一方面，美国国内推行“文化大熔炉”的同化政策，将华裔树立为其他少数族裔的榜样，既可以形成对这一政策的正面舆论，又可以达到批评和教育其他少数族裔（如黑人）的目的。于是，一百多年来“冷酷残暴、背信弃义、敌对的外国人”，恍惚在一夜之间就成了“勤劳、安静、守法的公民”。②

分析这些华人面孔所产生的历史、政治和经济背景，不难发现其“神话”的虚构本质，然而由于其背后强大而又无所不在的话语权力的操弄，这些面孔在美国社会深入人心，并且经过文化传媒和文学的想象、提炼、打磨、渲染、着色，重新凝聚成几个更具神幻色彩的符号，它们便是在美国大众文化文本和文学文本中的“阿辛”“傅满洲”“陈查理”“莲花”和“龙女”等形象。

（1）“异教徒”阿辛。1870年布雷特·哈特（Bret Hart）发表了一首诗作——《异教徒中国佬》（*The Heathen Chinee or Plain Language from Truthful James*），塑造了一个名叫“阿辛”（Ah Sin）的华人角色。这是个面无表情、蓄着辫子的赌徒，佯装天真，实则善于欺诈。哈特在诗中有意提醒读者这个名字所暗示的意思（英文sin

---

① ROBERT LEE. Oriental: Asian Americans in popular culture. Philadelphia: Temple University Press, 1999: p. 10.

② HURH, W M, KIM, K C. The “success” image of Asian Americans: its validity, and its practical and theoretical implications. Ethic and Racial Studies, 1989: pp. 516, 515.

意思是“罪恶”），毫不掩饰其对华人的敌意。之后哈特和马克·吐温将这一形象放进两人共同创作的戏剧《阿辛》中。剧中，被称为“中国佬”“异教徒”的阿辛专为白人洗衣服，胆小怕事，贪小便宜，偷窃成性，唯唯诺诺，讲一口难以听懂的英语。这一华人洗衣工的形象影响如此之广，以至于华人普遍被称为“阿辛”，后来华裔美国作家汤亭亭在《孙行者》一书中塑造了一个截然相反的“阿辛”（Ah Sing）以示抗议。

（2）“妖魔”傅满洲。傅满洲是英国作家萨克斯·罗墨（Sax Rohmer）塑造出来的华人形象。罗墨在其一生中创作了 13 部傅满洲小说，每一部都讲述了阴险狡诈、邪恶残暴的傅满洲博士密谋运用其从西方学来的先进知识及其与生俱来的邪恶力量来威胁白人安全和世界和平。1929 年，傅满洲系列故事首次被搬上美国银幕，之后傅满洲作为邪恶华人的代表在美国家喻户晓。在创作者罗墨的描述中，傅满洲“不是一个正常人，而是超人，是撒旦的化身，他知识渊博，少人能及，冷酷无情，意图掌控一切，拥有不受任何肉体关系羁绊的高智商和不受人类法理约束的强大头脑”①。他“充满了复仇的欲望，冷血无情，专事人们闻所未闻的各种形式的酷刑，是个摆弄不知名毒药的老手，还是一支由流氓恶棍和奴隶组成的军队的头目，那些人随时都准备听命于他去干一些最恶毒的勾当”②。总之，这是一个“所有中国式邪恶的集大成者”③：凶残冷血，毫无人性，阴险狡诈，作恶多端；这是一个负载着一切关于东方的负面情

---

① SAX ROHMER. In ELAINE KIM. Asian American literature：an introduction to the writings and their social context. Philadelphia：Temple University Press，1982：p. 8.

② HAROLD R ISAACS. Scratches on our minds：American views of China and India. New York：M. E. Sharpe，Inc.，1980. 转引自詹乔：《论华裔美国英语叙事文本中的中国形象》，暨南大学博士学位论文，2007 年，第 35 页。

③ 詹乔：《论华裔美国英语叙事文本中的中国形象》，暨南大学博士学位论文，2007 年，第 35 页。

绪的符号，西方世界对东方的鄙视、仇恨和莫名的恐惧都在这一符号得到了淋漓尽致的体现。

（3）“良民”陈查理。陈查理是毕格斯（Earl Derr Biggers）始于1925年发表在《星期六晚报》里的一系列侦探小说中的主角，是一名华人侦探。随后陈查理的故事被改编成连环画、广播剧、百老汇戏剧，以及近50部电影，使陈查理成为美国家喻户晓的人物形象。这名华人侦探拥有华人的精明睿智，又忠心耿耿服务于美国政府，是美国的得力“家臣”①。他态度谦恭、笑容可掬，常常把杜撰的“子曰……”挂在嘴边，具有东方人的耐心和神秘的“第六感官”，能破解各种复杂的命案。凭借温良谦恭、听命受令和聪明能干的品质，陈查理成为美国“模范少数族裔”的代表，更凭借其在美国大众中的影响力而成为归化华裔的象征符号。

（4）“莲花”与“龙女”。美国的大众文化文本和文学文本在构建华人男性象征符号的同时，也为华人女性创造了两个象征符号：“莲花”和“龙女”。“莲花”是西方赋予日本女性的象征符号“蝴蝶”的类像（icon），这两个图像“被简化且不加思索地一再使用”②，成了东亚女性的刻板形象。“蝴蝶”图像源于普契尼的歌剧《蝴蝶夫人》，剧中蝴蝶夫人——一名日本女子，被白人男性抛弃而自杀身亡。“莲花”是好莱坞影片《海逝》（*The Toll of the Sea*，1922）中的华裔女性角色，在得知自己被白人男友抛弃后跳海自尽，延续了东方“蝴蝶”为西方男子的“爱”而自甘毁灭的故事。“莲花”和“蝴蝶”的故事一再上演，脆弱、美丽、痴情的“莲花”和“蝴蝶”也就一次次为了西方男子而死去，既“满足了西方

① 黎煜：《撒旦与家臣——美国电影中的华人形象》，《电影艺术》2009年第1期。

② 林英敏著，单德兴译：《蝴蝶图像的起源》，见何文敬、单德兴主编：《再现政治与华裔美国文学》，台北：“中央研究院”欧美研究所，1996年，第185页。

男子的凝视与愉悦”①，又迎合了白人以白人种族优越论鼓胀起来的虚荣心。“龙女”（The Dragon Lady）则是卡尼夫（Milton Caniff）的连环漫画《特里与海盗》（*Terry and the Pirates*）中的华裔女性角色，是个女版傅满洲，是邪恶、毒辣、铁石心肠的母夜叉，善于以性迷惑和控制男人，以填其权力欲壑，其罪恶的灵魂最终需要一个白人男性来拯救。自此，“龙女”成了一个象征东方女性的符号，是妖冶悍妇的代名词，“任何一个偏离了当时的女性行为准则的华裔女人或者任何女人，都被称为龙女”②。

按照符号学的说法，寻求模仿或类似其对象的表征称为类像/图像，上述由白色文化所创的各类华人/华裔脸谱，就是陈列在美国种族主义和东方主义意识形态图库里的类像/图像。它们被赋予了极强的隐喻性和象征意义，并且被各种主流文化文本一再消费和拨用。林英敏指出，“图像被简化且不加思索地一再使用，时日一久便成了刻板印象”③。因此，若要打破各种刻板印象，需要做的首先是学会以审视的眼光来分析它们，认清其本质，因此有必要追索这些脸谱的符号化过程，看清它们是由哪些意符构成的，这些意符又是如何被编码的。

二、权力操纵的符码

霍米·巴巴（Homi Bhabha）在谈到刻板形象的产生时指出：“刻板化形象并不仅仅刻画出一个可以成为某种歧视的替罪羊的虚

---

① 林英敏著，单德兴译：《蝴蝶图像的起源》，见何文敬、单德兴主编：《再现政治与华裔美国文学》，台北：“中央研究院”欧美研究所，1996 年，第 186 页。

② YOUNG，MARY. Mules and dragons：popular culture images in the selected writings of African – American and Chinese women writers. London：Greenwood Press，1993：p. 136.

③ 林英敏著，单德兴译：《蝴蝶图像的起源》，见何文敬、单德兴主编：《再现政治与华裔美国文学》，台北：“中央研究院”欧美研究所，1996 年，第 185 页。

假形象，它是一种远比这更为含糊的文本，是反射和内射，具有隐喻和转喻性质的策略，错位、自负、罪咎和挑衅的文本，是戴上‘官方’和虚幻的面具再将其撕裂的文本……”[①] 的确，刻板形象作为符号文本，其构建过程是一个非常复杂的意指过程，然而它还是具有一切符号化过程的共同规律，即它必须遵循一套符码，也就是控制指符的组合和意义植入的规则。例如，在拍摄电影时，人可以通过电影镜头形式控制意义的植入，仰拍赋予拍摄对象权力与威严，俯拍使拍摄对象显得渺小和微弱[②]，此处，形成镜头形式与意义之间关系的规则就是符码。那么，美国大众文化和文学文本的创作者运用了什么符码来创造华人的面具符号呢?

人类学家罗杰斯·阿伯拉罕斯在论及人们对于“他者”形象的塑造时指出：“在我们关于他者的谈论的最深层次上，我们的语言为我们提供了这些他者的动物属性，展示他们‘无法正确说话’‘无法正确饮食’，或‘无法建立许可的性关系’。这就是我所说的‘深层刻板印象’，因为它指全世界的人民用以谈论陌生人和敌人的非常普遍性的特征。深层刻板印象使人们注意他者由异常的性倾向、表达障碍，当然，还有奇怪的饮食习惯所表现出来的文明的缺失。”[③] 阿伯拉罕斯的分析揭示了建构“他者”符号的符码，即从语言、饮食和性能力几个方面加以有意贬低，实行“去人性化”策略，形成一套以降格方式运作的话语规则。但他忽略了另一个更为

① HOMI BHABHA. The other question：stereotype，discrimination and the discourse of colonialism. The location of culture. London：Routledge，1994：p. 117.

② JOHN FISKE，JOHN HARTLEY. Reading television. New York：Routledge，2003：p. 48.

③ ROGER ABRAHAMS. Equal opportunity eating：a structural excursus on things of the mouth. In BROWN，LINDA KELLER，KAY MUSSELL. Ethnic and regional foodways in the United States：the performance of group identity. Knoxville：The University of Tennessee Press，1985：p. 22.

直观的因素，人们在谈论“他者”时，最先勾勒的是体貌特征和衣着打扮。美国白人文化就是通过摘取在美华人的体态外貌、服饰装扮、语言、饮食习惯、行为方式等能指，经意识形态的注入，加以夸张、变形、简化等编码程序，使之成为方便操控的表征符码，塑造华人的种族面具。

（一）对华人体貌特征的妖魔化和非人格化

在19世纪后期至20世纪初期的美国主流文化文本和文学文本中，充斥着各种对华人的身材、肤色、面貌的嘲笑调侃。在各种漫画式描绘中，华人的眼睛、鼻子、体肤、衣着，没有一处不被摘选，那些白人所认为的缺点被刻意放大并肆意加以夸张和渲染。

1870年，美国《哈珀周刊》（*Harper's Weekly*）刊登了托马斯·纳斯特的系列漫画，在这些漫画中，纳斯特以极为夸张的手法将华人刻画成形象猥琐、举止滑稽的小丑。漫画中的华人男子蓄着长辫子，穿着长衫，垂肩弓背，对着白人点头哈腰，脸上带着阴险狡猾的假笑。漫画尤其突出他们身后马尾巴一样的大辫子，这条辫子反复被白人警察、白人老板等权威者揪住戏弄。[1] 同年，美国《莱斯理新闻画报》（*Leslie Illustrated Newspaper*）也刊登了“新来者”（The Coming Man）系列插图故事，将华人描绘成长着几个头的妖怪。1881年，《胡蜂》（*The Wasp*）杂志刊登了一幅丑化华人的漫画，并在配文中将华人描述为“外形怪诞”“像猴子一般”[2] 的形象。

这段时期随着美国国内排华情绪的一路高涨，大众媒介如报纸、广告对华人的丑化和贬低竞成风潮，并对文学产生了深刻影

---

① PAUL W SCHALTENBRAND. Illustrations of racism against Chinese immigrants. http：//www. chatham. edu/pti/curriculum/units/2003/Schaltenbrand. pdf.

② PHILIP P CHOY，LORRAINE DONG，MARLON K HOM. Coming man. Seattle and London：University of Washington Press，1995：p. 91.

响。在20世纪初期的白人文学里，对华人的外貌描写呈现出明显的非人格化和妖魔化倾向。白人作家华莱士·厄尔温（Wallace Irwin）在其小说中不仅将华人贬为没有生气的物种：“脸上总带着一张黄色的面具，深陷的眼睛里要么毫无表情和感情，要么像两颗没有生气的煤球，在那两条像是用刀划出来的眼缝后面燃烧”，更恶毒地将华人与野兽和牲口进行类比：有些人“长着狼一样的牙齿”，像“一群愚钝、目光呆滞的牛，不问对错、盲目地跟着往前走，互相挤踩、争斗着”。[1] 还有一些作家的作品将华人描写成未开化的野人，如杰克·伦敦（Jack London）在短篇小说《白与黄》中所描写的中国渔夫，满脸麻子，丑陋又肮脏，半裸着身子，扯着喉咙粗野地叫喊着。尤其是弗兰克·诺利斯（Frank Norris），他在《莱提女士的莫兰：加州海岸历险记》（*Moran of the Lady Letty*：*A Story of Adventure off the California Coast*，1898）将中国人描述得像猿猴般：“面孔就像那些高级的类人猿”，“眼睛小而亮，前额皱纹很多，未老先衰。他们的表情是类人猿的那种狡黠，还有一种全然缺乏勇气的狰狞”。[2]

对华人外貌特征的妖魔化刻画达到登峰造极的例子是傅满洲，请看这幅令人闻风丧胆的面具是如何构造的——“相貌阴险、瘦高，长着莎士比亚式的眉毛和撒旦式的脸，脑袋刮得精光，一双长眼睛像猫一样发出绿光，他将整个东方民族的残酷和狡猾集于一身”[3]，“每动一下手指头都意味着恫吓，每抽搐一下眉毛都充满威

---

① WALLACE IRWIN. Cited in ELAINE KIM. Asian American literature：an introduction to the writings and their social context. Philadelphia：Temple University Press，1982：p. 6.

② WILLIAM F WU. The yellow peril：Chinese Americans in American fiction 1850 – 1940. Archon Books，1982：pp. 99 – 100.

③ WILLIAM F WU. The yellow peril：Chinese Americans in American fiction 1850 – 1940. Archon Books，1982：p. 165.

胁，每眨一下他的斜眼睛都透着恐怖”①。在这幅肖像画中，从傅满洲的脑袋、脸面、眉毛、眼睛到全身的每一寸，创作者每画出一个指符，都注入了强烈的厌恶和憎恨。

将华人非人格化的另一手法是抓取华人平和、不苟言笑的表情特点，将之放大和夸张，渲染成华人情感麻木，内心冷血，甚至没有人类的情感。白人作家威尔·厄尔温（Will Irwin）在《古老的唐人街》（1913）中写道：“掩藏在他们的彬彬有礼、来源于古老文明的圆熟和纯属商人才有的信用下面的是一种冰冷、狂奔的野蛮性情，是对残暴的麻木，而一旦这种残暴被唤醒，那将是我们所能遇到的最冷血、最丑恶的残暴。”② 在布雷特·哈特、杰克·伦敦、弗兰克·诺利斯等作家笔下，华人被塑造得像动物般迟钝和麻木：“他面无表情地坐着，……他的四个同伴脸上也带着同样的表情。当翻译解释给他们听，他们谋杀忡甲罪名成立时，他们依然一副无动于衷的样子。”他们有着比牲口还强的生命力和对周遭恶劣环境的漠然：“驴子流着汗，克拉错流着汗，阿周也流着汗。但阿周却是对这酷热最不在意的一个。……他笑着，带着如此温顺的笑容，就连反应迟钝的克拉错也忍不住要觉得奇怪了。”③

在另一位白人作家卢·惠特（Lu Wheat）笔下，华人的麻木表情被夸张到了极致：华人如同没有生命的木头般，他们没有人类的情感，不珍惜生命，包括自己的生命，甚至对痛苦都没有感觉。例如，《阿梅》（*Ah Moy*，1901）中的女主人公阿梅“奇怪地，对痛苦

---

① HAROLD R ISAACS. Scratches on our minds：American views of China and India. New York：M. E. Sharpe，Inc.，1980. 转引自詹乔：《论华裔美国英语叙事文本中的中国形象》，暨南大学博士学位论文，2007 年，第 35 页。

② WILL IRWIN. Old Chinatown. New York：Mitchell Lennerley，1913：p. 113.

③ 转引自詹乔：《论华裔美国英语叙事文本中的中国形象》，暨南大学博士学位论文，2007 年，第 44 页。

没有感觉”，这可能是“她从无数辈的祖先继承来的特质……”，她的“东方灵魂”给了她“一种对死亡的蔑视”。[①] 小说中的华人父亲也是以一副阴沉、无亲情、无感情的面相出现，他们可以为了维护面子而让自己的妻子、子女去自杀。

如此，白人主流社会从大众媒体到文学，极尽夸张和歪曲之能事来营构华人身体符码。然而更为荒谬的是，白人主流社会不仅对华人的体貌特征进行编码，而且这些体貌特征一经符码化，就被设置成衡量和裁定华人身份的标准。约翰 J. 叶普赛（John J. Epsey）在一篇于1945年发表在《纽约人报》的文章中，描述了自己和妹妹试图将他们认为中国人应该是怎样的强加给中国人：

> 我们开始想到，乌宗的本性中有很多东西一点也不像中国人。所以我们开始将他重新塑造成他的种族的一员。例如，他的微笑。我们不得不向他解释中国人是神秘莫测的种族，他们很少会在公众场合表达欢乐或悲伤。我们告诉他，他应该使面部表情看起来淡然，深藏不露。我们还说，如果我们把他的眼角拉低一点，效果就更好了。然后，当别人对他讲话时，他要轻轻地抿紧嘴角，要知道，这是中国人表示友善最明显的方式了……这花了我们好几个小时站在镜子前耐心工作，成果是得到了全中国最具东方特征的漠然的脸……我越想这事，便越发意识到我和妹妹是多么有必要负起责任使乌宗明白他自己种族的习惯，使他成为真正的中国人。[②]

在这出极具讽刺性的“教导事件”中，白人俨然将自己标榜为

① Cited in ELAINE KIM. Asian American literature: an introduction to the writings and their social context. Philadelphia: Temple University Press, 1982: p. 11.

② Cited in ELAINE KIM. Asian American literature: an introduction to the writings and their social context. Philadelphia: Temple University Press, 1982: p. 21.

造物主，好像华人必须按照他们塑好的模子才能长成适当的模样似的。这是一个阐释福柯所说的权力话语规训身体的绝佳例证，由此提出了一个值得深入思考的问题：何谓真正的中国人/华人？期望随着本书的展开，在最后能对此问题作出适当的回答。

总之，华人的体貌特征经过美国白色文化意识形态化目光的截取和放大，再经蓄意降格的符码化，成为这一霸权阶层建构“劣等他者”，宣泄其自大情结和殖民心态的符号载体。

（二）对华人语言的“异化”

美国白色文化在建构华人“他者”时，运用的另一符码是对华人的语言进行“异化”表征，即在各种文化和文学文本涉及华人人物塑造时刻意强调他们浓重的中国口音和文法不通、中英混杂的洋泾浜英语，以此指涉其“外国人”身份和“不可归化性”；或者强调华人移民的木讷和寡言，将他们塑造成语言能力低下，甚至是无法使用人类语言交流的他种族类（白人理所当然认为除了他们是人外，其他族类都不应该被看作人）。

美国加州大学亚裔理论家金惠经在亚裔美国文学理论界奠基性论著《亚裔美国文学作品及社会背景介绍》一书中写道：“美国移民与英语的苦苦挣扎一直以来都是美国式幽默的主要成分……在美国文学文本的每一页都可以找到。”① 移民的言语方式成了美国主流社会取笑和嘲弄的对象，也成了标示其身份必不可少的符号。在美国主流文化和文学文本中，亚裔美国人存在两种言语模式，他们要不就是因为愚钝、无法掌握西方的文化方式而讲不好英语，要不就是讲得过于流利而显得不自然，给人造成诙谐或阴险的印象②。

---

① ELAINE KIM. Asian American literature：an introduction to the writings and their social context. Philadelphia：Temple University Press，1982：p. 12.

② ELAINE KIM. Asian American literature：an introduction to the writings and their social context. Philadelphia：Temple University Press，1982：p. 12.

按照第一种模式，所有的华人“苦力”“中国佬”、唐人街的洗衣工以及那些在白人眼里是“普通”“无害”的华人，都是操着广东话或是混杂着广东话的洋泾浜英语。第二种模式则是亚洲恶棍之类的人物，干着见不得人的罪恶勾当，却讲着过于流利的英语，这使得他们的恶行更加令人感到阴险可怕。对于这类人，流利的英语是他们蒙混进“文明人”群体的伪装，掩盖着不可告人的阴谋。例如，梅森（Van Wyck Mason）的《香港航空基地谋杀案》（*The Hong Kong Airbase Murders*，1937）中的“满洲”头领引用莎士比亚名句时出口成章，却干着毫无人性的犯罪勾当，“在文质彬彬、谈吐文雅的背后，在‘文明’的薄纱下面，潜藏着一个假扮成人的罪恶的魔鬼”[①]。同样，那个臭名昭著的“亚洲恶魔”傅满洲也是操着一口漂亮、标准的英语。

讲着流利英语的亚洲恶棍将语言作为伪装，从另一面反证了“真正”的华人是语言能力低下的，滑稽的洋泾浜才是华人的身份符号。这种“中国式英语”带着浓重的广东口音，高高的音调，像唱歌般，语法混乱，“l”“r”不分，不管什么词都加上“-ee”词尾，常常省去冠词和助动词。[②] 此一“人种学”“语言学”知识在19世纪经过基督教传教士的普及[③]，逐渐深入人心。当时的美国普通民众实际上很少接触真实生活中的华人，然而诸如“No tickee,

---

① ELAINE KIM. Asian American literature：an introduction to the writings and their social context. Philadelphia：Temple University Press，1982：p. 12.

② ELAINE KIM. Asian American literature：an introduction to the writings and their social context. Philadelphia：Temple University Press，1982：p. 12.

③ 金惠经认为基督教传教士负有很大责任，这些传教士不负责任、随意地翻译中国话，混淆视听。他们为了夸大中国的异国情调，随意按照中文逐字直译，如将“天气”译成 heaven's breath，将“谈话”译成“talk-a-talk”（大概是按“讲一讲”的中文逐字硬译）。In ELAINE KIM. Asian American literature：an introduction to the writings and their social context. Philadelphia：Temple University Press，1982：p. 13.

no washee”（华人洗衣工常对顾客说的“凭票取衣”）之类的洋泾浜英语在美国却妇孺皆知，已经成了指涉华人的一个具有普遍性的能指符号。对此，早期华裔作家刘裔昌在《父亲与裔昌》中曾予以有力的揭露。该书中有一个片段：刘裔昌经教会推荐，到一个白人家庭应聘工作，开门的白人妇女一见其华人面孔，马上紧张起来，罔顾面前的应聘者操着一口标准的美式英语，一个劲地以洋泾浜英语说：“Me no likee，me no wantee Chinee boy！”[①]将刘裔昌拒之门外，其无知与愚顽令人可气又可笑。

除了传教士的“语言学知识普及”，美国主流文学对于华人言语模式的确立也有影响。1870 年，哈特的诗歌《异教徒中国佬》的英文名称“The Heathen Chinee or Plain Language from Truthful James”中的“Chinee”一词，提供了第一个华人洋泾浜英语的书写范本。勒兰德（Charles G. Leland）的《洋泾浜英语歌谣》（*Pidgin English Sing - Song*，1903），用所谓的华人“洋泾浜腔”，以歌谣的形式创作华人的故事，在当时的美国大受欢迎。[②]

自 19 世纪后半期，讲着破碎不成句、文法不通的洋泾浜英语的“中国佬”成了美国各类西部历险故事和戏剧里必不可少的滑稽角色，如流行音乐剧《矿区里的活女人》（1857）中的“中国佬”约翰、麦克劳斯奇（James J. McCloskey）的《横跨大陆》（*Across the Continent*，1870）中的华人“苦力”塔特。这类形象一再被拨用，为白人读者和观众提供笑料。即使在美国社会流行将华人视为“模范少数族裔”的 20 世纪五六十年代，滑稽的洋泾浜英语仍然是电视荧屏和电影银幕上的华人必不可少的身份符号，例如，“模范少

---

① LOWE PARDEE. Father and glorious descendant. Boston：Little，Brown，1943：p. 191.

② ELAINE KIM. Asian American literature：an introduction to the writings and their social context. Philadelphia：Temple University Press，1982：p. 12.

数族裔代表”陈查理依然必须以一口滑稽可笑的洋泾浜英语作为其身份标志。

1890年，美国加州历史学家班克罗夫特（Hubert Howe Bancroft）在其著作中以一段话揭示了美国主流文化以嘲弄华人言语方式为风潮背后的心态：“看着这些奇怪的、行动迟钝的小型物种，听着他们一长串的像猫叫一样高音调的对话，看到他们狡猾的好奇心和野蛮的笨拙，这让人优越感油然而生。”[①] 而对于另一些人而言，对华人言语方式的“异化”除了能够获得西方凌驾于东方的优越感之外，还使排斥华人具有了合法性。他们将语言符号所标识的差异本质化，使得华人与白人的差异成了固有的本质。例如，杰克·伦敦认为华人和白人“思维相异”，“或许因为他们的语言使他们的思维过程（截然）不同”。[②] 值得指出的是，在他的笔下，中国人要不只会像野人般叫喊着粗言秽语，要不就是沉默不语，连为自己喊冤辩解的能力都没有。

这是一种以符号标识他者的思维，它同样体现在陈查理的语言问题上。正如本书所述，语言是标识群体边界的符号，具有区别自我与“他者”、标识差异和表达认同的功能。陈查理磕磕巴巴的洋泾浜英语和常挂嘴上的“子曰”意味着：尽管这个“模范少数族裔”忠心耿耿地服务于美国，但实际上美国主流社会并没有真正当他是“自己人”，他们为陈查理设定的语言方式标识了他的“他者”身份。

可以说，对于美国白色文化而言，运用“异化”华人移民语言

---

① HUBERT HOWE BANCROFT. Essays and miscellany . San Francisco: History Publishing Co. , 1890: p. 309. In ELAINE KIM. Asian American literature: an introduction to the writings and their social context. Philadelphia: Temple University Press, 1982: p. 14.

② Cited in ELAINE KIM. Asian American literature: an introduction to the writings and their social context. Philadelphia: Temple University Press, 1982: p. 7.

方式的符码可以非常有效地生产“他者”标签，镶嵌在已经打造好的华人面具上，便于将华人永远置于“外国人”类别里而不致引起秩序的混乱。同时，对华人作语言低能化处理也是针对华人的“去人格化”策略的一部分，至少也是给华人打上“未开化的野蛮人”标签，排除在“西方文明人”范畴之外。

（三）对华人身体的“去性化”与“性欲化”

美国主流文化在创建华人面具符号时，另一惯用的符码是对华人男性身体实行“去性化”。对美国主流文化而言，华人的身体是一件可供其权力设计和建构的物件，他们为之设计的路线就是“无性化”或者“女性化”。无论是令人鄙夷的“苦力”，还是傅满洲之类穷凶极恶的恶棍，抑或陈查理之类的“模范少数族裔”，都是顺着这一路线塑造出来的，其身体必然都是无性特征的。

美国主流文学和大众文化对华人身体的符号化在形式上（即符号能指）不同于黑人。最常用于表征黑人的符号能指是黑油油的皮肤和发达的肌肉，它让人联想到“体力劳动、匪帮……充满种族意义……作为物质的、无意识的或动物性的身体”①，暗示他们具有动物般的性能力和性暴力倾向。而用于表征华人身体的符号能指恰好相反，频频出现在各种文本上的是华人瘦小孱弱的身体以及这个身体所活动的场所：洗衣房、餐馆、厨房、杂货铺。这些符号能指无不清楚地意指着华人男子缺乏阳刚之气。他们只知像牲口一样埋头干活，从事着女性化工作，像女佣般成日洗烫缝补、服侍别人。他们没有女人，也吸引不了女人，因为他们身上散发不出一丝男性的气质和魅力。“华人身体等于性无能”这一符码不仅适用于懦弱顺

① 芭多语，转引自卡尔·荷姆伯格：《姿态、身体形象与性玩具的时尚》，见汪民安、陈永国编：《后身体：文化、权力和生命政治学》，长春：吉林人民出版社，2003年，第320页。

从类型的人物，也适用于凶险残暴的类型，即使是傅满洲这个拥有强大超能力的恶魔，他也注定不可能拥有男性气概。在系列小说和电影中，这个人物被剔除了一切可能的性魅力，他甚至没有正常人的情感和生理需要，因此是“完全无性的”①。

对华人的“去性化”符码集中体现在“陈查理”这个符号上。在陈查理系列电影中，这位矮矮胖胖的华裔侦探举止就像老太太一样，他“的确非常胖，走起路来却步伐轻盈、雅致如妇女。他的脸颊像婴儿般丰润，皮肤呈象牙色泽，黑色头发剪得很短，琥珀色的眼睛斜睨着”②。无论是他的雌性化躯体，还是温顺谦恭的姿态，都在向白人发出这样的信号：他没有任何不良企图，对白人没有丝毫威胁，也无意于与白人竞争。换言之，其身体的每个符号都在透露其雄性气质的缺乏。

陈查理之类的女性化亚裔/华裔形象随处可见于各种影视文本。在1956年罗伯特·安德森的《茶与同情》（*Tea and Sympathy*）中，汤姆·李就是这样一个娘娘腔的亚裔。他腼腆羞涩，举止文静，从来不和其他小伙子一起玩美式足球，需要朋友教他如何“像男人一样走路”，喜欢在年长的男生宿舍舍监太太劳拉身边转来转去，其女性化已经妨碍他建立适当的性关系，需要白人太太劳拉的拯救。虽然剧本试图以汤姆和劳拉最终发生性关系来表明其反歧视的立场，但汤姆这一形象仍然搬用了女性化的华人符号，客观上强化了能指与所指的指涉关系。

与华裔男性的“去性化”形成对照的是，华裔女性在美国主流文化中则是充满异国情调或神秘色彩的性符号。东方女性被物化成

① ELAINE KIM. Asian American literature：an introduction to the writings and their social context. Philadelphia：Temple University Press，1982：p. 8.

② Biggers. 1925. 转引自何文敬、单德兴主编：《再现政治与华裔美国文学·导论》，台北：“中央研究院”欧美研究所，1996年，第xii页。

紧裹着玲珑身段的丝绸旗袍和充满性意味的“三寸金莲”，以激发白人男性无边的性幻想，满足他们“恋物癖”般的欲望。她们被定型化为“莲花”和“蝴蝶”，以塑造娇羞、脆弱、温柔、顺从的女性特质，激发白人男子的征服欲，满足西方对东方的拯救情结；或是被妖魔化成危险而魅惑的“龙女”（如在《特里与海盗》中的龙夫人，她的紧身绸缎旗袍紧紧裹着蛇一样的腰身和大腿，但裹不住她那强盛的性欲，诱人的微笑掩盖不了阴险歹毒的眼神），以配合对东方的道德谴责，劝诫西方男性远离东方女性的性诱惑，杜绝异族婚恋的发生。

西方男性对东方女性的性符号化在严歌苓的小说《扶桑》中有极为生动的体现。严歌苓透过白人少年克里斯迷恋的眼睛，反复给唐人街妓女扶桑那残缺的足尖、红色的绫罗、黑色的长发、以花汁染红的指甲、填进一颗颗西瓜籽的嘴唇予以特写，将白人男性对东方女性的窥视欲和性幻想展露无遗。正如蒲若茜所指出的，“与其说克里斯是迷恋扶桑，不如说是迷恋扶桑的‘三寸金莲’、扶桑嗑瓜子的万种风情、扶桑作为婊子标记的红色绫罗以及扶桑身处的唐人街那种‘异国情调’的氛围”①。白人文化对东方女性的符号化同样成为黄哲伦批判的对象。其戏剧《蝴蝶君》通过一个离奇的易性扮装故事戏仿“蝴蝶夫人”式东方主义神话，辛辣地嘲讽了西方对东方女性的符号化。剧中的加利马尔，一个从头脑到性心理都受西方的东方主义符号系统编码的白人男性，期望从东方“蝴蝶”这里重获男性权威，最终却发现这只“蝴蝶”不过是其按照东方主义符码建构起来的一个幻影。

在 1990 年的一篇文章中，金惠经一语中的直砭白人文化对华裔

① 蒲若茜：《族裔经验与文化想象》，北京：中国社会科学出版社，2006 年，第 93 页。

性编码背后的文化心理：“亚裔男性被描写为没有任何性能力，而亚裔女性除了性能力以外什么也没有，其目的都是为了证明白人男子的阳刚之气。”[①] 亚裔文学理论家赵健秀、陈耀光等认为美国主流社会对华裔男性的“去性化”符号过程是对华裔男性施行的“阉割”。这个触目惊心的词语饱浸了亚裔几辈人的屈辱和悲愤，正如著名华裔学者张敬珏所言，它“确实唤起亚裔美国人遭受多重伤害的族裔经验，满含一种特殊的辛酸和愤怒”[②]。张敬珏分析了美国主流社会对华裔男性所施行“阉割”的历史、文化和政治因素：

> 由于不平等的就业机会，这些华裔男性被迫成为厨师、侍者、洗衣工人以及其他一些传统上被认为是“女人活”的工作。
>
> 文化和政治因素进一步导致了华裔男性的女性化。由于华裔尊敬权威和谨言慎行的文化传统，许多亚裔血统的人在非亚裔的人看来似乎既顺从又被动。这种文化差异由于种族歧视政策而深化。[③]

由此可见，华裔的“去性化”符号过程既是把持符号权力的白人为了维护其统治秩序而实施的对符号系统的操弄，也是白人殖民心态的投射，是建立于“西方至上”观念之上的文化傲慢心理所造成的文化误识。

从美国主流文化对于华人的表征来看，他们乐于用华人身体做

---

① ELAINE H KIM. “Such Opposite Creatures” men and women in Asian American literature. Michigan quarterly review, 1990, 29 (1): p. 69.

② KING－KOK CHEUNG. Of men and men: reconstructing Chinese American masculinity. In LUCIE BERNIER ed. Aspects of diaspora: studies on North American Chinese writers. New York: Peter Lang, 2001: p. 121.

③ KING－KOK CHEUNG. Of men and men: reconstructing Chinese American masculinity. In LUCIE BERNIER ed. Aspects of diaspora: studies on North American Chinese writers. New York: Peter Lang, 2001: pp. 121－122.

文章，似乎对华人身体非常感兴趣，但实际上，他们所关注的只是身体的符号性，而非身体的确凿性，对于华人活生生的身体，他们是视而不见的。经过美国主流文化“去性化”策略编码和整理的华人身体，成了他们界定自我和“他者”的便利符号。

（四）对华人饮食方式的“怪异化”

美国白人社会所使用的另一种表征华人的符码同样与华人的身体相关，这便是华人的饮食方式。

在美国白人文学和文化文本中，华人的日常生活总是与怪异的饮食方式相联系。西方人一提到华人，总是联想起中国餐馆，一提到中国餐馆，联想到的则是狗肉、老鼠和蟑螂之类离奇古怪、令人恶心的“食材”，头脑里浮现的是野人般茹毛饮血的行径。“他们吃老鼠；抽鸦片烟……”[①] 他们任何地方都能居住，任何食物都能下咽。这种野蛮的饮食方式通常是与西方人头脑中贫穷落后的中国相联系的。据雅克·热尔内说，遭受贫困折磨的中国人为了对付饥荒，“聪明地利用每一种可吃的植物和昆虫，以及动物身上不大可吃的部分”[②]。此类社会人类学知识在西方传教士的传播下已深入人心，并固化为西方人知识谱系中的“中国人的饥饿传统”。尽管来到美国的华人移民已不一定是因为饥荒而饥不择食，但对于他们“无所不食”的陈述由于符合了白人对东方的想象而成为一种表述定式。一则则关于华人怪异饮食的逸闻一边强烈刺激着白人的猎奇心理，一边让白人对东方的贫困和落后大发悲悯之心的同时树立起西方富足优越的形象。赵健秀在《铁路标准时间》中总结了华人“怪异”饮食的表述定式形成过程：

---

① HAROLD R ISAACS. Scratches on our minds：American views of China and India. New York：M. E. Sharpe，Inc.，1980：p. 101.

② 雅克·热尔内语，转引自黄秀玲著，詹乔、蒲若茜、李亚萍译：《从必需到奢侈——解读亚裔美国文学》，北京：中国社会科学出版社，2007 年，第 100 页。

我们来自一个饥饿的传统。追随着战争满地爬行的用残羹剩饭果腹的人。在尸体的阴影里用野草做的菜和用烂泥调制的肉羹。我们洗劫尘土和真菌、埋在地下的东西。从风中摘取的用以喂养一个瘦骨嶙峋的民族的种子，在中学的英语课堂上，成为抽象的东方艺术，使得女同性恋的老处女教师一掬同情之泪。[①]

另一方面，饮食作为符号语言，它除了传递一个家庭、一个族群的经济状况信息之外，还是将人划分范畴和类型的符号体系的一部分[②]，因为正如玛丽·道格拉斯所言，食物作为表达社会关系模式的一种符码，它与等级、接纳与排斥、边界与越界相关。[③] 华人的“怪异”饮食习惯让白人在退避和拒斥的同时很方便就界定出自我与“他者”的界线，这正是赵健秀之所以说“我知道我的身份将永远与我所吃的东西联系在一起”[④] 的原因。但是“怪异”的饮食是如何成为标识“他者”的符号的呢?

阿布拉罕姆斯从生物的不寻常性与获得的难度角度分析了人们对食用某些动物形成的成见。他认为，负鼠、浣熊等动物生长在野外，要猎取它们不是那么容易，因而是“不寻常”的食物，捕猎和食用此类野生动物的人会被认为是怪异的人，属于无文化、落后的

---

① 赵健秀：《铁路标准时间》，转引自黄秀玲著，詹乔、蒲若茜、李亚萍译：《从必需到奢侈——解读亚裔美国文学》，北京：中国社会科学出版社，2007年，第101页。

② ROGER ABRAHAMS. Equal opportunity eating: a structural excursus on things of the mouth. In BROWN, LINDA KELLER, KAY MUSSELL. Ethnic and regional foodways in the United States: the performance of group identity. Knoxville: The University of Tennessee Press, 1985: p. 21.

③ MARY DOUGLAS. Deciphering a meal. GEERTZ, CLIFFORD. ed. Myth, Symbol, and Culture. Winter, 1972, 101 (1): pp. 61 - 81.

④ 转引自黄秀玲著，詹乔、蒲若茜、李亚萍译：《从必需到奢侈——解读亚裔美国文学》，北京：中国社会科学出版社，2007年，第100 - 101页。

民族。依照阿布拉罕姆斯的说法，食用“不寻常”食物的华人自然而然地被列入野蛮落后的民族。还有一种解释是从心理学角度进行的分析。戈尔登·阿尔波特（Gordon Allport）指出，不管是肤色、语言、宗教实践还是饮食习惯，熟悉的事物给人一种善的感觉，而陌生和怪异则会使人产生罪恶和邪恶的感觉。[①] 当然，罪恶和邪恶是用于定义“他者”的。此外，鉴于到美国的华人移民搜刮各种食材很多时候并非因为饥不择食，黄秀玲还提出一种饮食符号的道德教化功用观，她认为，原本“源自贫困的饮食习惯也已经进化成一种成熟的美食‘高级文化’”，“这种文明能在奢侈逸乐的享乐方面给这个极端拘谨的年轻国家些许教诲”。[②] 可以说，对华人“他者”的饮食实行“怪异化”表征对于美国主流社会实在是很有利的。上述这些观点在某种程度上证实了美国白人文化以“怪异化”符码建构华人饮食符号，目的是将华人建构成野蛮落后、邪恶不可教化的“他者”，以满足其建构自我权威、维护其文化秩序的需要。

此外，对华人移民吃“不同寻常”食物的符号化，还可以满足排斥“他者”、维护白人既得利益的政治需要。凯尔锡克在《美国的少数族裔饮食：符号与身份表演》一文中讲了一件事：当一大群越南难民在肯塔基的一个小城定居下来后，当地很快就流传一个谣言，说很多人家养的猫和狗不见了，谣言暗示越南人的怪异饮食习惯对这些宠物的丢失负有责任。在这里，饮食成见被用作对待闯入

---

① GORDON ALLPORT. The nature of prejudice. Reading, Mass: Addison - Wesley, 1954; Rpt. Garden city, N. Y.: Doubleday Anchor Books, 1954. See SUSAN KALCIK. Ethnic foodways in America: symbol and the performance of identity. In BROWN, LINDA KELLER, KAY MUSSELL. Ethnic and regional foodways in the United States: the performance of group identity. Knoxville: The University of Tennessee Press, 1985: p. 47.

② 黄秀玲著，詹乔、蒲若茜、李亚萍译：《从必需到奢侈——解读亚裔美国文学》，北京：中国社会科学出版社，2007 年，第 100 页。

者的武器，这里的公式是“怪异的民族等于怪异的食物”[①]。饮食符号在这里成了拒斥“他者”的工具。鉴于华人移民与越南移民在饮食习惯上的相近性以及在美国社会遭受排斥的相同处境，可以想象得到，此类谣言很可能也曾经被用于对付华人移民。

的确，正如阿布拉罕姆斯所认为的，饮食作为一种符号语言，可以被当作一种便利的手段，将某些主要的“他者”定型化，将他们置于从属地位。[②] 对于美国主流社会而言，华人的饮食方式便是这样一种便利的符号手段，通过加以“怪异化”的编码方式，将华人置于劣等、野蛮、未开化的“他者”地位，用以反衬白人作为高等种族的高雅、文明和先进。

总之，华人的身体是美国白色文化生产符号和差异的场所。白色文化倚仗其所掌握的符号权力，运用华人体貌特征、语言、饮食习惯等符码，对华人进行种族化、他者化的表征。在这一符号化过程中，华人被简化成几个突显差异的面具符号。正如何文敬所言，“在美国的再现（表征）史上，从舞台上的阿辛、蝴蝶到银幕上的龙女、黄种人（Yellow Man）、傅满洲、陈查理等白人想象的人物造型，无一不是白皮肤、白面具，由白人的再现（表征）政治所发明、塑造、操弄的文化产物。”[③] 这些面具已经被证实不过是权力话语建构出来的神话而已，然而发人深省的是，这些西方权力话语创

---

① SUSAN KALCIK. Ethnic foodways in America：symbol and the performance of identity. In BROWN，LINDA KELLER，KAY MUSSELL. Ethnic and regional foodways in the United States：the performance of group identity. Knoxville：The University of Tennessee Press，1985：p. 37.

② ROGER ABRAHAMS. Equal opportunity eating：a structural excursus on things of the mouth. In BROWN，LINDA KELLER，KAY MUSSELL. Ethnic and regional foodways in the United States：the performance of group identity. Knoxville：The University of Tennessee Press，1985：p. 22.

③ 何文敬、单德兴主编：《再现政治与华裔美国文学·导论》，台北：“中央研究院”欧美研究所，1996 年，第 xiv 页。

造出来的带着强烈神话色彩的面具，却一直盛行不衰，一直受到白人主流文学和大众文化文本的拨用。其原因是否如斯图尔特·霍尔在下面这段话中所说的“差异的吸引力”呢？

> 符号边界对于所有文化就是关键的。标出“差异”致使我们从符号上关闭各种序列，支撑住文化并驱逐任何被认定为不纯粹和不正常之物，给他们打上耻辱的记号。然而，矛盾的是，它还致使“差异”显得强大，奇怪地具有吸引力，这恰恰是由于它被禁止，是禁忌，是对文化秩序的威胁。①

无论如何，如果说美国社会生活是一出大戏，那么华人的角色面具已经由美国白色主流社会安排好了，他们将永远扮演外国人、亚洲人、中国人、异族、“他者”，总之，他们不是美国人！问题是，真实生活中的华人移民及其后代是不是就心甘情愿接受这样的角色安排？如果他们不得不接受这样的角色的话，他们是不是就一定会完全按照规定的戏路去演出呢？

正如本章前文所说，表征是一个族裔政治的场域，被边缘化的少数族裔只有积极建构属于本族群的表征系统，才能实现言说自我，摆脱被言说、被表征的被动处境。所幸，在经过长期被表征、被言说的无声历史之后，随着20世纪四五十年代美国少数族裔的族裔意识觉醒，在美国的华裔族群逐渐意识到自我言说、自我表征的重要性。在此时期产生并发展起来的华裔美国文学便是华裔作家及其代表的华裔族群寻找和建构自己的表征系统的结果。在对几部华裔美国文学作品的阅读中，我们发现华裔作家都不约而同地运用

---

① 斯图尔特·霍尔编，徐亮、陆兴华译：《表征——文化表象与意指实践》，北京：商务印书馆，2003年，第239页。

“身份表演”的叙事形式，为文本中的人物提供了自我表征的途径。本章的后三节主要对两部早期华裔自传作品——黄玉雪的《华女阿五》及刘裔昌的《父亲与裔昌》，以及两部创作于20世纪80年代末的华裔作品——汤亭亭的《孙行者》和黄哲伦的《蝴蝶君》进行对照阅读，考察早期华裔自传作者和成长于美国民权运动时期的华裔作家在族裔表征政治中的不同立场，分析“身份表演”作为叙事手段在他们作品中的不同艺术呈现和意指功能。

第二节　表演“模范少数族裔”：早期华裔自传体小说中的“族裔文化表演”

熟悉华裔美国文学的学者应该都知道，自传体文学在华裔美国文学史上占有重要的地位。早期的华裔美国文学作品多采用自传文体。从李恩富（Lee Yan Phou）的《我在中国的孩童时代》（*When I Was a Boy in China*，1887）、容闳（Yung Wing）的《我在中国和美国的生活》（*My Life in China and America*，1909），到刘裔昌的《父亲与裔昌》，再到黄玉雪的《华女阿五》等，皆为自传。除了这些广为人知的自传作品外，黄桂友（Guiyou Huang）在《美国亚裔自传作家》（*Asian American Autobiographers*，2001）中还列出了相当一批尚未在国内引起足够关注的华裔自传，包括麦施（Mai - Mai Sze）的《沉默的孩子》（*Silent Children*，1948）、庄华（Hua Chuang）的《逾越》（*Crossings*，1968）等作品。[①] 为何在华裔美国文学的初发阶段，有如此多的华裔作家不约而同选择自传文类呢？如果按照巴

① GUIYOU HUANG. Asian American autobiographers. Westport, CT: Greenwood Press, 2001. 参见程爱民等：《20世纪美国华裔小说研究》，南京：南京大学出版社，2010年，第181页。

雷特·约翰·曼德尔（Barret John Mandel）对自传的定义——“自传是一个人为了某一特定目的而对其整个人生（或其人生中最重要的部分）的回忆性叙述，是作者自认为真实的人生故事”①，那么我们在阅读华裔自传作品时自然会提出这样的问题：华裔自传作者写作自传是出于何种目的？是否如他们自己所声称的为了真实反映其个人、家族和族裔历史？他们所讲述的故事是否就是他们真实的人生？尤其是当我们联想到赵健秀曾经对华裔自传作者的尖锐批评时，我们对华裔自传的写作意图就更加怀有探究之兴趣。

一、华裔自传体写作：“他者”的自我表征

德国学者乔治·米希（George Misch）曾从字面上对自传进行解释：“自传（autobiography）是个人对自己生平的书写”［the description（graphia）of an individual life（bios）by the individual himself（auto）］②。西方传记研究领军人物菲利浦·勒热讷（Philippe Lejeune）对自传的定义是：“当某个人主要强调他的个人生活，尤其是他的个性的历史时，我们把这个人用散文体写成的回顾性叙事称作自传。”③ 另一法国学者乔治·古斯朵夫（Georges Gusdorf）则认为自传是创作者自我神话化的努力，是传主对权力渴望的表达。④ 迈克尔·马库奇（Michael Mascuch）认为西方现代自传的出现与18世

---

① BARRETT JOHN MANDEL. The autobiographer's art. The journal of aesthetics and art criticism，1968，27（2）：p. 217.

② GEORGE MISCH. A history of autobiography in antiquity. Cambridge：Harvard University Press，1951：p. 5.

③ 菲利浦·勒热讷著，杨国政译：《自传契约》，北京：生活·读书·新知三联书店，2001年，第3页。

④ MICHAEL MASCUCH. Origins of the individualist self：autobiography and self-identity in England，1591－1791. Stanford：Stanford University Press，1996：p. 8.

纪后期“个人主义自我的明显出现相关联”[1]。可见，在西方文学传统中，自传是以自我书写和自我权力的体现为写作宗旨的。但单从个人主义维度解释自传的创作意图并不完全适用于美国华裔自传。程爱民指出：“族裔自传作者承担着特殊的使命，那就是要通过自我型塑向他者提供正面的族裔形象，避免加强刻板印象。”[2] 的确，鉴于华裔自传产生的特殊社会历史语境，这一文类自其产生之日起就有着不同于西方传统自传的特征。华裔自传除了叙述“个性的历史”以外，更重要的是承载着表征族群的使命。

长久以来，在美国的主流文化文本中，华人往往是以负面的刻板形象出现的。作为弱势群体，毫无表征权和表征途径的华人一直沦为美国主流话语的表征对象，被动地遭受白人表征符号的涂抹、歪曲和虚构。罗伯特·李在《东方人：大众文化中的亚裔美国人》一书中指出，在美国大众文化中，东方人有着六副面孔，其中涉及华人的主要有五副：污染者、道德堕落者、苦力、黄祸、模范少数族裔。[3] 这些面孔代表了 19 世纪下半叶至 20 世纪上半叶华人在美国主流社会心目中的形象：胆小懦弱、嗜赌成性、愚钝未开化、从事低等的体力劳动，或是诡计多端、狡诈邪恶，或是对白人雇主卑躬屈膝、缺乏男子气概。其实这些所谓的“面孔”只不过是在美国不同历史时期伴随着美国主流社会对华人态度的变化而被塑造出来，再安于华人的脸谱而已，是美国主流文化对华人的表征产物。

其实，美国主流社会乐于充当华人的表征者，是出于自身政

---

① MICHAEL MASCUCH. Origins of the individualist self：autobiography and self-identity in England，1591 – 1791. Stanford：Stanford University Press，1996：p. 8.

② 程爱民等：《20 世纪美国华裔小说研究》，南京：南京大学出版社，2010 年，第 179 页。

③ ROBERT LEE. Oriental：Asian Americans in popular culture. Philadelphia：Temple University Press，1999：p. 8.

治、经济和文化心理的需要。而到了 20 世纪 40 年代，随着《排华法案》的废除，以及“二战”带来的国际政治格局的变化，美国社会对华人的态度有了很大转变。50 年代美国国内推行“文化大熔炉”的同化政策，开始有意将华裔树立为“模范少数族裔”，以形成对这一政策的正面舆论，同时达到批评和教育其他少数族裔（如黑人）的目的。于是，一百多年来“冷酷残暴、背信弃义、敌对的外国人”，恍惚在一夜之间就成了“勤劳、安静、守法的公民”①。

这些负面的表征对华人移民及其后代不仅造成心理上的伤害，而且进一步加剧了既存于社会的种族歧视，阻碍了华人和华裔在美国社会的生存和发展。由于在表征权力关系中完全处于被动的位置，早期华人移民可以说只能无奈地接受强权文化的设置和编码。但华人族群从未放弃为族裔发声，争取公正对待的愿望和努力。尤其是对出生成长于美国的第二代、第三代华裔来说，他们对于自己的文化属性有着不同于父辈的理解，对于自己的美国人身份有着更多认同，因而也就更为迫切要求享有应得的权利。然而面对现实存在的种种不公，他们更深切地感受到存在于主流文化中的种种对华人族群的误识对他们造成的伤害，感受到正确表征自我，树立族群正面形象，纠正主流社会的错误印象的必要性。对于他们而言，书写自己和族群的历史无疑是自我表征的最佳途径。他们以手中的笔为喉舌，为自己和族群发声，讲述个人、家族和族群的故事，向主流社会展示自认为真实的自我和族群形象，以消除主流社会的误识，促进不同种族、文化之间的理解和交流。这也是前文提到的李恩富、刘裔昌、黄玉雪等华裔作家写作自传的主要意图。例如，李恩富的《我在中国的孩童时代》创作于美国《排华法案》颁布 5 年

---

① W M HURH，K C KIM. The“success”image of Asian Americans：its validity，and its practical and theoretical implications. Ethnic and racial studies，1989：pp. 516，515.

后，正是整个美国社会排华情绪的猖獗时期。他的创作意图非常明显，就是向美国人展现真实的中国社会和中国文化，纠正美国人对中国和中国人的错误观念，纠正美国人对在美华人的歧视，为在美华人移民争取生存权利。正如其所说："我依然不断地发现美国有关于中国习俗、生活方式和信仰的错误观念。这难怪普通大众，他们只能从报纸或者曾到过中国的人的传记中了解真相，而那些人在我们国家匆匆而过后，并不真正地理解他们所看到的东西。……因此，我将要在以下章节中讲述的中国的习俗、生活方式和信仰也许会时常与大众的观念相冲突。"① 同样，黄玉雪在访谈中说自己接受出版社的约稿写作《华女阿五》的其中一个初衷是展示真实的唐人街和华人的生活，描绘华人的真实面目，这是她"为增进白人对华人的理解作出的努力"②。

然而，正如霍尔所认为的，表征是个复杂的符号过程，华裔自传作者的自我表征实践必然要受制于符号系统，受制于某些符码规则。美国主流文化的表征系统在表征华人形象时同样遵循着一套符码，也就是控制指符的组合和意义植入的规则。通过对美国主流文化对华人形象的表征实践的考察，不难发现他们遵循的是这样一套规则：通过摘取在美华人的体态外貌、服饰装扮、语言、饮食习惯、行为方式等能指，经意识形态的注入，加以夸张、变形、简化等编码程序，使之成为方便操控的表征符码，来塑造华人的种族化脸谱。概括而言，这套表征规则包括对华人体貌特征的妖魔化和非人格化、对华人语言的"异化"、对华人身体的"去性化"与"性欲化"、对华人饮食方式的"怪异化"等一整套贬低和降格的符码。例如，强调华人语言能力低下，是不可归化的异族人，将华人刻画

---

① LEE，YAN PHOU. When I was a boy in China. Xlibris，2003：p. 52.

② 张子清：《美国华人移民的历史见证——黄玉雪访谈录》，见黄玉雪著，张龙海译：《华女阿五》，南京：译林出版社，2004年，第233页。

成女性化的形象，刻意渲染华人如野蛮人般无所不食的饮食习惯等。那么，如果华裔作家有意要扭转主流文化对华人的错误表征，势必需要采取完全不同于这一套符码的别的符号规则。然而，对于受美国主流文化影响，使用英语语言进行思维和写作，而且希望作品进入美国主流文化所宰制的文化市场的华裔作家而言，他们实际上是处于主流文化的符号系统之中，他们在表征本族裔的时候能否摆脱宰制性符号系统的符码规则呢？此外，尽管在白人主流社会眼中华裔作家是华裔文化的局内人，实际上他们却（在某种程度上）不一定认同华裔文化，那么他们在表征华裔文化时将如何在读者的期待与自我表达之间取得平衡呢？他们在选择符号能指时会有什么样的考虑呢？如果说白人主流社会以其符码表征出来的只是神话化的“他者”面具，那么华裔自传作者根据自设的符码表征的就是华人的真实面孔吗？

下面我们将在阅读两部最具代表性的早期华裔自传的过程中思考这些问题。这两部作品分别是刘裔昌的《父亲与裔昌》与黄玉雪的《华女阿五》。

二、表演“模范少数族裔”：刘裔昌和黄玉雪的“族裔文化表演”

《父亲与裔昌》是华裔作家刘裔昌创作于 20 世纪 40 年代初期的一部自传体小说。由于这是第一部由在美出生的华裔作家以英文撰写的自传，它在早期华裔文学中有比较重要的地位。《华女阿五》则稍晚几年，但一出版即大受欢迎，在美国成为畅销书，并且获得美国国务院的青睐。美国国务院不仅组织将此书翻译成多国文字并出版，还资助黄玉雪到多个亚洲国家作为期 4 个月的巡回演说，现身说法证明华裔可以在美国取得成功。此书在华裔美国文学发展史上具有里程碑意义，现已成为美国族裔研究的必读书目。这两部作品的一个共同之处是，都是以自传的形式向美国主流社会展示华人的文化传统以及优良品德，反映华人力图认同并融入美国主流社会的心路历程，塑造华人作为“模范少数族裔”的形象。在表征华人形象和文化时，两位作家都采用了“族裔文化表演”的书写策略，值得指出的是，两位作家在表演族裔文化的同时，巧妙地表达了自我身份认同，寓身份表演于“族裔文化表演”中。

弗雷德里克·巴特（Frederik Barth）通过观察少数族裔群体身份认同过程，发现少数族裔个体会通过操弄族群的文化符号来表达自己的身份，他称之为“表演”①。他认为，一个族群的成员在表演自己的身份时，会有所选择地运用其文化符号，“演绎者运用有些文化特征作为区别身份的指号和象征，有些则被忽略了”②。他认为这些或被重点运用或被忽略的文化符号有两类：一是服饰、语言、住房形式、一般的生活方式；二是价值取向。因为族群的维系是依赖于族群之间的界线，而文化符号就是这些界线的标志。个人认同也是通过相对族群界线所处的位置来标识的，当个人认同某一族群身份时，这个人是站在界线之内的，反之则是疏离于族群界线之外。饮食方式和食物禁忌等都是“不同人群的界线”③。也就是说，看待文化符号有内视角与外视角之分。

《父亲与裔昌》和《华女阿五》频繁拨用和建构的华族符号包括服装符号、语言符号以及饮食、节庆等仪式性符号。由于作家本人所采取的视角略有不同，他们在表征这些文化符号时的态度也有

---

① FREDERIK BARTH. Ethnic groups and boundaries. Boston：Little，Brown，1969：p. 16.

② FREDERIK BARTH. Ethnic groups and boundaries. Boston：Little，Brown，1969：p. 14.

③ MARY DOUGLAS. Deciphering a meal. GEERTZ，CLIFFORD. ed. Myth，Symbol，and Culture. Winter，1972，101（1）：p. 68.

所差异。刘裔昌和黄玉雪在展演这些符号的同时也在向美国主流社会表演自己的文化认同。

（一）服饰符号与文化认同

根据符号学家罗兰·巴特的理论，服饰是一套符号系统，有着如语言一般的表意功能，或者干脆说服饰就是语言的一种。服饰发挥语言符号的功能在于符号能指在视觉上的明确性、直观性以及能指对所指的象征性。即使在文学文本上服饰并非以实物的形式出现在读者眼中，但转化为文字的符号依然能引起丰富的联想，具有象征性。例如，张邦梅（Pang－Mei Natasha Chang）的《小脚与西服：张幼仪与徐志摩》（*Bound Feet and Western Dress*：*A Memoir*）写的是她的姑奶奶、徐志摩原配夫人张幼仪。书的封面上有中英文两种书名，中文名为“张幼仪与徐志摩”，这一翻译中符码的转换无疑是非常成功的。对于熟悉中国近现代文化史的人来说，“徐志摩”与“张幼仪”这两个名字自然是一个有着丰富含义的符号，而对于不熟悉的西方人来说，则只会觉得是两个拗口的发音而已，不知其义。书名将“小脚”与“西服”这两件物件形成怪异的搭配，不但对读者形成极强的视觉冲击，而且充分利用此两件物件的历史和文化内涵，形成强烈的暗示，吸引读者去阅读和了解它们所象征的意义。毫无疑问这是运用服饰符号的成功例子。从《父亲与裔昌》对服饰符号的运用来看，华裔作家刘裔昌也深识此道。

在《父亲与裔昌》中，刘裔昌父亲自小移民到了美国，历经辛苦奋斗，在三十来岁时已经成为旧金山地区华人社会的一位头面人物，还在中华公所担任要职，在家族中享有崇高地位。刘父的成就自然让童年的刘裔昌甚为崇拜，但最让刘裔昌引以为荣的是父亲西化的装束和举止。

在刘裔昌的记忆中，父亲的装束打扮明显不同于其他华人：

父亲身材高大，体格强健，像美国人一样没有留辫子……每天早晨渡轮上的白人售票员和舵工都客气地向他点头致意。……而他们从不热情地与其他华人打招呼。我注意到这些华人头戴圆顶硬礼帽，身着中式上衣、西式裤子，脚蹬来自广东的布鞋，脑后垂着晃来荡去的辫子，辫子上扎着红头绳。美国人轻蔑地把他们一概称作华人约翰、华人查理或华人吉姆。[①]

刘裔昌多次描写其他华人身上的装束，使父亲与他们形成鲜明的对比：在唐人街，他和父亲犹如“身处异邦，居民们都是唐人，穿着典型的中式衫褂，长辫子从脑壳一直垂到裤袋，要不就盘在头顶上，像一条响尾蛇一般，在帽子下面鼓成一个可疑的团块”[②]。父亲则身着“一家华丽的美国服装店订制的西服，帅气有型。他高大健壮，蓄着浓密的胡子，全身每一处都显示这是一位杰出人士”[③]。“响尾蛇”般的发辫、“可疑”的团块，这些字眼所暗示的贬斥之意，与“帅气有型”的西服、“高大健壮”的身材这些词语所洋溢的赞赏形成强烈的对比，一贬一褒之间，刘裔昌去中趋洋之心昭然。在这里，服饰发挥了语言符号的功能，成为一个能指，意指西方文化的优越与东方文化的落后，也暗示了刘裔昌对西方审美标准的接受和内化，有效地传达了刘裔昌认同西方文化的心迹。虽然穿着这些服饰的是父亲和其他华人，但从某种意义上讲，有意通过这些服饰进行“身份表演”的，与其说是刘父，不如说是刘裔昌。这

---

① LOWE，PARDEE. Father and glorious descendent. Boston：Little，Brown，1943：p. 34.

② LOWE，PARDEE. Father and glorious descendent. Boston：Little，Brown，1943：p. 35.

③ LOWE，PARDEE. Father and glorious descendent. Boston：Little，Brown，1943：p. 135.

是因为，作为文本符号的编码者和符号化过程的操纵者，刘裔昌选择性地拨用了符合其认同倾向的符号来表征其表征对象。

当然，刘裔昌对西方文化的认同离不开父亲的影响。刘父自青年时期起就运用服装符号表达自己对中国文化传统的否认和对西方文化的认同。他在自己婚礼上的穿着打扮尤其具有象征性。在华人仍然固守传统形式的20世纪20年代，父亲却穿上西装，带着新娘到市政厅领了结婚证，在法官面前举行西式婚礼。在晚上的中式婚礼上，父亲拒绝戴上亲友准备的缀有发辫的瓜皮帽。父亲早就已经剪掉了长辫子，当时中国清政府虽被推翻不久，但即使在美国，“唐人街所有人都留着长发辫，用红带子扎好，认为发辫比生命还宝贵”[①]，在这种历史语境下，父亲把发辫剪掉是多么非同寻常、多么离经叛道。父亲之所以这么做，不是出于作为一个受过教育的人的常识判断辫子不卫生、不方便、不美观及有悖男性气质，而是因为他很早就听说发辫并不带来尊严和他人的尊重，也不会带来权力，相反只是美国人嘲弄的对象，是奴隶的象征。总之，这是美国人贬低的东西。虽然父亲在婚礼上最终因为违抗不过家族长辈的要求，不得不戴上那个瓜皮帽，但他将之视为为了娶上妻子而不得不接受的莫大“屈辱”[②]。可见缀有发辫的瓜皮帽、长袍马褂等服饰是刘裔昌父亲所急于抛弃的族裔身份符号，刘裔昌以自豪的口吻来描写父亲对这些符号的鄙视和摒弃，足见其离弃之心甚于父亲。刘家父子的视角、说话位置完全是站在族裔界线之外，从一个白人的视角和说话位置出发的。白人所鄙视的，他们绝不会珍惜；白人所嘲笑的，他们必弃之而不足惜。直至晚年，刘裔昌父亲仍然将他的服

---

① LOWE, PARDEE. Father and glorious descendent. Boston: Little, Brown, 1943: p. 13.

② LOWE, PARDEE. Father and glorious descendent. Boston: Little, Brown, 1943: p. 14.

饰革命进行到底。在他66岁大寿时，尽管整个祝寿活动都是按照中国的传统方式进行，他仍然坚持身穿西装，而非在这种场合应该穿的中国长袍。加拿大阿尔伯塔大学博士林怡香（音译，January Yee Hiong Lim）认为，拒绝穿上作为能指的传统服装是“过去的连续性”的断裂[①]，是对“创立的传统”，也就是“一套通常受公开或默许接受的规则所管辖、具有仪式性或象征性，并且通过不断重复而试图灌输某些价值观和行为规范的做法”[②] 的抗争。刘裔昌多次描写父亲在仪式性场合拒绝穿中国礼服，其意正在于褒扬父亲与过去的传统决裂的开明和勇气，其实也是他自己对其美国人身份的表演。

刘裔昌父亲西化的服饰给其行为举止增添了一份有如白人中产阶级的气派。作为居住在美国人社区当中的华人，其举止做派有意模仿美国白人，他与其他白人中产阶级一样每天坐船由郊区进城上班，上了船，“带着一种有意的炫耀意味打开中文日报阅读”[③]，俨然如一个白人般，“唯一不同的是其他人是从左读到右，父亲是从上往下读”[④]。连其他白人都对其迷惑不解，因为他根本不符合他们心目中对于华人的印象。反讽的是，无论父亲多么美国化，多么急于与其他华人划清界线，每天却不得不回到唐人街。一踏上这块“飞地”，他就重新变身为华人。刘裔昌父亲每天从“白人”变回华

---

① LIM，JANUARY YEE HIONG. The semiotics of dress in Asian American literature. Edmonton：University of Alberta，2008：p. 173.

② ERIC J HOBSBAWM. Introduction：inventing traditions. ERIC J HOBSBAWM，TERENCE RANGE. ed. The invention of tradition. 1983. Cambridge：Cambridge University Press，1992：pp. 1 – 14.

③ ERIC J HOBSBAWM. Introduction：inventing traditions. ERIC J HOBSBAWM，TERENCE RANGE. ed. The invention of tradition. 1983. Cambridge：Cambridge University Press，1992：p. 34.

④ ERIC J HOBSBAWM. Introduction：inventing traditions. ERIC J HOBSBAWM，TERENCE RANGE. ed. The invention of tradition. 1983. Cambridge：Cambridge University Press，1992：p. 35.

人，并非出于对华人世界的认同，而是一种生活所迫而造就的社会技能，是他“最高级的社会成就”，他就是靠这种“卓越的处理双种族社会生活的能力”① 而得以在美国社会立足。从这一意义上说，刘裔昌父亲的种种白人做派以及在“美国人”和“华人”之间的身份穿梭其实只是一种表演，或者借用巴特勒的说法，是“公众场合的表演”（public performance）。尽管巴特勒“公众场合的表演”一说是从性别研究角度来谈论职业女性为了消除男性的敌意而装扮出女性气质的行为，但在这里用于分析刘裔昌父亲的行为举止似乎也很贴切，因为刘父的表演性行为在有意夸耀自己的美国化的同时，实际上还带有生存策略的意味。

透过文本中刘父的“身份表演”，我们还看到了另一个表演者，即叙述者/自传作者刘裔昌。刘裔昌通过在文本中对服饰符号进行编码，植入意义和情感，让服饰符号成为其表达身份选择的语言，从某种意义上讲，刘裔昌在建构文本符号的过程实际上也是他实践“身份表演”的过程。

值得一提的是，贬低新移民的服饰似乎是第二代、第三代华裔所常用的手法，其目的是划清自己与新移民的界线。例如，在徐宗雄的《美国膝》（*American Knees*，1995）中，有一段描写刚到岸的华人，他们“通常的标志”是：

廉价理发馆理出来的发式，油腻腻的头发垂过眉毛；方形金边眼镜，歪戴在脸上，因为鼻梁太低，撑不起来；聚酯化纤布料裤子，裤裆松松垮垮；衬衫塞得太紧；脖子上挂着一条粗粗的 24K 金

---

① ERIC J HOBSBAWM. Introduction：inventing traditions. ERIC J HOBSBAWM，TERENCE RANGE. ed. The invention of tradition. 1983. Cambridge：Cambridge University Press，1992：p. 35.

的项链，上面挂着块玉石。[1]

在汤亭亭的《中国佬》中也有类似的描写：

迎面走过来一个华人，他来自中国，双手背在背后，弓形腿，宽松的裤子。他是出来溜达溜达的。……后面跟着这位可怜虫的妻子。……这位母亲和她蹒跚学步的孩子似乎都穿上了十来件自编的毛衣，所以胳膊伸出来时，显得特别肥粗。……紧随其后的老太太手持拐杖向前摸索，她头戴一顶带线球的帽子，这和大家的毛衣相匹配。她也穿一件自做的外套。全家人趁假日出来逛逛，是新移民，新来美国。……如此土里土气。如果说他们的裤子不那么短，运动袜不那么雪白引人，人们也不会厌恶他们的。新来者的风尚——短裤腿或卷裤脚，不可救药，土里土气。过街地道里有股卫生球的味道——新来者的香水味。[2]

在这些描写中，服饰符号所发出的信息无疑是很清晰的，它既包含了对新移民及其所代表的中国文化背景的贬低，也透露了说话人对于证明自我身份的急切心理，因为自我只有从与“他者”的差异中才能获得定义。刘裔昌多次通过服饰将父亲及自己与其他华人区分，其意图正是希望借建构“他者”来为定义自己寻找坐标。

黄玉雪在《华女阿五》中也非常重视运用服饰符号来表征身份。与刘裔昌不同的是，她采取了内视角。她并不取笑和贬低中式服饰，相反，她坚持运用这些符号来表达自己的少数族裔身份。文中有一处描写了黄玉雪一家人在公众场合的“民族服装表演”，即

---

① SHAWN WONG. American knees. New York：Simon & Schuster，1995：p. 35.

② 汤亭亭著，赵伏柱、赵文书译：《孙行者》，桂林：漓江出版社，1998 年，第 5 页。

黄玉雪对其少数族裔身份的符号化表达。黄玉雪因参加征文比赛获奖，得到主持美国海军自由号舰艇入水仪式的殊荣，黄家齐齐穿上隆重的中式服装出席盛典：

1943 年 4 月 16 日的大清早，预告了美好一天的到来。玉雪穿上了一袭绣花中式外套。玉宝穿上一件与玉雪相陪衬的旗袍，她将陪伴姐姐。两件服装都用黑色绸缎，是在中国手工制作的，一件绣着孔雀和牡丹花，一件绣着彩凤和桃花，色彩妍丽夺目。爸爸则穿着最好的公事套装，妈妈穿着淡蓝色的中式长袍，还有婴儿天荣穿戴着白色羊毛衣帽，看起来鲜嫩又干净。[①]

黄玉雪细致描写了家人出席盛典的着装，无疑有其深意。显然，对于黄玉雪而言，能够得到如此殊荣，这是她获得主流社会认可的重要标志；对于黄家这个华人家庭而言，这是家族莫大的荣耀；对于整个华人族群而言，这是族群的骄傲；而对于美国主流社会而言，这是归化少数族裔的成功范例。在此场合中，一场中式服饰“秀”无疑最能体现黄家人成为“模范少数族裔”的自豪感。任湘云在分析文学中的服饰描写时指出：“服饰由于对社会经济、文化、时代精神以及个人地位、权力、心理等有着丰富复杂的表征能力和表征效果，必然成为文学艺术的表意手段，进入文学文本的服饰已不是用来蔽体遮羞的实用的服饰，而是一种精神性的象征物。”[②] 黄玉雪以服饰描写组织了一场民族服装“秀”，使之成为其文化态度的表意符号，呼应了美国主流社会对于“模范少数族裔”

---

① WONG, JADE SNOW. Fifth Chinese daughter. Taiyuan: Shanxi Education Press, 2002: p. 182.

② 任湘云：《服饰话语与中国现代小说研究》，成都：四川大学出版社，2010 年，第 26－27 页。

的期望，可谓切合时宜。

书中另一处服饰符号的运用更具表演性，也令人印象更为深刻。黄玉雪决定创建个人的事业，她在唐人街租了一处铺面，将之装饰成一个陶器作坊和展示橱窗，自己坐在橱窗里制作陶器招徕顾客。她穿着传统中式服饰，留着两条麻花辫，骑坐在陶轮上，引来了众人好奇的围观：

“她肯定是准备为唐人街的建筑制作砖块。”

“不，看那些白色盘子，她是在展示样板厨房。”

“你俩都错了，这是一台谷稻脱粒机。看到中间那个棍子了吗？我在中国见过！”

“噢，看，这是个中国女子。看，她没有把头发烫成波浪。她像上海人一样梳着两条辫子。这是个上海女郎。”①

黄玉雪的橱窗展示非常成功，不仅吸引了唐人街的人围观，更重要的是招徕了大量的白人顾客。当她坐在橱窗中制陶的情景被拍摄成一幅富于东方情调的照片并刊登在报纸上时，“黄玉雪成了西方世界眼中的一个奇迹”，“白人无论远近都跑来看她制陶，玉雪所制作的陶器都卖光了”。② 显然，在美国白人眼中，这个女人就是中国文化的代表。一个橱窗里的中国女子，身着中国传统服饰，头梳麻花辫，骑坐在陶轮上制作中国文化的象征物——陶器，这几个符号并置一起的画面所传递的信息量之大、所激发的联想之丰富、所蕴含的意味之深远，任何只要对西方白人的东方情结有所了解的人

① WONG，JADE SNOW. Fifth Chinese daughter. Taiyuan：Shanxi Education Press，2002：p. 224.

② WONG，JADE SNOW. Fifth Chinese daughter. Taiyuan：Shanxi Education Press，2002：p. 225.

应该都不难想象。无疑，黄玉雪对于中国服饰符号的拨用取得了理想的效果。当然，对于黄玉雪坚持选用中国服饰符号是完全因为其本人认同并热爱着中国文化，还是有其他方面的考虑，笔者在这里并不能妄下断语，至于赵健秀送给黄玉雪“精明的生意人”[①]的头衔是否合理，仍然需要进行多方面的分析。

从其效果来看，黄玉雪在《华女阿五》中对服饰符号的运用可以说与刘裔昌的《父亲与裔昌》是异曲同工的。刘裔昌疏离和贬弃族裔服饰，黄玉雪则将族裔服饰穿戴出异国情调的风情，二人对族裔服饰符号的拨用，都反映了他们对主流社会价值观和符号秩序的接受和内化，都以此表演“模范少数族裔”的角色，并获得美国主流社会的欣赏。

（二）语言符号与美国身份的表演

语言不仅是表达思想和情感的符号媒介，还是一种界定族群边界的符号标识，更因包含其中的意识形态性而与族群认同息息相关。例如，潮汕籍贯人士可谓足迹遍及世界各地，但只要听到一句潮汕话，马上就产生亲切感，将对方视为“自己人”，皆因同操一种语言/方言暗示着对彼此族群身份的确认。R. 瓜蒂尼写道：“一个人所说的语言，是他生存和活动的世界，深深地根植在他身上，比他称之为国家的土地和物产更重要。”[②]然而，由于现代社会中人的迁徙移动、文化的相互交织，造成了社会构成的复杂性，人也面临文化认同选择的困惑、文化身份的混乱和价值观念的矛盾性。一般而言，是否使用本族群语言体现了说话者对于本族群身份是认同还是拒斥，体现了说话者选择站在族群界线之内还是之外。正是在此

---

① FRANK CHIN, et al. eds. Aiiieeeee! An anthology of Asian - American writers. Washington, D. C.: Howard University Press, 1974: p. xxx.

② 转引自耿龙明、何寅：《中国文化与世界》（第4辑），上海：上海外语教育出版社，1996年，第170页。

意义上，我们说语言是一种族群符号，象征着说话者的身份。当然，正如安东尼·科恩（Anthony P. Cohen）曾经所说的，象征是共同的符号，个人却可以赋予其独特的意义。“人们可以说同样的语言，却不需要向集体性全然缴械，个人性和集体性因此而获得协调；透过象征，成员持续地转换歧义性为相似的外表之同时，仍旧保持着让个人继续在其中获得认可的效力。”[①]

在《父亲与裔昌》中，刘裔昌笔下的中国人都是使用广东话交流的，很多中国民间谚语、成语，在表现中国文化思想的同时，成为人物身份的符号。如作为生意人的刘父常说的人情交往原则“买卖算分，私交则无论”，有关家庭观念的“家散则人亡”，祝贺生日的“年年有今日，岁岁有今朝”，称呼白人的“番鬼仔”。周围的华人都讲广东话，刘裔昌却只能说不多的几个词，在中文学校被其他学生讥笑：“他不会讲广东话。”[②] 但他不以为然，反而引以为豪。他在上课时，将英文小说和杂志藏在中文课本下面偷偷阅读。他背诵中文课文也是通过转换成英语来帮助记忆的。对刘裔昌而言，中文学校的语言学习根本没什么作用，不过是“浪费时间”而已。

刘裔昌在自传中将中文描述为一种“世界上最难学的语言”，之所以难学，是因为其不科学。他举例说，“广东话中一个简单的 C 音，就可以有一堆不同的意思，让人难以把握，如丝、纤维、尸体、动物排泄物、使节、公司、走私等，作为动词还可以表示牺牲、思考、负责、自私、死等”[③]。所以学习那些他称之为“奇形怪

---

① 林秀幸：《界线、认同和忠实性：进香，一个客家地方社群理解和认知他者的社会过程》，《台湾人类学刊》2007 年第 5 卷第 1 期，第 109 - 153 页。

② LOWE, PARDEE. Father and glorious descendant. Boston: Little, Brown, 1943: pp. 78, 75, 310, 107.

③ LOWE, PARDEE. Father and glorious descendant. Boston: Little, Brown, 1943: p. 112.

状的汉字”对其而言简直太费力了，是“十足令人讨厌的事”，是“对时间的浪费”，所以他在家里除了与父母交流有时不得不使用洋泾浜语外，一般只愿讲英语，并且“随着父母对英语的理解力的提高，英语越来越成为我主要的语言”[①]。不仅如此，刘裔昌有意将中文老师的了无生气和腐迂与美国老师的富于朝气和爱心，其学习中文时的马虎应付以及对中文老师的捉弄和嘲讽与其在美国学校对学习的热情和对美国老师的无比爱戴及“全心全意的忠心”进行对比，使这两套符号（华人的与美国人的）形成强烈的反差。他还发展出一套理论，将中文学习和美国学校的学习对立起来，认为“那些在美国学校学习得好的是不用在中文学校学习的人，而中文典籍学习优秀的学生在美国学校则学习很差”[②]。总之，语言在刘裔昌的自传中成了身份的象征符号，中文代表着他所急于抛弃的华人身份，英文则代表着他热切希望被承认的美国身份。除非不得已（如出于与不通英文的父母交流的需要），他不愿讲中国话，也不愿学习中文。可见，尽管刘裔昌在书中说到，他的家庭将在保持华人身份的同时成为美国的好公民，生活在一个“连字符连接的世界”[③]，但其实，他是将华人身份作为其成功融入美国社会的障碍来看待的。他以拒斥中文和中国话来宣称自己的美国化，表白自己对美国身份的认同及对华人身份的拒斥和离弃。

与《父亲与裔昌》由始至终对中文的拒斥和对英文的亲近态度不同，在《华女阿五》中，黄玉雪对于汉英两种语言的选择则经过

---

① LOWE，PARDEE. Father and glorious descendant. Boston：Little，Brown，1943：p. 112.

② LOWE，PARDEE. Father and glorious descendant. Boston：Little，Brown，1943：p. 116.

③ LOWE，PARDEE. Father and glorious descendant. Boston：Little，Brown，1943：p. 128.

了一个从汉语世界逐渐走向英语世界的过程，象征着从“中国人”身份走向“华裔美国人”身份的转变过程。

5岁以前，玉雪几乎完全生活在汉语环境中，汉语是她的母语和唯一的语言。偶尔跟随父亲外出，听到唐人街外面的白人讲英语，让她幼小之心产生了一种朦胧的意识：这是一种“他们的语言”，标示着唐人街外面“他们的世界”。[①] 这个世界既陌生又新奇，令幼小的玉雪心生向往。

玉雪自幼便接受父亲的中文启蒙教学，而且自8岁起便坚持到中文夜校学习，直到中学毕业。她每日背诵唐诗宋词，练习书法，替父母书写中文信件。这是玉雪形塑“中国人”身份的过程。她所读到的中文课文教导她要服从和尊重父母师长的权威，她从中文的各种亲属称谓和敬语中懂得了中国文化中复杂的亲属关系和长幼尊卑的伦理，从中文的书法中明白了规矩的重要性，从中文书信的格式中懂得了中国的礼节和道德观念。在父亲和中文学校的中国式教育下，玉雪正朝着一个“好中国女孩”和“未来的好母亲”的目标成长。

玉雪在6岁之后进入英文学校，开始接受美国式的英文教育。在她看来，学习中文和中国文化并不会妨碍其成为美国人，也不会妨碍其被美国主流社会所接纳。

从母语汉语转向使用纯粹的英语，代表着对美国文化的归化，也代表着接受了西方文明的教化，还代表着个人对其文化身份的选择。黄玉雪和刘裔昌都通过对语言符号的操弄，来表演自身的文化身份，所不同的是，黄玉雪表演的是一个“十足被接纳的中国

---

① WONG, JADE SNOW. Fifth Chinese daughter. Taiyuan: Shanxi Education Press, 2002: p. 5.

派"[1]，刘裔昌表演的则是一个已经白化了的新美国人。

还有一种可归入语言符号的符号，即姓名。姓名，是人类语言中的一个独特符号，具有丰富的内涵。不仅在于它的指代性和区别功能，还在于它的音、形、义能使人产生联想和想象，能反映人的本质属性、价值取向和人生哲学，甚至能反映一个家庭、家族乃至民族的历史、宗教、伦理道德、价值观念等。正因如此，姓名理所当然地成为拥有者的身份符号，同时也成为使用者（在这里指使用某一名字称呼他人的人）表达对被指称者的态度。例如，在早期涉及华人的美国文学和大众文化文本中，可以发现华人往往有一个通用的名字——"阿辛"，或是华洋结合的"阿查理"。在美国白人听起来，华人都是由一些稀奇古怪、拗口难听的符码来命名的。白人认为他们实在不必花费哪怕一点精力去辨认和记住这些古怪的名字，反正这些"中国佬"都一个样，干脆通称为"阿辛"/"阿查理"。白人在以其创造的符号替换华人原来的姓名时，直接就抹去了华人的主体身份。

有意思的是，黄玉雪和刘裔昌在其小说中不约而同都拨用了姓名符号来表达各自对其族裔身份的态度，他们要么用之彰显自己的族裔身份，要么用以表明其归化白人文化的心志。

在黄玉雪笔下，家人的姓名成了她向白人读者阐释中国家庭观念的一个直观易懂的符号。黄玉雪的父亲恪守中国的家庭传统，深知名字作为象征符号的重要性："名字是一种象征，很重要。"[2] 然而这一象征的意义更多是对宗族和家庭身份而非个人而言的。这体现在他给子女所起的名字上："中间的名字'玉'是黄家姐妹所共

① KIM，H ELAINE. Asian American literature. In EMORY ELLIOTT. ed. Columbia literary history of the United States. New York：Columbia University Press，1988：p. 813.

② WONG，JADE SNOW. Fifth Chinese daughter. Taiyuan：Shanxi Education Press，2002：p. 185.

有的。‘玉’指最昂贵的石头，也象征昂贵。在中国人的姓名中，家庭的姓放在前面，接着是中间的名字，最后是个人的名字。所以，家庭比个人更重要。”“黄家兄弟共同拥有中间的名字‘天’。这不仅用于爸爸的儿子，也用于他堂兄的儿子，表示家庭间的血缘关系。”[①] 黄玉雪通过对家人姓名符号的解码，演绎出一个深刻的见解，即华人重视血缘关系，重家族而轻个人。对受华人名字难念难记所困扰的白人读者来说，这一解释无疑非常新鲜有趣。显然，黄玉雪对于姓名符号象征意义的理解要比其父亲深刻得多。在黄玉雪这里，姓名符号不仅是借以阐释中国家庭伦理观念的便利工具，还被用于象征父亲的文化认同的微妙变化。

玉雪的父亲原来非常抗拒美国式思想，曾告诫玉雪“别指望把外国思想带进我们的家”，而且不鼓励玉雪交友，限制玉雪选择朋友的自由，尤其反对玉雪将朋友带到家里来，认为交友会浪费时间，甚至影响声誉，“玉雪不该向一个‘外人’寻找安慰”[②]。后来，在玉雪的影响下，尤其是在基督教的影响下，他逐渐西化了，不但欢迎玉雪的白人朋友到家里做客，热情款待，甚至还欣然为这名白人女孩起了个中文名字“玉琴”，是依照玉雪姐妹共有的“玉”字来起的，显然是把这名白人女孩列入了家庭行列，将之当女儿看待。这一起名仪式具有重要的象征意义，其重要性并不在于这个中文名字作为符号能指对于其所指的意义，而在于对符号的创造者和使用者——玉雪的父亲具有象征意义，因为这一符号竟然被用于指涉一个全然不同类别的对象，这有悖于惯有的符号象征秩序。然而正是黄父对固有象征秩序的僭越，暗示着原本保守的父亲已经发生

① WONG, JADE SNOW. Fifth Chinese daughter. Taiyuan: Shanxi Education Press, 2002: p. 74.

② WONG, JADE SNOW. Fifth Chinese daughter. Taiyuan: Shanxi Education Press, 2002: p. 80.

了思想上的变化，象征着其对西方世界的开放和接纳，也象征着黄家的华族文化身份开始与美国文化身份相融合。

颇具意味的是，在父亲为白人女孩取中文名字之前，黄玉雪获得了主持海军新船舰下水仪式并为船舰命名的殊荣。在所有的嘉宾以及海军官兵面前，她自豪地宣布：“我命名你为威廉 · A. 琼斯!”[1] 这个典型的美国式名字由华裔女孩黄玉雪口中说出，具有非凡的意义。它象征着黄玉雪完全被白人主流文化所接纳，成为其中光荣的一员。父亲的命名仪式与黄玉雪的命名仪式虽然在形式上迥异，但都传达同一个信息，即黄玉雪和父亲已经从作为美国白人主流文化的“他者”，成为主动适应美国主流文化并被接纳的华裔美国人。在黄玉雪这里，名字是族裔身份的标志，但通过对名字符号的使用和再编码，名字又成了她融入美国主流文化的象征。

而在刘裔昌的自传体小说《父亲与裔昌》中，同样作为华人移民的刘父，也非常重视名字的符号意义。为了确保自己的孩子“拥有不容置疑的美国身份”[2]，刘裔昌父亲在给孩子取名这件大事上颇费脑筋。他深知，名字——一个人最为重要的象征符号，它负载着太多的身份信息。对于已经“现代化”的刘裔昌父亲来说，那些用英文念起来很是洋泾浜腔、土里土气的，如 Sing High、Sing Low、Ching Chong、Long Song 之类的中国名字已经让他受够了，这些符号代表的是华仔、苦力、异教徒、外国人，是那个古老落后的中国的一个凝缩象征。他可不想让他孩子的名字以后被人嘲笑。显然，刘裔昌父亲的顾虑并非没有道理，这是出于一个精明的商人对于现实的洞察。美国学者罗希奥 · G. 戴维斯（Rocio G. Davis）曾指出亚裔

---

① WONG，JADE SNOW. Fifth Chinese daughter. Taiyuan：Shanxi Education Press，2002：p. 183.

② LOWE，PARDEE. Father and glorious descendant. Boston：Little，Brown，1943：p. 16.

为孩子命名所蕴含的现实意义：“命名或者说被赐予名字，对于北美的亚裔主体来说，是他们在西方社会的首要再现模式。如果他们的名字太具异国味道，会使他们与伙伴们疏离。”① 刘裔昌父亲似乎比戴维斯考虑得更远，他不仅要帮助孩子融入其伙伴之中，还希望他的孩子成为真正的美国人。所以，他要给他们取“一个响当当的美国名字”，这一英文名字能“明白无误、毫无保留地”“反映家庭背景”。② 他的所有孩子，除了大女儿以接生医生的名字命名外，其他都用美国总统或州长的名字来起名。虽然这些孩子也有中文名字，以方便在唐人街的亲戚使用，但这些名字还是随着孩子们的长大而使用得越来越少，“当我们到唐人街去，听到别人喊我们的中文名时，总会有一种怪异、不舒服的感觉，就像他们叫的不是我们而是其他人”。③

刘裔昌的中文名，作为其华人身份的象征符号，已经被忘却、遗弃了，他所要强化的是那个美国名字——其美国身份的象征。在刘裔昌及其兄弟姐妹看来，父亲摒弃中国名字这一华人身份符号，给他们安上一个美国身份符号——“一个响当当的美国名字”，其好处是显而易见的：“毫无疑问这个名字直接有助于我们成为更好的美国人，因为它使我们很快得到学校老师的关注，他们付出双倍热忱来教我们。他们不会忘记我们所由之而来的那个令人骄傲的美国精神谱系”④。不同于那些土里土气的中国名字——那些代表着他

---

① ROCIO G DAVIS. Begin here：reading Asian North American autobiography of childhood. Honolulu：University of Hawaii Press，2007：p. 19.

② LOWE，PARDEE. Father and glorious descendant. Boston：Little，Brown，1943：p. 17.

③ LOWE，PARDEE. Father and glorious descendant. Boston：Little，Brown，1943：p. 19.

④ LOWE，PARDEE. Father and glorious descendant. Boston：Little，Brown，1943：pp. 19－20.

性的符号只会让刘裔昌和兄弟姐妹们感到不自在和陌生，而这些“响当当的美国名字”却让他们感到荣耀，觉得自己是为家族争光的“光荣的后代”。

名字的符号意义甚至在“斧头帮”与西部牛仔的比较中被用来彰显美国的优越性。在刘裔昌听来，华人帮会的中文名称也不如其英文译名听来文明，“这些堂会的中文名简短，听起来很好战，就像一个咒语，而翻译成英文就失去了暴力性质，听起来犹如风中花语”①。而唐人街帮会“斧头手”的各种绰号，如“大辫子”“辣头”等，让人觉得极端邪恶，“他们不具备我心目中的美国英雄那种有血有肉的品质”②。在刘裔昌心目中的美国英雄是绰号“水牛城”的比尔（Buffalo Bill）和“野生比尔”希科克（Wild Bill Hickok）这些西部牛仔，那些唐人街的“斧头手”根本没有这些西部牛仔的英雄气概。

不难看到，通过对名字的音、形、义的对比，作者的喜恶亲疏立判。符号学认为，语言是标识群体边界的符号，具有区别自我与“他者”、标识差异和表达认同的功能。显然，刘裔昌在拨用语言符号表征华裔族群的同时，也在明白无误地传达自己的文化认同。他在表征其出身的族裔时运用的是既存于美国主流符号体系中的“他者化”符码，即通过对华人语言的异化表征，将其背后的整个族裔置于“他者”的地位。讽刺的是，刘裔昌自以为通过表演标准的美式英语可以将自己与华人族群区分开来，可是当他到一个白人家庭应聘工作时，开门的白人妇女一见其东方面孔，第一反应即一个劲

① LOWE, PARDEE. Father and glorious descendant. Boston: Little, Brown, 1943: p. 82.

② LOWE, PARDEE. Father and glorious descendant. Boston: Little, Brown, 1943: p. 93.

地用洋泾浜英语对他说：“Me no likee，me no wantee Chinee boy”①（意思是“我不要中国仔”），将他拒之门外。刘裔昌试图以语言符号将自己标识为华裔族群的另类、白色文化的“自己人”，然而他仍然逃脱不了“他者”的标签。

（三）饮食符号与族裔文化表演

在《华女阿五》和《父亲与裔昌》中的各种身份符号中，饮食符号占有非常重要的地位。这两部作品都频频拨用中国饮食符号，细致入微地展示中国菜肴的制作方法，不遗余力地解释某些食物的药用功效以及中国式宴会仪式的意义。其实，在早期的一些华裔自传，以及后来的汤亭亭、谭恩美等人带有自传色彩的作品中，我们都可以发现关于中国饮食方式的细致描述。

例如，早期华人作家李恩富在《我在中国的孩童时代》中极其详细地描写了中国人的餐桌礼仪：

> 上午十点钟，饭桌摆好了；……每张桌子坐八个人，没有台布，筷子和调羹摆放在每个座位前。食物用大碗或碟子盛着被端进来，米饭则装在木桶或藤篮子里被置放在桌子上，再分别盛到各人的小碗里。这时仆人们才召请各人的主人出来用早膳。长辈没有坐下前，晚辈们是不能冒昧就座的；就座后晚辈会礼貌性地征询长辈是否能开始用膳，当长辈严肃地点头同意后，早餐正式开始了。先喝汤，然后每人右手持筷，左手端碗，把食物送到嘴边，用筷子把食物扒进嘴里，间或从共用的碟子里夹肉、鱼或蔬菜。但是每人只允许从最靠近自己一边的碟子里夹菜，越过盘子到另一边夹菜是不合礼仪的做法。当一个人吃完欲离开餐桌时要向其他人客气地招呼

① LOWE，PARDEE. Father and glorious descendant. Boston：Little，Brown，1943：p. 191.

“慢慢吃！”这是我们说“请原谅！”的方式。中国人每顿饭后都要洗手和洗脸。①

在汤亭亭的《女勇士》中，食物意象更是频繁出现，甚至贯穿于整个文本。例如在“乡村医生”一章中，汤亭亭用了足足三页的篇幅叙述了关于中国人的“吃”的故事，包括吃鬼的故事、唐朝人魏庞“吃蝎子、蛇、蟑螂、蛀虫、鼻涕虫、甲虫和蟋蟀”的故事、杭州无名氏吃青蛙的故事，甚至还有生吃猴脑的血腥故事。汤亭亭对母亲勇兰烹饪各种怪异食物的描述更是不吝笔墨：“母亲什么都给我们做着吃；浣熊、黄鼠狼、老鹰、鸽子、野鸭、野鹅、矮脚鸡、蛇、院子里的蜗牛，还有时常在厨房里爬来爬去，有时躲到冰箱或是灶台下的乌龟，以及养在澡盆里的泥鳅。”②

有别于汤亭亭以奇闻逸事形式极为夸张的叙述，黄玉雪在《华女阿五》中则采取了白描的手法，极尽其详地描写了中国饮食方式。她不厌其烦地介绍了中草药疗法、中国菜谱、中国菜的制作过程。她在描写一顿款待白人同学的晚餐时，详细介绍了芙蓉蛋和番茄炒牛肉的做法，不仅一一罗列了各种配料，而且精确到火腿切多长、放几勺酱油、煮几分钟这样的细节，简直就像电视中的烹饪节目。在“学当中国主妇”一章，她用了六段话语，极尽其详地讲述如何按中国传统方式煮米饭：

首先，她从米缸里舀出定量的大米。……

先用一点水浸湿，然后用双手搓一会儿（如果你的年龄和玉雪

---

① LEE，YAN PHOU. When I was a boy in China. Xlibris，2003：p. 44. 中文译文参考詹乔 2007 年博士学位论文《论华裔美国英语叙事文本中的中国形象》第 52 – 53 页。

② KINGSTON，M H. The woman warrior：memoirs of a girlhood among ghosts. 1976. New York：Vintage，1989：p. 85.

相仿）或者用单手搓（如果你是大人）。这样，白色淀粉就会溶到水里。第一次搓洗一百下后再冲洗，然后再搓揉、冲洗一遍，接着再搓揉、冲洗一遍，之后是冲洗、冲洗、冲洗。总共搓揉三遍，冲洗六遍。……

现在准备煮饭，爸爸把手放在大米上，冷水加到第一个手指关节即可。玉雪通常是把水加到第一个手指关节上一半。接着，她轻轻地把锅倾斜，看看水会不会太多。锅倾斜时要轻。这样锅里的米不会移动。如果就这个倾斜位置，那些水能流到锅边，那么水量刚好。

煮饭和淘米一样重要。锅盖要紧紧盖住，把锅放在瓦斯的喷嘴上，调大火量，直到水开始沸腾为止；接着火量调小，沸腾的水会被米慢慢地吸收。……绝对不能掀开锅盖看。相反，一定要让米饭蒸够，通过散发出来的蒸汽来判断饭是否快熟了。刚开始，在沸腾阶段，蒸汽直接往上冲，很强劲。煮熟时，蒸汽在锅盖边轻轻地盘绕。

水沸腾时如果粗枝大叶忘记把火关小，饭会烧焦。有时最好的家庭也会有此疏漏，可是爸爸有补救良策。他把一茶碟或者中国茶杯的冷水放在锅里的米饭上，以吸收烧焦味。

最理想的米饭是煮三十分钟，松软可口、洁白、清香。其间无论如何，绝对不能搅拌、排水或者冲洗。①

这一锅白花花的米饭，本身并不是多么吸引人的一种食物，在中国人眼里，它是再普通、平常不过的了，以至于在人们谈论饮食时常常被忽略。然而在西方人眼中，它却是中国饮食的一个象征符号，因为它是中国人每餐不可缺少的主食，其象征性意义如同西餐

① 黄玉雪著，张龙海译：《华女阿五》，南京：译林出版社，2004年，第51－52页。

中的面包。黄玉雪恰恰选择了这一在中国人眼中毫不起眼的符号，不厌其烦地加以细描慢画。从文学性角度来看，对这一烦琐过程的描写并无助于人物性格的刻画及情节的推动，也无助于环境氛围的渲染，对于一部总篇幅不是很长的作品而言，这一描述实在是很奢侈，不免让人感到有些突兀。可是黄玉雪为什么不惜花费如此多的笔墨来描述这一无关紧要的事情呢？她在整个文本中多处拨用中国饮食符号，是不是说明了黄玉雪对中国饮食文化非常认同，有浓厚的兴趣，认为值得向美国白人社会推崇呢？

其实，如果结合黄玉雪所处的时代背景以及成书过程中权力介入的因素，我们可以发现，文本中占用了很多篇幅的饮食描写并非因为作者对于中国饮食有多么感兴趣，甚至不是完全出于作者个人的意愿，而可能是出于建构文本时对符号编码的考量。据黄玉雪本人介绍，此书缘起出版社的约稿，写作过程是在其白人写作老师的指导下完成的，并接受了白人编辑的大幅度删改，最后定稿主要出于白人写作老师和编辑之手。黄玉雪说，白人编辑删去了“过多涉及个人”的部分，增加了一些别的内容，例如，小说中“郭叔叔”一章就是在白人写作老师的建议下加进去的，目的是使作品显得更为有趣。① 所以，有学者认为此书是文化权力运作下的产物。② 由此推测，黄玉雪在选择文化符码建构文本的过程中难免受主流社会的喜好所左右。黄玉雪选择对饮食符号进行浓墨重彩的渲染，无非是因为展示族裔特有饮食方式是一种族裔文化表演的方式，如此做法符合主流文化对作者少数族裔身份的期待。

玛丽·道格拉斯认为，饮食文化是一种符码（code），也是一

---

① 张子清：《美国华人移民的历史见证——黄玉雪访谈录》，见黄玉雪著，张龙海译：《华女阿五》，南京：译林出版社，2004年，第228－246页。

② 尹锐：《文化与权力运作视域下的〈华女阿五〉》，《北京航空航天大学学报》（社会科学版）2010年第5期，第84－86页。

种“社会关系模式”，具有多重意义。① 饮食文化具有互动性，是对高度仪式化的一套行为的编码，尽管这套行为往往被认为是自然而然的。因此通过对饮食符号的编码，可以据此表达编码者对于某种社会关系的态度，以及自身在这一社会关系中的身份定位。从这一意义上讲，展演饮食行为和习惯不但可以成为个体身份的表演，也可以表达个体对族群文化的认同，正如布朗和默塞尔（Brown & Mussell）所说的，饮食是族群文化的象征，是“族群身份有力的隐喻”②。他们在《美国族裔与区域饮食方式：族群身份的表演》(*Ethnic and Regional Foodways in the United States*：*The Performance of Group Identity*)“导言”中写道：

> 定义种族和地区群体的最有效方法是使用该群体的自我认同标记，从内部来定义。（运用饮食符号来定义群体的）方法之所以重要，是因为亚文化群体的饮食习惯植根于传统中，但又通过一个极蕴意义的过程表达其内部文化的动态性。饮食习惯把个体团结起来，它定义族群外延和身份的界限，区分局内人和局外人，作为族群间交流的中介，颂扬文化凝聚力，以及为族群仪式的表现提供语境。③

如果说李恩富对中国饮食仪式符号的调用意在塑造中国人的文

---

① MARY DOUGLAS. Deciphering a meal. CLIFFORD GEERTZ. ed. Myth, symbol, and culture. New York: Norton, 1971: p. 61.

② BROWN, LINDA KELLER, KAY MUSSELL. eds. Ethnic and regional foodways in the United States: the performance of group identity. Knoxville: University of Tennessee Press, 1985: p. 8.

③ BROWN, LINDA KELLER, KAY MUSSELL. eds. Ethnic and regional foodways in the United States: the performance of group identity. Knoxville: University of Tennessee Press, 1985: p. 5.

明形象，表达自己对中国文化的崇扬，消除美国人对中国文化的误识，以促进族裔之间的交流，那么黄玉雪在《华女阿五》中对饮食符号的拨用则意在展示美国唐人街华人的生活图景，表演族裔文化，塑造符合主流社会期待的模范族裔形象，增进白人社会对华人的好感。

回到黄玉雪对煮米饭过程的描写，从中不难察其用意，她显然看中的是这一符号在白人眼中的象征意义。黄玉雪很清楚，她的白人读者从她和族人的淘米煮饭及其他饮食行为看到的不是普遍意义上的人为了满足口腹之欲这一普遍性的需求而采取的相应行为，而是从中体验一次族裔文化猎奇之旅。从书中的一句话，我们可以清楚地了解黄玉雪选择中国饮食作为其卖力兜售的族裔符号的动机：在为女同学们烹煮中国食物时，“玉雪发现女同学们对她的中国背景和中国思想意识有着永无止境的好奇心，她第一次开始在心中构想要将中国文化中具建设性的、令人愉快的方面呈现给非中国人”①。此外，还有另一个更能对私人利益产生直接效果的动机是，她发现通过为白人烹制中国食物，可以让她获得白人的好感，赢得他们的接纳。的确，饮食符号展演为黄玉雪带来了确确实实的好处，她精心烹制的芙蓉蛋和番茄炒牛肉帮助她赢得了白人同学的友谊：“半小时之内，同伴们便对玉雪赞不绝口起来。”② 中国食物不仅帮助她得到白人同学的接纳，还成为她通往白人主流社会的敲门砖。她集全家之力在米尔斯学院本科主任家烹制“中国晚宴”，招待一群来自上层社会的白人音乐家，不仅得到音乐家们的关注，还与他们交上了朋友。正是因为中国饮食符号在其个人生活中可以当

① WONG，JADE SNOW. Fifth Chinese daughter. Taiyuan：Shanxi Education Press，2002：pp. 149 – 150.

② WONG，JADE SNOW. Fifth Chinese daughter. Taiyuan：Shanxi Education Press，2002：p. 147.

作极为有效的工具而屡试不爽，黄玉雪才将这一符号继续搬用到其作品中，让它继续施展其族裔符号功能。

如果说黄玉雪是从文化局内人的立场来展示“有趣”的华裔饮食文化，那么刘裔昌则是将自己置于文化局外人的立场来观察和呈现华裔饮食文化的。我们可以从《父亲与裔昌》中的饮食符号看到不同的编码方式。

值得指出的是，饮食符号不仅可以成为族裔文化内部的人借以表达身份认同的语言工具，还可以成为辨认和区分“他者”的标识。正如布朗和默塞尔所言：

> 主流美国人经常以饮食习惯作为区分次文化群体的因素，他们在与自己的饮食习惯不同的“他者”的传统菜式和用料中发现了一套归类族裔和区域性格的方便之法。①

主流美国人之所以乐于以饮食习惯来区分自我与“他者”，其原因有如罗杰·阿伯拉罕（Roger Abrahams）所认为的，饮食作为一种符号语言，被当作一种便利的手段，将某些主要的“他者”定型化，将他们置于从属地位。② 刘裔昌虽然是华裔，但正如金惠经所指出的，“刘裔昌非常美国化”，“企图声称美国是自己的国

---

① BROWN，LINDA KELLER，KAY MUSSELL. eds. Ethnic and regional foodways in the United States：the performance of group identity. Knoxville：University of Tennessee Press，1985：p. 3.

② ROGER ABRAHAMS. Equal opportunity eating：a strutural excursus on things of the mouth. In BROWN，LINDA KELLER，KAY MUSSELL. Ethnic and regional foodways in the United States：the performance of group identity. Knoxville：The University of Tennessee Press，1985：p. 22.

家”,[①] 他以主流美国人自居。从其立场出发，刘裔昌其实是将饮食符号作为区分自我与“他者”的标识，只不过这个“他者”是与他一样黄皮肤、黑眼睛的华人和华裔，甚至是与他同一屋檐下的家人。这从其夸张、嘲讽的编码方式中可以清楚地看出来。

在《父亲与裔昌》中，刘裔昌以极为夸张的手法给饮食符号能指注入了怪异、滑稽和荒唐的意义。他讲述了后母如何精通中医食疗，如用家乡的泥土以开水冲服治疗水土不服，用田鼠、鲨鱼翅、蜗牛、蛇、乌龟、鳗鱼、蜥蜴等治疗各种疾病。最夸张、最具戏剧性的一幕出现在用一只大野猫煲汤给父亲滋补身体。这只野猫足足重达 55 磅，张牙舞爪，凶猛异常。整个家族兴师动众，为如何杀这只野猫出谋划策。最后大家一致同意采用传统的方法，即将野猫淹死，这样能保住其全部的活性。这只大野猫在被去毛和清洗后，配上中药店医生按照古方精心配制的药材，经过一天的熬炖，成了一大锅滋补汤。一家人除了刘裔昌兄弟姐妹这几个在美国出生长大的孩子拒绝外，各自美美地喝了几大碗。极有讽刺意味的是，所有喝了猫汤的人夜里都睡不安宁，早上起床后鼻血直流。出这主意的外公还骄傲地宣称：“我保证这野猫汤非常补。不错，它已经显示出惊人的功效。它所有的活性和功效都让我们吸收了。否则，你怎么解释我们的活力大增和流鼻血呢?”[②]

且不论中医的说法是否有道理，以全然“白化”了的刘裔昌的口吻，这一野猫汤事件无疑是荒唐的，受西方思想影响较大并因此

---

① ELAINE H KIM. Asian American literature. In EMORY ELLIOTT. ed. Columbia literary history of the United States. New York: Columbia University Press, 1988: p. 813.

② LOWE, PARDEE. Father and glorious descendant. Boston: Little, Brown, 1943: p. 266.

而受刘裔昌敬仰的父亲对此也颇为“疑惑”①，刘裔昌的夸张叙述更为事件添加了笑谑性效果。但令人意想不到的是，此事的笑谑性效果并不是最后的结局，刘裔昌接着又将事件推向了悲剧的一面：野猫汤事件后不久的一个早晨，发现外公去世了。这一结局的讽刺性效果很明显，虽然在读者看来，刘裔昌的这一笔法对家人未免过于残忍无情。

但撇开这点不论，野猫汤事件无疑具有重要的符号意义，它折射出三代人的思想和文化认同的差异。以外公为代表的第一代华人移民深受中华文化的影响，对华人文化身份的认同根深蒂固。以父亲为代表的逐步美国化的一代，摇摆在两种文化身份之间。而以刘裔昌为代表的土生华裔则已经完全白化，从饮食习惯到思想都截然不同于其他华人。据弗雷德里克·J. 西蒙斯（Frederick J. Simoons）的观察，饮食习惯的改变往往被用以暗示身份的改变，通常是脱离一个群体转投另一更向往群体的象征。② 刘裔昌选择早已存在于白人话语中的华人符号，有意加以戏剧化的夸张、渲染和嘲讽，目的无非是给其他华人华裔安上“他者”的面具，置于自己的对立面，彰显自己与“他者”的不同，以此暗示自己已经脱离华裔族群，是白人社会的“自己人”。

可见，黄玉雪和刘裔昌对中国饮食方式的符号化是受到意识形态的制约，以及现实性目的的驱动的，从其符号化过程中可看到权力直接或间接地参与其中。实际上，书中所引用的饮食符号早已存

① LOWE, PARDEE. Father and glorious descendant. Boston: Little, Brown, 1943: p. 266.

② FREDERICK J SIMOONS. Eat not this flesh: food avoidance in the old world. Madison: University of Wisconsin Press, 1963: p. 121. See SUSAN KALCIK. Ethnic foodways in America: symbol and the performance of identity. In BROWN, LINDA KELLER, KAY MUSSELL. Ethnic and regional foodways in the United States: the performance of group identity. Knoxville: The University of Tennessee Press, 1985: p. 50.

在于白人主流文化关于华裔的套话中，经过了意识形态的编码，并且已经凝结为华人/东方人身份的象征。从黄玉雪和刘裔昌两位作家的书写中，我们看到食物符号被操弄、被工具化了。凯尔锡克认为，在确立族群身份的过程中，食物具有象征性的本质，族裔个体通过对饮食具有象征性的操弄而发出自身身份的声明，因此，饮食具有表演性，是身份表演的一种有效方式。“由于饮食在象征性层面上能够传达有关个人和群体的身份及边界等信息，因此可以成为可供某些有意识或无意识地希望表达身份认同的个体和群体选择的符号工具。”① 黄玉雪和刘裔昌对于中国饮食符号的操弄，正是他们有意无意的身份表演。尽管两人不同的叙述口吻暗示了各自对待这些饮食符号的立场和态度有所不同，但他们的最终目的大同小异，都是将之作为表征族裔文化的意符，在文本中营造出白人读者所喜闻乐见的异国情调。

三、如实表征抑或选择性表演：对“族裔文化表演”的再思考

黄玉雪解释自己创作《华女阿五》的初衷是展示真实的唐人街和华人/华裔的生活，描绘华人/华裔的真实面目。她和刘裔昌的确都调用了很多华人/华裔身份符号来塑造华人/华裔的形象，可是他们所表征的就是华人/华裔的真实面目了吗？

其实，对于自传能否忠实地记录历史、表征真实，学界一直存有争论。一些批评家提出了“自传是最难捉摸的歪曲了的文献”“自传是一种虚构的散文”的观点，甚至认为“自传是作假，是解

---

① SUSAN KALCIK. Ethnic foodways in America：symbol and the performance of identity. In BROWN，LINDA KELLER，KAY MUSSELL. Ethnic and regional foodways in the United States：the performance of group identity. Knoxville：the University of Tennessee Press，1985：p. 54.

释，是幻想”。[①] 美国文学评论家斯蒂芬·萨毕洛（Stephen A. Shapiro）的说法尤其具有代表性：“自传纯粹是一个说不清、道不明的阴暗世界”[②]。耶鲁大学博士艾米·雷登（Amy L. Reading）则提出了“自传扮装”（autobiographical masquerade）的说法，认为自传是介于谎言和坦白之间的文本。[③] 本书在此无意就普遍性意义上的自传文学的真实性展开讨论，但就华裔自传文学而言，著名亚裔批评家赵健秀的批评意见不容忽视。赵健秀一直对华裔自传文学持激烈的批评态度。他认为自传文学是“基督徒的文学武器”，“那些写自传的华裔都是基督徒”，甚至认为写不写自传是分辨真伪华裔作家的试金石。[④]

赵健秀之所以反感华裔自传文学，是因为他认为这些作品所表征的中国文化是作者投主流文化所好而伪造的。虽然赵健秀的批评主要针对汤亭亭和谭恩美等人的作品，但他的批评的确可以引发我们对于华裔自传文学的表征真实性问题的思考。通过我们在上文中的分析可以看到，黄玉雪和刘裔昌虽然以华裔文化局内人的姿态对华裔文化进行表征，但实际上他们所拨用的符号都是经过有意筛选的。他们笔下的华人身份符号基本上都是按照白人象征系统中既有的符码来编码的。例如，对华人饮食符号的渲染，其实是有意投合白人主流社会对华人饮食方式的好奇，是对既存于主流文化中的差异化表征的呼应。在美国白人文学和文化文本中，华人的日常生活

---

① 参见徐颖果：《跨文化视野下的美国华裔文学——赵健秀作品研究》，天津：南开大学出版社，2008年，第46页。

② STEPHEN A SHAPIRO. The dark continent of literature：autobiography. Comparative literature Studies，1968（5）：p. 425.

③ AMY LYNN READING. Courting inauthenticity：deception and revelation in American autobiography. New Heaven：Yale University，2007.

④ 参见徐颖果：《跨文化视野下的美国华裔文学——赵健秀作品研究》，天津：南开大学出版社，2008年，第41页。

总是与怪异的饮食方式相联系，西方人一提到华人，总是联想起中国餐馆；一提到中国餐馆，联想起的则是狗肉、老鼠和蟑螂之类离奇古怪、令人恶心的“食材”，头脑里浮现的是如野人般茹毛饮血的行径。在白人的文学和文化文本中，华人“无所不食”的陈述已经成为一种表述定式，种种关于华人怪异饮食的逸闻一边强烈刺激着白人的猎奇心理，一边让白人在对东方的野蛮和落后大发悲悯之心的同时树立起西方富足优越的形象。正是由于对此类“他者化”表征深恶痛绝，赵健秀尤其反感华裔文学对华人饮食符号的频繁拨用。在赵健秀看来，那些充斥着食物和中国文化的“唐人街小说”“把进餐变成了一次远征这个神秘国度（指中国）和探索血淋淋的仪式的探险”，是满足白人猎奇心理、取悦于白人的“食物色情文学”。[①] 的确，黄玉雪等人对族裔饮食符号的操演不是将华人/华裔表征为野蛮愚昧的“大食者”，就是将华人/华裔固化为具异国情调、温顺、无威胁性的家仆、“模范少数族裔”形象，总之，都不是对华人/华裔全面和真实的表征。

对黄玉雪等人的族裔表征持质疑态度的不止赵健秀一人。帕特里夏·林—布莱恩德（Patricia Lin – Blinde）认为，“黄基本上是在重复白人世界关于什么是或什么不是华人特点的表述与期待”[②]。美国亚裔文学研究学者黄秀玲也指出，“黄玉雪等一些华裔作家展示的不同文化是极有选择性和表演性的，目的是讨好主流，并非威胁主流，是去除了有害成分、政治色彩，纯粹为娱乐消遣而提供的货

---

① FRANK CHIN. The Chinaman pacific and frisco R. R. Co. Minneapolis: Coffee House Press, 1988: p. 3.

② PATRICIA LIN – BLINDE. The icicle in the desert: perspective and form in the works of two Chinese – American writers. Melus, 1979, 6 (3): p. 58.

色”[①]，所以她将黄刘二人的自传称为“唐人街导游的自传”。黄刘二人通过对华人/华裔身份符号的选择性拨用和表演，一方面建构符合主流文化预设的华人/华裔世界，满足主流社会的猎奇心理；另一方面展示自己的文化姿态，表演自己的文化身份，如尹晓煌所言，“一心一意扮演好华人的‘模范族裔’角色”[②]，来争取主流文化的接受。可见，以此类符号表征出来的所谓“华裔真实面目”也只不过是一个建构的面具而已。

由于这些身份符号是被认为是“文化局内人”的华裔作家所建构的，因此给西方社会留下的印象是，这就是华人的真实面孔，它们证实了白人主流文化中华人面具作为符号的肖似性。可以说，黄刘二位作家并没有从真正意义上做到“增进白人对华人的理解”，反而强化了白人主流文化中的另一类华裔刻板形象。尤其是黄玉雪的作品，着力展示了华裔作为“模范少数族裔”得到美国主流社会的种种关怀和帮助而成功的美好景象，却闭口不谈华裔族群遭受歧视和排斥的普遍性族裔经验。显然，黄玉雪没有做到真正表征，或者至少没有全面表征华裔族群。从赵健秀、黄秀玲、金惠经等亚裔批评家对这两位作家的作品的批评中可以看出，黄刘二人创造的“华裔真实面孔”实际上并没有得到华裔群体内部的承认。

黄玉雪、刘裔昌的族裔文化表演没有做到正确表征本族群，究其原因是他们没能跳出主流文化象征系统的框架，很大程度上接受了主流文化的符码。这些符码的制约使得他们在表征族裔形象和文化时不得不选择强调、淡化或者忽略某些方面，也就是苏西·黄（Suzi Wong）在批评亚裔美国人作家时所指出的问题：“亚裔美国人

---

① SAU－LING CYNTHIA WONG. Reading Asian American literature：from necessity to extravagance. Princeton：Princeton University Press，1993：p. 55.

② 尹晓煌著，徐颖果译：《美国华裔文学史》，天津：南开大学出版社，2006 年，第 132 页。

作家的作品是使用白人的语言写成的，使用了白人的符号和目光。”① 早期华裔作家的局限性固然有他们自身的原因，但也与他们所处的历史、社会和文化语境有密切关系。在刘裔昌和黄玉雪写作的20世纪40年代，美国少数族裔尚未形成自觉的族裔意识，很多为今天我们所熟知的有关族裔政治的思想在当时闻所未闻，因此我们不能要求当时的华裔作家能够创作出符合今天的批评眼光的作品。而且，尽管当时美国社会整体对华裔美国人的态度有了很大的改变，但种族歧视依然根深蒂固，华裔美国人仍然被视为“他者”，在现实面前，如何尽快融入美国社会，争取更好的生存和发展机会，依然是华裔美国人首要考虑的问题。作为少数族裔作家，需要考虑的也是作品能否被由白人主宰的出版界和文化市场接受的问题，毕竟，要发出声音首先需要有发声的渠道。

然而，我们应该看到，尽管存在不足和局限，尽管受到华裔族群内部的批评，刘裔昌和黄玉雪在华裔美国人整体仍然处于沉默无声的时候，以手中之笔为喉舌，向白人社会介绍自己眼中的华人社会，增进白人社会对华人的理解，无疑有着十分积极的意义。正如范守义所言，“从一定程度上来讲，美国主流社会对于华人的不甚了解的状况是与华人在文坛的沉默不无关系的”②，早期华裔作家打破华裔族群长期被代言、被表征的局面，将有助于纠正主流文化对华裔族群的错误表征，有助于树立华裔族群的真实形象。尤其是黄玉雪，其所展示的华裔社会和文化，改变了华裔族群在美国主流社会中的负面形象，这对于改善华裔的处境和社会地位无疑是有好处的。

---

① WONG SUAI. Climbing the light rope to new territory: review of three anthologies of Asian American literature. Amerasia journal, 1975. 转引自范守义：《黄玉雪——一位模范少数民族的代表》，见黄玉雪：《五姑娘》，太原：山西教育出版社，2002年，第34页。

② 范守义：《黄玉雪——一位模范少数民族的代表》，见黄玉雪：《五姑娘》，太原：山西教育出版社，2002年，第34页。

正如前文所言，早期华裔作家的表征实践受到所处历史、社会和文化语境的局限，那么当华裔美国人所处的历史、社会和文化语境发生改变后，华裔作家对于族裔表征政治又会有什么不同的主张呢？让我们将目光投向另一时期的两位华裔美国作家——汤亭亭和黄哲伦。这两位作家以另类的身份表演作为书写策略，以更为激进的姿态投身于族裔表征政治之中。

第三节 “意指的猴子”：《孙行者》的“族裔身份表演”与族裔表征政治

黄玉雪等早期华裔作家由于所处历史文化语境以及自身的局限性而无法做到正确表征族群形象，那么什么样的形象才是华裔族群真正的面孔呢？华裔美国人应该怎样才能真正做到正确表征自己呢？接受过美国民权运动洗礼的华裔美国作家们以他们的作品给我们提供了另一方案。我们首先将从汤亭亭出版于 1989 年的小说《孙行者》的阅读中，从小说所营造的狂欢时空中，感受有别于 20 世纪 50 年代的族裔政治气氛，从人物变幻多端的身份表演中，赏析作家独特的艺术表现手法。

在族裔意识已然觉醒、多元文化主义呼声日益高涨的 20 世纪 80 年代，作为美国华裔文化代表的华裔作家们对于美国的社会现实，以及族裔所处的文化、政治和经济地位有着更多清醒和深入的认识。他们认识到，处于被支配地位、被边缘化的少数族裔群体只有改变长期被表征、被误读、被歪曲的情形，才能摆脱长期伴随着他们的“他者”身份。面对宰制性的主流表征系统，只有行动起来进行“反表征”，揭示该表征系统的欺骗性、蒙蔽性，才能动摇该表征系统的宰制，为族裔自我表征争取空间。

对于如何进行反表征，争夺表征体系，霍尔提出了一些具体的策略，如颠倒成见，把流行的各种定型的评价颠倒过来；用积极的文化形象取代消极的、统治大众表征领域的形象；以及进入支配性表征内部，置身于其复杂性和矛盾中，并试图从内部争夺它。[①] 霍尔的策略固然极具实践性和操作性，但值得指出的是，对于边缘群体来说，他们自我表征所面临的困难，一方面在于如美国亚裔批评家刘大伟（David Palumbo – Liu）所说的，他们无法真正进入宰制性“他者”（the dominant Other）的象征界[②]，无法获得允许使用宰制性“他者”的象征体系来表征自己[③]；另一方面，也是最主要的，还在于他们没有真正属于自己的表征工具，即属于自己的语言符号系统。因此边缘群体要自我表征，首要的工作是建立自己的语言符号体系，用自己的语言符号进行文化编码，表述自身的经验，阐释自身的美学价值，在具体的自我表征实践中最终建构真正属于自己的表征系统。在这里，汤亭亭的《孙行者》为我们提供了一个少数族裔进行表征和反表征实践的生动案例。

一、“意指的猴子”：对符号霸权的反讽和戏谑

在《孙行者》中，汤亭亭通过塑造一个扮演多重角色身份的华裔青年剧作家惠特曼·阿新的独特形象，通过其一系列即兴剧创作和狂欢化演出，向霸权符号表征发出挑战，吹响族裔表征政治的号角。在这场表征与反表征斗争中，阿新（或者说汤亭亭）的武器是身份扮演。

---

① 斯图尔特·霍尔编，徐亮、陆兴华译：《表征——文化表象与意指实践》，北京：商务印书馆，2003 年，第 272 – 277 页。

② DAVID PALUMBO – LIU. The minority self as other：problematics of representation in Asian – American literature. Cultural critique，autumn，1994（28）：p. 83.

③ DAVID PALUMBO – LIU. The minority self as other：problematics of representation in Asian – American literature. Cultural critique，autumn，1994（28）：p. 87.

小说中，惠特曼·阿新是个多重形象的混合体，如美国学者麦克金所言，是“不同文化因素令人意外的并置”①。他出身于华人家庭，却全然有别于传统观念中的华裔形象。他留着长胡子，披着乱蓬蓬的头发，胡乱穿着捡来的衣服，虽然毕业于名牌大学，却没有正式的工作，因为他不愿从事传统观念中华人所应该从事的技术工作，一心想成为戏剧作家。他宣传反战、反传统、反种族歧视思想，行为举止就像个典型的美国“嬉皮士”青年。他时而自认为是继承美国伟大诗人瓦尔特·惠特曼自由民主精神衣钵的诗人、剧作家和和平主义者，时而又以猴王孙悟空自居，宣称自己是“美猴王在当今美国的化身”②，口中念着“变”字口诀，在多个场合摇身一变，扮演扰乱秩序的恶作剧者。他还是其创作的狂欢戏剧中的主角/小丑，通过狂欢节小丑式的恶作剧和嬉笑怒骂，向一切不公和霸权发起挑战。阿新在不同身份之间变换，如同孙悟空的七十二般变化，不仅是应对不同社会语境的策略，更是一种自我表征和反表征实践。

根据符号学对语言符号的理解，身份/角色扮演就是一种语言符号，它通过扮演者的面部表情、身体姿态、服装、行为举止等发挥着符号的能指功能。甚至可以说，身份/角色扮演是一套最为复杂的语言符号系统，其意义产生过程要比一般意义上的符号系统复杂得多，因为它不仅涉及角色扮演者，还涉及角色规定者。如同舞台上的角色，既是演员也是编导的共同创作，一个人所扮演的社会角色既是规定出这一角色的社会力量，也是扮演主体的能动性共同作用的结果。因此角色的意义是流动的、未定的，扮演角色的过程

① JONNA MACKIN. Split infinities：the comedy of performative identity in Maxine Hong Kingston's Tripmaster monkey. Contemporary literature，2005，46（3）：p. 516.

② KINGSTON. Tripmaster monkey，his fake book. New York：Vintage Books，1989：p. 33.

实际上就是不同力量之间协商、争夺意义的过程。[①] 在种族、族裔政治语境中，少数族裔扮演何种社会角色，如何扮演该角色，必然牵涉到强势文化和弱势文化之间对于角色的规定权，也即表征权的争夺。可以说，在少数族裔所扮演的角色“面具”背后，隐藏着社会权力运作的潜流，暗涌着族裔文化在表征场域中博弈之风云。

塞穆尔·帕克认为，“所有亚裔美国人都是演员，而非作者或导演——他们受别人写就的剧本所控制”[②]。如同阿新的女同学南希所说，“演员按照别人给的台词去说，我是个演员，只知道按照别人的话去说”[③]。在美国的亚裔等少数族裔，很多人在日常生活中都不得不按照主流社会所写好的剧本，扮演符合主流社会期望的角色，如洗衣工、厨师、杂货店售货员等。他们难以有机会扮演其他更为重要的角色，因为在主流社会强大的表征系统中，亚裔就是被表征为“天性如此”。主流文化用于表征亚裔的符号能指往往离不开瘦小孱弱的身体以及这个身体所活动的场所：洗衣房、餐馆、厨房、杂货铺。这些符号能指无不清楚地意指着亚裔男性木讷寡言、缺乏阳刚之气，最适合洗衣、做饭、服侍他人等“女性化”工作。阿新追求职业理想的道路就是受到此类表征话语的阻碍。他在就业指导办公室向就业指导表示自己有艺术天赋，希望找一份编剧工作，但在白人的就业指导观念中，华人长于数学而不长于人文学科，他们至多只能在实验室当个闷头干活的工程师或做生意，要想进入文化艺术领域，简直是异想天开。他建议阿新还是继续找份销

---

① 许双如：《“他者”的面具政治——亚裔美国文学中的身份扮演与族裔主体性建构》，《当代外国文学》2011 年第 3 期，第 58 – 66 页。

② SAMUEL PARK. The performance of race in Asian American drama. Los Angeles：University of Southern California，2006：p. 166.

③ KINGSTON. Tripmaster monkey，his fake book. New York：Vintage Books，1989：p. 24.

售工作。而南希虽然毕业于戏剧表演专业且相貌气质出众，但还是未能获得出演女主角的机会，只能跑龙套，扮演导演心目中的“东方农妇”。在掌握表征权的白人导演观念中，眼前美丽高雅的华裔女子不像“真正”的东方女子：

“你看上去不像东方人。”

“你的发音不对，你的声音和外貌不协调，外貌与言谈不一致。太令人费解了。”

“你能不能再演得东方味浓一点儿？像个东方人。”①

在此，白人导演代表了统治着美国文化界的东方主义话语，这一话语为东方人设定了一个丑角的角色，铸就了一副东方面具，要求华裔演员要么就扮演这一东方丑角，要么就退出文化舞台。正是主流社会早已根深蒂固的表征系统将华裔囿于白人所不愿扮演的角色，排斥于美国文化和政治舞台之外，使他们远离作为话语和表征场域的文化领域。

汤亭亭塑造惠特曼·阿新这一形象实际上就是对这类错误的、定型化表征的颠覆。汤亭亭通过让阿新扮演不同角色来演绎其不同侧面的性格特征，塑造出一个全然有别于固有表征系统中华人形象的新一代华裔。他身材高大伟岸，不乏男性魅力；他富有颠覆精神，敢于挑战权威；他有非凡的语言能力及出色的文学创作才能；但同时他又存在诸多缺点，如大男子主义、过于自我、自以为是等。总之，汤亭亭通过阿新的身份扮演塑造了一个具有多重身份、多面性格的人物，以之颠覆主流话语中单一、固定化的族裔形象，

① KINGSTON. Tripmaster monkey, his fake book. New York: Vintage Books, 1989: p. 24.

揭露种族主义、东方主义的谎言和臆论，重新表征华裔新形象。身份扮演既是阿新等少数族裔的表征实践，也是反表征的语言工具。

帕克认为，表演是个人的自我表征，被种族化的主体必须与先在的“角色”演出/规定进行抗争和协商[①]，阿新在迫不得已扮演社会所要求的角色时，总是自主加以改造。例如，他在商店当玩具销售员时并不是完全按照这一角色的要求去扮演的，而是将柜台变成了宣扬反战思想的舞台，向顾客宣讲商场所卖的“投篮枪”对儿童的精神毒害；他参加管理培训班时在讨论会上游离了管理培训生应该/被规定扮演的角色，在会上宣讲民权主张，建议企业向穷人赠送真正用得上的糖果、玩具和服装等商品，而不是假仁假义送些卖不出去的东西，还提议“体育器材部停止出售枪支和弹药”[②]。具有讽刺意味的是，阿新在与先在的角色规定的协商和抗争中并不总是获胜，他的反战宣传反而激起顾客的逆反心理，她们坚持买下“投篮枪”，阿新无奈只得报出“投篮枪”的价格，“记下这笔销售”[③]。他不得不同时扮演两种角色：反战者与战争武器销售者。他在管理培训班篡改所扮演的角色这一行为也导致其被认为“捣乱会议”而遭贬为临时工。尽管这两次抗争均以失败告终，但他敢于向社会机构霸权发出挑战，扰乱了霸权秩序，虽败犹荣。更重要的是，阿新扮演为宣扬和平思想侃侃而谈的文化战士这一角色，已经动摇了固有表征体系中华裔不关心社会、只知闷头干活挣钱的形象，可说是华裔的一次成功的自我表征。

---

① SAMUEL PARK. The performance of race in Asian American drama. University of Southern California，2006：p. 52.

② KINGSTON. Tripmaster monkey，his fake book. New York：Vintage Books，1989：pp. 60 – 61.

③ KINGSTON. Tripmaster monkey，his fake book. New York：Vintage Books，1989：p. 47.

阿新的表演极具狂欢色彩，他不仅在扮演既定角色过程中努力与宰制性表征体系抗争，更具革命性和颠覆性的是，他勇于抛开既定角色，自己另创角色，彻底否定、推翻宰制话语对华裔角色的规定。其绝招就是“变”，当遭遇主流社会歧视性的歪曲表征时，阿新就摇身一变，化身为藐视权威、反抗一切陈规成见的猴王。例如，他原本并不介意在商场当玩具销售员，就像美猴王起初并不介意看管蟠桃园。但是，白人顾客们却把他当保姆看待，理所当然地把孩子丢给他看管，白人同事也把他当跑腿使唤。在忍无可忍之时，阿新如同得知自己被戏弄、被忽视的“弼马温”大闹天庭般，也上演了一出恶作剧。他将芭比娃娃的裙子掀起，让玩具猴子骑在芭比身上加以调戏，在商场掀起轩然大波。这一幕虽然有些不堪，却极具符号性意义。这里，阿新扮演的猴王角色以及所用的玩具猴合成一个“意指的猴子”[①]，成为一个指涉华裔男性的隐喻，成为阿新最具表现力的表征符号，阿新借用这一意指性表征符号向宰制性表征体系直接发起挑战。在白人主流社会的表征体系中，黄色人种男性被表征为“女性化”或者“无性化”，白人女性之于黄色人种是神圣不可侵犯的。例如，在白人拍摄的有关华人的电影中，“如果黄种人对一个白人姑娘怀有欲念，他就必须自杀”[②]，以免玷污白人女性，如《英将军的苦茶》里的英将军、《中国佬与孩子》里的程环，“这是他们为我们编造的传统”[③]。阿新借用玩具猴/猴王这一表征符号，以一场恶作剧式的表演，宣称华人男性不是天生的保

---

① 小亨利·路易斯·盖茨著，王元陆译：《意指的猴子：一个非裔美国文学批评理论》，北京：北京大学出版社，2011 年，第 10 页。

② KINGSTON. Tripmaster monkey, his fake book. New York: Vintage Books, 1989: p. 519.

③ KINGSTON. Tripmaster monkey, his fake book. New York: Vintage Books, 1989: p. 519.

姆，也不缺乏性能力，而是像他一样富于男性气质，是完完全全的男子汉！值得一提的是，阿新上演了“猴子配芭比”的恶作剧，作者汤亭亭则导演了“猴王”阿新与白人姑娘唐娜的婚姻，这两者构成了双重意指，共同给主流社会的宰制性表征体系以沉重一击。

美国主流社会的宰制性表征体系牢牢地控制着社会意识形态，深入其成员的思想，形成各种成见，影响着他们的言谈和态度，甚至连被其排斥于外的其他族裔成员也受其影响，接受并内化其话语。无论来自种族外部或内部，一切错误表征话语都是美国“猴王”阿新要扫除的妖魔鬼怪。他在酒馆指着讲种族歧视性笑话的白人鼻子大声呵斥，就像孙悟空棒指妖魔：“大胆妖精，胆敢在此作孽!”他在公车上遇到对华裔男性持有成见的华裔女子，同样采用变身法，通过幻觉把该女子变成一头蓝色的野猪。他在表演单人秀时，以香蕉为道具，激烈抨击美国宰制性表征体系对华裔的“阉割”，又嘲讽某些亚裔对主流社会审美观和价值观的内化和刻意迎合。他批评一些亚裔受负面表征的影响，产生了对本种族的自厌心理，在行为和心理上，从内到外都极力消除、抹去身上的种族痕迹，他们割双眼皮、垫高鼻梁，自此戴上一副白人铸造的面具，可是这副白面具并没有让他们真正变“白”，他们得到的只是眼睛、鼻子上的疤痕，成为丧失历史和种族之根的“空白”之人。与之相反，阿新的身份表演要彰显种族印记，将这些种族印记作为常态的、非特殊的属性加以表征，以此表明亚裔与其他种族一样都是正常的、普遍意义上的人，没有必要去掩盖、改变这些种族特征，因为它们很完美。通过这场表演，阿新向他的同胞发出“真实地表征族裔自我”的倡议。

美国哲学家乔治·H. 米德（George H. Mead）认为，身份扮演是一种新的思维方式，是对自我进行自我定义的方式。[①] 阿新的多重身份扮演否定和颠覆了先在的角色规定，重新演绎自我，进行自我定义，建构新的自我和族裔形象。惠特曼·阿新代表了新一代具有强烈自我意识的少数族裔，他们勇于以自我表征为反表征（即反主流社会刻板化的、错误的表征）手段，展演自我及族裔性的多重形象，将自己表征进存在。

二、全民狂欢化表演：开辟族裔表征场域

汤亭亭通过阿新的身份扮演，既揭示了表征话语的建构性，又表达了族裔性、文化身份具有多重性、构成性的观点。对汤亭亭而言，身份扮演不仅仅是一种独特的艺术表现形式，正如评论家舒尔勒（Malini Hohar Schueller）所说，“在《孙行者》中，表征和扮演在族裔身份的形成中扮演着极其重要的角色”[②]。在一次访谈中，汤亭亭谈及她运用身份扮演这一艺术形式的初衷：“我想说明一个人从一种文化转到另一种文化，他需要不停地转变身份，而身份的转变正是猴王的主要特点之一。”[③] 汤亭亭通过使其故事主人公扮演多种身份，不断地上演族裔性的多种版本，来拒绝接受族裔性的固有定义，揭示族裔身份是流动的，处于不断的构成过程中。她还借阿新这只“意指猴子”表明，所谓“本质”的族裔性只不过是被表征出来的表象，是语言建构而成，是权力运作的结果。少数族裔通过主动的自我表征，能有效地揭露宰制性表征体系的虚构性和欺骗性。

---

① GEORGE MEAD. Qtd. TRILLING，LIONEL. The opposing self. New York：The Viking Press，1955：p. 219.

② MALINI HOHAR SCHUELLER. Theorizing ethnicity and subjectivity：Maxine Hong Kingston's Tripmaster monkey and Amy Tan's The joy luck club. Genders，1992（15）：p. 74.

③ 方红：《和平沉默叙述技巧——〈第五和平书〉创作谈》，《当代外国文学》2008 年第 1 期，第 168 页。

然而，正如罗伯特·李所指出的，主宰社会对少数族裔的他者化、种族化表征并非个别行为，而是一种制度化的“社会实践”①，个人角色扮演毕竟只是局限于个人的表征和反表征实践，要对抗制度化的宰制性表征体系，其力量和影响有限。少数族裔要真正掌握自我表征的权力，摆脱被他人表征的命运，就必须在文化表征场域拥有一隅之地，唯有拥有属于自己族群的表征舞台，让族群成员都能在这一舞台上出演角色，展示自我，表征自我，最终才能定义个人自我和族群自我。在美国日裔剧作家菲利浦·五反田宽（Philip Kan Gotanda）的作品《鱼头汤》中，一心想为自己族群拍电影的马特（Mat）言之有理：“我要人们看到我们，了解我们真正是什么人。你不能等别人来为你做这些，因为他们不知道怎么做——他们只会歪曲事实，弄成他们希望看到的样子，成为一片谎言……”②说到底，表征政治的背后是文化在场与缺席之博弈。

华裔文化在美国文化场上的缺席是历史和社会原因造成的。自19世纪中叶的移民潮以来，美国社会一直将华人移民看作“淘金者”“逗留者”“不可同化的外国佬”，他们来到美国寻找金子，把挣到的美元汇回中国去。在白人眼里，华人只是劳工，只对挣钱感兴趣，从来就置身于美国的政治、文化生活之外，即使是在入籍美国之后，甚至是第二代、第三代华裔，仍然大多从事与文化行业无关的底层体力劳动工作。可以说，美国主流社会已经习惯于华人或华裔文化在美国文化市场上的缺席，也想当然地以这些少数族裔的代言人和表征者自居。作为文化场上的缺席者，华人移民和华裔只有沦于被言说、被表征的位置，看着本族群被制度化地表征为“黄

① ROBERT G LEE. Orientals: Asian Americans in the popular culture. Philadelphia: Temple University Press, 1999: pp. 12 – 13.

② PHILIP KAN GOTANDA. Fish head soup and other plays. Seattle: University of Washington Press, 1991: p. 26.

祸”“不开化的异教徒”“苦力”“具异国情调的东方人”“模范少数族裔”等。

为华裔族群争夺表征场域的历史重任落在了美国华裔文艺工作者身上。可以说，正是美国华裔文艺工作者不甘于被言说、被表征，才催生了华裔美国文学传统。华裔美国文学作为美国华裔经验的书写，自其诞生伊始就成为美国华裔进行自我表征和反表征的场域，也是华裔自我表征和反表征的话语武器。例如，“华裔美国文学之母”水仙花毕生以文学为武器，在作品中真实地展示被美国主流作家忽略和歪曲了的华人社会，塑造客观真实的华人形象，为纠正主流社会对华人的错误表征作出不懈的努力；赵健秀以饱含激情的语言书写华裔的英雄主义传统，抗击主流社会对华裔的刻板化表征；汤亭亭再现华人劳工在美国的历史，对遮蔽历史真相的主流表征系统进行反表征等。华裔作家们运用的手法各异，其表征效果，即是否能“真实”表征华裔经验存在争议（如著名的赵汤之争），但无论如何，华裔作家使用语言这一表征工具在欧裔美国人所统治的文学领域里开辟了属于自己和族群的园地，宣告华裔文化和文学的在场，从而改写了华裔一贯被表征的历史。

在某种程度上，惠特曼·阿新代表了在美国的华裔文艺工作者，他为本族群争取表征权的手段是戏剧创作和表演。在阿新看来，戏剧就是最有力的语言工具，剧院就是最火热的表征场域，只有掌握了戏剧这一表征语言工具，才拥有赋予意义的权力，只有开辟属于本族群的表演舞台，才能在美国表征场域中宣告族群文化的在场以及掌握族群自我表征的权力。所以，他不愿当按照他人安排的角色、他人写就的台词去演戏的演员，而是不仅要以自己的能动性表征自己，还一心想要当编剧和导演，为他的族群成员写剧本，让他们都能参演角色，共同参与表征话语的建构。他要推翻主流文化的表征符码，设立自己的符号规则：

惠特曼要把那关于新英格兰东部的故事打乱，把比尔、布鲁克和安妮描写成黑色皮肤。想象的新规则是：人普遍长得都像中国人。从现在起，每当你读到没有姓氏的人名时，就把他们当成黑皮肤或黄皮肤的。……写剧本时，他不需要描述任何人的种族背景，演员们一上台，他们的外貌就一目了然。他们将用自己的方言和口音说话，而观众一听就明白，没有必要像马克·吐温那样用侮辱性的错误拼写，比如 tis（this 这个）、tat（that 那个），那样做难以卒读。①

阿新要恢复失传了的华族戏剧传统，因为失去了这一传统，华裔也就失去了自我表征的场域：“我们没有剧院，如同没有上帝一样。”② 为了挖掘华裔的文化传统，他扮演猴王孙悟空，向朋友们讲述其家人和族人的表演经历，创作故事船和歌船漂洋过海的故事，以铭刻华人的文化传统。在小说的最后三章，他终于实现了梦想，由一名孤独的表演者成为为华裔群体创作的剧作家，为南希及所有被边缘化、被漠视、被遗忘的少数族裔“他者”创作剧本，为他们开辟自我表征的舞台，创办起属于自己族群的戏院，让它成为“西方梨园”，让华人文化传统在这里扎根、延续、发扬光大。

在唐人街的中华会馆，阿新创作和组织的大型即兴演出终于开锣，这是一个全民狂欢的舞台、一个没有种族界限的艺术世界，任何肤色及任何一个被忘却、被边缘化的人都可以登上这个舞台。在这里，他们得以跳出主流社会给他们设定的角色，扮演新的角色。

---

① KINGSTON. Tripmaster monkey，his fake book. New York：Vintage Books，1989：p. 34.

② KINGSTON. Tripmaster monkey，his fake book. New York：Vintage Books，1989：p. 24.

他们上演中国古代戏剧如《西游记》《水浒传》等作品中的人物，每个人都获得了施展才华的舞台，获得了自我言说、自我定义的空间。备受压抑的南希饰演才貌双全、武艺高强的女主角孙尚香，在舞台上大放异彩；长期工作在商场地下仓库的“耶鲁青年诗人”得以离开阴暗混浊的仓库，在剧中扮演三国英雄之一的孙权；被社会遗忘了的鲁比及其朋友们也重拾自信和激情，重返舞台，为观众表演精彩节目。阿新的戏剧以时空的穿越，创造出一个存在与非存在、现实与想象相交的空间，让每个在美国社会被边缘化的人展演出自我的无限可能性，实现了自我的完整，也从对传统文化的演绎和再度阐释过程中发掘族裔的文化精神传统，使原本四散分裂的华裔社区凝聚起来，成为一股强大的文化力量。

有学者指出，戏剧表演作为意识形态载体的政治力量，“戏剧可能被官方借用为政教规训的补充手段，也可能作为一种社会文化批判力量反抗、争夺文化霸权”[①]。阿新的这个“西方梨园”在为被主流社会排斥于文化舞台之外的群体提供表演、展示自我的机会之时，也向一贯倾向于选择性盲视的主流社会宣告华裔文化的在场：华裔的祖先不是为了金子而来美国的，而是为了玩乐、为了演戏而来的[②]，他通过其故事中的歌手钟甫之口，自豪地宣称，华裔的祖先在美国没有发现金子，却“为我们的民族带来了音乐”[③]，带来了故事，华裔文化是美国文化大舞台上不可或缺的角色之一。

汤亭亭/阿新的“西方梨园”呼应了美国后民权时代少数族裔

---

① 周宁：《想象与权力：戏剧意识形态研究》，厦门：厦门大学出版社，2003 年，第 5 页。

② KINGSTON. Tripmaster monkey, his fake book. New York: Vintage Books, 1989: p. 250.

③ KINGSTON. Tripmaster monkey, his fake book. New York: Vintage Books, 1989: p. 38.

要求“文化尊重”的诉求。霍尔指出，20世纪60年代民权运动后，紧接着八九十年代少数族裔意识的觉醒，少数族裔对文化个性产生了坚定的自我信念，提出了“尊重”的要求。“这些发展改变了表征实践，部分原因是表征自身的问题已成为争夺和斗争的关键场所。”① 具体而言，在文艺领域，少数族裔演员“争取并得到了较多种类的电影和电视角色”②，包括华裔文学在内的少数族裔文学也迎来了蓬勃发展的时期，甚至进入了经典文学殿堂，打破了欧裔文学一统天下的局面。然而汤亭亭发现，华裔的表征实践仍然难逃被主流社会误读和错误表征的厄运。她的《女勇士》发表之后，美国评论界以“异国情调”“神秘”“不可知”等词语评论之，这使她非常愤怒，因为这等于否认了所有民族的共性，将其作品排除在美国文学之外，否认了她作为美国作家的身份。③ 阿新在“单人秀”一幕中对美国评论界赞扬其戏剧充满“异国情调”，是“东西合璧”之言论大加谴责，正是汤亭亭心声的流露。正如阿新的梨园是“西方梨园”，而不是“中国梨园”，华裔文学也是美国文学，华裔文化也是美国文化的一部分。汤亭亭以阿新的戏剧表演，祭起争取文化权的大旗，她宣称：美国文化应当包括所有的故事，不管其创作者是何种肤色，出自何种背景。从这一意义上说，汤亭亭一直在小说中进行角色扮演，阿新就是她扮演的角色，在让阿新以“西方梨园”这一舞台为华裔争取文化权的时候，汤亭亭也在为华裔作家、华裔文学、华裔文化争取在美国表征场域中应得的席位。

---

① 斯图尔特·霍尔编，徐亮、陆兴华译：《表征——文化表象与意指实践》，北京：商务印书馆，2003年，第259页。

② 斯图尔特·霍尔编，徐亮、陆兴华译：《表征——文化表象与意指实践》，北京：商务印书馆，2003年，第259页。

③ KINGSTON. Cultural mis-readings by American reviewers. In AMIRTHANAYAGAM G. ed. Asian and Western writers in dialogue: new cultural identities. London: Macmillan, 1982: p. 57.

由以上的分析可以看到，身份扮演或角色扮演不能简单看成是一种娱乐方式或是艺术表现形式，扮演实际上是“他者”的“面具”政治，在种种“面具”符号背后指涉着复杂的社会权力运作。如果说扮演是一种叙事，那么这是一种虚拟的叙事，也是变通的叙事，是以间接的方式“用缺席召唤在场”①。在《孙行者》中，身份扮演直接参与了少数族裔与主流社会的“表征政治”及文化“在场政治”。汤亭亭以“美国猴王”阿新的身份扮演及其编导的即兴戏剧表演，在美国社会和文化舞台上上演了一出族裔自我表征和反表征的大戏，在这出戏中，美国华裔通过身份扮演这一意指行为，扮演出新的自我和族裔自我，颠覆了宰制性表征体系对华裔的虚构性表征，宣告华裔文化在美国文化场上的存在。

第四节 “蝶变”：《蝴蝶君》的性别表演及性别/文化表征政治

黄哲伦是美国当代杰出的剧作家，主要作品有《舞蹈与铁路》（*The Dance and the Railroad*，1981）、《刚下船的人》（*F. O. B.*，1979）、《蝴蝶君》、《金童》（*Golden Child*，1996）等，曾获得包括“托尼奖”在内的多个美国戏剧界大奖。美国《时代》周刊誉其为自阿瑟米勒之后在美国公众生活中第一个重要的剧作家，而且很可能是最好的剧作家。

黄哲伦1957年生于洛杉矶的一个华人家庭，父亲是成功商人兼银行家，母亲是来自菲律宾的华裔，是一名钢琴家。1975年黄哲伦进入斯坦福大学英文系学习，开始对戏剧创作产生浓厚的兴趣。其

---

① 小亨利·路易斯·盖茨著，王元陆译：《意指的猴子：一个非裔美国文学批评理论》，北京：北京大学出版社，2011年，第46页。

处女作《刚下船的人》就是黄哲伦在斯坦福大学求学期间创作的。此剧1980年在纽约的约瑟夫·帕普剧场公演，广受好评，同年获得了奥比奖（Obie Award for Best Play）。随后黄哲伦进入了创作高峰期，创作了一系列剧作，包括蜚声海内外的《蝴蝶君》。《蝴蝶君》于1988年2月10日在华盛顿的美国国家剧院首演，同年3月20日在百老汇公演，大获成功，并于1988年获得了“托尼最佳戏剧奖”（Tony Award for Best Play），1989年获“外圈剧评人奖”（Outer Critics Circle Drama Award）、“戏剧课桌奖”（the Drama Desk Award for Best New Play）以及普利策戏剧奖提名等。

《蝴蝶君》取材于一个真实的故事。1986年5月11日的《纽约时报》报道了一桩间谍案，京剧演员石佩普因涉嫌参与间谍活动被法国当局逮捕。该报道还披露了他作为京剧男旦以女性身份与一位法国男性外交官之间匪夷所思的爱情。这名外交官与这个男旦保持了二十年的情人关系，直到双方被捕后才获知其情人不仅是名间谍，还是一个男人。至于为何他在同居二十年中没有见过其情人的裸体，报纸引述这个外交官的话：“我觉得她是非常羞怯的；我认为这是一种中国的风俗。”[①] 黄哲伦以作家特有的敏锐意识到，这名外交官对于中国女性的观念与长期以来盛行于西方的对东方的陈词滥调相一致，就是把亚洲女性看作低眉垂首和娇羞的莲花。他断定，“那个外交官一定不是与一个人，而是与一种幻想的模式坠入了爱河”[②]。他于是运用这一故事题材创作了《蝴蝶君》一剧，目的

① DAVID HENRY HUANG. M. butterfly. New York: Dramatists Play Service, Inc., 1988: p. 85.

② DAVID HENRY HUANG. M. butterfly. New York: Dramatists Play Service, Inc., 1988: p. 85.

就是“写出一部解构《蝴蝶夫人》的作品”①。

对《蝴蝶君》的评论集中在其对东方主义话语模式的解构或是两性之间、东西方之间的对抗，如《纽约时报》资深评论家弗兰克·里奇的评论：“《蝴蝶君》颠覆了《蝴蝶夫人》，……揭示了普遍存在的、关于两个最为激烈的冲突的思考——亘古永存的男女之间、东西方之间的对抗。”② 有的评论甚至认为这是一部“反美国的戏剧”③，是“东方对西方的胜利”。其实，仅仅看到《蝴蝶君》对西方/东方权力关系的颠覆过于片面，《蝴蝶君》所触及的文化层面更为深入和广泛。下文将围绕“蝴蝶”意象的建构与解构，以及性别表演的戏仿修辞，分析此剧所反映的性别和种族表征政治，探究造成东西方文化误识和错误表征的根源。

一、“蝴蝶”：权力运作下的“他者”表征符号

《蝴蝶君》与歌剧《蝴蝶夫人》的互文关系在剧名中已有暗示。“蝴蝶夫人”是一个在西方广为流传的异族婚恋故事，这一故事有着多个版本，但都基本按照一个相同模式：美丽而娇弱的东方女子为了与傲慢而薄情的西方男子的爱情而无怨无悔地为之献身。最著名的版本当属普契尼的歌剧《蝴蝶夫人》。这部歌剧自 1904 年上演以来，经久不衰，成为全世界最常演出的十大歌剧之一。④

《蝴蝶夫人》讲述的是，美国海军军官平克顿来到日本，和年

---

① DAVID HENRY HUANG. M. butterfly. New York: Dramatists Play Service, Inc., 1988: p. 86.

② FRANK RICH. M. butterfly, a story of a strange love, conflict and betrayal. The New York times, 1988 -03 -21 (C13).

③ 黄哲伦著，张生译：《蝴蝶君》，上海：上海译文出版社，2010 年，第 154 页。

④ Dorinne K. Kondo 语，转引自林英敏著，单德兴译：《蝴蝶图像的起源》，见何文敬、单德兴主编：《再现政治与华裔美国文学》，台北：“中央研究院”欧美研究所，1996 年，第 188 页。

轻的日本姑娘巧巧桑相爱。不久，平克顿随海军舰队回国，抛下已有身孕的巧巧桑，许诺在知更鸟下次筑巢时回到她身边。痴情的巧巧桑一边独立抚养婴儿，一边忠贞不渝地等候平克顿。三年后，她终于等来了平克顿，不料平克顿已经结婚，他携白人妻子来到日本，却是为了向巧巧桑索要孩子。心碎的巧巧桑拔剑自刎，结束了自己年轻的生命。剧中的巧巧桑美丽而脆弱、温顺而贞洁，就像一只蝴蝶，满足了西方男子的观赏欲和自大心理。这部歌剧被公认为“最优美、最具诗意”的艺术作品[①]，尤其是“蝴蝶”自杀的一幕，让无数西方人扼腕叹息，迷恋其中而欲罢不能。但其实，在“优美”和“诗意”的高雅面纱后面，还掩盖着不那么高雅的性幻想和性欲望，正如多里纳·K. 康多（Dorinne K. Kondo）所言，“他们在一朵精致优雅的莲花不可避免的死亡中发现了美感并坚信日本女人的固定身份：蝴蝶即艺伎”[②]。

《蝴蝶夫人》的成功和广为传唱成就了“东方蝴蝶”意象。在文学和文化领域里，“东方蝴蝶”已成为一个东方女性的象征性符号，林英敏称之为“蝴蝶图像”。所谓“图像”（icon）就是“寻求模仿或类似其对象的再现”，“图像被简化且不加思索地一再使用，时日一久便成了刻板印象”。[③] 在文学与文化领域里，“蝴蝶夫人”以各种不同的艺术形式不断地被演绎、被观看，成为东亚女人的图像和刻板印象，它代表着西方男子心目中理想的女性形象：美丽而柔弱，需要男性的保护和拯救。它甚至还代表着整个东方民族。正如黄哲伦

---

① 陆薇：《模拟、含混与杂糅：从〈蝴蝶夫人〉到〈蝴蝶君〉》，见《走向文化研究的华裔美国文学》，北京：中华书局，2007 年，第 194 页。

② DORINNE K KONDO. M. butterfly：orientalism，gender，and a critique of essentialist identity. Cultural critique，1990（16）：p. 9.

③ 林英敏著，单德兴译：《蝴蝶图像的起源》，见何文敬、单德兴主编：《再现政治与华裔美国文学》，台北：“中央研究院”欧美研究所，1996 年，第 185 页。

在《蝴蝶君》的“后记”中所说：“说起亚洲女性，我们有时会说，‘她在扮演蝴蝶夫人’，意思就是说她在扮演顺从的东方角色……”①

其实，“蝴蝶图像”并非艺术家的即兴之作，而是从18世纪以来西方对东方的想象和论述中孕育出来的一个表征符号。据林英敏考证，普契尼歌剧版的《蝴蝶夫人》改编自柏拉斯可（David Belasco）独幕剧，这一独幕剧于1900年至1905年间于伦敦演出，系根据美国费城律师龙恩（John Luther Long）的短篇故事《蝴蝶夫人》改编而成的。而龙恩的《蝴蝶夫人》又是从洛帝（Pierre Loti）的《菊子夫人》（*Madame Chrysantheme*）中得到灵感。洛帝根据其在日本停留一个月的经历写成了虚构日记《菊子夫人》。洛帝是个喜好寻欢作乐、四处猎艳的浪子，尤喜富有异国情调的褐色皮肤女性。他就像《蝴蝶夫人》中的平克顿一样：“浪子在世界各地享乐，不在意冒险。只要冒险向他招手，他就下锚……如果没有采集各国的花朵……没有赢得各个美女的爱情，就觉得人生虚度。”② 洛帝喜欢用昆虫来形容女人，所以当他看到菊子夫人张开双臂，穿着和服而睡时，他想到了“一只巨大的蓝蜻蜓栖息在那儿，一双残酷的手把她钉在地板上”③。这便是蝴蝶夫人的前身。

“东方蝴蝶”这个符号一经产生并进入西方文化和语言系统，就被不断地复制，被编织进各种符号文本中，但它并不仅仅停留于作为艺术意象或是一个所指，而是被运用于表征实践中，发挥意指

---

① DAVID HENRY HUANG. M. butterfly. New York：Dramatists Play Service，Inc.，1988：p. 86.

② MARIE THERESE PAQUIN. ed. Madame butterfly. Montreal：Les Presses D'Universite de Montreal，1978：pp. 41 –42. 转引自林英敏著，单德兴译：《蝴蝶图像的起源》，见何文敬、单德兴主编：《再现政治与华裔美国文学》，台北：“中央研究院”欧美研究所，1996年，第195 –196页。

③ 林英敏著，单德兴译：《蝴蝶图像的起源》，见何文敬、单德兴主编：《再现政治与华裔美国文学》，台北：“中央研究院”欧美研究所，1996年，第202页。

功能。也就是说，“东方蝴蝶”既是表征实践生产出来的符号，又继续参与其他表征实践。斯图尔特·霍尔认为，符号生产事实上是由某种文化或意识形态创造一个可以解码的符号文本，其中隐含多种支配和被支配的关系或权力政治含义。实际上，符号自进入语言系统之始就不是自足自为的，而是权力和意识形态的建构。同其他表征符号一样，在“东方蝴蝶”这个符号的生产过程中，明显可见潜行于其背后的权力运作。

首先是在性别层面。“蝴蝶夫人”这一符号符合了西方男性对于理想女性的幻想。在奉行菲勒斯（Phillus）中心观念的社会中，女性是作为证明男性价值的“他者”而存在的，是男性的参照物。著名女权主义理论家波伏娃指出，“并不是他者在将本身界定为他者的过程中确立了此者，而是此者在把本身界定为此者的过程中树立了他者”[①]。此言即是：女性的“他者”身份是由男性出于确立自身主体地位的需要而树立的，正是出于这一需要，男性热衷于按自己的设想表征女性。在男性主宰的话语中，女性“他者”总是与柔弱、被动、顺从等词联系在一起，唯其如此方能衬托出男性的强大，树立起男性的权威。这就是波伏娃所说的“连最平庸的男人在和女人相比时，也会觉得自己非同凡响”[②] 的原因。或许由于近现代西方女性主义运动的蓬勃发展，白人男性感到他们长期以来享有的权威受到威胁，因此他们迫切需要重新建构一个不同于西方女性的“他者”，以重振男性权威。“东方蝴蝶”恰好满足了西方男性的心理需求，她具有外表的美丽柔弱、“从属者最高德性”的“忠贞

① 西蒙娜·德·波伏娃著，陶铁柱译：《第二性·作者序》，北京：中国书籍出版社，1998 年，第 13 页。

② 西蒙娜·德·波伏娃著，陶铁柱译：《第二性·作者序》，北京：中国书籍出版社，1998 年，第 20 页。

诚信”和作为“女人本分”的“柔顺谦卑”[1]，成为西方男性心目中理想的女性形象，而如此理想的女性还无怨无悔地为“最不值得爱的薄情的西方男子”奉献一切，这让西方男子的自尊心获得极大的满足。所以说，在西方男性的“蝴蝶情结”中潜行着男性对于女性的权力欲望，这就是“蝴蝶”作为表征东方女性的符号之所以深得西方男性欢心的一个重要原因。

其次，“东方蝴蝶”符号也体现了权力在种族层面上的运作。洛帝/平克顿所生活的19世纪后半叶正是欧洲和美国的殖民扩张时期，西方人带着征服者的心态，怀着猎奇和冒险心理来到亚洲，搜刮奇珍异宝、东方情调的器具物品，然后仅凭一点浮光掠影的印象大书特书所谓的“东方文化”，建构所谓的“东方学”知识。所谓的“东方学”，表面上“是一门西方系统地接近东方的学科，是关于学习、发现和实践主题的学科”[2]，实质上则是西方实施其文化霸权以控制东方的一套系统，它体现了东西方之间的关系其实是“一种权力关系、一种支配关系”[3]。在这一权力关系中，东西方处于不平衡的两端，西方成为“东方”的代言人、表征者，而“东方”则沦为被表征者。在表征与被表征的过程中，“东方”是被当作他者而建构的。在帝国主义的权力运作下，作为表征者的西方通过不同的表征实践，如学术、展览、文学、绘画等，生产出有关他者的种族化知识形式。这些知识都围绕一个核心观念，即东方民族是弱者，必须附属于西方而存在。“东方蝴蝶”这一符号极其吻合西方人对东方的设想，被视为东方的隐喻。在西方人的眼中，这一符号提供了一个便利的表征工具，使人可以不假思索地联想起一个女性

① 西蒙娜·德·波伏娃著，陶铁柱译：《第二性》，北京：中国书籍出版社，1998年，第265页。

② EDWARD W SAID. Orientalism. New York：Penguin Books，1978：p. 73.

③ EDWARD W SAID. Orientalism. New York：Penguin Books，1978：p. 5

化的、孱弱的、非理性的、落后的东方，不仅可以将东方置于他者位置，而且使西方从参照中获得极大的优越感。这就是《蝴蝶君》中宋丽玲在法庭上的话之所以发人深省的原因：“我是一个东方人。作为一个东方人，我从来不可能完全是个男人。”[①] 也就是说，即使没有扮成女人，东方男性在西方人眼里也是女性化的人。这是因为，东方男性早已经被西方的话语“阉割”了。对此，宋丽玲在下面这段话中继续予以无情的揭露：

> 西方认为自己是男性的——巨大的枪炮、庞大的工业、大笔的钞票，所以东方是女性的——软弱的、精致的、贫穷的……
>
> 她（东方）的嘴里说不，但她的眼睛却说是。从内心深处，西方相信，东方在骨子里想要被支配——因为一个女人不可能独立思考。[②]

黄哲伦通过宋丽玲之口所要表述的是：西方将东方表征为女性，其实是为了满足其权力欲望。黄哲伦在此使用了一个惊世骇俗的说法——“西方对东方存有一种国际强奸心理”（The West has sort of an international rape mentality towards the East）[③]，话虽尖刻，但不无道理。正是基于此种心理，“东方蝴蝶”符号才在西方如此深入人心，“蝴蝶”的形象才如此令人着迷，因为“你们（西方人）希望东方国家向你们的枪炮屈服，你们希望东方的女人屈从于你们

---

① DAVID HENRY HUANG. M. butterfly. New York：Dramatists Play Service，Inc.，1988：p. 62.

② DAVID HENRY HUANG. M. butterfly. New York：Dramatists Play Service，Inc.，1988：p. 62.

③ DAVID HENRY HUANG. M. butterfly. New York：Dramatists Play Service，Inc.，1988：p. 62.

的男人。这就是为什么你们会说她们会做最好的妻子”[1]。

可见，《蝴蝶夫人》等文本所创造的“东方蝴蝶”意象，不仅是一个文学形象，更是一个蕴含着丰富的性别和种族政治内涵的文化符号。西方霸权话语以此符号（以及其他诸如此类的符号）构建对“东方”的表征话语，并实现对亚洲身体的铭刻。

二、扮装：作为对“他者”表征的戏仿和解构

黄哲伦创作《蝴蝶君》的初衷无疑是要解构“蝴蝶夫人”符号，并以此为突破口挑战以其为代表的性别和种族表征中的陈词滥调。为此他采取了巧妙的戏仿策略，通过宋丽玲和伽利玛的“性别表演”，成功上演了一出扮装游戏，以仿拟的“蝴蝶”解构“蝴蝶夫人”。

巴特勒在《性别麻烦：女性主义与身份的颠覆》中指出，扮装是一种文化实践，它戏仿了原初的性别身份概念，其政治性意义在于揭示了“仿品”与“真品”之间有比一般想象更为复杂的关系。[2] 人类学家以斯帖·牛顿在一本分析美国女性扮装秀艺人的书中写道：

> 就其最复杂情形而言，［扮装］是一种双重的倒错，它告诉人们：“表象是假象。”扮装说：“我的‘外在’面貌是女性，但我的‘内在’本质［身体］是男性。”同时它又象征了反向的倒置：“我的‘外在’面貌［我的身体、我的性别］是男性，但我的‘内在’本质［真正的我自己］是女性。[3]

---

① DAVID HENRY HUANG. M. butterfly. New York：Dramatists Play Service，Inc.，1988：p. 62.

② JUDITH BUTLER. Gender trouble. New York：Routledge，1990：p. 137.

③ ESTHER NEWTON. In JUDITH BUTLER. Gender trouble. New York：Routledge，1990：p. 137.

这两个绕口令般的扮装告白相互矛盾，充满了悖论性，因此迫使我们去思考某些固有身份范畴（如男性/女性、西方人/东方人）的位置和稳定性。我们认为，黄哲伦通过《蝴蝶君》中宋丽玲与伽利玛的扮装和角色互换，目的是要引起我们重新思考西方主流文化对于性别和文化身份的预设。

《蝴蝶君》中宋丽玲就是一个性别扮装者。正如《蝴蝶夫人》中的巧巧桑一样，宋丽玲一开始也是以理想的“蝴蝶”形象出现的。“她”穿着和服，表演《蝴蝶夫人》中巧巧桑殉情自尽的一幕。“她”美丽、迷人、娇弱，还有表演结束后鞠躬谢幕的羞怯神态，简直就是伽利玛心中那只理想的“蝴蝶”，一下子就让伽利玛迷恋上了。诚如巴特勒所言，“［性别］表演带来的快感，它令人眼花缭乱的地方，部分就在于面对文化所设定的因果关系上的统一性”①。宋丽玲出于完成政治任务的需要，有意拨用了西方霸权文化为“东方女性”所预设的身体符码，包括行动、姿态、服饰，以使其演绎出来的“东方女性”形象与伽利玛头脑中的“蝴蝶”形象一拍即合，取得两者之间的“统一性”，难怪伽利玛情不自禁地称赞宋丽玲的表演“完全令人信服”。请看宋丽玲如何尽情表演“东方女性”的羞怯气质：

请走吧。虽然我尽力想要使自己变得现代，说起话来像个男人，装出一个西方女人那样坚强的脸孔……可是，我还是失败了。一颗小小的、受惊的心跳得太快了，使我显露出了原形。伽利玛先生，我是个中国女人。我还从来没有……从来没有邀请一个男人到

① JUDITH BUTLER. Gender trouble. New York：Routledge，1990：p. 137.

我的寓所来过。我的鲁莽行为使我害臊得皮肤都发烫了。[①]

这只“蝴蝶”如此美丽而娇羞，让伽利玛深信不疑。他已经为眼前这只“蝴蝶”而倾倒，从其身上找到得以实践自己从没有机会实践的男性气概的机会：

人们说，在歌剧中，嗓音就是一切。这或许是我以前从没有享受过歌剧的原因。这里……这只蝴蝶简直没什么嗓音——但她有的是优雅、娇柔……我要把她拥进怀里——这么柔弱的小东西，我甚至能保护她，把她带回家，宠着她，直到她露出笑脸。[②]

宋丽玲的性别/文化身份表演之所以能获得伽利玛的认同，很大程度归因于表演者宋丽玲与观看者伽利玛双方共享“东方”服饰符码，尽管一方为有意拨用，另一方则是受西方模式化观念所预设。中国台湾学者张小虹认为，“在跨文化的接触中，服饰总是在认同与他者的互动游戏中扮演着主要意符的角色”[③]。尤其在西方认识和表征“东方”时，服饰的作用被发挥得淋漓尽致：“服饰捕捉了东方的本质，并将其客体化。服饰如同珍奇的纪念品般成为物神化（fetish）的图腾，代表着可供消费的东方世界。”[④] 所以，正如

---

① DAVID HENRY HUANG. M. butterfly. New York: Dramatists Play Service, Inc., 1988: p. 27.

② DAVID HENRY HUANG. M. butterfly. New York: Dramatists Play Service, Inc., 1988: p. 17.

③ 张小虹：《性别越界：女性主义文学理论与批评》，台北：联合文学出版社，1996 年，第 141 页。

④ GAIL CHING - LIANG LOW. White skins/black masks: representation and colonialism. London and New York: Routledge, 1995: p. 89. 转引自张小虹：《性别越界：女性主义文学理论与批评》，台北：联合文学出版社，1996 年，第 141 页。

张小虹借彼得·沃伦（Peter Wollen）之言所说的，“东方的服饰成为生动的视觉意符，代表了异国情调的他者，因此也就变成了西方帝国主义者将东方视为逾越与幻想式情欲所在的最有效媒介”①。无怪乎伽利玛视“穿着旗袍和服的苗条女子”为其理想中的“完美女人”，一个属于他的“东方”幻影，“这个幻影已经成为我的生命”。②

剧中宋丽玲一出场就是一身京剧旦角服饰，在传统京剧曲调中轻移莲步，翩翩起舞，在舞台上、在伽利玛面前（同时也在观众面前）塑造了一个美丽女子形象。此后随着剧情发展，“她”时而换上艳丽的日本和服，扮演楚楚动人的蝴蝶夫人，时而穿着紧身旗袍和半透明的绣花睡袍，扮演娇媚的情人，这些具有符号性的服饰无不意指着女性气质和东方情调，成功地帮助宋丽玲在伽利玛面前确立起其所认同的“东方女性”身份。然而，建立在一堆服饰之上的身份认同本身就是最大的反讽。到剧本最后一场，宋丽玲在伽利玛面前褪去了蝴蝶夫人的戏袍，换上了男式西装，观众发现其服饰表演原来是有意的扮装，以评论者凯伦·岛川之语，是“有意识的性别操弄”③。宋丽玲赤裸的男性身体与伽利玛初会宋丽玲时对其表演作出的“完全令人信服”的评论形成了强烈的反差，扮装的欺骗性在此处取得了反讽的效果，狠狠地讽刺了伽利玛的肤浅和无知，并进一步揭示了西方对亚洲女性的性别化表征的虚构性。

值得指出的是，宋丽玲扮装的批判性并不仅仅停留在对性别表

---

① 张小虹：《性别越界：女性主义文学理论与批评》，台北：联合文学出版社，1996年，第141页。

② DAVID HENRY HUANG. M. butterfly. New York：Dramatists Play Service，Inc.，1988：p. 68.

③ KAREN SHIMAKAWA. “Who’s to say?” or，making space for gender and ethnicity in M. butterfly. Theatre journal，1993（3）：p. 335.

征模式的解构。实际上，《蝴蝶君》对于性别和文化关系的探讨是交织在一起的，剧本中的性别关系同时构成了东西方关系的隐喻，因此剧中的戏仿策略同时将批判的矛头指向西方对文化身份的表征。

在西方对“东方”的表征话语中，“东方”总是作为强大的西方的参照物，是在西方的俯视下卑躬屈膝的弱者。在这种话语的浸淫之下，西方人在面对“东方”时总是油然生出无名的傲慢心态。宋丽玲的扮装最终以自我曝光的形式，狠狠地击破了伽利玛的蝴蝶幻象，讽刺了西方对于东方一厢情愿的幻想和傲慢心态。

剧中并非只有宋丽玲这一角色在进行性别表演，伽利玛自始至终也在进行性别表演。而且相对于宋丽玲有意设计的伪装，伽利玛无意识的性别表演更具有批判性。

剧中的伽利玛完全不同于西方主流话语中的西方男性形象，他既不英俊潇洒，也毫无男性魅力。在学校里，他被公认为“最不可能被邀请去参加聚会的人”①。其第一次性经验留与他的感觉是被女人强奸，令其深感耻辱，以至于此后在西方女人面前他就像被阉割了似的。更令其尊严备受打击的是妻子怀疑他不能生育。他没有从西方女人处得到爱情，连婚姻也是出于“实用性”，为了在事业的阶梯上爬升而作出的交易。这个“既不英俊，也不勇敢，又没什么权力”的平庸之辈，尽管在西方女人面前毫无男性尊严，“然而不知道为什么，就像平克顿一样，我们相信自己有权得到一只蝴蝶”②。他幻想“蝴蝶”，渴望“蝴蝶”，以便能获得一个参照物，一个“他者”，让他能够扮演阳刚男性形象，重拾在西方女人处失去的男性自尊。伽利玛自己坦言，“我有一个关于东方的幻想：穿着长衫与和服的苗条

---

① DAVID HENRY HUANG. M. butterfly. New York：Dramatists Play Service，Inc.，1988：p. 8.

② DAVID HENRY HUANG. M. butterfly. New York：Dramatists Play Service，Inc.，1988：p. 13.

女人为了毫无价值的外国男子的爱而死去”[1]。所以，当见到宋丽玲扮演的蝴蝶夫人时，他陡然变得自信十足，获得了极大的权力感，幻想着“把她保护到我强大的西方人的怀抱中”[2]。

在宋丽玲的伪装配合下，伽利玛扮演起主宰者角色。他甚至自作聪明地要起了欲擒故纵的把戏。他自以为已经捕获了“蝴蝶”的芳心，所以故意不去探望宋丽玲，以为小施残忍心计能折磨折磨这只“蝴蝶”小小的、脆弱的心，以此体验男人对女人的权力：

> 我决定做个试验。在《蝴蝶夫人》中，巧巧桑害怕那个西方男人，因为他抓住一只蝴蝶后会用一根针刺穿它的心脏，然后任由它死去。我开始感到好奇：要是我也抓住一只在针上挣扎的蝴蝶呢？
>
> 在接下来的五个星期里，我像台发电机一样工作着。我停止去歌剧院，我不再打电话或写信给她。我知道这朵小花正在等我的电话，而且，因为我邪恶地拒绝这样做，我第一次感觉到那种权力的冲动——这是一个男人的绝对的权力。[3]

此时，伽利玛所扮演的俨然是一个掌握权力、强势、意图掌控一切的男性形象，拥有权力的感觉让其陶醉其中，然而讽刺的是，这一自我形象却是建立在谎言和幻想之上的。可见，“东方蝴蝶”形象不仅仅是宋丽玲的表演结果，更是伽利玛对固有的性别和种族符码的操演而创造的幻影，从象征意义上，这个幻影是西方男性权

---

① DAVID HENRY HUANG. M. butterfly. New York：Dramatists Play Service，Inc.，1988：p. 68.

② DAVID HENRY HUANG. M. Butterfly. New York：Dramatists Play Service，Inc.，1988：p. 19.

③ DAVID HENRY HUANG. M. Butterfly. New York：Dramatists Play Service，Inc.，1988：p. 28.

力欲望的投射。

“东方蝴蝶”幻影如此深入伽利玛灵魂，以至于他在幻想破灭之时依然执迷不悟地守护其蝴蝶梦。在第三幕第三场，宋丽玲向他展露了裸体。面对残酷的真相，伽利玛依然选择逃避，他说：“今晚，我终于学会了区别现实和梦幻。而且，知道了两者的差别，我宁可要梦幻。……我还要待在想象中。”① 剧末，这个白人男子在脸上涂脂抹粉，换上蝴蝶夫人的和服和假发，他已经与自己心目中的那只“蝴蝶”融为一体：“爱情扭曲了我的判断，蒙蔽了我的双眼，重新排列了我脸上的皱纹……直到我在镜子中看到的，只是……一个女人。”② 他唱起《蝴蝶夫人》殉情一幕的经典唱段，拿起一把刀，以日本切腹方式结束了自己的生命，以彻底成为殉情的蝴蝶夫人的方式献祭死去的蝴蝶梦。而此时，宋丽玲却身着男式西装，在舞台后方“像男人一样站着”，抽着烟，冷冷地看着这一幕，口中轻轻地呼唤着：“蝴蝶？蝴蝶？”③ 这一幕令人想起一开场伽利玛看着宋丽玲舞蹈时所说的第一句话：“蝴蝶，蝴蝶。”④ 此时，两人的角色发生了戏剧性逆转，谁才是蝴蝶？显然，黄哲伦反向仿拟东方女性为西方男性殉情的刻板情节，刻意扰乱既存于殖民话语中的性别和文化身份符码，制造性别和文化定位的含混，以此质疑西方殖民话语中的性别/文化表征模式，同时揭示了性别和文化身份仅仅是一种权力结构关系，所谓的性别和文化特质是文化建构和表演的

---

① DAVID HENRY HUANG. M. Butterfly. New York：Dramatists Play Service，Inc.，1988：p. 67.

② DAVID HENRY HUANG. M. Butterfly. New York：Dramatists Play Service，Inc.，1988：p. 68.

③ DAVID HENRY HUANG. M. Butterfly. New York：Dramatists Play Service，Inc.，1988：p. 69.

④ DAVID HENRY HUANG. M. Butterfly. New York：Dramatists Play Service，Inc.，1988：p. 7.

结果，而非本质性的存在。

巴特勒在《性别麻烦：女性主义与身份的颠覆》中分析了性别戏仿（gender parady）对于性别政治的意义，认为性别戏仿有效地瓦解了本体论的性别身份概念：

> 性别戏仿……并不是假定存在一个此类戏仿身份所模仿的真品，事实上，这里所戏仿的是“真品”这个概念本身；如同在精神分析的概念里，性别认同是由对某个幻想的幻想所构成的，也就是一个“他者”的变形，而这“他者”一直是一个“形象”——一个有着双重意义的词汇，因此，性别戏仿揭示了性别模塑自身所依照的原本身份本身就是一个没有原件的仿品。①

黄哲伦在《蝴蝶君》中通过宋丽玲和伽利玛的性别戏仿，意在揭示并没有一个性别以及文化身份的原件存在，宋丽玲和伽利玛所模拟的“东方女性形象”和“西方男性形象”只不过是幻象，是西方为了满足其权力欲望而臆想出来的。

三、蝴蝶的启示：从权力博弈走向对话

很多评论认为黄哲伦的《蝴蝶君》让男女和中西角色产生逆转，是对东西方殖民与被殖民、支配与被支配关系的谴责和颠覆，甚至是意图以“东方对西方的胜利”来表达被压制者的激愤情绪。还有一些评论将之视为一个同性恋故事。其实，无论是“东西方关系逆转”论还是“同性恋”论，都是对这一剧作的简单化解读，也是对黄哲伦文化情怀的误解。对于“同性恋”论，黄哲伦曾经做过如下解释：

---

① JUDITH BUTLER. Gender trouble. New York：Routledge，1990：p. 138.

对我而言，这并不是一个同性恋的题材。因为在此脉络中同性恋或异性恋的名称是毫无意义的……而且我是以法国外交官的角度来陈述这个故事，本剧明确的主题应该是“一个男人爱上一个由男人创造出的女人”。就我而言，这种角色刻画，比“同性恋”或“异性恋”这些粗略的称谓都要来得有用。[①]

黄哲伦再三强调“一个男人爱上一个由男人创造出的女人”的主题比讨论“同性恋”或“异性恋”更加“有用”，正是因为其关怀的不仅仅是性别的问题，而且是异质文化如何交流和相处的问题，这在全球化趋势下各国文化交往日益频繁密切的新形势下，尤显其重要性。

黄哲伦在《蝴蝶君》的“后记”中讲到，其创作是受报纸上刊登的法国外交官与间谍之间的故事所启发，他惊讶于法国外交官与石佩普同居二十年竟然没能发觉其男儿身，意识到法国外交官的悲剧是源于西方对亚洲的误识，而此类误识——“东方的神话、西方的神话、男人的神话、女人的神话”——已经浸透了人们的意识，严重影响了性别之间、文化之间的交流和相互理解，“以至于在民族和爱人之间的真正联系可能只是英勇努力的结果”[②]。

对此问题的揭露实际上贯穿了《蝴蝶君》全剧。从伽利玛初到中国之时已经怀着蝴蝶梦，“相信自己有权得到一只蝴蝶”，黄哲伦已经揭示，蝴蝶幻象根深蒂固于这个西方男子的思维中，所以读者和观众对伽利玛与宋丽玲保持二十年情人关系却没能察觉其男性身

---

① DORINNE K KONDO. M. butterfly: orientalism, gender, and a critique of essentialist identity. Cultural critique, 1990 (16): pp. 5 – 29. 转引自张小虹：《性别越界》，台北：联合文学出版社，1996 年，第 150 页。

② 黄哲伦著，张生译：《蝴蝶君》，上海：上海译文出版社，2010 年，第 154 页。

份并不感到惊讶。伽利玛被蒙蔽了多年，固然部分原因是宋丽玲表演技巧高超，足以以假乱真，但细读文本可以发现宋丽玲的表演其实并非没有破绽，只不过伽利玛的头脑已经接受了殖民文化的强编码，他根本没有意愿去进一步真正地了解眼前的女子，更没有意愿去了解真正的中国人和中国文化，究其原因在于他作为西方人的傲慢心态。

在第一幕第七场中，我们听到伽利玛与海尔佳的对话：

“苏太太是怎么说的？‘我们的文明非常古老。’我从来不知道，她究竟正在谈论她的国家还是她自己。”

“我在这里四处走动的时候，每天到处都能听到的东西，就是这种文化有多么古老。他们并没有想到，‘古老’可能和‘衰老’同义这个事实。”

“你改变不了他们。那个家伙说不管怎样，‘东方是东方，西方是西方……”①

这段对中国的评论透露出西方人对“东方”所持的傲慢心态。他们自认为已经掌握了很多东方知识，心中既存的模式化观念已经妨碍了他们去真正了解中国文化。哪怕伽利玛肯花一点时间去了解中国的戏剧文化，他就会知道舞台上的角色包括旦角都是由男人扮演的，那么他就绝不会对宋丽玲的身份毫无察觉。更具批判性的是，黄哲伦在戏剧中暗示，伽利玛对于“东方蝴蝶”的迷恋并非个案，随着西方表征话语确立了牢不可破的地位，蝴蝶神话之类对亚洲的误识已经深深地植根于这个话语体系，成了人人皆知的普遍性

① DAVID HENRY HUANG. M. butterfly. New York: Dramatists Play Service, Inc., 1988: p. 19.

“知识”。正如戏剧台词所暗示的：“它（歌剧《蝴蝶夫人》）现在成了整个西方世界都钟爱的歌剧”[①]“我想，我们中没有几个人会拒绝做平克顿的机会”[②]。可见，无论是真实发生的法国外交官的悲剧，还是作为艺术虚构的伽利玛的悲剧，其实都具有内在的普遍性，其根源在于西方对“东方”固有的傲慢和无知以及根深蒂固的误识，也在于西方对“东方”表征的固执和一厢情愿。只要西方不改其对待“东方”或者其他非西方文化的态度，此类悲剧将不可避免。

但是，在黄哲伦看来，造成西方和东方之间的误识，东方也负有一定的责任。他指出：“这部剧表明东方对西方也存在着误识，东方也是有责任的，它迎合了这种双向的文化刻板形象。”“东方为了眼前利益，而不顾及强化这些种族刻板形象的长期恶劣影响，迎合了西方这种居高临下的态度。”[③]

那么，西方和东方如何才能破除误识，达至真正的相互理解呢？首要的工作恐怕是让西方从对东方的臆想中醒悟过来，双方放弃成见，回到彼此平等的基础上进行交流。这正是黄哲伦在《蝴蝶君》一剧中所要表达的观点。黄哲伦在《蝴蝶君》中所采取的策略是，以戏拟手法一步步解密给定的符号，最终一举戳穿其虚构性，揭露“东方”幻象的荒谬以及主流表征话语造成误识的毒害。就其目的而言，这一策略无疑是成功的。由此立场审视宋丽玲和伽利玛的“性别易装表演”可以发现，那些认为这是黄哲伦对西方/“东

---

① DAVID HENRY HUANG. M. butterfly. New York：Dramatists Play Service，Inc.，1988：p. 10.

② DAVID HENRY HUANG. M. butterfly. New York：Dramatists Play Service，Inc.，1988：p. 35.

③ JOHN LOUIS DIGAETANI. M. butterfly：an interview with David Henry Hwang. In JACOBUS，LEE，A. ed. The Bedford introduction to drama. 4th. Boston：st. Martin's Press，2000：pp. 1575，1576.

方”的殖民与被殖民、支配与被支配的权力关系置换的评论其实过于片面，因为这样做无非是重新回到那一套互为“他者”的二元对立模式中，根本无助于消除文化之间的误识，反而是“保持在一个表面的、误识横行的世界上”①，而这恰恰有悖于黄哲伦的初衷。

实际上，黄哲伦对其创作意图有过清楚的说明，他在剧本“后记”中坦言：剧本创作的目的不是对于西方支配“东方”、男人支配女人的简单谴责，而是“穿透我们各自的层层累积的文化和性的误识，为了我们相互的利益，从我们作为人的共同的和平等立场出发，来相互真诚地面对对方”②。黄哲伦以一只伪装的蝴蝶戏仿了西方人的蝴蝶迷梦，其目的在于揭示符号与权力、表征与文化心态的关系，揭示表征的权力本质和符号的虚构性，但其意不在鼓动权力的争夺，而是说明平等对话、坦诚相待的重要性。无论是西方还是东方，唯有放弃成见和臆断，平等交往，坦诚相待，方能破除彼此的误识，达成相互之间真正的理解，从而避免交往过程中的文化冲突。这就是这只蝴蝶的启示。

小　结

本章在对四部分别创作于20世纪50年代和80年代的华裔美国文学作品的阅读过程中展开对美国族裔表征政治以及族裔身份表演的讨论。笔者发现，创作于50年代的两部自传小说与创作于80年代的两部作品同样都以族裔身份表演的写作策略参与族裔表征政治，但由于时代以及社会政治文化气候、作家生活经历的不同，这几部作品对身份表演的表现手法不尽相同，作家对族裔表征政治的

---

① 黄哲伦著，张生译：《蝴蝶君》，上海：上海译文出版社，2010年，第154页。
② 黄哲伦著，张生译：《蝴蝶君》，上海：上海译文出版社，2010年，第154页。

态度和立场也各异。

在50年代崛起的华裔作家黄玉雪和刘裔昌试图以自传的形式向美国主流社会展示他们喜闻乐见的华族文化，树立自己的“模范少数族裔”形象，以表达自己对美国主流文化的认同。但他们趋同美国主流文化的强烈愿望，注定他们在拨用族裔符号来表征族裔形象时，无法独立于宰制性文化的符号系统。他们在文本中对族裔身份的表演，实际上受制于白色文化，沿袭了宰制性符号系统的符码规则，使得他们所表演出来的族裔形象，落入了白色文化对华裔固有的表征模式中。

而另两位接受过民权运动洗礼和后现代理论熏陶的华裔作家汤亭亭和黄哲伦，则以战斗的姿态挑战宰制性表征体系，以独特的“身份表演”书写发动了反表征政治。他们采用了戏仿的艺术手法，策略性地将种种被编码的族裔符号反其道而用之，达到将之解码的目的，从而揭露了种族化符号的权力操纵性和虚构性，为正确表征本族裔创造了条件。

总之，这几位作家笔下的“身份表演”在表达他们的文化意识和政治立场的同时，以直观可感的符号形象为读者提供了别样的艺术体验。

第二章 “真”与“伪”
——“族裔身份表演”与族裔生存政治

在《双重能动性》中，蒂娜·陈引用了赵健秀所讲述的一次个人经历：赵在1960年到古巴时被当作美国间谍而遭到拘留，理由是，美国人利用他的中国人长相迷惑对中国有着“国际兄弟情谊”的古巴人为美国政府服务。而在美国本土，美国人却将赵当作印第安土著，因为在他们的观念中中国人不可能像赵那样高大威猛，“想到一个中国人有六英尺高，这简直亵渎了他们的宗教，动摇了他们的信仰……”[①] 这一则逸闻表面似乎强化了存在于支配文化中的一种对华人华裔的成见，认为他们狡诈多端，善于伪装。但其实它揭露了一个残酷的事实：华人的身体经常被支配文化所编码，支配文化的符号系统通过对华人身体的差异化表征，给华人配置了一副“他者”的面具，而不管这个身体的真实面目如何。在这种情形下，华人华裔发现他们始终都处于“永远的他者”“外国人”的身份地位，更糟糕的是，他们既不被认为是美国人，也不可能是中国人，他们的身份永远处于模糊和存疑状态。

从历史角度看，华人华裔之所以处于身份似是而非的不确定状态，正如前文所分析的，最主要的原因是长期被剥夺了自我阐释、自我表征的权力，他们无法定义自己。这是一种被动的生存状态。

---

① CHEN，TINA. Double agency：acts of impersonation in Asian American literature and culture. Stanford，California：Stanford Up，2005：p. xv.

身份的含混未定必然会造成华裔族群主体性的迷失，但讽刺的是，身份的模棱两可并非一无是处，在某些情形下反而为生存空间逼仄的弱势群体创造了一些“阈限空间”（liminal space）[1]，使他们得以通过灵活的游移甚至“越界”的方式争取到更多生存机会。这或许是面对现实的一种无奈的生存策略。在华裔美国文学中，不乏对此类身份含混状态的书写。华裔作家们通过对人物身份悬疑、含混、歧义状态的表现，不仅创造了富于张力的阅读空间，同时也为作品增添了模糊性美学效果。

本章将立足于对华裔美国作家黄准美的戏剧《中国娃娃》、赵健秀的《鸡笼华仔》以及伍慧明的小说《骨》的阅读，在权力话语理论、后结构主义理论、符号学理论的观照下，通过对人物的语言、身体动作等符号的分析，考察华裔主体如何以“身份表演”为生存策略，消抹二元对立的身份范畴，创造出生存的“阈限空间”，品味“身份表演”书写在叙事和情感表达上的艺术张力。

第一节　“面具”背后的博弈：《中国娃娃》对种族化身体的表演和解构

荣格在论述其“人格面具”理论时指出，每个人可以有不同的

① 阈限（liminality）是人类学和社会心理学概念，指有间隙性或模棱两可的状态，是人类学家维克多·特纳在范·盖纳普的“通关仪式”（ritual of passage，或译为“成长仪式”）的概念基础上提出的。“通关仪式”指个体的生活不断从一个阶段进入另一个阶段。“通关仪式”分为三个阶段：分离阶段（与以前的身份分离）、阈限阶段（过渡的、中间的阶段）和结合仪式（和新的身份结合）。处于阈限阶段的人身份暧昧不清、模棱两可的状态，具有反结构、过渡性和过程性的特点。正因为不被任何结构同化，所以阈限状态更具建构的可能性和阐释的空间。参见奈杰尔·拉波特、乔安娜·奥弗林著，鲍雯妍、张亚辉译：《社会文化人类学的关键概念》，北京：华夏出版社，2005 年，第 196 - 202 页。

“面具”，在不同的语境中出现的所有“面具”的总和，就构成了他的“人格面具”。“人格面具”对于人的生存来说是必需的，它保证了我们能够与人相处，是社会生活的基础。[①] 这一理论指出了人为了应对环境的变化、获取生存空间而进行自我调整的必要性。长期以来，在美国的华裔及其他少数族裔备受种族主义歧视和霸权文化的压迫。在处处充满歧视的社会文化环境里，他们常常发现自己不得不扮演多种角色身份，以应对不同的场合。如在华裔剧作家黄哲伦的戏剧作品《走捷径》（*As the Crow Flies*，1990）中，黑人妇女汉娜（Hannah）说自己分裂成两个人：一个年轻，一个年老。一个是社会所派定的角色，一个是自己喜欢扮演的角色；而剧中的中国老婆婆却告诉她自己的叔叔有六个甚至七个不同的名字，分别代表在不同场合的不同身份。汉娜的假发以及老婆婆的叔叔的不同名字就是少数族裔在应对环境压迫时不得不戴上的“面具”。正是借助于这些“面具”，他们才得以在艰难的环境中生存下去。可以说，对于遭受种族、性别、阶级等多重压迫、处于社会边缘弱势地位的亚裔等少数族裔来说，他们能否在充满压迫的美国社会生存，将有赖于其扮演好各种角色的能力。对于美国亚裔同时扮演多种身份，我们不应囿于简单僵化的道德判断，而应将之置于美国的社会语境，在亚裔等少数族裔所处的生存环境中，深入理解其生存现实与身份问题，透视其背后复杂的权力运作和族裔政治。

在美国华裔剧作家黄准美的戏剧《中国娃娃》中，华裔女演员黄柳霜（Anna May Wong）（以好莱坞第一个华裔明星黄柳霜为原型）的身份扮演就是充满戏剧性、复杂性和政治张力的一幕。

黄准美于1958年出生于美国加州，毕业于纽约大学的蒂施艺术

---

① C. S. 霍尔、V. J. 诺德贝著，冯川译：《荣格心理学入门》，北京：生活·读书·新知三联书店，1987年，第48页。

学院，获戏剧创作硕士学位，从20世纪90年代开始发表戏剧作品，是这一时期涌现的“第二浪潮剧作家”群的代表人物。《中国娃娃》这部剧是黄准美最为重要的作品之一。这部剧取材于早期好莱坞华裔女演员黄柳霜的生平故事，最初是以独幕剧形式与观众见面的。黄柳霜12岁时开始参演电影，在其长达42年的演艺生涯中参演了超过60部电影。虽然她拥有卓越的表演才能，但因其族裔身份，一直没能当上主演，只能重复扮演“莲花”和“龙女”的角色。正因如此，即使在她去世后的很长时期里，对她的批评和指责一直不绝于耳。

独幕剧《中国娃娃》在上演后大受好评，之后黄准美又在其基础上发展成90分钟的完整版。独幕剧以黄柳霜训练白人女演员演“东方人”的一幕作为主要场景，以黄柳霜对白人女演员的讲述串起其人生故事。完整版则通过在生命后期的黄柳霜与其多年的房客康拉德的对话，勾起其人生回忆，以时间穿插的非线性叙事方式将这个女演员人生中的一些片段呈现给观众。剧本透过黄柳霜的演艺人生，展示了美国少数族裔艺术家在美国社会求立足和发展的艰难历程，正如黄准美所言，黄柳霜的一生“是少数族裔艺术家的艺术表达得以发展或缺乏的晴雨表，尤其是在好莱坞演播系统的全盛时期”[①]。不仅如此，其戏剧性人生故事也生动地阐释了巴特勒所说的（性别、种族）身份的“操演性”。下文将基于对《中国娃娃》两个版本的阅读，分析美国亚裔女性如何在种族和性别压迫之下，在社会夹缝之中表演其角色和身份。

---

① WONG ELIZABETH. China doll. In KATHY A PERKINS, ROBERTA UNO. eds. Contemporary plays by women of color. New York：Routledge，1996：p. 311.

一、权力对族裔身体的规训和编码

原名黄准美（Jun Mei Wong，这也是作家本人的中文名）的唐人街华裔女孩黄柳霜怀揣梦想来到一家电影制作公司当演员，她自信以其能力和勤奋能演好任何角色，当上女主角，成为好莱坞耀眼的明星，从而彻底告别唐人街黯淡贫穷的生活。但是，在种族主义思想成为主流意识的好莱坞，她始终无法出演主角，只能在二三流电影中演些东方女性刻板形象，最后“就像一件破衣烂衫般”[①] 被好莱坞所遗弃。

出于对表演艺术的热情，也为了梦想的实现，初到好莱坞的黄柳霜非常刻苦地接受各种训练，学习各种外语，以提高自己的表演技能。然而令她感到困惑的是，即使是扮演东方人，她由种族遗传得来的血统和基因也没有使她的身体符合白人导演和化妆师的标准。在这些文化和艺术标准的制定者看来，她身体的每一种符码，从名字到行为举止、眼睛形状、发音方法、说话腔调，都不够“东方化”，必须加以改造和重置。

首先是白人导演布朗特嫌她长得太高大，不像他心目中娇小、茉莉花般、性感的东方女奴。他向制片人抱怨：“她太高了，真要命。”[②] 另一导演则觉得她声音太普通，“像加州沙滩上的普通女孩”[③]，缺乏“龙女”的风骚和泼辣。她的眼睛形状也不对。总之，她长得不够“东方化”，缺少足够的“东方女性气质”。至于什么才

---

① WONG ELIZABETH. China doll. In KATHY A PERKINS, ROBERTA UNO. eds. Contemporary plays by women of color. New York: Routledge, 1996: p. 76.

② WONG ELIZABETH. China doll. In KATHY A PERKINS, ROBERTA UNO. eds. Contemporary plays by women of color. New York: Routledge, 1996: p. 13.

③ WONG ELIZABETH. China doll. In KATHY A PERKINS, ROBERTA UNO. eds. Contemporary plays by women of color. New York: Routledge, 1996: p. 13, 27.

是“东方化”和“东方女性气质”，则要由白人导演来定义。白人导演对黄柳霜相貌的指摘，令人想起《孙行者》中白人导演对南希的批评：“你看上去不像东方人。”“你的发音不对。你的声音与你的外貌不协调。你的外貌与你的言谈不一致。太令人费解了。”“你能不能再演得东方味儿浓点儿?”① 俨然一副造物主的口吻，命令所有东方血统的人都必须按照他们设定的模式存在，或是玩偶制造商，规定所有玩偶必须按照他们的模子生产。

在《东方学》一书中，爱德华·赛义德基于福楼拜对埃及女子库楚克·哈内姆的描述，揭示了东方女性是如何被西方权力话语建构成一种“具有深远影响的东方女性模式”的：

> 她从来不谈自己，从来不表达自己的感情、存在或经历。相反，是他在替她说话，把她表现成这样。他是外国人，相对富有，又是男性，正是这些起支配作用的历史因素使他不仅能够占有库楚克·哈内姆（Kuchuk Hanem）的身体，而且可以替她说话，告诉他的读者她在哪些方面具有“典型的东方特征”。②

赛义德认为，福楼拜与库楚克·哈内姆的关系很好地体现了东西方之间力量关系的模式，在《中国娃娃》中，黄柳霜与白人导演的关系同样成为这种力量关系模式的最佳阐释。导演布朗特的一句话——“她太高了，不能让坏人高大过男主角”③，让权力露出了阴谋的嘴脸。西方霸权以“东方化”符码对亚洲女性进行规约和塑

① KINGSTON. Tripmaster monkey, his fake book. New York: Vintage Books, 1989: p. 24.

② EDWARD SAID. Orientalism. New York: Vintage Books, 1979: p. 6.

③ WONG ELIZABETH. China doll. In KATHY A PERKINS, ROBERTA UNO. eds. Contemporary plays by women of color. New York: Routledge, 1996: p. 13.

造，其实是为了满足西方白人男子的优越感，满足西方对东方的殖民心理。东方女子无非是西方霸权设置的一个衬托物，以东方女子的柔弱和性诱惑衬托西方白人男子阳刚的男子气概，以东方女子对西方白人男子死心塌地的奉献衬托西方白人男子的优越，以东方女子的道德败坏衬托西方白人男子的美德。

正如第一章第一节所言，在很长一段时期，美国大众文化乐于将华裔女性"性欲化"，华裔女性不是被塑造成充满魅惑的"龙女"，就是被定型为娇羞的"莲花"。黄柳霜在好莱坞扮演的就是"龙女""莲花"这类性欲化符号。为了在影视圈生存，黄柳霜不得不接受白人符号权力对自己身体的全面改造。因为白人导演念不好自己的名字，她改名为 Anna May Wong。导演布朗特训练她塑造柔弱的东方女性气质，要她不断对自己说"你是檀香木，你是茉莉花，你是远方的承诺"[①]。化妆师麦克斯教她如何消去眼泡，让眼睛更迷人，如何让手持香烟的姿势更加风情万种，如何表现出对白人男子的渴望："你盯着我，默数六下，看着我……看着我，就好像这世界上我就是你所要的全部。我是你所有的渴望。"[②] 麦克斯还建议她训练发声方法，学讲粗话，咒骂人，使自己显得更加放荡风骚。总之，对黄柳霜的一切身体改造工作都朝向"性欲化"的目的，都遵循着"性欲化"的身体符码而进行。

在美国，好莱坞代表着主流文化，好莱坞所规定的符号秩序，就是美国主流文化的符号秩序。在此符号秩序下，黄柳霜的身体沦为白人对东方的想象的物化符号。不仅如此，掌握着权力的白人导演还意欲利用手中的权力，进一步将黄柳霜的身体贬降为实质上的

① WONG ELIZABETH. China doll. In KATHY A PERKINS, ROBERTA UNO. eds. Contemporary plays by women of color. New York: Routledge, 1996: p. 16.

② WONG ELIZABETH. China doll. In KATHY A PERKINS, ROBERTA UNO. eds. Contemporary plays by women of color. New York: Routledge, 1996: p. 26.

性玩偶。在第一场戏中，道貌岸然却色欲熏心的白人导演费尔班克斯以工作需要为幌子，肆意评论和触摸黄柳霜的身体，甚至借为其调整戏服为由，将淫手伸向黄柳霜的内衣里面，还恬不知耻地向涉世未深的黄柳霜灌输“导演享有特权”的观念，让其“别紧张”①，并且用几句廉价的赞美话语——“你有一个美丽的身体”——让黄柳霜为能得到其欣赏而感到荣幸，心甘情愿接受被客体化、性对象化的对待。就这样，在权力拥有者的威逼、规训和哄骗之下，黄柳霜的身体被完全客体化，麻木地经受宰制性符号系统的编码和整理。

美国白色霸权文化对亚裔女性身体的规约是与西方对东方民族的整套话语相一致的。好莱坞给予黄柳霜的教育不仅包括东方女性气质，还包括白人针对华裔及其背后整个华人族群的所谓“知识”。且看白人表演导师拉斯纳在训练黄柳霜发音时所用的教学材料，这些类似于口语句型训练的句子无一不是“东方主义”者傲慢而又愚昧的臆想：

“好中国人必须避到一旁去。”
“好中国人必须低垂眼帘。”
“好中国人必须自杀。”②

从这几个句式相同的命令句中，从带着不容置疑的口吻的情态动词“must”（必须）中，我们清楚看到了福柯所说的权力对身体的规训。福柯认为，身体是社会和政治权力运作的中心场域，是文化铭刻的表面和场所，“权力关系总是直接控制它、干预它，给它

① WONG ELIZABETH. China doll. In KATHY A PERKINS，ROBERTA UNO. eds. Contemporary plays by women of color. New York：Routledge，1996：p. 19.

② WONG ELIZABETH. China doll. In KATHY A PERKINS，ROBERTA UNO. eds. Contemporary plays by women of color. New York：Routledge，1996：p. 32

打上标记，训练它、折磨它，强迫它完成某些任务、表现某些仪式和发出某些信号”[①]。从白人表演导师的这份训练材料中可以清楚看到，居高临下的权力以不容置疑的权威将其既定的符码强加于华人身体上，对其编码，加以定义，为华人安上了一副由陈词滥调铸就的“面具”。此处，我们已经无须进一步论证族裔身体的符号化是权力意志实施的结果，也无须再强调族裔身体符号只不过是在权力支配下经过语言表征和意指实践的产物，其符号的虚构性已经昭然。然而令人遗憾的是，这种明显充满虚构性的符号竟然在以好莱坞为代表的美国主流文化中大行其道，其背后显然有着不可告人的政治目的。

这些“好中国人必须……”的符码既是霸权文化让华人/华裔（或者说主流社会眼中永远的“中国人”）必须遵守的行为规范，也是霸权文化所着力推广的“东方学”知识。赛义德在《东方学》一书中揭示，“东方学”其实是西方世界“通过做出与东方有关的陈述，对有关东方的观点进行权威论断，以对东方进行描述、教导、殖民、统治等方式来对待东方的一种规模化机制”，是“西方用以控制、重构东方，对之施行威权的一种方式”。[②] 赛义德同意福柯对于权力话语的观点，认为西方关于东方的“知识”变成了一种权力话语，成为西方控制和规约东方的权力工具。赛义德和福柯的理论对于我们理解西方霸权文化对华裔身体的符码化背后的政治目的无疑非常有帮助。其目的一方面是创建符合权力集团观念和利益的符号来区分和标示自我与“他者”，以维持其权力秩序，正如斯图尔特·霍尔所指出的，“稳定的文化要求各种事物待在它们指定的位置上。符号的边界使各类属保持‘纯粹’，赋予文化以其唯一的意

① 福柯著，刘北成、杨远婴译：《规训与惩罚：监狱的诞生》，北京：生活·读书·新知三联书店，2007 年，第 27 页。

② EDWARD SAID. Orientalism. New York：Vintage Books，1979：p. 3.

义和身份”①；另一方面是不断创造和复制关于这个“他者”的各种伪知识，以便重构、控制和驯服这个“他者”。所以“好中国人必须自杀”规定了华人不得与白人通婚，华人女子在奉献了自己的爱情之后必须为了保全白人男子的道德和婚姻牺牲自己的生命，而华人男子则不得玷污白人女子，若敢心存非分之想，唯一的结局只有自杀。在种族主义者看来，如此规定将能确保白人血统的纯洁和社会秩序的良好。“好中国人必须侧身走路”“好中国人必须目光低垂”则规定了华人华裔必须顺从、臣服于白人，休想与白人争取同等的社会地位，也休想拥有同等的工作机会。

正因存在这些针对华人华裔的隔栅，空有才华的黄柳霜只能在电影中反反复复扮演阴险邪恶的“龙女”和不断为与白人的爱情而奉献生命的“莲花”，成为一个在银幕上“死去一千次的女人”②。而当她好不容易遇上一个华人正面角色——改编自赛珍珠小说的电影《大地》中的女主角阿兰，白人导演和制片人却宁可让一位德国演员戴起假发套，化上黄面孔，上各种“东方人的行为举止”培训课来扮演东方人，也不愿让她这个货真价实的东方人来演，因为根据好莱坞的“游戏规则”，主要角色永远是为白人准备的。况且美国人不能接受白人男主角与东方女子在银幕上相吻，为了避免这种“不伦”之情，主要角色必须由白人出演。作为一名华裔演员，黄柳霜似乎不得不接受其表演导师所说的命运：“你将永远不会在一流电影中出演角色，你将永远不可能与男主角拍吻戏，你将总是扮

① 斯图尔特·霍尔编，徐亮、陆兴华译：《表征——文化表象与意指实践》，北京：商务印书馆，2005年，第238-239页。

② WONG ELIZABETH. China doll. In KATHY A PERKINS，ROBERTA UNO. eds. Contemporary plays by women of color. New York：Routledge，1996：inside back cover.

演配角。”①

黄柳霜的遭际令人想起汤亭亭小说《孙行者》中的华裔女演员南希。南希虽然是大学戏剧表演系科班出身，容貌气质出众，渴望能出演莎士比亚戏剧中的女主角，却因其东方人面孔而得不到在影视剧中当主演的机会，只能扮演面目模糊的群众演员或是土里土气的中国农妇之类的角色。

从黄柳霜和南希的遭遇我们可以感受到美国华裔等少数族裔因种族偏见在经济和文化领域所遇到的层层阻力。种族主义这个阴魂不散的幽灵以人种论的所谓“科学知识”将身体差异化，划分成不同等级，这就是金惠经所痛斥的：“……在西方人眼中，西方人和东方人的区别是，西方人无论在体力、智力还是道德上都优越于东方人。因此东方人必须从属于西方人。这就是规则。”② 不仅如此，此霸权规则还根据不同的种族等级规定各种身体所能扮演的社会角色，以及所能从事的工作。按照规定，华裔属于次等族裔，是不可归化的外国人，由此不仅将华裔排斥于美国主流社会之外，剥夺了他们作为美国人的社会政治权利和归属感，还通过控制就业市场，使华裔在经济地位上处于弱势。为了生存，他们不得不长期接受主流社会派定的角色，一辈子蜷身于唐人街阴暗潮湿的洗衣房、餐馆厨房、杂货铺中，安守本分扮演温顺寡言的家仆、洗衣工、苦力等角色。

罗兰·巴特在《神话修辞术》一书中揭秘“神话”的构成机制，认为“神话”是一种言说方式，是由于话语经过自然化被普遍接受而建构而成的。白人强势话语在形成对亚裔身体的规约的同

---

① WONG ELIZABETH. China doll. In KATHY A PERKINS, ROBERTA UNO. eds. Contemporary plays by women of color. New York: Routledge, 1996: p. 33.

② ELAINE KIM. Writing self, writing nation: a collection of essays on DICTEE by Theresa Hak Kyung Cha. Berkeley: Third Woman Press, 1994: p. 86.

时，也不断地通过各种符号体系将之自然化。当各种符号文本都以一种理所当然的姿态将某种“知识”传达给所有社会成员，使这种“知识”被接受、被相信、被内化为一种观念，这种“知识”就被自然化了。尤其是当这种“知识”恰好符合了强势集团的经济和政治需要，也符合他们以高人一等的姿态凌驾于他者的心理需要之时，这种“知识”就越发能够得到广泛的接受和内化。正因为如此，东方人形象经过各种东方主义符号文本的重复建构之后已经固化，成为与唐人街、洗衣作坊、肮脏油腻的中餐馆厨房等形象并置的符号。这就是为什么白人导演布朗特那么“好心地”劝告她：“回你的唐人街去吧。”① 因为白人导演已经接受了华裔只能从事洗衣、餐饮、杂货买卖这些工作的“社会共识”，在白人导演的观念中，华裔是不可能成为一名好莱坞影星的，唐人街才是他们的位置所在。

可见，美国霸权文化运用其掌握的符号权力对弱势族裔身体进行描述、定义和规训，是服务于霸权社会的政治、经济、文化秩序和利益格局的。生活于如此社会语境中，作为弱势族裔女性的黄柳霜自然难逃种族和性别的双重压迫。

二、作为生存策略的种族面具表演与身份的操演性

作为一名有才华、有上进心的演员，黄柳霜希望能冲破强权的角色规定和约束，但面对严酷的生存现实，她选择了妥协。她一边从心里不认同同事克里斯托夫所说的，“我们所有人都必须遵守游戏规则”②，对凭自己的实力获得主流的认可，有朝一日能跻身主流

① WONG ELIZABETH. China doll. In KATHY A PERKINS，ROBERTA UNO. eds. Contemporary plays by women of color. New York：Routledge，1996：p. 17.

② WONG ELIZABETH. China doll. In KATHY A PERKINS，ROBERTA UNO. eds. Contemporary plays by women of color. New York：Routledge，1996：p. 37

电影圈或到欧洲演莎士比亚戏剧的女主角仍心存幻想；另一边，为了能在好莱坞立足，她只有加倍努力，将自我抽离身体，让身体接受各种表演训练，将自己降为一种非存在形态。尽管付出了辛苦的努力，她仍然不得不扮演自己所厌恶的角色——阴险邪恶的傅满洲的女儿，准备随时在仇人的背后插上一刀，还有等待白人施舍爱情、在银幕上“死去一千次”的“莲花”。随着此类电影在美国大众市场上广受欢迎，她确实成名了，但尽管如此，她还是没能真正得到平等的机会，她的族裔背景依然使她无法成为主流电影的主角。当她最终被拒绝出演《大地》中的阿兰后，她的梦想彻底幻灭了，她终于明白自己无力打破克里斯托夫所说的“游戏规则”，明白“莲花”才是她“毕生的角色”（the role of a lifetime）[①]。黄柳霜在银幕上的表演，其实就是她在现实生活中表演的写照，在银幕上她戴上“面具”扮演华人女性的刻板形象，在现实生活里她同样必须戴着“面具”，扮演一个接受规训、顺从权力的弱势“他者”形象。

从社会历史现实出发，美国亚裔/华裔在生活中隐藏起自我，扮演“他我”，无非是出于生存的需要所采取的策略。黄柳霜频频挪用权力阶层对华人身体所设置的符码，放弃真实，努力学习让自己的眼睛张得更大，举止更加风情万种，声音更加妖媚，眼神更加勾人，因为她已经明白，与脑袋已经被主流文化编码的白人导演讨论什么是“真实的”中国女性是无意义的，在白人导演僵化的观念中，性感、具有致命诱惑力的“茉莉花般”的华人女性才是“真实的”。为了在演艺圈生存，她只好按照白人导演的要求把《大地》中的一个中国农村妇女演成了“低垂着眼睑，带着夸张女性气质的

---

① WONG ELIZABETH. China doll. In KATHY A PERKINS, ROBERTA UNO. eds. Contemporary plays by women of color. New York: Routledge, 1996: p. 68.

腻味的艺伎”①。

从心理学角度来看，一个人拥有多个“面具”，在不同场合扮演不同“类我”，其实是社会压迫所造成的主体性分裂的反映。黄柳霜自从进入演艺圈，就发现自己分裂成不同的“类我”。她在银幕和舞台上不断穿梭在邪恶毒辣的“龙女”和温顺柔弱的“莲花”两个极端人物之间；在现实生活中，她明知与顾忌种族差异的白人导演布朗特的感情没有未来，但还是违心当起他的地下情人；她在百老汇舞台上为《花鼓歌》首演载歌载舞、强颜欢笑时，心里却为自己无法参加母亲的葬礼、见她最后一面而哭泣；她成了一个出名的演员，回到家里却是一个不孝的女儿，得不到父亲的原谅；她厌恶权力阶层强加于她的华裔“面具”，但又不得不让这“面具”成为她生活和工作的一部分。一直以来，她总是在按照别人的设定表演着各种似是而非的角色，逐渐模糊了自我的面目。

如果说黄柳霜在演艺生涯的顶峰时期还有勇气开口向导演要求演《大地》中的女主角阿兰，那么随着美国加入第二次世界大战，美国社会普遍对亚洲人的敌视使黄柳霜彻底失去了演戏的机会，连她最厌恶的“龙女”角色也得不到了，她“就像一件破衣烂衫般被丢弃一边”②。这时好莱坞的电影制片人古德温找到了她。为了生存，黄柳霜放低了身价，以乞求的口吻请制片人给她一个角色，她已经不介意什么角色了：“你还没说你要我扮演什么角色呢，古德温先生。你要我扮演间谍？战地记者？叛军的头领？还是间谍、记

---

① WONG ELIZABETH. China doll. In KATHY A PERKINS, ROBERTA UNO. eds. Contemporary plays by women of color. New York: Routledge, 1996: p. 67.

② WONG ELIZABETH. China doll. In KATHY A PERKINS, ROBERTA UNO. eds. Contemporary plays by women of color. New York: Routledge, 1996: p. 76.

者或叛军头领的妻子?"[①] 令她失望的是，古德温不是来找她演戏的，而是要她指导几个白人演员如何演东方人，"教他们如何演得更加有异国情调"[②]，这让她倍感屈辱。然而古德温提醒她："这是一份工作，干吧。你已经很久没有工作了。只要战争持续下去，你就得不到比这更好的工作。亲爱的，我知道你觉得丢脸，但别这样。"[③] 古德温毫不掩饰其施舍者的口吻，其傲慢心态一览无余。

黄柳霜意识到在白人至上主义的经济高压政治中她别无选择。权衡了生存与尊严之后，她选择了生存，接受了这份令其屈辱的工作。她学起了白人导演教她表演时的口吻，将白人导演教她表演女性气质的那一套原封不动地照搬来训练白人女演员，让这个白人女演员不断重复："我是一个幻象""我是檀香木""我是茉莉花"。[④] 在这里，黄柳霜的角色完全发生了逆转，从一个被东方主义和种族主义所规训的受害者，变成了东方主义和种族主义的工具。

其实，在这里，那些关于族裔主体内化了东方主义和种族主义意识的批评话语并不适用于黄柳霜身上。黄柳霜选择与权力合作，一方面是弱势族裔应对压迫性环境作出的策略性调适，另一方面衬托出压迫力量的强势。对于一个在强权淫威之下艰难求生存的弱势族裔女性，要求其保持独立的人格无疑是过于苛刻的。值得指出的是，作者黄准美并没有让黄柳霜就此沦为一件被动的工具，而是通过其夸张的表演产生意想不到的戏剧性效果。且看在黄准美笔下，

---

① WONG ELIZABETH. China doll. In KATHY A PERKINS, ROBERTA UNO. eds. Contemporary plays by women of color. New York: Routledge, 1996: p. 74.

② WONG ELIZABETH. China doll. In KATHY A PERKINS, ROBERTA UNO. eds. Contemporary plays by women of color. New York: Routledge, 1996: p. 74.

③ WONG ELIZABETH. China doll. In KATHY A PERKINS, ROBERTA UNO. eds. Contemporary plays by women of color. New York: Routledge, 1996: p. 75.

④ WONG ELIZABETH. China doll. In KATHY A PERKINS, ROBERTA UNO. eds. Contemporary plays by women of color. New York: Routledge, 1996: p. 76.

黄柳霜如何表演有幸得到白人男子垂爱的东方女子：

黄柳霜（专业地，以教导的语气）：手臂要这样放。腿要这样。这意味着柔弱，是女性气质的要素。

白人女演员：我不懂。

黄柳霜：手臂要放在这里，腿放这里。就这样。（示范）当男主角把你拉起来，拥你入怀时，你要稍微死过去。像这样，稍微把头转过去。简单吧。这就是他们想要看中国女子在白人男子臂弯里的样子。你要稍稍地死过去。现在，你来做。

白人女演员：我要死过去？

黄柳霜：是的，你要死过去。这是一个比喻，文学的说法。再死一下！再来！再来！①

此时的黄柳霜俨然是一个权威的“东方学”家，她专业地“使用”其身体来演绎西方霸权话语中的东方女性形象，其“专业性”和东方女性身份的“原真性”使其演绎出来的东方女性形象在白人眼中更具“真实性”，也使得西方霸权话语所设置的族裔身体符码更具权威性。的确，黄柳霜出于生存的考量而充当了权力话语的工具，按照权力的预期，她的工作目的自然是要加固权力话语所塑造的亚裔刻板形象。然而从观众的立场来看，黄柳霜对工作职责的行使具有明显的表演性质，其表演类似于琼·里弗埃尔所说的“女性面具”和巴特勒所说的女性在“公共场合的表演”（public performance）。

里弗埃尔认为，在男权主宰的社会，女性被迫采用“女性特

① WONG ELIZABETH. China doll. In KATHY A PERKINS，ROBERTA UNO. eds. Contemporary plays by women of color. New York：Routledge，1996：p. 75.

质”为公共“面具”，以满足男性的欲望，以免使男性产生受到竞争威胁的感觉。“女性面具”不是缘于异性之间的吸引力，而是女性应对男性权威的策略，因为在男性权威作为绝对主宰的社会，女性的行为举止必须符合男性的预期，否则将被认为是一种挑战和威胁，“女性气质因此可以用作面具，既可以掩盖（女性身上）具有的男性气质，也可以避免一旦被发现拥有男性气质而可能遭到的报复——就像一个小偷翻开衣袋让别人查看以证明自己没有偷窃一样”①。

受里弗埃尔启发，巴特勒认为女性在公共场合的性别表演并不是自愿的选择，而是社会文化话语，或者是她称为“管控性规范”（regulatory norms）的规定②。管控性规范决定什么样的性别表现是社会允许的，因而是“自然”的，什么样的性别表现不合规范，因而为社会所不理解，是“怪异”的。这些规范胁迫其对象执行特定的程式化动作，从而达到保持这些规范所产生的性别和性模式的稳定。

虽然里弗埃尔和巴特勒是从女性主义视角来讨论女性的性别表演，主要涉及男权话语对女性的管控，都没有提及种族不平等语境下女性的情形，但这并不影响性别表演理论之于黄柳霜案例的适用性，因为“东方”在西方凝视下长期被性别化，种族歧视和压迫与性别歧视和压迫之间也存在类同关系，黄柳霜实际上是处在性别和种族双重压迫之下。可以说，黄柳霜的“东方女性气质”表演是在两种霸权话语双重管控之下不得已而为之的“面具”表演。

---

① RIVIERE. Excerpts from Womanliness as masquerade. 1929. In BONNIE KIME SCOTT. ed. Gender in modernism：new geographies，complex intersections. Urbana：University of Illinois Press，2007：p. 417.

② JUDITH BULTER. Bodies that matter：on the discursive limits of “sex”. New York：Routledge，1993：pp. 1 – 2.

尽管黄柳霜的表演凸显了弱势族裔女性在霸权“管控”下被迫无奈的情形，但这一叙事情节并非意在令读者哀叹弱势族裔女性的悲剧性命运，更非有意营造悲观消极情绪。女性主义电影艺术理论家玛丽·安·多恩（Mary Ann Doane）在《电影与扮装：一种关于女性观众的理论》一文中，运用里弗埃尔的女性面具理论，从电影符号学的视角分析女性扮装时指出：尽管作为男性凝视客体的女性在主流文本中是个不可能的符号，但扮装通过使女性图像陌生化导致了男性凝视的霸权结构失去稳定性。[①] 换言之，女性扮装通过对男性欲求的女性气质的夸张拟仿，造成欲求目标与自身的分裂，反而证实了女性特质本身的建构性。从这个角度看，黄准美对于黄柳霜的“东方女性气质”表演的书写是有积极意义的。剧本通过黄柳霜对身体动作的设计和解说，造成夸张的效果，使曾经被视为固有的“东方女性”符号陌生化、怪诞化，从而降低这个符号的可信度，使之失去稳定性。其意在于说明，所谓的“东方女性气质”其实是西方男性霸权的想象，是霸权话语通过管控实践生产出来的产品，由此揭示种族身份和性别身份的建构性，暴露了管控话语的虚构性，也由此呼应了巴特勒所说的性别身份的“操演性”：

> 性别的实在效果是有关性别一致的管控性实践，通过操演生产而且强制形成的。……性别证明是具有操演性的——也就是说，它建构了它所意谓的那个身份。……在性别表达的背后没有性别身份；身份是由被认为是它的结果的那些“表达”，通过操演所建构的。[②]

---

① MARY ANN DOANE. Film and the masquerade: theorizing the female spectator. Screen, 1982, 23 (3 -4): pp. 74 -88.

② 朱迪斯·巴特勒著，宋素凤译：《性别麻烦：女性主义与身份的颠覆》，上海：上海三联书店，2009 年，第 34 页。

这就是剧作者黄准美的写作策略和目的所在。不仅如此，黄柳霜的表演将引发我们进一步的思考。美国亚裔批评家程安琳（Anne Anlin Cheng）在《种族忧郁症》一书中写道：“对压迫的内化或许并不意味着纯粹的顺从或被打败，而是为思考一个问题指出新的思路，这个问题就是，对那些被剥夺了能动性的人来说，能动性意味着什么。”[①] 在这里，我们需要思考的问题是，弱势族裔是否就只有被动地服从于权力体系的管控，按照规范去行事，他们是否存在反抗压制和管控的可能性？是否拥有主体的能动性？主体的能动性又是以什么方式得以发挥的？让我们看看黄柳霜在剧中的表演后再来回答这些问题。

三、种族化身体符码的改写与主体能动性

福柯等后结构主义、解构主义理论家的主体性理论基本上都强调了主体被权力制约和建构的方面，但他们的理论似乎忽略了主体的能动性问题，许多女权主义理论家认为此类理论取消了所有现实斗争的可能性，不利于女性主义政治。深受福柯影响的巴特勒似乎延续了这一倾向，其“性别操演”理论将主体视为文化的建构以及在能动性问题上的语焉不详，同样招致一些女性主义批评家的质疑和批评。例如，希拉·本哈比伯（Seyla Benhabib）认为巴特勒将主体贬为语言的效果，取消了女性自我反思和自我决定的能动性，有悖于女性主义政治目的。[②] 凯思琳·库克林（Catherine L. Cooklin）

---

① CHENG, ANNE ANLIN. The melancholy of race. New York: Oxford University Press, 2001: p. 21.

② SEYLA BENHABIB. Feminism and postmodernism: an uneasy alliance. In S BENHABIB, J BUTLER, D CORNELL, N FRASER. eds. Feminist contentions: a philosophical exchange. New York: Routledge, 1995.

批评巴特勒将主体简约为一个在压迫性制度内的站位者，杜绝了主体具有对其所处体制进行批判性思考能力的可能性。[①]

的确，在《性别麻烦：女性主义与身份的颠覆》一书中，巴特勒似乎并不关心主体能动性问题，只在结论部分捎带着提到了能动性，但对于主体是否具有能动性，她也没有明确地指明。仔细比较巴特勒和福柯的理论，还是可以发现两者之间的不同。其实在能动性问题上，巴特勒还是比福柯前进了一大步，尽管她不承认有先在于文化的主体，并由此暗示她不认为有内在于主体的能动性。但她并非完全排除了能动性，而是提出了一种外在于主体的能动性模式，为主体进行政治抗争提供了可能性。她认为，使意义改变成为可能的能动性不是来自主体身上，而是存在于“身份操演”过程，即意指和重复意指过程中所发生的偏移和变动：

> 意指作为一个过程，它内在蕴含了认识论话语所指涉的“能动性”。……所有意指都是在重复强迫症的规律下发生的，因此，“能动性”要从那个重复当中发生变异的可能性里去寻找。……颠覆身份的可能只存在于重复的意指实践之内。[②]

那么，是什么构成了颠覆性的重复呢？巴特勒借用了“戏仿”的说法，认为重复性戏仿是使得身份设定增衍，实在身份变得不稳定，以及通过对那些“自然”的夸张展现来揭露其幻想性质。

其实，巴特勒对能动性的解释并不是那么令人信服。巴特勒将

① COOKLIN, KATHERINE L. Poststructural subjects and feminist concerns: an examination of identity, agency and politics in the works of Foucault, Butler and Kristeva. Austin: The University of Texas at Austin, 2004.

② 朱迪斯·巴特勒著，宋素凤译：《性别麻烦：女性主义与身份的颠覆》，上海：上海三联书店，2009 年，第 189－190 页。

能动性完全置于意指实践中，似乎与个人无关，然而，巴特勒似乎忘了，意指实践的行动者乃是人，意指实践必将涉及意义的选择，不管这种选择是在主动还是被动的情况下作出的，这种选择的能力就是人的能动性。我们依然无法回避能动性与实践中的人的关系。

在这一问题上，中国台湾学者黄心雅的观点值得借鉴。她认为，不论是以身体为帝国殖民主义的“再现”，还是将身体视为帝国殖民权力关系的“铭刻”，若欠缺“后设关怀”，以被殖民身体为研究客体，忽视“身体”作为“抗拒场域”（site of resistance）、促变因子（agency for change）的动能，则会落入帝国主义学术理论的谬误。[①] 显然，黄心雅希望研究者重视被殖民者的能动性在抵抗政治中的作用。从这一立场出发，再来观察黄柳霜的身份扮演，笔者的确发现了一些令人振奋的现象。

诚然，在霸权话语的管控之下，出于生存需要，黄柳霜不得不向现实屈服和妥协，并在屈服和妥协中逐渐麻木。但她并非完全丧失了主体意识，也并非缺乏抗争精神，只不过她的主体意识和抗争精神蛰伏在其身体里，等待着复苏的时刻。

当表演导师拉斯纳在表演训练课上让黄柳霜朗诵“好中国人必须侧身走路”“好中国人必须自杀”时，黄柳霜麻木的神经终于被刺痛了，朗诵着的语气犹豫了，句子终于卡在嘴里，她念不下去了：

拉斯纳：好中国人必须自杀。

黄柳霜：这句话我不能说。我不说。

全体学员：好中国人必须自杀。

拉斯纳：黄小姐，你停下来不出声了，或许你单独来背诵我们

---

① 黄心雅：《“翻译”法农：权力、欲望与身体的中介书写》，见法农著，陈瑞桦译：《黑皮肤，白面具》，台北：心灵工坊文化，2005 年，第 23 页。

这个小练习吧。我们等着你。

黄柳霜：好中国人必须避到一旁去。好中国人必须低垂眼帘。好中国人必须……

拉斯纳：不不不，黄柳霜，不！你必须相信你所说的，如果你不相信自己所说的，摄像机会看到的，你骗不了摄像机，摄像机能看到你全部的弱点。……你必须表示出谦恭，认识到你的局限。[1]

屈辱感使黄柳霜终于发作了，她鼓足勇气反驳道："你错了，拉斯纳先生。总有一天，我会在一流电影中出演。总有一天，我会和男主角有很多很多吻戏……温柔的、缠绵的、天长地久的吻。"[2]

尽管黄柳霜已经意识到她所遭受的不公和屈辱，但面对强大的符号权力，她发现自己的力量实在很弱小，选择与霸权公开对抗并不能给她带来胜利。拉斯纳断然打断了她的梦想："黄小姐，我给你的建议是——将注意力集中在你现有的工作，而不是你没有得到的工作。忘记《上海快车》，还是想想《傅满洲的女儿》吧。"[3] 黄柳霜的第一次公开反抗宣告失败，她不得不继续扮演着她所厌恶的角色。

然而，正如谢克纳所说，任何表演都具有重构性[4]，每一次重构都会发生改动、变异，形成一次新的自我诠释。如此，身份扮演就成为产生新的存在形态（being）的过程。被规约者在扮演社会所

---

① WONG ELIZABETH. China doll. In KATHY A PERKINS, ROBERTA UNO. eds. Contemporary plays by women of color. New York: Routledge, 1996: pp. 32 – 33.

② WONG ELIZABETH. China doll. In KATHY A PERKINS, ROBERTA UNO. eds. Contemporary plays by women of color. New York: Routledge, 1996: p. 33.

③ WONG ELIZABETH. China doll. In KATHY A PERKINS, ROBERTA UNO. eds. Contemporary plays by women of color. New York: Routledge, 1996: p. 33.

④ 理查·谢克纳著，孙惠柱主编：《人类表演学系列：谢克纳专辑》，北京：文化艺术出版社，2010 年，第 74 页。

派定角色的过程中，并非一成不变地接受对这一角色的规定，而是以自身的能动性将自我观念糅合进既定角色中，于扮演角色的过程中对其进行改造、解构和重构。更重要的是，在这一过程中，原本受到压抑或分裂的主体性逐渐觉醒，逐渐被建构起来，主体获得了对自我以及族群身份的认同。

黄柳霜给白人女演员上的“东方女性气质”表演课，生动地阐释了如何在表演中改写角色规定。在完整版的《中国娃娃》中，黄柳霜被要求指导一名白人女演员如何扮演东方人这一幕是在独幕剧版本的基础上作了改动，但从效果来看，独幕剧版本对这一幕的书写更为精彩。在独幕剧版本中，黄柳霜把白人导演教过她的身体动作要领传授给这女孩，教她如何更具有东方情调时，不仅产生了戏剧化的夸张效果，而且更具反讽性：

> 别眯起眼睛。亲爱的，看，不是这样的。你的眼睛必须看起来像是游移不定——但又不是真的游移不定。难道你不知道我们是诡计多端、阴险狡诈的种族吗？（停顿）亲爱的，别同意我刚才的说法！这只是个玩笑。①

在这里，黄柳霜的话语结构发生了出人意料的扭转，如果说前面的话语是对秩序的顺应，那么后一句则是结构出现了反常，是对秩序的不配合，是对“常规”的破坏。这是典型的“双声话语”（double - voice），话语前后的自相矛盾戏剧性地展现了强大的张力，它迫使观众和读者去仔细品味其中的差别。黄柳霜在说出前一句话时，俨然一副白人种族主义者的腔调，此时她显然是以白色霸权文

---

① WONG ELIZABETH. China doll. In KATHY A PERKINS, ROBERTA UNO. eds. Contemporary plays by women of color. New York: Routledge, 1996: p. 313.

化的代言人身份出现的，这句充满种族主义意味的话语从黑眼睛、黄皮肤的黄柳霜嘴里说出，无疑具有十分反讽的意味。紧接着她又修正了自己刚说的话，显然她的身份意识发生了转移，从白色霸权文化的代言人变为具有自我意识的华裔。从黄柳霜在这两重身份间的游移过程中，我们不难察觉其情感所经历的挣扎、思想所发生的变化：作为权力阶层的雇佣者，黄柳霜的身份要求她必须按照白人社会的规定性话语指导学生，然而蛰伏在其血脉里的族裔性却使她不可避免地体会到这种话语所带来的屈辱，这种屈辱感如针灸般，一点一点触动了她的族裔性，使之骚动，促其复苏，因而有了她随后的自我修正：“别同意我刚才的说法！这只是个玩笑。”这既是黄柳霜对霸权话语对于华人身份规定的修正，也是她向这一规定性话语发出的挑战。

同样，黄柳霜认真地、不厌其烦地指导白人女演员如何表现“中国娃娃”在白人男子臂弯里的酥软情状，但又不失时机地插入：“有自尊的中国女孩不会挺起胸。”[①] 无疑，黄柳霜适时地引用中国人的性别观念来揭示白人的谬误：中国女性有自尊的表现，在白人眼里竟成了中国女性在向白人男性施展性诱惑。此时的黄柳霜已经越来越有勇气，她从一开始的自我修正式瓦解策略转向对霸权话语的正面抨击：“你是在扮演中国人，因此，你是檀香木，你是茉莉花，但你绝不是真实的。……你只是一个玩物——一个中国娃娃。”[②] 这无疑标志着她身上复苏的女性主体意识和族裔性已然发出权威的声音。

从上面的分析可见，黄柳霜的身份扮演，既拨用了支配性文化

---

① WONG ELIZABETH. China doll. In KATHY A PERKINS, ROBERTA UNO. eds. Contemporary plays by women of color. New York: Routledge, 1996: p. 313.

② WONG ELIZABETH. China doll. In KATHY A PERKINS, ROBERTA UNO. eds. Contemporary plays by women of color. New York: Routledge, 1996: p. 313.

通过其符号系统为华人设置的身体符码，从而避免了与该支配性文化的正面冲突，又以策略性的手段修改符码，引起了符号的滑动。借用蒂娜·陈的话，黄柳霜既“顺从”了社会所派定的角色，又在扮演过程中“挑战”这一角色[①]，其时时发生的角色错位和自相矛盾的话语产生了极具讽刺意味的效果，有力地揭露了主流文化是如何建构华裔女性的种族化“面具”，如何设计、虚构华裔的族裔符号，其双重身份使其得以从“内部着手”，从而更为有效地瓦解强势主流文化所塑造的华裔女性“面具”，揭露其虚构性，建构出黄柳霜作为华裔女性的族裔主体性。在此，黄柳霜的身份扮演策略与霍米·巴巴所称的“模拟、含混、杂糅”的解构策略不谋而合。

在《模拟与人：后殖民话语的含混性》一文中，霍米·巴巴认为，被殖民者对殖民话语的模拟是一种“似而不是”的伪装策略，模拟者在模拟的过程中不断通过“滑动”（slippage）、“溢出”（excess）来产生差异，一方面吸收、挪用对自己有利的东西来调整、改造自己，另一方面拒绝、推翻被模拟的殖民话语，从而从内部对已被规定化的知识和权力体系产生威慑。[②] 在《中国娃娃》中，作者黄准美就是以黄柳霜对受霸权话语侵浸的指导老师这一角色的扮演，来模拟固化于霸权话语中的“中国娃娃”女性形象，通过黄柳霜在讲解如何表演这一形象时的刻意放大、戏仿和自相矛盾，揭示霸权话语中的裂缝，并将这些裂缝一点点撕开，缓慢而又坚定地瓦解其权威，同时，随着其另一身份，即华裔女性身份意识的觉醒，在撕开霸权话语身上的裂缝时，不断地“楔入”华裔女性的自我观念，从而改造被塑造的他性，重新定义自我。

---

① CHEN, TINA. Double agency: acts of impersonation in Asian American literature and culture. Stanford: Stanford University Press, 2005: p. 7.

② HOMI BHABHA. Of mimicry and man: the ambivalence of colonial discourse. In The location of culture. New York: Routledge, 1994: pp. 122 - 123.

值得指出的是，亚裔/华裔通过身份扮演建构自我，其意义并不局限于个体。高夫曼（Goffman）在分析身份表演与自我身份建构的关系时指出：个人身份表演参与了集体身份建构。他认为，自我身份建构乃经由日常生活情境中的各种表演性实践完成，是个人在某一社会场景之中对于其处境的诠释和呈现，它总是嵌植于某种社会历史语境之中，并受其规约；而一次次的个人身份展演，又会成为某一社会角色的“集体展示”，使之逐渐稳定、固化，引导人们对这一社会角色的外在呈现产生某种特定的期待，因此个人身份展演与集体身份建构之间具有衍生/共生关系。① 黄柳霜以其身份扮演作为一种“楔入”式、“从内部”解构的策略，瓦解了霸权文化对华裔的刻板话语，并以其一次次的“纠错”展演，引导人们对华裔群体产生新的期待。

可见，被权力管控和规约的弱势者并非完全被动地接受管控和规约而丧失了能动性，弱势族裔主体在力量对比悬殊的情况下，其实能策略性地保有其主体能动性，在规范壁垒中寻找突破口，以瓦解霸权统治及僵化的身份类分，以便找到自身和族裔的生存之路，为族裔最终实现自我定义、自我表征作出有积极意义的探索。这就是族裔身份表演的积极意义所在。当然，族裔主体在不同身份之间的调适和转换，必然带来一些身份的混乱，对主体的生活、情感、精神造成极大的困扰，这将是下文继续探讨的重点。

第二节　《骨》：“沉默面具”与“隐性叙事”

不少评论家都曾指出，华裔美国文学往往有着神秘隐晦的艺术

---

① ERVING GOFFMAN. The presentation of self in everyday life. New York：Penguin Press and Doubleday，1959：pp. 32－37.

气质。中国大陆学者陆薇甚至认为华裔美国文学存在“幽灵叙事”的传统：

亚裔美国文学的大部分作品所反映的也是美国政治、经济、法律方面的种族主义给亚裔美国人所带来的精神创伤。这些创伤随着时间的推移一直纠缠于心，已经变成了影响几代人的不可启齿又挥之不去的“种族的忧伤”。对这种噩梦般的种族主义幽灵，作家们选择了用他们各自独特的方式予以言说，用书写的方式“驱鬼”，从而找回他们心灵的平静和重新面对生活的勇气。①

的确，因为华裔族群有着在美国长期被消音、历史被抹杀、备受压抑的族裔经验，几乎所有反映早期唐人街华人生活的华裔美国文学文本都充满了各种复杂、难以言说的家庭秘密和幽灵般、真幻难辨的历史记忆，并由此产生了类似于哥特式文学的神秘、诡异的艺术效果。文本中的人物往往身份似是而非，言语闪烁其词，或是缄默不语，因为心中藏有太多秘密而将自己封闭起来。年青一代则从小被教导要保守家庭秘密，“不要说出去”的警告常常把他们压得喘不过气，也阻碍了他们与主流社会的交流和融合。由此也加深了主流社会形成的华人神秘诡异的刻板印象。但其实，唐人街华裔家庭不可言说的秘密并非华人固有的属性，而是美国历史的产物，是由美国的移民政策造成的，其最为直接的原因就是美国排华政策一手酿造的“契纸儿子”现象。

所谓“契纸儿子”，其实就是冒充在美华人子嗣身份以进入美国的华人。这是美国华人移民史上的独特现象，其产生有着历史原

① 陆薇：《华裔美国文学的幽灵叙事——以伍慧明的小说〈向我来〉为例》，《译林》2009年第2期，第215页。

因。1882年美国国会通过了《排华法案》，明确禁止中国女性入境，同时，各地出台的反对种族通婚法禁止白人女性和华裔男性结婚。这种极端不人道的歧视政策迫使华人劳工长期处于家庭生活缺失的凄凉处境，并形成了唐人街奇特的“单身汉”社会。1906年旧金山大地震引发大火，烧毁了市政大厅里几乎所有的档案文件。一些华人趁机修改身份资料，冒称是在美国出生，从而获得美国公民身份。由于美国法律规定美国人所生子女，不管在国外还是国内，都自动成为美国公民，一些人趁机谎报在中国生有子女，以此制造移民空额，然后转让或出售这些空额，让亲戚、朋友或其他华人冒充其亲生子女（通常是儿子）身份来到美国。[①] 这些与美国华人没有血缘关系，凭一纸编造的文件来到美国的冒充男子就称为“契纸儿子”，并由此衍生了“契纸女儿”“契纸妻子”等词语。“契纸儿子”们虽然成功来到“金山”，但为此付出巨大代价：他们从此不得不改名换姓，隐藏真实身份，在交织着谎言、遗忘和记忆的混乱思绪中惴惴不安地度日。

“契纸儿子”现象具有厚重的历史内涵，是华人在美国被排斥、被拒绝的历史写照，因此也成为华裔美国文学绕不开的一个话题，是华裔美国文学的重要题材之一。伍慧明的两部小说《骨》和《向我来》（*Steer Toward Rock*，2008）是涉及这一题材最具代表性的作品。本节将通过对《骨》中两个与“契纸儿子”有重要关联、具有重要符号性意义的意象——“沉默”和“纸张”的解读，分析逆境中的弱势族裔如何将“身份表演”作为应付种族歧视和压迫的生存策略，揭示“身份表演”中的抵抗政治，彰显“隐性叙事”对于再

---

① 参见 LISA LOWE. Immigrant acts. Durham and London：Duke University Press，1996：p. 125. 更多关于“契纸儿子”的信息可参见 CHEN，TINA. Double agency：acts of impersonation in Asian American literature and culture. Stanford：Stanford University Press，2005：pp. 21－22.

现弱势族裔历史的意义。

一、困陷于谎言中的假冒者

严格地讲，“契纸儿子”属于“冒充者”（impostor）一类的“身份表演者”，“被指认为冒充者，即是被称为冒牌货、假装者，他们不属于正在评价其表演行为的群体，总之被发现是假冒的。”① 他们出于某种目的而在公共场合有意以不同于其原本的身份或面目出现，这种行为往往让人联想到骗子、图谋不轨之徒。然而，对于华人“契纸儿子”，他们冒充他人儿子并非为了实施欺骗，实是美国不公的移民政策逼迫下的无奈之举。

《骨》中的利昂就是这么一个冒充者。利昂原姓傅，15 岁时，他怀抱着到“金山”成就一番事业的梦想，成为萨克拉门托山谷一个华工单身汉老梁的“契纸儿子”。梁爷爷是第一代华人劳工，是美国排华政策的直接受害者，他将其生命中最好的年华化为热血和汗水洒在了美国土地上，却换来终身孤苦、晚景凄凉的结果，唯一的愿望是去世之后能够落叶归根，遗骨得以安葬于故土。为了实现这个可怜的愿望，他托乡里人找到了利昂，答应认他为儿子，条件是利昂必须承诺将来送他的骨灰回中国。15 岁的利昂在付出了 5 000 美元后，得到了梁爷爷的身世资料，这意味着，他不再是傅家的儿子，而是变成了梁家后人——利昂·梁。为了顺利通过天使岛的盘查，在来美国的船上，利昂与另一个以同样身份来美的年轻人尤金泰互相帮助背诵文件上的身世资料。两人终于通过了到美国的第一关，从此，利昂就没再改回原来的名字，他明白了一个道理：

① CHEN, TINA. Double agency: acts of impersonation in Asian American literature and culture. Stanford: Stanford University Press, 2005: p. 6.

“在这个国家里，文件比血缘还重要。”①

利昂离乡别井、千辛万苦地来到美国，满怀美好期望准备投入这个“美丽国家”的怀抱，然而迎接他的却是一个充满敌意和歧视的社会，这个社会根本不给华人移民以工作、生活和个人发展的机会。尽管利昂拥有美国人身份，但他的亚洲人面孔注定他无法被当作真正的美国人。此时的他尚不知道，像他这样的亚洲移民，无论在美国社会已经居住了多长时间，无论为美国社会作出了多少贡献，他们始终都被贴上“亚洲人”“外国人”“冒牌美国人”的标签。即使是在后民权运动时代，美国土生土长的亚裔/华裔，也无法被主流社会接纳为“美国人”。如小说叙述者莱拉和妹妹到餐馆用餐，白人侍应生对她们表现出特别的兴趣，问她们“你们是中国人吗”，令莱拉姐妹顿生反感。这一情形令人想起任璧莲的《爱妾》（*The Love Wife*，2004）中，王家的两个养女由于其东方人的外貌特征，常被人问“你是从哪里来的”②，因而对自己的“美国人”身份产生困惑和怀疑，时常担心被送回中国。林英敏在《这是谁的美国?》一文中也表达过同样的感受：“我很难把美国当作自己的家园，因为老是有人问我是从哪儿来的。”③ 在这种“他者”的凝视下，华裔难以找到身为美国人的感觉，因为美国主流社会已经为他们设定了亚洲人角色，他们只有扮演这种角色，才符合主流社会的预期。

面对充满歧视和排斥意识的社会现实，无怪乎利昂根本找不到

---

① NG，FAE MEYNNE. Bone. New York：Harper Perennial，1994：p. 9.

② JEN，GISH. The love wife. New York：Vintage Contemporaries，2004：p. 213.

③ LING，AMY. Whose America is it? Weber：The Contemporary West，1995，12(1)：p. 1.

“他年轻时听说的那些好工作”和“兴旺发达的生意”。[①] 语言不通、对美国文化毫无了解的他在找工作求生存的道路上处处碰壁，他的美国人生就是一个充满了失败和挫折的人生，处处被拒绝、被否定，落魄潦倒，并最终酿成婚姻和家庭悲剧：谋生艰难加上生意失败，毕生的一点积蓄被骗走，被生活压得喘不过气的夫妻互相指责、争吵不休，二女儿安娜跳楼自杀，全家人为此陷入无尽的悲伤和自责之中。

利昂悲剧性的一生是通过大女儿莱拉的碎片记忆和零乱的叙述拼凑而成的。小说中几个画面令人印象深刻。当莱拉到利昂住的老年公寓里找利昂，读者透过莱拉的眼睛看到这样的一幕：

利昂不在，这使房间显得更加昏暗。屋子里有一股老人的味道，到处堆的都是废物。利昂是个废物制造专家……利昂还是个收藏高手。一摞摞快餐盒、锡纸盒、装满番茄酱和糖袋的塑料袋、写着红色字母的白色罐头盒，还有政府发放的蔬菜：切成片的甜菜、表面光滑的绿豆和南瓜。他的床头柜是餐馆用的红色小凳子，上面堆满了高高的一摞纸杯、一叠叠餐馆用的餐巾纸，还有一只杯子，里面装着各种各样快餐厅用的吸管。衣柜的扶手上挂着金属的衣架子，窗台上放着一捆捆莴苣菜叶和一团团打了结的绳子，另一个里面塞满了缠在一起的胶皮带子。第三只盒子里装满了点香剩下的香灰。[②]

这一情景就像一幅静物画，又像展览馆的一个角落，构成一个

---

① NG, FAE MEYNNE. Bone. New York: Haper Perennial, 1994: p. 101. 伍慧明著，陆薇译：《骨》，南京：译林出版社，2003 年，第 96 页。

② NG, FAE MEYNNE. Bone. New York: Haper Perennial, 1994: p. 5. 伍慧明著，陆薇译：《骨》，南京：译林出版社，2003 年，第 2－3 页。

具有强烈暗示意味的视觉符号，灰暗、肮脏、破败的画面暗示着利昂的穷苦和潦倒，那些落满尘埃的杂物仿佛在静静地述说着主人失败的人生。

利昂的失败并不是因为不努力，他其实十分卖命地干活，当他在远洋轮船上工作时，为了多挣点钱，他牺牲掉睡觉时间，“日夜两班兼做——一个夜班紧接着下一个班，仅靠中间几个小时睡眠撑过去”，“他不是在时间中度日，而是在汗水中”，① “他没命地干活，一干就是两份、三份，白天夜里都不停，没完没了地加班”。② 他的失败也不是因为缺乏技能，他其实有很好的手艺，能修理各种水电设施，能操作大型洗衣机器，甚至能利用各种废弃物制成各种小发明，“每项发明都很小巧精致，……扇子、收音机、电饭锅”③等。为了养家糊口，妻子也不得不拼命干活：

> 妈来不及把饭咽下去就坐在“凯歌”牌缝纫机前了。晚上我们铺床的时候，她还在做衣服。发红的灯光把衣服的针脚照得模糊不清。街上的嘈杂声早已消失，而她的机器声还一直不断。而清晨我们还没醒来的时候，妈就已经在工作了。④

然而，不管利昂一家人如何努力、如何辛劳，他们依然入不敷出，捉襟见肘。这又是为什么呢？与其说是他们个人的原因，不如

---

① NG，FAE MEYNNE. Bone. New York：Haper Perennial，1994：p. 181. 伍慧明著，陆薇译：《骨》，南京：译林出版社，2003 年，第 170 页。

② NG，FAE MEYNNE. Bone. New York：Haper Perennial，1994：p. 103. 伍慧明著，陆薇译：《骨》，南京：译林出版社，2003 年，第 96 页。

③ NG，FAE MEYNNE. Bone. New York：Haper Perennial，1994：p. 5. 伍慧明著，陆薇译：《骨》，南京：译林出版社，2003 年，第 3 页。

④ NG，FAE MEYNNE. Bone. New York：Haper Perennial，1994：p. 34. 伍慧明著，陆薇译：《骨》，南京：译林出版社，2003 年，第 30－31 页。

说责任更多在于美国社会。这个社会剥夺了华人劳工理应享有的就业机会，将他们排挤到社会的最底层，留给他们的是最苦最累而又报酬最低廉的工作。利昂“从来就没有一份好工作”[①]，在陆地上时，他做的都是一些散工：炒菜厨师、烤肉厨师、门卫、跑堂、夜班搬运工；在轮船上，他做的是助理烫衣工、实习厨师、餐馆服务生、侍者、行李员。这个社会给利昂这类华人劳工设置了诸多障碍，连去应聘洗碗工都还要问他“有没有经验”。

毫无疑问，利昂虽然拥有了美国公民身份，但他完全不适应美国的生活，正如杰夫·特威切尔—沃斯所言，他是“一个错置在美国的不起眼的父亲人物，……以假身份进入美国，从此开始处在没有自我感的不稳定境地”[②]。陆薇曾在一篇文章中认为，利昂“人生的一切都是建立在谎言之上的，他因此在这个社会中失去了自我”[③]。此言有道理，但这些谎言的始作俑者难道不是推行歧视性政策的美国政府和任由种族歧视思想肆虐的美国主流社会？

当我们读完下面这段话，便完全可以理解利昂的悲愤，因为该受指责的不是利昂，而是这个所谓的“美丽国家”：

利昂想找个人来指责，所有他以前的老板、所有以前出卖过他的工友。他甚至指责整个海运业，因为就是它，使他大半辈子都扔在了海上。最后他开始埋怨整个美国。是她做出过那么多美丽的许诺，然后又一一把它们打碎。他年轻时听说的那好工作在哪儿呢？

---

① NG，FAE MEYNNE. Bone. New York：Haper Perennial，1994：p. 158. 伍慧明著，陆薇译：《骨》，南京：译林出版社，2003 年，第 148 页。

② 杰夫·特威切尔—沃斯：《序》，见伍慧明著，陆薇译：《骨》，南京：译林出版社，2003 年，第 4 – 5 页。

③ 陆薇：《超越二元对立的话语：读美籍华裔女作家伍慧明的小说〈骨〉》，《外国文学研究》2002 年第 2 期，第 47 – 53 页。

那兴旺发达的生意在哪儿呢？他是信守了他自己的承诺。他没命地干活，一干就是两份、三份，白天夜里都不停。没完没了地加班：助理熨烫工、实习厨师、餐馆服务生、侍者、行李员。可他的幸福在哪儿？"美国，"他怒吼道，"这个说谎的国家！"①

对于以利昂为代表的华人劳工而言，这个国家编造了一个个美丽的谎言，像海市蜃楼一样，诱使他们前去，最终却让他们困在了死亡的荒漠中。利昂的假冒身份使他一辈子生活不稳定，他失去了过去，却找不到将来，他既成不了真正的美国人，又回不去中国。他努力挣钱存进"回中国基金"，因为"他从不想长待"② 在这个不属于他的国家，"然而，五十年之后，他还在这里，陷入了他自己的谎话之中，那个往日排斥他的法律现在却将他困在了这里"③。

从利昂的困境中，我们看到了作为弱势"他者"的华人移民遭受歧视和排斥的痛苦，理解了作为身份冒充者的"契纸儿子"们的精神重负。那么，困陷于谎言中的"契纸儿子"们是否能够找到应对困境之策呢？

二、沉默作为"他者"的"面具"

利昂虽然是《骨》这部小说的主要人物，但读者只能通过莱拉的叙述，透过莱拉的眼睛从侧面了解这个人物。总体而言，与华裔美国文学中的所有华裔男性形象一样，这是一个沉默喑哑的人物，

---

① NG，FAE MEYNNE. Bone. New York：Haper Perennial，1994：p. 103. 伍慧明著，陆薇译：《骨》，南京：译林出版社，2003 年，第 96 页。

② NG，FAE MEYNNE. Bone. New York：Haper Perennial，1994：p. 57. 伍慧明著，陆薇译：《骨》，南京：译林出版社，2003 年，第 53 页。

③ NG，FAE MEYNNE. Bone. New York：Haper Perennial，1994：p. 57. 伍慧明著，陆薇译：《骨》，南京：译林出版社，2003 年，第 53 页。

我们看到的往往只是他默默的侧影。

沉默寡言的男性形象在华裔美国文学作品中具有典型意义。例如，汤亭亭在《女勇士》和《中国佬》中都曾塑造令人印象深刻的沉默华人父亲形象。在汤亭亭笔下，老一辈华人移民都是默默无言的“工作机器”。当然，汤亭亭塑造沉默寡言的华裔男性形象，并非呼应美国主流话语中的华人刻板形象，而是意在揭示华人移民在美国被噤声、被消音的历史事实。伍慧明同样关注早期华人移民在美国的生存境遇，但有所不同的是，她主要将关注焦点放在“契纸儿子”这个特殊群体上，并且以女性作家的细腻和敏感捕捉到了这些老一辈移民的沉默。

福柯在《性史》一书中曾如此定义“沉默”：“沉默本身是那些人们不愿提及或被禁止提及的事情，是不同的谈话者应学会采用的谨慎态度，沉默并不是话语的终结。人们总是习惯于把话语与沉默截然分开，然而沉默却是伴随话语而来，相对于话语的另一种表达方式。”① 福柯在这里指出了沉默的两个重要特征：一是沉默并非没有意义，而是以另一方式在表达意义。这一见解呼应了符号学的观点，即沉默或者说言语的缺失，不仅是一个所指符号，还是一个能指符号。这个符号召唤人们去解码其意义。而沉默的第二个特征恰好就是沉默的意义，沉默暗示着某类声音、某种意见、某段历史的隐而不显或者缺场，它有可能是沉默者出于现实考量而“不愿提及”的，也有可能是“被禁止”的事情，也就是说，沉默总是与抑制或者压制相联系，其背后隐藏着权力的运作。显然，拥有权力者拥有话语权，而被权力压制者则只好陷入沉默。所幸的是，沉默并

---

① FOUCAULT. The history of sexuality and introduction. New York：Vintage Books，1988：p. 305.

非话语的终结，并非意义的虚无，它是一个零符号①：无声，却在表达；无言，却在述说；隐藏着，却在暗示着被压制者、被忽视者、被抹杀者的存在。

那么，在《骨》中，利昂的沉默究竟是在什么权力之下造成的呢？它是在掩盖着什么呢？又或者说，是在默默地述说着什么呢？

在社会心理学中，沉默被认为是人际沟通的障碍，有时被认为是在交流互动过程中的不作为。② 在崇尚言语的美国主流文化中，华人往往被表征为沉默寡言，是华人语言能力低下、文化低劣的表现。然而，利昂的沉默显然不是因为天生木讷。他有时与家人说话不乏幽默，甚至还极具力量。譬如，他编造的“等军队可以接受他了，可仗却打完了”“房子大小没有问题了，但社区却不合适”等话，哄得年幼的女儿哈哈笑；又譬如，他咒骂妻子，把妻子骂哭；他以断绝父女关系来威胁二女儿安娜，让她与男友分手：“你最好听我的话，我警告你，如果你还想当我的女儿，你就最好听我的。”③ 不可否认，他的言语逼迫在某种程度上与安娜的自杀脱不了干系。

可是，出了唐人街，利昂却失去了话语能力。小说中，在利昂出场的公共场合，他总是沉默的。在远洋轮船上，他总是在默默地为白人收拾床铺、清洁船舱、浆洗衣服，其他时间就躲在自己狭小的床铺上摆弄收集来的废旧电器，“在海上漫长的旅途中继续他的

---

① THOMAS SEBEOK. 见赵毅衡：《符号学：原理与推演》，南京：南京大学出版社，2011 年，第 26 页。

② TANNEN，M SAVILLE – TROIKE. eds. Perspectives on silence. Norwood，N. J.：Ablex，1985：p. 15.

③ NG，FAE MEYNNE. Bone. New York：Haper Perennial，1994：p. 175. 伍慧明著，陆薇译：《骨》，南京：译林出版社，2003 年，第 164 页。

发明创造”①。回到陆地上，他在没找到工作时不是在广场上与其他“混日子”的老人下棋消磨时光，就是在老人公寓里继续摆弄他的旧电器，收拾他收藏的各种旧物件。利昂似乎将自己埋藏在这些废旧物件中，这些废旧物件成了他沉默的最佳理由，成为他孤寂生活中唯一的慰藉。

利昂的缄默与其“契纸儿子”身份有着直接的关系。曾经有那么一段时间，涉及华人移民的问题是唐人街的一个禁忌。这个讳莫如深的话题犹如一张黑幕，将唐人街包裹成一个隐秘的世界。这里，似乎每个家庭都有一段不可告人的历史，似乎每个人都有自己尽力保守的秘密。“我们是从妈和利昂那里学来的。他们总是说不要讲这个，不要讲那个。妈害怕唐人街里大家说的事，而利昂是害怕唐人街以外的事。我们从保守他们的秘密到保守自己的秘密。”②这不禁令人想起汤亭亭在《女勇士》中的一段叙述：

我看着父母的别名和出生日期，我知道的日期与上面的不同。看到父亲的职业，我禁不住叫出了声：“嘿，他没务过农，他曾是个……”他曾是个赌徒。我把话忍在喉咙里——在能洞察秋毫的老师面前沉默了。有些秘密是万万不可当着洋人的面说的，那些与移民有关的秘密一旦说出来，就会被送回中国。……有时候，我痛恨洋人不让我们说实话，有时候我又痛恨中国人的诡秘。“别出去说啊。”父母对我们说。虽然即使我们想出去说也不可能，因为我们

---

① NG，FAE MEYNNE. Bone. New York：Haper Perennial，1994：p. 5. 伍慧明著，陆薇译：《骨》，南京：译林出版社，2003 年，第 3 页。

② NG，FAE MEYNNE. Bone. New York：Haper Perennial，1994：p. 112. 伍慧明著，陆薇译：《骨》，南京：译林出版社，2003 年，第 104 页。

一无所知。[1]

在美国高压移民政策下，“契纸家庭”的身份秘密封住了唐人街华人家庭的嘴巴，让他们噤声，不得不谨言慎行地过日子，这种警惕性的自我保护又使他们陷于更深的封闭状态。在这个陌生的社会里，他们始终是“他者”，甚至是“隐匿的”、见不得光的“他者”。他们甚至连名字都没有，只以化名、绰号相称。赵健秀在《鸡笼华仔》中通过谭·林之口说道：“我所认识的华人老人都没有名字，……他们害怕在这里让人知道名字。”[2] 匿名是自我隐形，沉默是自我消音，这是他们采取的与白人社会、与唐人街以外世界疏离策略的一部分。唐人街的孩子都会记得父母的嘱咐：“不要和外人说话”“不要回答别人的问话”“不要说出你父亲的姓名”。[3] 在伍慧明的另一部小说《向我来》中，出身于“契纸家庭”的维达在遇到一个白人男子问路时，本能地向后退缩，警惕地瞪了对方一眼[4]，其实就是这种自我保护心理的后遗症。如果说沉默是一种表演，那么“契纸家庭”的沉默就类似于戈夫曼所说的神秘化表演，有意让别人猜不透底细，以此来保护自己。[5] 正如美国亚裔批评家李磊伟（David Leiwei Li）所言，这种沉默是华人“对美国政策性种族歧视的自我保护措施，是为了生存迫不得已而为之的，并非亚

---

① KINGSTON, M. H. The woman warrior: memoirs of a girlhood among ghosts. 1976. New York: Vintage, 1989: p. 164.

② FRANK CHIN. The Chickencoop Chinaman/The year of the dragon. Seattle: University of Washington Press, 1981: p. 45.

③ NG, FAE MYENNE. Steer toward rock. New York: Hyperion, 2008: p. 224.

④ NG, FAE MYENNE. Steer toward rock. New York: Hyperion, 2008: p. 224.

⑤ GOFFMAN, ERVING. The presentation of self in everyday life. New York: Penguin Press and Doubleday, 1956.

洲人的文化特征”[1]。遗憾的是，美国主流社会却无视造成华人沉默的历史和政治原因，反而将之当作华人的民族品质，以此作为华人神秘鬼祟、难以归化的证据，为排斥华人制造借口。

在充满歧视和排斥的社会环境中，身为“契纸儿子”“他者”的利昂显然是缺乏安全感的，所以他“害怕唐人街以外的事”。由于没有合法的身份证明，利昂得不到社会保险，更由于英语不好，难以得到好些的工作，无奈的社会现实迫使利昂不得不将自己隐藏在沉默的“面具”后面。安全感的缺失使他养成了收藏旧文件的癖好，他近乎偏执地收藏各种旧报纸、旧招贴、旧书信、旧证件。他收藏的剪报几乎都是各种人间悲凉的故事：“失踪的丈夫、出走的太太，还有忘恩负义的孩子。”[2]

利昂的行为，在行为心理学上可称为收藏癖。这是一种心理疾病，指违背常情地到处搜集与收藏并无多大用处的物件，尤其是废旧物品，不仅把家中早已不用的废旧物品视若珍宝收藏起来，还把别人丢弃的废旧物品认真搜集起来加以珍藏，搜集和收藏过程中会有一种莫名的满足感。它是一种形式的强迫症和人格障碍，多见于患有老年痴呆症、抑郁症等以及遭受重大生活挫折的人群。联系到利昂的人生境遇，可知其行为正是由于长期处于逆境中造成的挫败感的心理投射。在一个充满敌意和拒绝的世界中，似乎只有这些物件才是他可以把握的，他从中获得了一种满足感和安全感。通过这种偏执和刻板化行为，利昂为自己戴上一副“面具”，一副能为他抵挡生活凄风苦雨的“面具”。

沉默和无奈是利昂之类的“契纸儿子”为适应环境而采取的生

---

① DAVID LEIWEI LI. Imaging the nation：Asian American literature and cultural consent. Stanford：Stanford University Press，1998：p. 58.

② NG，FAE MYENNE. Bone. New York：Harper Perennial，1994：p. 6. 伍慧明著，陆薇译：《骨》，南京：译林出版社，2003 年，第 3 页。

存策略，同时也是他们抵御来自种族、阶级、社会文化的压制性力量的一种策略。当利昂面对来自强势种族和阶层的压迫时，沉默就成了他自我保护的“面具”和抵御手段。在远洋轮船上，他做着最底层的服侍白人的工作，还要时不时忍受白人的辱骂，这种日子无疑是难以忍受的，但他将自己埋藏在各种废旧电器中搞发明创造，从而度过海上漫长的日子。在唐人街，他同样以沉默应对别人对他“没用”“没生别的，光生女娃”的讥笑，还让女儿们不要去在意这些话语。利昂并非对自己的处境麻木不仁，而是在压迫的环境中，他作为一个受压迫者形成了冷漠、沉默的外表，作为自我保护的外罩，包裹其饱受创伤的心灵，以获得一时的喘息。

利昂的人生悲剧性在于，他不仅要应付来自家庭外部的压迫，还要面对家庭内部的种种不如意，面对自己对于家庭无能为力的失败感。他因无力让家人过上好些的日子而心有愧疚。对于妻子的抱怨，他默默忍受，最多顶顶嘴就完事，然而妻子的出轨还是让他备受伤害。社会心理学家莱昂·维尔姆塞（L. Wurmser）在《羞耻的面具》一书中指出，当一个人对其弱点感到羞耻时，他/她可能会运用沉默作为“力量、自我控制以及对情势的控制”[①]。利昂采取的控制方式是另一种沉默：让自己从众人面前消失，随远洋轮船出海，将自己放逐于大海之上。从此，他一遇到不如意的事情，就会不打招呼就出走，就像梅森所说的，“从大家眼前消失，这是利昂处理问题的方法”[②]。让自己消失、隐藏自己与言语的沉默是同义词，就像临时性失语症一样，都是应对压力的心理机制，是弱势群体在逆境中保有一点可怜的自尊，获得继续生存的勇气的一副“面

① LEON WURMSER. The mask of shame. Baltimore：Johns Hopkins University Press，1981：p. 139.

② NG，FAE MEYNNE. Bone. New York：Haper Perennial，1994：p. 62. 伍慧明著，陆薇译：《骨》，南京：译林出版社，2003 年，第 58 页。

具”。从利昂的沉默中，我们读出的是一个弱势“他者”面对悲凉人生的无奈。

陆薇曾在其专著中有如下论述：“沉默可以是各类弱势群体，……受到来自种族、阶级、性别、文化、社会习俗等各种力量压制的结果。它可以是破坏性，甚至是毁灭性的。但这种沉默也可以是他们以自己的独特方式抵抗和颠覆强势话语的积极的、求得再生的策略。”① 陆薇非常中肯地指出了沉默背后的压迫，同时认为沉默具有积极的抵抗意义。也有不少学者曾指出沉默可以作为一种抵抗②，可是，如果如福柯所言，话语是权力的产物，拥有权力者就拥有话语权，那么在拥有话语权的权力者面前，被压制者以沉默为抵抗也只能是消极的抵抗，要使抵抗更有效果、更具威力，还需打破沉默，发出反抗的声音，尽管这一过程并不容易。

利昂终于让我们看到了他更为积极的反抗。社会保险局的白人工作人员盘问他“有护照吗？有出生证吗？有没有驾驶执照？”③，其情形“就好像他（利昂）这么多年做的工作都不算数似的”④。利昂在这片土地上辛辛苦苦工作了一辈子，却依然摆脱不了“外国人”的标签，任何福利都享受不到，付出的是血和汗，得到的只是一肚子的辛酸。此时遭受白人的刁难，让他激愤难平，他一下就“像被点燃的爆竹一样”发出愤怒的声音，开始骂人。然而无奈的是，他的英语水平只够他发出几句中英夹杂的骂人话：“你你他他他妈的见鬼的狗狗娘娘养养的！”（Iiiinamahnagahgod dammcocksock-

---

① 陆薇：《走向文化研究的华裔美国文学》，北京：中华书局，2007 年，第 141 页。

② 如 H LI. Rethinking silencing silences. In M BOLER. ed. Democratic dialogue in education：troubling speech，disturbing silence. New York：Peter Lang，2005：pp. 69 – 86.

③ NG，FAE MEYNNE. Bone. New York：Haper Perennial，1994：p. 56. 伍慧明著，陆薇译：《骨》，南京：译林出版社，2003 年，第 52 页。

④ NG，FAE MEYNNE. Bone. New York：Haper Perennial，1994：p. 55. 伍慧明著，陆薇译：《骨》，南京：译林出版社，2003 年，第 51 页。

sonnahvabitch!)[①] 这样的话谁能听得懂？既然被骂的人听不懂，那么这骂人话也就失去了其威力，起不了任何反抗作用。令人心酸的是，即使是这样一句骂人话，也是他从白人无数次骂他的话中“习得”的。因为没有掌握宰制性文化的语言，利昂不但无法言说自己，连反抗的权利也被剥夺了。

可见，弱势“他者”躲在沉默的“面具”后面虽然能求得一时的安全，但终究并非长久之策，但“他者”要打破沉默，首先要有有效的发声渠道和手段，也需要更为巧妙的反抗策略。

张敬珏（King－kok Cheung）在《尽在不言中》（*Articulate Silences*）中指出，“沉默可以直接导源于禁言。但沉默也可因个人及文化的不同而附带其他的功能及意义”[②]。她认为，沉默作为少数族裔作家的笔策可以创造出独有的修辞效果，由此她提醒阅读亚裔美国文学时要注意其中的“双声论述”[③]。那么在《骨》中，利昂的沉默除了表示禁言的压力以及自我保护的必需之策外，在叙事层面上还有什么其他功能和意义呢？

三、沉默中的“隐性叙事”

叙事理论批评家柯雷顿（Jay Clayton）在《晚近弱势族裔小说之叙事方向》（*The Narrative Turn in Recent Minority Fiction*）一文中，提出弱势族裔作家近年来特别重视小说故事的主题处理以及叙事技巧的加意强调，指出对于弱势族裔而言，叙事即其文化记忆及文化

---

① NG，FAE MEYNNE. Bone. New York：Haper Perennial，1994：p. 56. 中文译文参考伍慧明著，陆薇译：《骨》，南京：译林出版社，2003 年，第 52 页，有改动。

② KING－KOK CHEUNG. Articulate silences：Hisaye Yamamoto，Maxine Hong Kingston，Joy Kogawa. Ithaca：Cornell University Press，1993：p. 3.

③ KING－KOK CHEUNG. Articulate silences：Hisaye Yamamoto，Maxine Hong Kingston，Joy Kogawa. Ithaca：Cornell University Press，1993：p. 15.

存活之策略，因而成为弱势族裔政治抗争之利器。[①] 有鉴于此，中国台湾学者冯品佳在1996年的一篇文章中，在托铎洛夫（Tzvetan Todorov）提出的“隐无”/现存（absence/presence）的观念基础上，提出了“隐无的叙事”（narrative of absence）的概念，其定义是：

> 文本中所呈现的缺憾或虚空，迫使文本中的角色及文本外的读者试图填补此一空缺，进而触及各个层次的历史，令潜藏文本得以浮现，使得文本中复杂交织的个人、家庭乃至族裔历史得以再现，进而诘难“传统”或“正统”历史中的盲点。[②]

冯品佳认为，“隐无的叙事”使隐而不现的历史得以再现，从而使我们可以质疑并重新诠释所谓的“正统历史”与其背后的文化霸权，审量政治、文化中的权力运作，重新书写福柯所谓的“有效历史”[③]。中国大陆学者管建明则以“隐性叙事”的概念来分析赵健秀所写的小说《唐老亚》（Donald Duk）如何以超现实的手法重现被美国主流文化的“正统历史”所湮没的族裔记忆。[④]

本书借用“隐性叙事”一词，指这样一种策略性叙事技巧，即不正面叙述故事，而是由“无”入“有”，以“不言”暗示“有言”，由“显象”追寻“隐事”，最终实现化“隐”为“明”，将隐匿的历史从隐形空间钩沉出来。此处运用这个概念以进一步分析

---

① 冯品佳：《“隐无的叙事”：〈骨〉的历史再现》，见何文敬、单德兴主编：《再现政治与华裔美国文学》，台北：“中央研究院”欧美研究所，1996年，第156页。

② 冯品佳：《“隐无的叙事”：〈骨〉的历史再现》，见何文敬、单德兴主编：《再现政治与华裔美国文学》，台北：“中央研究院”欧美研究所，1996年，第134页。

③ 冯品佳：《“隐无的叙事”：〈骨〉的历史再现》，见何文敬、单德兴主编：《再现政治与华裔美国文学》，台北：“中央研究院”欧美研究所，1996年，第139-40页。

④ 管建明：《〈唐老亚〉中的“隐性叙事”与华裔美国人历史的重建》，《外国文学研究》2003年第6期，第93-98页。

《骨》中沉默的符号化，以及符号对于意义的生产性，具体而言，即利昂的沉默如何以“纸张”的意象而得以具象化，“纸张”如何钩沉出被隐匿的历史，并由“身份操演”产生对身份范畴的新诠释。

正如凌津奇所注意到的，伍慧明的书写无论是遣词造句还是语言结构上都采取了一种极简主义（minimalism）的修辞策略，“从阅读的角度看，简约的文字和叙事、省略的背景和细节使文本读起来就像啃骨头一样索然无味，而读者的任务就是通过‘发掘出’叙事的潜文本和‘找到’小说中的新线索来‘参与’小说的意义建构，从而使表面干瘪的描写变得丰满起来”[①]。小说中，不仅二女儿安娜的死因若隐若现，需要读者去揣测，有关利昂的故事由于其沉默也需要读者跟随莱拉利用一些线索去想象和发掘。

前文论及利昂对收藏旧文件有着近乎偏执的爱好，其行为因而具有了操演的意味。这一方面是利昂缺乏安全感的心理在行为上的投射，伍慧明以此揭露社会文化环境对华人移民的压制，表达对利昂之类的老一辈移民辛酸遭遇的同情；另一方面，搜集旧文件的行为以及物质化的旧文件构成一个符号，是利昂压抑性沉默的具象化。通过对物象的符号化，伍慧明巧妙地赋予静默的纸张以叙述的力量，让它们作为利昂苦难一生的证物，为无法言说的利昂代言，将其过去所经历的种种不为人所知的屈辱、血泪与辛酸娓娓道来。当莱拉打开利昂收藏这些旧文件的手提箱时，“过去的一切一下子就展现在了眼前：一些往日的证件散发出一股发霉的、被水浸泡过的纸的味道，依稀还能辨认出羊皮纸的质地”[②]。这些都是各种拒绝

① 凌津奇：《历史与想象：雷祖威、梁志英与伍慧明的小说艺术》，《南开学报》（哲学社会科学版）2009年第5期，第41－42页。

② NG，FAE MYENNE. Bone. New York：Harper Perennial，1994：p. 57. 伍慧明著，陆薇译：《骨》，南京：译林出版社，2003年，第53页。

利昂的信件，按照年份摞成了一摞，又用橡皮筋十年一捆地捆在了一起。这些信件都传递一个信息——“我们不需要你”：

从军队寄来的信：不合适。

找工作时收到的拒绝信：没有技术。

找房子收到的回信：没有空房。[①]

尘封的历史被打开了，展现在莱拉面前的是利昂写满了被拒斥经历的人生，也是中国移民在美国被拒斥的心酸史。莱拉终于理解了利昂为什么总是一事无成，为什么做事总是虎头蛇尾，为什么总是爱把东西拆开而很少重新装好，为什么时不时会不打招呼就一走了之，到海上漂泊。这些表现其实都是利昂得不到机会去实现梦想，美国梦破碎后的心理投射，而大海的意象则暗示其心理的不稳定。莱拉还豁然意识到，原来利昂一直在编故事骗她和家人，在家人面前充英雄，说什么“等军队可以接受他了，可仗却打完了”，“等他有了工作技术与经验，可他却不会英文”，“房子大小没有问题了，但社区却不合适”。[②] 这不过是一个失败者在家人面前保有一点可怜的自尊，也让年幼的孩子能够理解人生的无奈，接受命运不公的一个小计谋而已。这些编造的谎言虽然让孩子们笑了，但在读者读来却是无比心酸。

隐藏在沉默背后的历史一旦揭开了尘封，将因与表象之间的差异而更具震撼人心的力量，这就是冯品佳所说的“‘隐无的叙事’令人产生‘不熟悉’或‘不自然’的感觉，因而无法‘自然’地

---

① NG, FAE MYENNE. Bone. New York: Harper Perennial, 1994: p. 57. 伍慧明著，陆薇译：《骨》，南京：译林出版社，2003 年，第 53 页。

② NG, FAE MYENNE. Bone. New York: Harper Perennial, 1994: p. 58. 伍慧明著，陆薇译：《骨》，南京：译林出版社，2003 年，第 54 页。

阅读文本，却能另有洞见”[①]。笔者认为，通过揭示“隐史”与“正史”之间的裂缝和差异，由此产生阅读的张力，这就是“隐性叙事”的力量所在。不仅如此，“隐性叙事”通过钩沉“隐史”，让被“宏大叙事”掩盖的“小叙事”得以浮现，让被主流文化边缘化的弱势人群得以出场，让被抑制在隐形空间的族裔经验得以再现，让弱势族裔的生活诉求得以表达，因而具有了抵抗政治的意义。

由此层面解读利昂收藏的旧文件、旧照片，不难读出其中明显的表演性意味，以及蕴行于表演之中的身份政治。在这些照片上，我们看到了不同时期不同身份的利昂在美国生活和奋斗的图景：

先是作为家庭一员的利昂：从中国寄来的信件，妈在利昂到达不同港口时发给他的电报，安娜从华人中心幼儿园毕业时的报纸剪贴，妮娜剪男孩发式时照的照片，还有我和梅森一起照的一张很难看的照片。

然后是工作中的利昂：站在熨衣板、洗衣机前的利昂，在厨房磨刀的利昂，在船长房间里铺床的利昂，还有和大副在一起的利昂，和外国女孩站在一起的利昂。

下面是作为生意策划人的利昂：尤金泰写给他的几张签过字并签署了日期的借条。伯利恒钢铁公司的支票存根。一本华金餐馆欠他工钱的详细记账本。寄回中国的汇款收条。第四大街的立兑现金当铺开出的典当票据。[②]

这些旧照片和旧文件以视觉上的明晰性、不容置疑的确凿性，

---

① 冯品佳：《“隐无的叙事”：〈骨〉的历史再现》，见何文敬、单德兴主编：《再现政治与华裔美国文学》，台北：“中央研究院”欧美研究所，1996 年，第 138 页。

② NG，FAE MYENNE. Bone. New York：Harper Perennial，1994：p. 59. 伍慧明著，陆薇译：《骨》，南京：译林出版社，2003 年，第 55 页。

雄辩地证明了利昂在美国的历史存在，它们也是千千万万华人劳工在美国艰苦奋斗史的缩影。这些旧照片、旧文件的隐而复现，证实了利昂以及千千万万与他一样的华人劳工为美国所作的贡献是消抹不掉的。这也正是利昂收藏这些旧文件的意图：

> 利昂保留着这些文件，因为他相信时间是最关键的因素。旧东西一定是好东西。……所有写给他的信件都会向社会保险局证明这个国家也是他的国家。他在这里付出过，他已经挣得了他的权利——美元，还有美国的时间。这些信件证实了他在美国的时间，也证实了他的忍耐。[①]

无法为自己言说的利昂以这一静默而有力的方式发出宣言：这个国家也是他的国家，美国政府欠他一个公民身份，因为他就是一个不折不扣的美国人。在此意义上，利昂的“纸张宣言”印证了巴特勒所说的“身份操演”的意义，即“身份操演”以渐进式的既成事实重新诠释了身份概念，使固有的身份范畴不再是铁板一块。这就是“纸张”背后“隐性叙事”的政治意义所在。

不仅如此，“隐性叙事”在放弃文字赘述之后，直接让符号与符号并置、碰撞，反而产生了文字叙述无法比拟的修辞效果，其诉说、批判和颠覆的力量更强于作者直抒胸臆。莱拉在旧纸堆中终于找到了利昂的身份证明：“贴在这里的这张照片是前文提到的梁来安的近照。他出生于 1924 年 11 月 24 日，入境港为旧金山。此人与照片上身份证号码为 52728、身份为美国公民之人为同一人。”[②] 这是利昂的身份证明，它证明的是一个假身份、一个谎言。这张假身

---

① NG，FAE MYENNE. Bone. New York：Harper Perennial，1994：p. 58. 伍慧明著，陆薇译：《骨》，南京：译林出版社，2003 年，第 54 页。

② NG，FAE MYENNE. Bone. New York：Harper Perennial，1994：pp. 60 – 61

份证明与前面的旧照片、旧文件恰恰形成了一个极具讽刺意味的对比：这张证明虽假，但它正是社会保险局所要的，是美国政府唯一认可的身份证明。它决定了一个人是美国人还是外国人，也决定了这个人的命运。而旧照片是利昂真实奋斗史的直接明证，但对于代表着法律和权威的社会保险局和移民局，这些照片却是无效的，它们证明不了利昂的身份。显然，伍慧明以此暗示这样一个令人无奈的荒谬：一个人活生生的血肉之躯却证明不了其在美国的合法存在，而一份虚假的文件却比活生生的血肉之躯更“真实”。这就是利昂之所以说，“在这个国家里，文件比血缘还重要”[①]。这无疑是对权力秩序的一个极大讽刺。

综上所论，利昂戴上沉默的“面具”，表演“隐形人”，这是生存环境对他的要求；但是他自己无法言说的故事、他的心声必须经由别种途径言说，为此，作家巧妙地让其收藏的旧文件、旧照片“表演”其隐匿的人生故事。这一叙事策略一方面使沉默的符号意义得以彰显，让无言转为言说的文本，让隐藏的历史在沉默中自我呈现；从另一方面看，尽管此“隐性叙事”策略彰显了沉默之力量，但同时也暗示了发声的必要性。

总之，伍慧明以饱含同情的笔触刻画了一个“冒牌美国人”及“契纸儿子”形象，由此揭开华人移民史上一个讳莫如深的禁忌，触及深埋于华裔族群记忆中的历史创伤。作品以沉默为核心意象，十分传神地表达了早期华人移民生活难以言说的痛苦、内疚、苦闷与压抑等情绪体验，同时也启发读者进一步思考弱势族裔如何破寂的问题。这也是另一华裔作家赵健秀所致力探索的问题。我们将在下一节对赵健秀《鸡笼华仔》的阅读中，体验从沉默无言到喧闹的语言表演的跨越。

---

① NG, FAE MYENNE. Bone. New York: Harper Perennial, 1994: p. 9.

第三节　《鸡笼华仔》：“语言面具”与“种族越界”

正如前文所论及的，文学中关于扮演多种身份的书写往往因能触及人物内心深处的秘密，深入人物错综复杂的性格结构，涉及人物所处的社会文化语境而为文学作品增添审美情趣和解读空间，使作品更具张力。华裔作家赵健秀的作品可以说擅于描写人物的多种身份扮演，揭示人物人格的冲突，这一特点使其作品富有深度。本节将对赵健秀的戏剧处女作《鸡笼华仔》展开阅读，探讨他笔下的艺术形象充满矛盾的立场。这部作品涉及了一种极具美国历史感的身份表演——“种族身份伪装”，或称“种族越界”。

“种族身份伪装”或“种族越界”（passing），有时也称“跨越肤色界线”（cross the color line），是产生于美国种族歧视猖獗时期的一种独特社会现象，至今仍然存在。由于这一现象所反映的种族、社会、文化等方面问题的深刻性和复杂性，曾一度成为美国黑人文学传统中的一个重要主题，并在20世纪后半期对其他少数族裔文学和文化研究产生了重大影响。根据 Wikipedia 的定义，passing 指被社会划归为某一种族（通常为欧裔/非裔美国血统）的个人选择不认同这一被社会赋予偏见的族群而认同另一族群。在美国，主要是指有混合血统、被法律和社会规范划归为少数族群的个人选择归化进入白种人这一优势群体。然而这个词汇在美国社会观念中，往往被视为一种种族身份的“混充”。美国哈佛法学院教授兰达尔·肯尼迪（Randall Kennedy）对该词所下的定义是“一种瞒骗行为，使一个人得以采用按通行的社会标准会被禁止使用的某些角色或身份”①。肯尼迪指出，只有在明知自己种族血统的情况下有意识

① RANDALL KENNEDY. Racial passing. Ohio state law journal，2001，62（1145）.

地参与隐瞒其出身的才称为“种族混充”。“种族混充”主要指肤色较浅的黑人后裔冒充白人（passing for white），但也可以发生在不同种族的人身上。

在相当长一段时期，美国种族主义者鼓吹白色人种优越论，以血统来区分种族等级优劣，并极力倡导维持白人血统的纯粹性，实行种族隔离政策。根据20世纪初美国一些州所通过的种族划分法案，如弗吉尼亚州于1924年颁布的《种族完整性法案》（*The Racial Integrity Act*）[俗称“一滴血法规”（one - drop rule）]，只要血管里流淌有一丁点黑人血统的混血者，都被划归为黑人（black），尽管这些人肤色可能并不黑，甚至是很浅。在种族主义猖獗的19世纪和20世纪初，一个人被社会划定为黑人意味着他将在政治、经济、文化等领域无法享有白人所享有的权利，在社会生活的各个方面如入学、就业、居住、出行等都要受到诸多限制，要受到来自白人社会的歧视、欺凌、压迫甚至是虐杀。正如沃尔特·怀特在其自传中所说的，“我是一个黑人，一个因不可见的色素沉着而被标识为要被追打、被吊死、被虐待、被歧视，要生活在贫困和无知中的人，以便让那些白皮肤的人轻松地享用其优越感，从而一个白种人无论如何潦倒都总是可以相信自己比世界三分之二人口优越而沾沾自喜”①。推动这种惨无人道的歧视和虐待合法化的，正是美国学者布卢姆伯格（Rhoda L. Blumberg）所说的“一种以肤色为基础建构起来的生物学上的低劣论”，它“使非裔非人化，使其文化背上污名”②。

如此，建立在这一“白色优越，黑色低劣”人种论基础上的种族主义话语人为地画出了一条肤色界线（the color line），将黑人和

---

① WHITE, WALTER. A man called White: the autobiography of walter white. New York: Viking Press, 1948: p. 11.

② BLUMBERG, RHODA LOIS. Civil rights: the 1960s freedom struggle. Boston: Twayne Publishers, 1991: p. 5.

其他有色人种（colored）与白人分割在两边，形成了“黑”与“白”的二元对立。黑人等有色人种不得逾越这一界线，否则将受到法律的制裁甚至残酷私刑的惩罚。尽管如此，为了生计，或是出于逃避种族压迫，改善生存环境，期望获得更多机会等考虑，仍然有些浅肤色的黑白混血儿选择脱离其族群，跨越肤色界线，利用其浅色皮肤“蒙混过关”，进入白人社会。例如，马尔科姆在他的自传中叙述了他的浅色皮肤母亲如何为养活四个孩子，混充白人到所谓纯种白人家去干活。据罗伊·奥特利（Roi Ottley）于 1948 年的统计，全美国共有 500 万名“白色黑人”，每年还有 4 万至 5 万名混血黑人冒充进入白人群体。①

种族冒充虽然通常用于指涉非裔美国人，但也可指任何种族的人冒充其他种族，同样适用于冒充其他种族的亚裔/华裔美国人。亚裔/华裔美国人在美国的处境类似于黑人，他们同样处于种族压迫和歧视之中。为了争取更好的机会，或是得到白人主流社会的接纳，有些亚裔/华裔也冒充白人，甚至是冒充其他族裔。如被誉为“华裔美国文学之母”的水仙花的妹妹起了日本笔名，假冒日裔。而“二战”期间，美国有些日本侨民为了避免受到迫害不得不冒充其他族裔，如有这么个例子：1942 年 5 月 30 日，一位日裔青年在加利福尼亚圣林德罗的大街上遭到警察盘问，警察怀疑他违反了当时的军事排除令（当时法律要求在美日裔要向军方报告以待被遣送到拘留营）。为了逃避拘留，他谎称自己为西班牙人与夏威夷人的后裔，不仅使用化名，还诉诸易容手术。对于此类冒充行为的关注常见于美国族裔研究，而亚裔文学中较早将之作为作品主题并加以

---

① 引自 RANDALL KENNEDY. Racial passing. Ohio state law journal，2001，62（1145）. 关于黑人冒充白人的人数统计有较大出入。沃尔特·怀特（Walter White）认为冒充进入白人社会的黑人大约有 1.2 万名，而约翰·H. 柏玛（John H. Burma）则估计每年冒充进入白人社会的黑人为 2 500～2 700 名。

艺术化呈现的或许应属赵健秀的《鸡笼华仔》(*The Chickencoop Chinaman*)，此剧塑造了几个不同情况的“越界者”形象，揭示了这些人复杂的心理状态，同时反映了亚裔对身份的焦虑。值得注意的是，《鸡笼华仔》中的越界身份表演，主要是通过对族裔语言符号的背叛和干扰来完成，它“通过一种激烈、好斗和蓄意嘲讽的文化介入方式，探索了一种能干扰宰制性符码的再现策略”①。

一、语言的乱码与文化的失根

《鸡笼华仔》剧情并不复杂，华裔青年谭·林（Tam Lum）为了拍摄一部反映黑人拳击冠军阿华田（Ovaltine）成长过程的传记片，到底特律黑人居住区采访其父亲查理·爆米花（Charley Popcorn），顺便去看望好友、日裔美国青年健治（Kenji）。在健治家中，谭遇见一位皮肤白皙的金发女郎，名叫“莉”（Lee）。莉有过多位不同种族的前夫，现暂寄居于健治家中。谭和健治都不愿向白人主流社会谄媚，为抗拒白人的同化而在言谈举止上刻意模仿黑人。莉不喜欢这两人身上的黑人习气，指责谭处处模仿黑人其实是看不起自己的中国血统。谭在采访中意外发现其多年的偶像阿华田为人狡诈，其成长故事其实是其捏造出来的一个大谎言，查理·爆米花也并非其父亲。谭踏上为阿华田寻找父亲之旅，追寻其成长心路，其实也是谭寻找自己的精神“父亲”之旅，未料真相却戳破了多年来支撑其信念的肥皂泡般的幻象。心中的偶像形象轰然倒塌，谭极为伤心激愤，情绪失控，在寓所与莉及其前夫汤姆大吵起来。他揭露莉的真实面目：尽管莉尽力隐瞒，但他早已看出她是冒充白人的华人。而汤姆一心想获得白人社会的接受，不但一切行为皆迎

① 凌津奇著，吴菁译：《叙述民族主义：亚裔美国文学中的意识形态与形式》，北京：中国社会科学出版社，2006年，第154页。

合白人社会对华人的“规定”，甚至潜意识里自我蒙蔽而无视妻子的华裔血统，以此“创造”出一位“白人”妻子来满足自己渴望被白人接受的心理。虽然这场争吵无情地撕开了罩在各人脸上的假面具，撕裂了心灵的伤口，但痛楚之后大家最终意识到自己的问题，也获得了相互理解。

在此剧中，每个人物似乎都遭受“自我迷失”的困扰。莉利用其浅色皮肤假冒白人，而谭和健治却一身黑人做派。他们身上的亚裔血统不能给予他们一种身份归属感，他们需要寻找自我，却采取了向外诉求的方式，企望从他人处寻找自我的影子，于是他们消解了自我，戴上他人之“面具”。在剧中，语言符码撑起了他们的“面具”。

社会语言学认为，语言具有身份属性识别的社会功能，身份最重要的标志之一是语言的选择，辨别一个人最普遍使用的方法是通过识别他的语言。《鸡笼华仔》一开场，戏剧主角谭登台后即施展了他的语言才能，像个“关不上口的话匣子”①，绕口令般地宣讲着“华仔不是生出来的，而是炒杂碎创造出来的”等言论，然而，若非其自称“华仔”，我们实难凭语言识别其身份。他就像一个“语言魔术师”，满口夹杂着方言俚语，南腔北调，“在白人语言和黑人语言的节奏和腔调之间跳跃”②，他忽而模仿黑人的腔调，忽而以基督教牧师布道的口吻说话，忽而又模仿白人盲哑女作家海伦·凯勒那种欲言而又难言的说话方式。不仅观众/读者对其身份产生疑惑，就连剧中另一人物，与他有过多次电话联系的老黑人查理·爆米花也误以为他是黑人。谭就像“明斯特里秀”表演中的种族扮装者，

① FRANK CHIN. The Chickencoop Chinaman/The year of the dragon. Seattle：University of Washington Press，1981：p. 3.

② FRANK CHIN. The Chickencoop Chinaman/The year of the dragon. Seattle：University of Washington Press，1981：p. 6.

让人分不清他究竟是黑人、白人还是华人。对各种腔调的模仿使他的语言成了一个大杂烩。这似乎表现了他的“善言”，然而讽刺的是，他却“讲不出有意义的真正属于自己的语言”①，也无法拼写自己的语言。只有在遭受精神打击，陷入意识模糊状态后，他才依稀记起几个儿时学会的广东话词语，在迷糊中反复念叨着：“风”“落水”“今日冷”“今日热”“风吹”“落紧水”……②此时谭的所谓“母语”，只不过是漂浮于无意识中的语言碎片，几个毫无意义的乱码。

谭的语言问题烛照出华裔的身份困境，华裔在白色语言霸权、文化霸权的挤压下，本族语言逐渐消失，势必导致族裔性的缺失和身份归属感的丧失。谭的杂烩语言或者说语言乱码，正是他作为华裔的边缘身份的象征，也是其身份焦虑的表征。他口中时不时冒出的“咯咯呱”（Buck Buck Bagaw）声，提示他就像受困于鸡笼的一只会在黑夜里无奈鸣叫的公鸡。鸡笼就是谭所处的文化处境，而他就是那只“劣等的杂禽”：“将一堆炒杂碎丢进鸡笼，于是就有了我”③。对于自己的语言困境，谭有自知之明，他自嘲地说：“我所说的母语，没有一个是我自己的，我就像一个孤儿一样在说话。”④的确，没有自己的语言，谭就是一个漂泊着的文化孤儿，一个找不到文化“父亲”的孤儿，他甚至不知道自己是什么人，来自何方，要往何处去。

---

① FRANK CHIN. The Chickencoop Chinaman/The year of the dragon. Seattle：University of Washington Press，1981：p. 7.

② FRANK CHIN. The Chickencoop Chinaman/The year of the dragon. Seattle：University of Washington Press，1981：p. 51.

③ FRANK CHIN. The Chickencoop Chinaman/The year of the dragon. Seattle：University of Washington Press，1981：p. 7.

④ FRANK CHIN. The Chickencoop Chinaman/The year of the dragon. Seattle：University of Washington Press，1981：p. 8.

谭的语言乱码源于他对本族裔语言的弃绝，正如莉所讽刺他的：

他的话里一下子掺进了那么多该死的方言和口音，拿俏皮话搞笑，没完没了地插科打诨，你还以为他是专门在夜总会耍贫嘴的呢。你那个唐人街的口音究竟有什么不好，嗯?①

谭自己扰乱了语言符码，切断了能指与所指的联系，沉醉于语言能指的游戏中，但这仅仅是其对族裔传统自我弃绝的象征。他拒绝承认自己的父亲——一个洗澡时也要穿着泳裤，害怕白人老太太从钥匙孔里偷窥自己的华人洗碗工。在他眼里，“中国佬确实是糟糕的父亲”②。他无法以缺乏男性气概的父辈为荣，也希望自己的孩子不要像他，也不要知道他或记得他。总之，他要与族裔传统彻底断绝关系。

那么，抛弃族裔传统，将自己从语言象征界中连根拔起之后，他又该往何处去？他曾经尝试接受主流观念的教导，努力向白人社会靠近，与白人女子结婚，为美国养育出白色后代，结果却遭白人妻子抛弃。这使谭终于彻底明白他并没有被接受为美国人，接受白人的同化之路行不通。他由此否决了杜波伊斯（W. E. B. DuBois）所提出的双重意识：他既不是中国人，也不是同化了的美国人，而是一个创造出来的新人种：

一开始就有这一词！然后就有了我！这个词就是“华仔”。那就是我……我活在这个词里，这个词就是我继承的遗产……生出来

---

① FRANK CHIN. The Chickencoop Chinaman/The year of the dragon. Seattle：University of Washington Press，1981：p. 24.

② FRANK CHIN. The Chickencoop Chinaman/The year of the dragon. Seattle：University of Washington Press，1981：p. 23.

的？不！……创造出来的！不是生出来的，不是生出来的，如同天和地一样。不是生出来的，就像尼龙或丙烯酸纤维一样。因为我是个华仔！我是个合成的奇迹！①

谭这番激愤的话说出了华裔被权力话语生产、设置、命名，完全失去主体性的屈辱体验。“华仔”这个词象征着一种既定的身份，这种身份是被预先设定的，被强势文化所命名，“华仔”是在这一身份上贴的标签。这种标签屡见于白人主流话语，它对华裔主体性的伤害是严重的。我们可以联想到汤亭亭的《孙行者》中，惠特曼·阿新为何对白人作家凯鲁亚克称呼华人为“眼神闪烁的小华仔”进行反击：“狗屁。……事实是，凯鲁亚克没有正确理解‘华人’。……杰克·凯鲁亚克，我质疑你对我的命名。”②

由于被建构的事实，这个被创造出来的新人种面临无法定义自己的窘境，他们游离于语言象征之外，注定只能成为语言的孤儿。“没有自身的语言，人将不成其为人。”③ 从小说作者赵健秀的话语中，我们可以真切地感受到他对华裔语言和华裔作为一个族群的未来的危机感。如果我们运用语言学家洪堡特的语言哲学思想来观照赵健秀所指出的华裔语言问题，就不难理解赵健秀的危机感。洪堡特对语言的内涵有一个界定：“语言是精神不由自主的流射。”④ 在洪堡特的理论中，人之所以是人，是因为他具有一种精神，人的精

---

① FRANK CHIN. The Chickencoop Chinaman/The year of the dragon. Seattle：University of Washington Press，1981：p. 8.

② KINGSTON，M H. Tripmaster monkey，his fake book. New York：Vintage Books，1989：p. 69.

③ FRANK CHIN，et al. eds. Aiiieeeee！An anthology of Asian－American writers. Washington，D. C.：Howard University Press，1974：p. 48.

④ 威廉·冯·洪堡特著，姚小平译：《论人类语言结构的差异及其对人类精神发展的影响》，北京：商务印书馆，1997 年，第 20 页。

神活动跟语言的产生和使用有着直接、密切的联系，“精神力量”是构成人的本质，它作用于个体和民族，造就人的语言，而语言又反作用于精神活动，总之，个体精神和民族精神与语言有着同构关系。在赵健秀看来，丧失了族裔自己的语言，族裔精神和文化也濒临消亡。现在，语言失根最直接的后果就是造成华裔的文化失语，或者称为“文化阉割”。赵健秀在一次访谈中讲到华裔的失语状态：

> 我们的情形比黑人的更为微妙，因为，不同于黑人，我们既没有天然具有一种可说的美国身份感，也不具备言语上的信心和自尊，可以从我们的经验中谈出一种美国身份感来。作为一个民族，我们是前语言、前文字的—— 害怕语言成为工具，怪物会通过这一工具控制我们。对于我们这些美国出生的亚裔而言，亚洲语言和英语都是外语。我们是没有母语的民族。对于白人，我们是仍然在学习英语的外国人……对于出生于亚洲、熟悉亚洲文化者……我们的华语或日语都是假冒的。①

谭和健治试图摆脱这一失语窘境的办法是效法黑人。赵健秀多次将黑人、墨西哥人与亚裔进行比较：“我们没有可以拿来炫耀的街头语言，黑人、墨西哥人就可以，他们就有一种确切的、自我定义的语言属性……”② 不仅如此，赵健秀还建立起语言与男性气概之间的互相指涉，认为语言的丧失无异于对亚裔的“阉割”，是亚

---

① FRANK CHIN. Blacktalk. In DOROTHY RITSUKO MCDONALD. Introduction. Cited in FRANK CHIN. The Chickencoop Chinaman/The year of the dragon. Seattle: University of Washington Press, 1981: p. xvii.

② DANIEL Y KIM. Writing manhood in black and yellow. Stanford: Stanford University Press, 2005. 转引自韩虹：《论赵健秀的语言关怀》，《暨南学报》（哲学社会科学版）2011 年第 5 期。

裔臣服于白人语言霸权的表征。在《鸡笼华仔》中，谭和健治一方面抛弃了本族裔的语言符码，另一方面又不甘于被语言霸权所“阉割”，于是他们转而向外寻求破除失语症之法。他们钦佩黑人的语言传统及男性气概，所以他们住到黑人聚居区，以黑人自居，操着满口黑人土话，举止做派模仿黑人，习惯用黑人的身势语，例如，见面从不与人握手，而是按照黑人的习惯张开手掌击掌表示热情问候。他们借此寻找一个精神上的“父亲”、一个语言“父亲”。然而他们的模仿在其他人看来却是荒唐、拙劣的恶作剧，极端无礼。莉认为谭是在嘲弄黑人：“你在取笑黑人……你走路的样子、说话的神情、击掌……真令人恶心。你以为你是谁啊?”① 在莉看来，谭“就像海中脆弱的寄居蟹，天生没有自己的外壳，靠捡死螺留下的外壳过日子”②。谭扰乱了语言符码，戴上由“杂语”拼接的“面具”，成为一个“种族越界者”，同时也自我放逐于族裔文化之外。

二、“标准英语”与“白色面具”

剧中的女性人物莉则与谭和健治相反，不同于谭和健治跨越黑色种族界线，莉跨越的是白色种族界线，成为一个冒充白人的越界者。不同于谭的满口脏话和黑人俚语，莉说着一口“标准英语”，头发染成了金色，极力隐瞒自己的华裔血统，以白人女性的形象出现在众人面前，连丈夫汤姆也被蒙在鼓里。

剧本没有交代莉冒充白人的原因，但正如法农所说的，如果一个有色人种被成为白人的欲望所淹没，“那是因为他生活在一个会

---

① FRANK CHIN. The Chickencoop Chinaman/The year of the dragon. Seattle: University of Washington Press, 1981: p. 13.

② FRANK CHIN. The Chickencoop Chinaman/The year of the dragon. Seattle: University of Washington Press, 1981: p. 24.

让他产生自卑情结的社会，一个肯定某个种族的优越性的社会”①。鉴于华人与白人在美国社会所处地位和处境的差别，我们不难理解莉选择冒充白人的苦衷。正如前文所言，亚裔/华裔美国人在美国的地位始终低于白人，处处感受到种族压迫和歧视。为了争取更好的发展机会，或是得到白人主流社会的接纳，利用外貌冒充白人，甚至是冒充其他族裔，就成了某些亚裔/华裔混血儿的策略性选择。

莉这样的“跨越肤色界线”的混充者在选择假冒身份时其实冒着极大的道德风险。在19世纪末到20世纪上半叶这段“种族混充”现象频发的时期，美国主流话语对这类行为是持谴责态度的。美国人种论者视之为洪水猛兽、大逆不道，唯恐这种渗透进白人社区的“隐匿的黑色”（the invisible blackness）②（就黑人冒充白人而言）污染了高贵的高加索血统。而其本族裔也对之嗤之以鼻，将之视为对族群的背叛。

但对于莉的“种族混充”行为，我们不能轻率地进行道德审判。作为少数族裔女性的莉，之所以冒充白人，其实还与其婚姻经历以及身边的亚裔男性有关。

莉有过多次失败的婚姻，其前夫中各种肤色都有。其中一位叫“汤姆”的，是个被同化了的华裔美国人，对“模范少数族裔”神话顶礼膜拜。他对自己作为华人在美国社会的地位颇有自知之明，对自己眼下的处境也心满意足。他对谭说：

你可能不喜欢当中国人，你也可能想使劲证明你是别的什么人。我以前也是如此。我曾经纳闷，为什么我们就不能更多地畅所

---

① 法农著，陈瑞桦译：《黑皮肤，白面具》，台北：心灵工坊文化事业股份有限公司，2005年，第182页。

② JOEL WILLIAMSON. 1995. In KENNEDY. Racial passing. Ohio state law journal, 2001, 62（1145）: p. 6.

欲言呢？不过我后来发现，我们根本不必如此认真。我们以前总是受人摆布，可那已经是历史了，老弟。如今我们工作好、薪水高，我们够福气了。美国人会自豪地说，我们送孩子读大学的数量比任何其他种族都多。我们已经被接受了。我们花了好大力气才熬到今天。我已经与世无争了。①

汤姆虽然没有在肤色外貌上冒充白人，但其心理上的“种族越界”甚至比莉走得更远，借用法农的话，这是一个“黄皮肤、白面具”的人，心甘情愿地接受白人权力阶层的角色设置，从行为到思想处处向白人的标准看齐，这使得他的言行举止具有明显的表演性。他操着“标准英语”，吐字发音极其注意，“如同设计发型一样精心设计自己的声调，冷静、深沉、亲密的声音，就像调频电台主持人闭上眼睛沉醉于自己的声音一样”②。他举止讲究，一举一动都有姿有势，“脸上表情不动声色，除了在相互介绍和对别人的玩笑话作出反应时才迟迟咧嘴一笑，这个笑容就像在键盘上输入预先设计好的模式一样，但又滞后得实在不寻常”③。总之，他就像一个经过编程的机器人，按照白人社会设置的行为标准行动，就像谭所说的，其灵魂“已经被磨尽掏空，叫人给加工过了”④。

汤姆和莉代表的都是臣服于白人主流社会所规定的符号秩序的少数族裔。在这种符号秩序下，唯有“正确的”“标准的”英语才

---

① FRANK CHIN. The Chickencoop Chinaman/The year of the dragon. Seattle: University of Washington Press, 1981: p. 59.

② FRANK CHIN. The Chickencoop Chinaman/The year of the dragon. Seattle: University of Washington Press, 1981: p. 52.

③ FRANK CHIN. The Chickencoop Chinaman/The year of the dragon. Seattle: University of Washington Press, 1981: p. 52.

④ FRANK CHIN. The Chickencoop Chinaman/The year of the dragon. Seattle: University of Washington Press, 1981: p. 60.

是合法的语言。这种自大的语言观，其直接根源在于欧洲中心主义的语言逻各斯。德里达在《哲学的边缘》一书中对这种欧洲中心主义作了批判：“白种人把他自己的神话——印欧语系的神话，他自己的逻各斯，即他自己的方言‘范式’，当成了他依然希望称作‘理性’的普遍形式。”① 在这种语言逻各斯的强大统治之下，其他种类的语言代表的是落后、原始、未开化的文化，也意味着说此类语言的人势必被认为社会地位低下。在此“语言规则”前提下，就不难理解汤姆和莉为何如此注重语言的“标准性”，汤姆为何如此讲究其语音语调，莉为何不允许其孩子学谭的黑人土语和身势语。在赵健秀看来，使用“正确的”英语暗示着对白人至上的价值认同，是对西方强势文化的屈服和迎合②，是对殖民意识的内化。正如比尔·阿什克罗夫特（Ashcroft）等人所说，“对于后殖民话语来说，语言是基本的斗争场所，因为殖民的过程本身是从语言开始的”③。在这场语言的斗争中，汤姆和莉早早就缴械投降了。

赵健秀和陈耀光在1972年的《种族主义的爱》一文中指出，亚裔美国人趋于采用白人的评价标准并加以内化，以此作为一种“权宜的生存策略”：

作为奉行白人至上的一件工具，主体为了能有效地运作，必得接受一种美名化的自我贬抑，并生活在这样的状态之下。这种自我贬抑本身只不过是主体接受白人的客体性以及美、行为和成就的标

① 德里达：《哲学的边缘》，第213页，转引自朱立元：《当代西方文艺理论》，上海：华东师范大学出版社，2005年，第305页。

② 韩虹：《论赵健秀的语言关怀》，《暨南学报》（哲学社会科学版）2011年第5期。

③ ASHCROFT, BILL. The empire writes back: theory and practice in post - colonial literature. New York: Routledge, 2002: p. 283.

准作为绝对的道德准则，以及接受因为他不是白人他就永远达不到白人的标准这一事实。①

正是为了在白色文化宰制下的美国让自身“有效地运作”，汤姆和莉接受并内化了白人的价值标准，包括语言的标准、身体的标准、行为标准、文化的评价标准等，并从效仿白人的过程中获得某种自认为优越于其他华裔的感受。的确，语言的“标准化”为汤姆带来的优越感是不言而喻的。他身为华裔，却以白人的腔调批评谭像“柳条般柔弱”（willowy），像个同性恋者。② 他接受了白人规定华人的话语：“在美国人的眼里我们不像男子汉。”③ 因此他处处表现出自己与其他华人的不同之处，以远离唐人街和娶个“白人”妻子标榜自己的美国化。可笑的是，他声称自己和莉结婚后才知道华人女性和“白人”女性之间的区别。这个可怜虫还不自知，其满脑子的白化思想遮蔽了自己的眼睛，使他看不出自己妻子的华人血统。他其实是以盲视和无知幻想出一个“白人”妻子，以满足自己的“趋白”心理，正如谭揭露他的：“你太渴望被白人接受，所以你创造了一个白人来接受你”④，“你想白人女孩都想痴了、想疯了，结果你居然用你的眼睛把她给看白了。我看你有恨中国人的倾向”⑤。汤姆对于莉的种族身份认识所发生的谬误，恰恰暴露了主流

---

① FRANK CHIN，et al. Racisit love. In RICHARD KOSTELANETZ. ed. Seeing through shuck. New York：Ballantine，1972：pp. 39 – 52.

② FRANK CHIN. The Chickencoop Chinaman/The year of the dragon. Seattle：University of Washington Press，1981：p. 58.

③ FRANK CHIN. The Chickencoop Chinaman/The year of the dragon. Seattle：University of Washington Press，1981：p. 59.

④ FRANK CHIN. The Chickencoop Chinaman/The year of the dragon. Seattle：University of Washington Press，1981：p. 59.

⑤ FRANK CHIN. The Chickencoop Chinaman/The year of the dragon. Seattle：University of Washington Press，1981：p. 60.

文化所界定的种族身份标准的不可靠，说明所谓的种族身份其实是人为的设置。正是由于前夫潜意识的设定，莉成了“白人”，于是顺水推舟将“白色面具”戴上。

美国批评家苏珊·柯希（Susan Koshy）在阅读印度裔美国作家穆可杰的两部“种族混充叙事”小说《妻子》（*Wife*）和《茉莉花》（*Jasmine*）时指出，亚裔女性乐于扮演白人男子（出于心理渴望而）想象出来的角色，是在利用其“性资本”，通过与白人男子建立亲密关系而获取权利或归属感。[①] 从其婚姻经历看，莉与《茉莉花》中的茉莉花一样通过柯希所说的“变形策略”（shape－shifting strategy）[②] 与多位男子建立跨种族婚姻，以获得在美国社会立足、生存的机会。

但不同于茉莉花的是，莉之所以冒充白人，还有一个更为重要的原因，即她对华裔男子深深的失望。在莉看来，他们缺乏对族裔身份的自豪感，更加凸显他们男子气概的丧失，无法令华裔女子为他们自豪。尽管汤姆处处向白人标准看齐，标榜自己不同于其他华人，但在莉眼里，他没有自己的为人准则，只知在家顺从母亲的霸道，做“妈妈的乖孩子”，在外顺从白人文化的规训，当“模范少数族裔”，外表似乎很白化，但其实没有一点男子气概，“不是个男人”[③]。莉也指责谭模仿黑人土语是看不起自己的中国血统：“我知道你讨厌当中国人。”[④] 在她眼里，无论是谭还是汤姆，都是欠缺男

① SUSAN KOSHY. Sexual naturalization. Standford：Standford University Press，2004：pp. 139－140.

② SUSAN KOSHY. Sexual naturalization. Standford：Standford University Press，2004：p. 138.

③ FRANK CHIN. The Chickencoop Chinaman/The year of the dragon. Seattle：University of Washington Press，1981：p. 18.

④ FRANK CHIN. The Chickencoop Chinaman/The year of the dragon. Seattle：University of Washington Press，1981：p. 24.

子气概的人：

你们全都是懦夫！你们几个人的胆子加在一起也没有几个米粒大！你们没有胆量……倒是不缺……文化！水墨画、丝绸，全是矜贵漂亮、附庸风雅的破烂货！你们都很漂亮，也很聪明。可是……却连个中国妞也弄不到手，因为她们知道……你们的全部底细，你们是妈妈的宝贝，是哭着闹着要奶吃的孩子，你们这些人当中没有一个男子汉。①

通过莉的指责，赵健秀明确地将亚裔男子的缺乏男子气概与亚裔所面临的语言危机直接联系了起来。的确，谭面对语言霸权不知所措，只能于惶惶之中舍弃自己的族裔语言，转寻他种符码，使自己患上了“失语”症，其实就是一种懦弱的表现，而汤姆全身心接受白人的话语，更是一种彻底的语言“阉割”。莉的话语无情地戳到了亚裔男子的痛处，然而反观莉本身的行为，她的指责与自己的假冒行为恰恰构成了反讽，谭的满口黑人土语和她的满口“标准英语”其实并无二致，都是对本族裔语言的离弃。她的愤懑其实也是出于自责的心理。在第二幕末尾，她不得不承认自己也是胆小鬼（chicken），承认自己同样接受了白人的语言规范，选择了向白色文化屈服，戴起了语言和肤色“面具”，在蒙骗别人的同时也欺骗了自己。

法农在《黑皮肤，白面具》中分析了法属殖民地黑人的趋白心理，认为这是黑人在白色文化所建构的“白面具”的蒙蔽下精神上所产生的自卑和自弃。殖民统治下的黑人内化了种族主义的价值

---

① FRANK CHIN. The Chickencoop Chinaman/The year of the dragon. Seattle：University of Washington Press，1981：p. 24.

观，接受了白人优越论，在戴上“白面具”的同时也进行着心理的自我“漂白”。像汤姆和莉这样的亚裔就像法农所描述的法属殖民地的黑人一样努力地“漂白”自己，试图不为人觉察地融入白人社会。对于这类行为所表现出来的对白色文化的屈从以及对本种族的自我厌弃，赵健秀等一些亚裔批评家多次予以猛烈抨击。然而，正如美国亚裔批评家程安琳所指出的，“主体性与社会伤害之间的关联不应简单地以‘自我憎恨’的帽子一扣了之，或是否认种族主义的深远影响，而是应该用更为复杂化的方式加以表述”①。我们需要深入亚裔主体的精神层面，分析种族“面具”对其主体性的影响。

三、“他者”镜像的破裂与主体的迷失和分裂

法农在对他描述为黑皮肤却戴着“白面具”的族裔越界者的观察中，留意到了黑人主体如何在白色文化“面具”的遮蔽下一步步碎裂和消解：殖民地黑人发现在殖民压迫中，他们“只有一种命运，那就是变白”②。他们为了生存不得不放弃自己的母语，学说流利和标准的法语；不得不放弃自己的行为模式，转而效仿殖民者的穿着打扮、举止谈吐和生活方式，扮演起黑皮肤的“白人”。他们在“漂白”过程中逐渐洗去了自己的文化记忆，丢失了自己的人格，以至于成为法农所声称的“黑人不是人”③。这句惊世骇俗的话语该如何解释？其实，所谓的“黑人不是人”，指的是黑人主体性的分裂，正如中国台湾学者陈光兴在《黑皮肤，白面具》中译本的

---

① CHENG，ANNE ANLIN. The melancholy of race. New York：Oxford University Press，2001：p. 7.

② 法农著，陈瑞桦译：《黑皮肤，白面具》，台北：心灵工坊文化事业股份有限公司，2005 年，第 79 页。

③ 法农著，陈瑞桦译：《黑皮肤，白面具》，台北：心灵工坊文化事业股份有限公司，2005 年，第 76 页。

“导读”中所阐释的，“黑人成了‘半人’，是不完整的主体”[①]。

在法农看来，被殖民者的主体性分裂是殖民体系的直接产物。“打从黑人接受了欧洲人所强加区分的那一刻，他就不能够喘息”[②]，因为白人将他们“他者化”、卑下化，“被卑下化的黑人，会从让人感到羞辱的不安全走到清楚分明的自我控诉，再一直到绝望”[③]。所以法农宣称：“是种族主义造成了自卑者。”[④] 强烈的自卑情结催生了“漂白”的潜意识欲望，而这种试图将自己提升到白人位阶的欲望是永远无法实现的，所以黑人自我厌弃、自我“漂白”，无望地上演扮演白人的戏码，却又永远成不了白人。强烈的自卑与无法实现的欲望交织在一起，撕扯着黑人的灵魂，让其精神结构永远处于瓦解的危机中，陷于“永远的缺乏，永远的不太对，永远的自我怀疑，永远被锁在白人所画下的牢笼中”[⑤] 的境地。总之，殖民统治下的黑人没有本质，没有存在，只有黑色的皮肤提示着曾经有过、业已分裂的黑色主体，“黑皮肤，白面具”就是这个分裂的黑人主体的象征。

在《鸡笼华仔》中，谭、健治、莉等人由语言表征的种族越界虽然方式不同、取向不同，但同样都遭遇了法农所观察到的精神困境。他们鄙弃族裔文化，抛弃族裔语言，将自己变为语言的孤儿后，转寻他种符码，向他种象征系统寻找精神“父亲”。然而他们

---

① 陈光兴：《法农在后殖民论述中的位置》，见法农著，陈瑞桦译：《黑皮肤，白面具》，台北：心灵工坊文化事业股份有限公司，2005 年，第 47 – 48 页。

② 法农著，陈瑞桦译：《黑皮肤，白面具》，台北：心灵工坊文化事业股份有限公司，2005 年，第162 页。

③ 法农著，陈瑞桦译：《黑皮肤，白面具》，台北：心灵工坊文化事业股份有限公司，2005 年，第137 页。

④ 法农著，陈瑞桦译：《黑皮肤，白面具》，台北：心灵工坊文化事业股份有限公司，2005 年，第175 页。

⑤ 陈光兴：《法农在后殖民论述中的位置》，见法农著，陈瑞桦译：《黑皮肤，白面具》，台北：心灵工坊文化事业股份有限公司，2005 年，第 48 页。

在戴上他种种族“面具”后，并没有找到理想中的精神“父亲”，也没有找到自我的位置，他们像法农笔下的黑人一样面临主体的迷失和分裂。

谭和健治不满华裔在美国社会所处的“失语”状态，但他们不是立足于本族裔的现实，从现实和自身出发去寻求解决问题的出路，而是试图向外寻求精神力量的支撑，然而他们为自己所树立的精神偶像都一一被证实是虚幻的。在谭最需要精神力量引导的幼年时期，一直为他讲述华工建造铁路英雄故事和华人传说中的“猎月铁骑”（Iron Moon Hunter）故事的奶奶却去世了，从此谭与族裔英雄传统的联系也中断了。在随后的日子里，他只能从收音机里收听各种有关华人的故事。然而令其极为不满的是，收音机成天播放的是“杰克·阿姆斯特朗（Jack Armstrong），全是白人男子在与日本人打仗，整日整月，年复一年，从收音机里出来的都是白人美国人是最优秀的，是英雄！”① 为了听到有关华人的故事，“我不断扭动收音机的旋钮，收听任何人的故事，任何有关华仔的故事，任何豪言壮语，只要是播放着，我都听……”② 然而，对于一个华裔少年而言，要在宰制性符号体系强大的话语网中保持独立的判断能力简直是不可能的。童年的谭将所听到的“蒙面侠孤胆巡警（Lone Ranger）”故事与华人传说中的“猎月铁骑”故事混淆了起来，将孤胆巡警树立为华人移民先辈的英雄形象的代表。然而讽刺的是，这个孤胆巡警其实是个伪装的种族主义者，他叫嚣着“我就是法

① FRANK CHIN. The Chickencoop Chinaman/The year of the dragon. Seattle：University of Washington Press，1981：p. 31.

② FRANK CHIN. The Chickencoop Chinaman/The year of the dragon. Seattle：University of Washington Press，1981：pp. 31 – 32.

律”①，“中国仔，你们出了名地遵守法律，出了名地谦卑，出了名地逆来顺受。谢谢我吧，我会让你们回到唐人街保存你们的文化!”② 他持枪打伤谭的手这一幕，象征着种族主义者对华人的迫害，也象征着谭童年精神偶像的幻灭。更糟糕的是，正如在这一幕最后谭的话“他让我整个少年期都听不见火车的声音”③ 所暗示的，由于这个伪装的种族主义者与华工建造铁路的英雄事迹之间的错误联系，谭由此切断了与族裔传统的关联。

在摒弃了族裔象征系统之后，谭转向了黑人象征系统。他和健治从中学起就崇拜黑人拳击冠军阿华田，继而从阿华田所讲的人生故事中知道了阿华田口中的父亲查理·爆米花，并将他确立为他们的精神“父亲”。他们走上了追寻查理·爆米花，也即精神“父亲”之旅。然而令他们意想不到的是，这个老人透露自己并不是阿华田的父亲，并揭了阿华田的老底：阿华田这个所谓的“冠军”一贯靠不光彩的手段取胜。至此，谭和健治多年所追寻的精神“父亲”形象轰然倒塌。他们多年来模仿黑人土语，扮演黑人，都是从这一精神“父亲”处汲取精神力量，以抵制白人的宰制性话语系统，如今，精神“父亲”的不可靠宣告了他们以语言实践种族越界之路径行不通，这使他们万分痛苦，又倍感迷失。

不仅是谭和健治的越界使他们陷入更深的精神危机，由于渴望“漂白”而生活在谎言中的莉也面临自我主体性的分裂。她就像法

① FRANK CHIN. The Chickencoop Chinaman/The year of the dragon. Seattle：University of Washington Press，1981：p. 37.

② FRANK CHIN. The Chickencoop Chinaman/The year of the dragon. Seattle：University of Washington Press，1981：p. 37.

③ FRANK CHIN. The Chickencoop Chinaman/The year of the dragon. Seattle：University of Washington Press，1981：p. 38.

农所说的“精神结构面临了解体的危险”[①]。莉的“白面具”尽管伪装性强，令人难以察觉，但依然掩盖不了其内心的脆弱和不安。她的“双面性”不知不觉从言语中流露出来。莉一方面自称白人，与华人区分开来，口口声声说“你们华人”，另一方面却流露出对华人传统和族裔性不同寻常的敏感。当谭认为他们在健治寓所听到的噪声是修铁路的声音，莉马上嘲讽地说：“你这样说只是因为你是华人。”[②] 其实谭只是在说当时的噪声，并未指涉历史，真正在指涉华工修建铁路历史的，其实是莉本人，尽管她貌似站在白人的立场，但其本能般产生的历史联想显见其族裔性的隐蔽性在场，其过分的敏感也暗示其内心的不安。身份的“双面性”拉扯着她的人格，使她一直生活在矛盾和徘徊之中。她在多段跨种族婚姻中辗转，在“得”与“失”中犹豫不定。她拿不定主意是否回到汤姆身边，也拿不定主意是否真的离开美国逃遁到非洲。面对谭的逼问，她没有勇气承认自己的华裔血统。她质问谭“你以为你到底是什么人”，其实也是她对自己模棱两可的族裔身份取向的自我追问。

即便是剧中似乎对自己处境心满意足的汤姆，其实也是一个失根的文化孤儿。如果说孤儿还有选择行动的自由，那么他甚至比孤儿还更糟糕，充其量只是白人文化豢养的玩偶，以凌津奇的话说，是“一只被卖给养鸡人以供消费的孱弱鸡仔”[③]。汤姆是谭所说的典型的第二代华裔：“我们打小起就被鞭策着无论如何要成为白人……‘不要穿绿色衣服，绿色衣服会让你脸色更黄。’……‘不要跟黑人

① 法农著，陈瑞桦译：《黑皮肤，白面具》，台北：心灵工坊文化事业股份有限公司，2005 年，第 182 页。

② FRANK CHIN. The Chickencoop Chinaman/The year of the dragon. Seattle: University of Washington Press, 1981: p. 15.

③ 凌津奇著，吴蓉译：《叙述民族主义：亚裔美国文学中的意识形态与形式》，北京：中国社会科学出版社，2006 年，第 140 页。

在一起，要争取好成绩，低调做人，要讨老师喜欢，做个好孩子，多献殷勤，说话要得体，举止要文明。'”① 如此曲意逢迎，为的是得到白人的认可："美国化"，"没有青少年犯罪问题"。在内部和外部规训的共同作用下，这些第二代华裔在成为"模范少数族裔"后却迷失了自己。汤姆其实已经失去了自我，失去了独立人格，就像艺人手中的泥人一样任由主流文化去揉捏和塑造。他不过是一个没有实质的形式，一具没有灵魂、麻木不仁的躯体，正如谭对他的揭露："你的所有神经像鬼怪电影里的木乃伊那样被彻底封存入库了。"② 丧失自我，就是汤姆追求白化的代价。

从谭等人的挫折痛苦、彷徨迷惘中我们看到的是亚裔美国人群体在面对美国白色文化的同化时为自我进行定位的艰难历程。在宰制性白色文化的挤压下，他们就像困在鸡笼里的鸡仔。尽管他们也努力试图挣脱困住他们的"鸡笼"，但他们采取跨越种族界线的方式，无论是因为迎合白色文化而扮成白人，还是出于对白色文化的抗拒而扮成黑人，结果都造成自我的迷失和分裂。正如张敬珏所言，"对于白人凝视的超敏感性——不管是内化这种凝视还是有意识地逆转这种强制的定义——都只能使自我陷入困境"③。他们就像谭所说的"迷失在雾里"，已经弄不清自己到底是什么人。

根据拉康的镜像理论，主体的自我是在与他人的镜像关系中确立起来的，自我借助镜像而诞生。但自我不是一经诞生便一劳永逸，而是周而复始处于被分裂、重组、确立又再被分裂的过程，因

---

① FRANK CHIN. The Chickencoop Chinaman/The year of the dragon. Seattle: University of Washington Press, 1981: p. 26.

② FRANK CHIN. The Chickencoop Chinaman/The year of the dragon. Seattle: University of Washington Press, 1981: p. 60.

③ KING - KOK CHEUNG. Articulate silences: Hisaye Yamamoto, Maxine Hong Kingston, Joy Kogawa. Ithaca: Cornell University Press, 1993: p. 19.

为在拉康看来，主体只是一个在能指链上不断滑动的能指，它永远不会被定义，只会指向另一个能指。拉康说：“主体就是无人。他是被分解了的、破碎的。他被迷惑人同时又被赋予了现在性的他人之像或者其自身镜像所挤压、吞噬。”[①] 由此观照谭等人的种族越界，他们正是处于一种被“他者”所分裂的状态。由于各种炫目的镜子的反映、复制，他们要面对多重镜像，以至于迷失了，看不清哪一个才是真实的自己。他们叩不到自己的内心，无法让其告诉自己是什么人，越是如此，他们越是期望从镜像中获得答案，这表现为在心理和行为上努力趋同于他们所认同的文化，但这种从“他者”镜像中获得的形象是碎片化、不统一的，甚至是扭曲的，在其无意识将之整理、重组、稳定、内化之前，只会使主体处于更为混乱的状态。

值得指出的是，种族越界所带来的精神伤害还不仅限于自我迷失。根据精神分析理论，越界者会因为排斥和否定其种族自我而内疚和自责，他们内心的渴望与内疚、失落与自责纠缠在一起，使精神饱受程安琳所说的“种族忧郁症”（racial melancholia）的折磨。

在《种族忧郁症》一书中，程安琳是在弗洛伊德的忧郁症理论上提出“种族忧郁症”概念的。忧郁症的产生与主体对丧失的客体的认同以及自恋相关，“主体将力比多从客体身上转移到自我，在自我与丧失的客体之间建立起认同。因此，客体的影子落在了自我身上”[②]。程安琳认为，种族忧郁症是一种拒绝与内化相交缠的动态心理结构，既可以发生在宰制性的白色文化身上，也可以发生在种

---

① LACAN. Seminaire Ⅱ, 1978. 转引自黄作：《不思之说——拉康主体理论研究》，北京：人民出版社，2005 年，第 11 页。

② CHENG，ANNE ANLIN. The melancholy of race. New York：Oxford University Press，2001：p. 8.

族“他者”身上。[1] 白色文化的种族忧郁源自对种族“他者”排斥但又无法忘却而产生的厌恶与内疚心态[2]，而种族“他者”的忧郁则源自其自我不断吸纳丧失的感觉，这种永远的不完美、无法言说的丧失感不断提醒其主体意识，使其种族身份得到想象性的强化[3]。程安琳以汤亭亭的小说《女勇士》为例，指出叙述者在浴室里折磨另一个亚裔女孩的情景，就是种族忧郁症的体现。在这一例子中，叙述者憎恨她的受害人的沉默和懦弱，因此折磨她，逼她说话，但其实她的愤怒和憎恨情绪是源于潜意识中自我（ego）对受害人的认同，并将之投射到自我上。

同样，在《鸡笼华仔》中，谭、莉、健治和汤姆等人的相互指责和争吵，其实正是种族忧郁症的表现。谭指责莉和汤姆“自我漂白”，表面是谴责他们屈服和归顺白色文化，莉指责谭和健治装黑人，表面是怒其缺乏种族自尊，实际上，此时他们内心深处正经历着种族忧郁症带来的深深自责。不管多么不情愿，他们都不得不认识到自己与对方之间的相似之处，不得不承认他们面对的是曾经视而不见的另一自我，如今这个自我被外化、被投射，清晰地出现在面前，使他们感到厌恶、愤怒，同时又夹杂着同病相怜的复杂情感。

一场吵闹，让谭等人看到了“他者”镜像的碎裂，也看到了自我的“影子”（double）。直面现实的痛苦令他们开始反思，意识到自己向“他者”趋同、跨越种族界线的行为为自己带来的只能是自我的消失和分裂，也终于认识到是时候抛弃“面具”，重新寻找自

---

① CHENG，ANNE ANLIN. The melancholy of race. New York：Oxford University Press，2001：p. xi.

② CHENG，ANNE ANLIN. The melancholy of race. New York：Oxford University Press，2001：p. 12.

③ CHENG，ANNE ANLIN. The melancholy of race. New York：Oxford University Press，2001：p. xi.

我，重建主体性。但他们能重新找到自我吗？虽然剧本没有明确给出答案，但结尾处谭又回忆起祖母讲述的华工建造铁路的故事，回忆起“猎月铁骑”，回忆起曾外祖父，这些情境此时在其眼前是如此清晰、真切，勾起了他回家的心绪，由此暗示了谭将重拾族裔传统，回归族裔的文化血脉之中。这一结局也表明了创作者赵健秀的态度：亚裔美国人要摆脱生存困境，就应该面对历史和现实，接受自我，发展族裔的独立人格和文化品格。

四、族裔化语言的探索与亚裔美国身份的操演

其实，《鸡笼华仔》不仅是几个主要人物“身份表演”的舞台，从某种意义上讲，它也是剧作者赵健秀的表演舞台。如果说剧中几个主要人物跨越种族界线的表演很大程度上是为了能在美国社会找到生存的位置和精神支撑，那么，赵健秀则是出于对整个亚裔族群生存的关怀而进行其语言政治实践和亚裔美国身份的操演。

从上面的分析来看，赵健秀通过对《鸡笼华仔》中人物的形象和语言的多重化处理，着力捕捉美国亚裔/华裔人格中的多重性，并加以辛辣的嘲讽。很多亚裔批评家推崇身份多重性这一概念，将之奉为解决亚裔文化身份问题的唯一可行之路，而赵健秀则持相反立场。在他看来，“既是……也是……”的双重身份观不仅无助于建构族裔自我，反而是造成美国亚裔在美国社会政治生活中无声无息的原因，因为这种双重身份观实际上体现了对宰制性文化规则和话语的接受，并且放弃了交涉和反抗的可能性。赵健秀所要表明的是，亚裔既不是亚洲人，也不是美国人，而是一个经由在美国的族裔经验“炒杂碎般创造出来的”新族群——亚裔美国人，因此，他推崇“亚裔美国感”（Asian American sensibility），认为这是亚裔族群的存身之本。对于何为“亚裔美国感”，赵健秀没有给出确切的

定义,[①] 但毫无疑问，他非常强调语言对于形成“亚裔美国感”的重要性。

赵健秀正是借《鸡笼华仔》中谭等人从语言到精神的迷失，尖锐地指出亚裔/华裔在“白人文化的语言暴政”下没有自己的语言所带来的对族群精神的危害。他在《啊咿——亚裔美国作家文选》的“序言”中明确指出：

> 语言是文化的媒介，也是人们感受生活，包括体现男人尊严的媒介。……封住人们的嘴巴就是阉割他们对文化生活的感受。一句话：任何文化中的每个人都要为自己说话。没有自己的语言，就没有自己的根本。双重人格的概念剥夺了华裔、日裔学习、发展自己语言的手段。白人文化利用语言暴政来压制亚裔人的文化，并将它排斥在美国主流意识之外。[②]

赵健秀想要表明的是，亚裔美国人如果一味顺从美国语言和文化霸权的宰制，其结果必是本族裔语言和根本的丧失，“亚裔美国人”也将成为“一个濒临灭绝的种族”[③]。

正是出于对族群存亡的忧患意识和强烈的责任感，赵健秀急切要求美国华裔形成自己的语言和文化传统，以此对抗宰制性语言符码。他认为，标准英语作为宰制性符号秩序所规定的“唯一合法的”语言，蕴含着宰制性社会的审美标准和意识形态，无法准确表

---

① 参见蒲若茜：《族裔经验与文化想象》，北京：中国社会科学出版社，2006 年，第 13 页。

② FRANK CHIN, et al. eds. Aiiieeeee! An anthology of Asian – American writers. Washington, D. C.: Howard University Press, 1993: pp. xlvii – xlviii.

③ FRANK CHIN. Confessions of the Chinatown cowboy. Bulletin of concerned Asian scholars, 1972, 4 (3): p. 44.

述美国华裔的经验，因此，美国华裔必须发展自己的族裔语言，以言说族裔经验，"少数民族的生活经历不能屈从于白人正确无误的语言表达"①，"移民和移民的后代要想在新的居住国生活下去，就需要形成一种新的身份，而要形成新的身份，则必然形成对新的语言的需要"②。所以在其创作的作品中，赵健秀刻意使用非标准的、族裔化的英语（其实更多是他自己创造出来的语言）来写作，希望借此操演出一种新的族裔身份。

在《鸡笼华仔》中，我们通过谭和健治的表演性语言，明显体会到赵健秀独特的语言风格：短促的语句，混杂着各种俚语方言、不规范的句式和自造的词汇，以及脏话、粗话，正如很多批评家所指出的，充斥着令人不安的暴力色彩。确实，这种语言是对标准英语的有力消解，是对宰制性语言符码的无情颠覆，同时也形象地再现了美国华裔被排斥到边缘的窘境。凌津奇在《叙述民族主义：亚裔美国文学中的意识形态与形式》一书中充分肯定了赵健秀的戏剧对于再现亚裔形象所作出的努力，他指出：

赵氏通过一种激烈、好斗和蓄意嘲讽的文化介入方式，探索了一种能干扰宰制性符码的再现策略。该策略通过作者笔下主人公的种种语态，主要在形式层面上表达了赵氏的如下信念，即亚裔美国人为了使其独特经历合法化，并抵制宰制性符码通过语言将此经历

---

① JOAN CHIUNG - HUEI CHANG. Transforming Chinese Amercian literature: a study of history, sexuality, and ethnicity. In YOSHINOBU HAKUTANI. ed. Modern American literature: new approaches, general. New York: Peter Lang, 2000: p. 81. 转引自徐颖果：《跨文化视野下的美国华裔文学——赵健秀作品研究》，天津：南开大学出版社，2008 年，第 23 页。

② KETU H HATRAK. Colonialism, imperialism, and imagined homes, the Columbia history of the American novels. In EMORY ELLIOTT. ed. Foreign language teaching and research press. New York: Columbia University Press, 1991: p. 661，转引自徐颖果：《跨文化视野下的美国华裔文学——赵健秀作品研究》，天津：南开大学出版社，2008 年，第 23 页。

同质化（linguistic homogenization）或通过文化将其畸形化的倾向，必须展现一种粗犷、坚韧、悲壮和阳刚的气质。[①]

尽管如此，就《鸡笼华仔》来看，赵健秀希望通过族裔化语言的实践来操演华裔美国身份的努力其实并没有成功。

首先，如果摒弃主流社会认可的标准英语，那么什么样的语言才是美国华裔自己的语言？在美国主流社会的语言秩序下，怎样才能够发展族裔自己的语言？赵健秀在这一剧本中的语言实践似乎并没有给出令人满意的答案。谭和健治模仿黑人的语言已经证明了行不通，那么夹杂着广东方言的英语难道就是所谓的华裔语言？其实，从各种对于赵健秀戏剧作品的反馈来看，观众听到的只是令人难懂的洋泾浜英语，如果美国华裔想要凭借这种语言来发声，其效果想必不会很理想，他们至多只能在一个封闭的空间自说自话而已。

其次，赵健秀希望以族裔化语言操演出一个具有独立意识和反抗精神，不向强权低头的新的美国亚裔主体，以此抗击宰制性话语的霸权，颠覆固有的亚裔刻板形象。但正如凌津奇所指出的，赵健秀采取嘲讽文化刻板形象的对抗策略，以及他“将主流文化所忽视的内容硬性地介绍给观众的做法”虽然行之有效，却“向度单一”，观众看到的可能只是“一种既令人看不明白又不善于自我表达的美国亚裔主体”[②]。也就是说，赵健秀为了对抗宰制性语言符码而有意操演族裔化语言，无形中反而强化了宰制性文化中固有的亚裔语言能力低下的刻板印象。

总之，无论是抛弃族裔性的种族越界，还是赵健秀所倡导的

---

① 凌津奇著，吴蕾译：《叙述民族主义：亚裔美国文学中的意识形态与形式》，北京：中国社会科学出版社，2006年，第154－155页。

② 凌津奇著，吴蕾译：《叙述民族主义：亚裔美国文学中的意识形态与形式》，北京：中国社会科学出版社，2006年，第156页。

“既非美国人又非亚洲人”的“族裔感”立场，其实都体现了亚裔美国人所处的一种中间状态（in - betweeness），这是一种两头都不着边的焦虑状态。程安琳在《种族忧郁症》中提醒我们不要忽视种族越界的复杂性，她指出，种族越界者在“仿拟”其理想自我过程中不得不接受令人沮丧的事实，即他们要符合理想标准，成为所渴望的对象是不可能实现的，因而产生了“渴望与现实不相称的悖论意识”①。亚裔主体的精神困境反证了文化夹缝中生存的艰难。

小　结

本章所呈现的三个华裔美国文学文本，分别书写了三种不同类型的“身份表演者”——摇摆于种族化角色和族裔自我之间的演员、困陷于假冒美国人身份中的“契纸儿子”、冒充白人与黑人的种族越界者。这些弱势族裔的“身份表演”虽然使自我身份陷入暧昧和含混状态，却引发了我们对一系列真与假问题的思考——真/假东方女性气质、真/假美国人身份和真/假种族身份。当我们将这些所谓真假问题置于弱势族裔所处的具体社会语境中考量时，会发现它们已经超出了单纯的道德范畴，无法依靠简单的道德准绳来评判。从分析中可以看到，处于弱势地位的美国亚裔/华裔在美国社会生活中遵照宰制性文化的规约，“引用”既定的身份符码，扮演宰制性社会和文化所分配的角色，却不得不同时极具反讽地上演“混充”和“越界”戏法，实乃歧视性社会现实所迫而不得不为之的生存策略。而且，这些“表演者”“伪装者”“越界者”在不同场合戴上不同“面具”，凸显了他们人格的多重性和自我的分裂，

① CHENG，ANNE ANLIN. The melancholy of race. New York：Oxford University Press，2001：p. 80.

显然是他们受害于社会不公的力证。

此外，从这些“身份表演”背后可以清楚地看到权力运作的脉络。克里斯蒂娃说过：“带来卑贱的并不是清洁或健康的缺乏，而是那些搅浑身份、干扰体系、破坏秩序的东西，是那些不遵守边界、位置和规则的东西，是在二者之间似是而非、混杂不清的东西。”① 权力的意图是维持统治秩序，贱斥一切搅浑身份、干扰体系、破坏秩序的东西；而在权力的另一端，被统治者则通过各种越界行为进行策略性抵抗。如果说被宰制性文化所压制的弱势族裔的“混充”和“越界”扰乱了统治秩序，那么，这也是他们对抗压迫、争取生存的“阈限空间”的政治策略。

① JULIA KRISTEVA. LEON S ROUDIEZ. trans. Powers of horror: an essay on abjection. New York: Columbia University Press, 1982: p.4. 中译本参考克里斯蒂娃著，张新木译：《恐怖的权力》，北京：生活·读书·新知三联书店，2001年，第6页。

第三章　梦幻与游戏
——“族裔身份表演”与族裔自我追寻

文学终究是人学，对文学的研究离不开对人的主体的关怀。“身份表演”涉及人在不同时空中的多重身份和多个面目，它折射出的是主体的不稳定，意味着主体不但具有多义性，而且处于不断变动、分裂和建构的过程中。本章将从自我的追寻和主体性建构角度解读华裔美国文学“族裔身份表演”在普遍意义上的文化内涵，即对于弱势族裔实现自我成长、建构自我和族裔主体性的意义。本章将立足于对汤亭亭、赵健秀、徐宗雄、任璧莲的小说文本的阅读，围绕两种形态的“身份表演”——“梦境身份扮演”和游戏式“身份表演”，考察“身份表演”如何以主体的“化身”、位移、变换角色等逾越性姿态，为主体的各种“他我”的出场提供空间，为主体性建构创造可能性。

第一节　华裔美国文学的族裔自我追寻主题

华裔美国文学作为华人族群离散经验的书写，自其滥觞，便与华裔美国人追寻自我、建构华裔美国人属性的主题结下了不解之缘。华裔美国文学以表现族裔自我追寻为共同主题，这是由华裔美国文学作为少数族裔文学的特殊性和作为文学所具有的普遍性所决定的，是华裔美国作家表达个人和族裔经验，实现自我定位，建构族裔主体性的需要，也是后现代、后殖民语境下人普遍存在的主体性危机感在华裔文学中的体现。

“主体”和“主体性”问题可谓是现代和后现代哲学最为核心的问题，因为这一问题牵涉人的所有基本问题。“主体”（subject）和“主体性”（subjectivity）是两个复杂的术语。在哲学和文化领域的研究实践中，“主体”一词往往与“自我”（self）、“自我意识”（self-consciousness）、“人格”（personality）、“身份”（identity）、“认同”（identification）等一起作为同义词群使用。[①] 据《牛津哲学指南》，“主体性”指“与主体及其独特的视角、感情、信仰、欲望相关”的特性。[②] 然而不同历史时期对于主体和主体性的观念有很大不同。根据罗伯特·斯特罗齐尔（Robert Strozier）的说法，关于主体和主体性主要有两种主张：“第一种是认为主体作为思想、行动和变化的基础或根源……第二种则认为主体是某种文化化过程（enculturating process）的结果。在第一种观念中，主体是既有的，这个主体生产文化和知识；另一种主体则是由文化所生产的。”[③] 从历史的角度而言，这两种截然不同的主体和主体性观念之间的分野是伴随着现代哲学由启蒙哲学转向后现代而形成的。

从笛卡儿“我思故我在”的反思性主体，康德的超验的、以理性“为自然立法”的认识主体，再到黑格尔的“实体即主体”主张中具有在自身运动中展开的能动性的“绝对自由”主体，“主体”都是启蒙哲学家们探索认识之确定性的入思角度。在这一探索过程中，近代启蒙哲学建构并形成了完善的认识论意义上的主体性理论。认识论的主体性理论基本上都坚持普遍性的、先验的、理性的

---

① 赵毅衡：《符号学：原理与推演》，南京：南京大学出版社，2011 年，第 341 页。

② 傅其林：《主体性》，见王晓路等：《文化批评关键词研究》，北京：北京大学出版社，2007 年，第 131 页。

③ ROBERT M STROZIER. Foucault, subjectivity and identity: historical constructions of subject and self. Detroit: Wayne Sate University Press, 2002: p. 10.

主体性存在，认为主体性是主体的一种自由、自律、理性的意识特质。

19 世纪后期以降，随着西方哲学向人本主义哲学转向，之前的认识论主体性理论受到质疑，西方掀起了反传统主体性的文化思潮。人本主义哲学家在反思社会现实的基础上，对认识论的理性主体性进行了批判，强调人的意志、情感等非理性因素在人的主体性中的地位，如叔本华的“生存意志”、尼采的“权力意志”、柏格森的“生命冲动”以及萨特的“存在先于本质”等理念，都在证明主体性的非理性存在。

哲学对主体和主体性的探究贯穿了整个 20 世纪，形成了一系列不同的理论模式。根据傅其林的说法，20 世纪影响比较大的新型主体性理论主要有弗洛伊德、拉康的精神分析学派中的主体性理论，卢卡奇、阿尔都塞等马克思主义主体性理论，尼采、福柯、德里达的解构主义主体性理论等。①

弗洛伊德通过对无意识的阐发，不仅颠覆了启蒙哲学的理性主体性，而且将人的精神人格分成三个相互联系的层面：“本我”（id）、“自我”（ego）和“超我”（superego），在本质上瓦解了认识论哲学意义上主体的稳定性和完整性。拉康则从语言学角度分析主体性的形成，他发现人的主体性是在镜像阶段形成的，幼儿从镜像中获得对自己身体的总体感知，才形成了自我意识，由此认为主体受外在语言象征体系的影响，是在与他人的关系中建构的：“说话主体，如果他是语言的奴隶的话，更像普遍意义上说的一种话语形式，他是在自己出生时刻就在这种普遍的话语形式中找到自己的，即使他

---

① 傅其林：《主体性》，见王晓路等：《文化批评关键词研究》，北京：北京大学出版社，2007 年，第 131－144 页。

的名字也是如此。”[①] 拉康不仅看到主体性在语言中形成，还发现主体被语言所异化。拉康先是将无意识看成“他者的话语”[②]，从而将主体置于文化中，再将索绪尔符号模式中的能指和所指的对应关系隔断，使自我不可避免地走向分裂和异化。可以说，在弗洛伊德和拉康的主体性理论中，主体都不是完整的，而是分裂成互相冲突的若干部分，由于自我的分裂，任何人的主体都不可能自在自为。

在西方马克思主义哲学中，主体同样不是独立完整的存在，而是受社会结构和意识形态的宰制。卢卡奇分析了资本主义社会对人的异化所造成的主体分裂，指出主体的形成是一个辩证过程；阿尔都塞则讨论主体性在社会生产关系、意识形态的支配下形成及运作的机制，认为主体是由社会生产关系的结构决定的，是“意识形态把个人传唤为主体”[③]，个人主体唯有臣服于意识形态而没有挣脱的可能。

20世纪70年代之后，后结构主义、解构主义更加彻底地摧毁了主体。福柯用非连续的“后现代史学”[④] 来终结现代性“主体”神话：在福柯的理论中，“个体是权力影响的结果”[⑤]，因此“不存

---

① DAVID LODGE. ed. Modern criticism and theory: a reader. London: Longman, 1988: p. 82.

② LACAN. The insistance of the letter in the unconscious. In DAVID LODGE. ed. Modern criticism and theory: a reader. London: Longman, 1988: p. 87.

③ 阿尔都塞著，陈越编：《哲学与政治：阿尔都塞读本》，长春：吉林人民出版社，2003年，第370页。

④ 对于“连续性”历史观，福柯认为，“传统”“影响”“发展”“进化”和“精神”等概念具有本质的意义；对于“非连续性”历史观，这些都必须在研究中清除出去，代之以“断裂”“开端”“界限”“系列”“差别”和“变化”等概念。参见姚大志：《现代之后：20世纪晚期西方哲学》，北京：东方出版社，2002年，第364页。

⑤ FOUCAULT. COLIN GORDON. ed. and trans. Power/knowledge: selected interviews and other writings, 1972–1977. New York: Pantheon Books, 1980: p. 98.

在拥有独立权力的主体”[①]，取而代之的是铭刻历史的身体；个体没有能动性可言，只能臣服于权力的规训，消极被动地接受社会制度的建构。解构主义理论家利奥塔则用“后现代语言哲学”来消解主体，反对将主体视为意义的来源。他说：“不是人表达出语言，而是语言不仅表达世界和意义，并且也表达人。”[②] 也就是说，主体不过是语言的产物。德里达则用延异（différance）[③] 取代恒定的意义和中心，彻底解构了主体性。德里达认为，意义产生于差异和关系，并不存在一个具有普遍性和同一性的超验所指，一切都只是符号的游戏；人之存在也是由人与人之间的差异确定的，而不是像传统哲学所认为的那样具有普遍的属性，因此，在德里达眼里，主体已经消亡。

总之，正如赵毅衡所说的，“二十世纪是拆解主体的时代：……一个完整的主体，在哲学上几乎已经是不值得一谈的幼稚幻想”[④]。近现代哲学中那个具有现代性意义的具普遍性、自主、自律、以自我为中心的主体已经被拆解成碎片，而“主体性”也从启蒙时期作为理性的代名词，转而成为后结构主义眼中“不稳定、矛盾的、处于过程中的，不断在我们每次思想和言说的话语中被建构”[⑤] 的“自我身份”或“认同”。主体的消解和主体性的解构无

---

① 福柯著，严峰译：《权力的眼睛——福柯访谈录》，上海：上海人民出版社，1997年，第19页。

② 转引自姚大志：《现代之后：20世纪晚期西方哲学》，北京：东方出版社，2002年，第251页。

③ 德里达的“延异”同时包含空间上的差异及时间上的延缓和搁置，“延异”就是“产生差异的差异”，是“差异的系统游戏”，是不断“播散”的运动过程。参见高宣扬：《德里达的延异和解构》，见冯俊等著：《后现代主义讲演录》，北京：商务印书馆，2003年，第319－321页。

④ 赵毅衡：《符号学：原理与推演》，南京：南京大学出版社，2011年，第340页。

⑤ CHRIS WEEDON. Feminist practice and poststructuralist theory. Oxford：Blackwell，1987：p. 33.

疑将现代人从各种本质主义的范畴格栅中解脱出来，但同时也将人带入了另一种危机之中，这就是对于身份的困惑：我是谁？我来自何方？我该往何处去？当然，对于哲学和文化研究者而言，危机的存在恰恰提供了一个值得深入研究的新课题。

而对于华裔美国文学而言，主体的消解和主体性的解构虽然同样给华裔作家及其所代表的华裔族群带来了身份的困惑，但同时也提供了追寻族裔文化属性和建构自我身份的绝佳契机。尤其是产生于20世纪70年代之后的各种后现代文化属性与杂糅主体理论，成为华裔美国作家思考族裔和自我主体性问题的理论支持和精神指引。

华裔美国文学的创作主体为美国社会中的少数族裔作家，所关怀的对象往往也是美国社会中的亚裔/华裔等少数族裔群体。从文化迁徙和散播的角度而言，这个群体属于斯图尔特·霍尔所称的“族裔散居者”。由于身处双重文化的边缘，族裔散居者的主体总是处于摆荡之中，难以确定自我的归属。更甚者，由于话语权的缺失和言说渠道的缺乏，散居族裔难以通过自我言说来定义自我属性，而只能从“他者”的叙述中获得难辨虚实的自我镜像。这就是霍尔在《多重小我》一文中所说的情形：

> 我是谁——“真正的”我——乃是在与多种他者的叙述互动下形成的……属性是在“不可说”的主体性故事与历史、文化的叙述之不稳定会合点形成的。由于他/她所处的地位与文化叙述息息相关，而文化叙述完全被侵占了，所以被殖民的主体总是处于“别处”：被双重边缘化，总是被排除于他/她所处或所能言的位置外。[①]

---

① STUART HALL. Minimal selves. 转引自何文敬：《延续与断裂：朱路易〈吃一碗茶〉里的文化属性》，见单德兴、何文敬主编：《文化属性与华裔美国文学》，台北：“中央研究院”欧美研究所，1994年，第94页。

鉴于此等原因，散居族裔的主体性危机感及随之而来的焦虑感、无根感尤为深切，正如赛义德在《最后的天空》中痛楚地叩问：“身份——我们是谁，我们来自何方，我们是什么——对于流浪者而言很难维持。”①

赛义德所追问的问题也是很多华裔美国作家借写作所思考的问题。作为少数族裔的一分子，华裔美国作家对于华裔族群在美国的生活经验有着深切的感受，他们经历、体会了华裔族群被排斥于美国主流社会边缘的感受，见证了种族歧视和文化冲突在其生活环境中的客观存在，也在不同程度上经历了华裔美国人所面临的身份困惑和主体性迷失。在表达自我、言说个人和族裔经验的渴望的推动下，华裔作家通过不同形式展开对少数族裔主体性问题的反思，使得主体性追寻成为或隐或显贯穿于很多华裔美国作品的主题。

综观华裔美国文学对于族裔和自我主体性的追寻，不同作品的表现形式各异，所探讨的角度也不同，这首先是因为主体性有着丰富的内涵，它不仅指涉人看待事物的视角、情感、信仰、欲望等方面的内容，还包含主体的自我意识、自主性和能动性等属性。斯图尔特·霍尔曾指出，“后现代主体”没有固定、本质或永久的属性。构成主体的是多种互相冲突或者互补、临时性、悬而未决的属性，这些属性随着我们在周遭的文化体系中被再现或称呼的方式，不断地形成与变形。② 也就是说，主体是由多种随着时空变换而不断处于变动中的文化属性来定义的，这些属性受制于历史、文化与权力的不断运作，主体的建构过程就是将自己投射到自己的文化属性里的认同过程。因此霍尔将思考主体问题的核心工作放在文化属性/文化身份的论述上面。同样，华裔美国文学作品对主体性的追寻也

---

① EDWARD SAID. After the last sky. New York: Pantheon, 1986: pp. 16 – 17.

② STUART HALL. The question of cultural identity. In STUART HALL, DAVID, TONY MCGREW. eds. Modernity and its future. Cambridge: Polity Press, 1992: pp. 273 – 326.

是与性别、族裔、阶级等文化身份的思考和追寻结合在一起的。正如饶芃子所指出的，“身份批评运用于文学研究中，是与对主体的理论反思紧密结合在一起的。虽然后结构主义极力鼓吹主体的打碎或消解，但实际上人类不能离开身份而生活，那是一种对自我的确认”①。

霍尔在《文化身份与族裔散居》(*Cultural Identity and Diaspora*)一文中提出思考文化身份的两种立场。“第一种立场把‘文化身份’定义为一种共有的文化、一种集体的‘真正自我’……为有共同历史和祖先的人所共享。我们的文化身份反映共同的历史经验和共有的文化符码，给作为‘一个民族’的我们提供在实际历史变幻莫测的分化和沉浮之下的一个稳定、不变和连续的指涉和意义框架。”②另一种观点则强调文化身份的不稳定性、断裂性与差异性，认为“文化身份既是‘存在’又是‘变化’的……它属于过去也同样属于未来。它不是已经存在的，超越时间、地点、历史和文化的东西。文化身份是有源头、有历史的。但是，与一切有历史的事物一样，它们也经历了不断的变化。它们绝不是永恒地固定在某一本质化的过去，而是屈从于历史、文化和权力的不断‘嬉戏’。身份绝非根植于对过去的纯粹‘恢复’，过去仍等待着发现，而当发现时，就将永久地固定了我们的自我感；过去的叙事以不同方式规定了我们的位置，我们也以不同方式在过去的叙事中给自身规定了位置，

① 饶芃子：《比较诗学》，西安：陕西师范大学出版社，2000年，第216页。

② STUART HALL. Cultural identity and diaspora. In PATRICK WILLIAMS, CHRISMAN. eds. Colonial discourse and post - colonial theory: a reader. London: Harvester Wheatsheaf, 1994: p. 393. 中文译文参考斯图尔特·霍尔著，陈永国译：《文化身份与族裔散居》，见罗钢、刘象愚主编：《文化研究读本》，北京：中国社会科学出版社，2000年，第209－212页。

身份就是我们给这些不同方式起的名字”①。也就是说，文化身份“不是本质而是定位（not an essence but a positioning）”②。这两种不同的立场构成了霍尔所说的文化身份的双轴性（two axes or vectors）：一轴是类同（similarity）与延续（continuity），另一轴则是差异（difference）与断裂（rupture）。

考察不同时期的华裔美国作品，不难发现华裔作家们往往通过表现作品中人物在霍尔所言的文化身份双轴性之间矛盾、摆荡和选择，来思考自身和族裔文化身份的属性，并在此过程中追寻和建构自我及族裔的主体性。关合凤曾提出华裔族裔身份形成的五个阶段：顺从阶段、矛盾阶段、反抗阶段、反省阶段、觉悟阶段。程爱民等人则提出三阶段论：否认、商讨、杂化。③ 笔者认为，综合而言，华裔美国文学对文化身份的探寻大致经历了从类同与延续一轴向差异与断裂一轴逐渐发展变化的三个阶段。

在较早期的华裔美国文学作品中，华裔作家对文化身份多持倾向于本质主义的立场，他们或是以自传或半自传形式的作品书写自己的种族、文化身份传统，表现出对“中国文化身份”的认同，或是走向另一极端，厌弃华族文化身份，并且以此作为向美国主流文

---

① STUART HALL. Cultural identity and diaspora. In PATRICK WILLIAMS，CHRISMAN. eds. Colonial discourse and post－colonial theory：a reader. London：Harvester Wheatsheaf，1994：p. 394. 中文译文参考斯图尔特·霍尔著，陈永国译：《文化身份与族裔散居》，见罗钢、刘象愚主编：《文化研究读本》，北京：中国社会科学出版社，2000 年，第 209－212 页。

② STUART HALL. Cultural identity and diaspora. In PATRICK WILLIAMS，CHRISMAN. eds. Colonial discourse and post－colonial theory：a reader. London：Harvester Wheatsheaf，1994：p. 395. 中文译文参考斯图尔特·霍尔著，陈永国译：《文化身份与族裔散居》，见罗钢、刘象愚主编：《文化研究读本》，北京：中国社会科学出版社，2000 年，第 209－212 页。

③ 程爱民、邵怡、卢俊：《20 世纪美国华裔小说研究》，南京：南京大学出版社，2010 年，第 94 页。

化臣服的献礼，渴望被接纳为美国人。此阶段的代表作品有黄玉雪的《华女阿五》和刘裔昌的《父亲与裔昌》。值得指出的是，这类华裔作家企图以认同本质主义身份范畴的方式建构自我主体性，却由于他们心甘情愿地将自己置于强势“他者”的叙述框架中，反而丧失了自我主体性。

华裔美国文学对文化身份的第二阶段探寻转向了对本质主义文化身份的质疑以及由此引起的族裔主体的迷茫和痛苦挣扎，主要体现在崛起于20世纪七八十年代的作家作品中。受60年代民权运动的启发，他们比上一代华裔更加坚信自己“拥有美国”的权利，但社会现实又常常让他们意识到自己是少数族裔，是“他者”，因而有着强烈的边缘文化意识和身份危机感。因此，他们的作品大多着力表现华裔处于文化夹缝中的痛苦、迷茫和困惑，并进而质疑本质论的文化属性，追问自我的文化身份，探索建构族裔自我的可行路径。如汤亭亭在《女勇士》中，以自己的成长故事为原型，描写了少数族裔女性在成长过程中遭遇的文化困境，并由此展开对文化属性、性别属性的思考。作品表现了华裔女性在双重文化压力下的痛苦和无奈，以及对种族歧视和性别歧视的愤怒和抗争，表达了作家试图在种族和性别歧视的包夹之下摸索出路，以寻找自身的价值，追寻族裔女性自我的渴望。

与汤亭亭同时期的华裔作家赵健秀同样以文学创作表达美国亚裔/华裔在双重文化的夹缝中饱受压抑和折磨的各种复杂心态，但赵健秀更大的贡献在于族裔文化身份理论上的批评和建构。1974年，赵健秀和同事黄忠雄、陈耀光编辑了《啊咿——亚裔美国作家文选》，在这本书的“序言”和“引论”中，赵健秀等人表达了他们关于亚裔/华裔美国人文化身份的理论主张，引发了关于文化身份问题的探讨。这几位批评家强烈意识到亚裔所面临的身份危机，深感重新定义亚裔美国人的迫切性和重要性。他们指出，“在连续七代人的时间跨度里，由于种族主义司法过程的压迫和变相的白人种族社会偏向，使得今天的亚裔美国人生活在自我蔑视、自我否定和人格残缺之中”[1]。他们倡议建立新的亚裔美国人身份，却将新亚裔美国人身份建立在对中国和美国文化身份的双重摒弃基础上，也否认“双重身份意识”可以作为解决亚裔美国人身份危机的出路："作为华裔或日裔美国人，他们的存在不具有文化身份的完整性，他们既不是亚洲人（华人或日本人），也不是美国人（白人），甚至也不是两者的模糊性混合体”[2]，“这种‘既不是……也不是……’的神话以及二者混合/双重人格的愚蠢构想像梦魇一样，盘踞在我们心里挥之不去”[3]。为此，他们提出了“亚裔美国情感”（Aisan American Sensitivity）的概念，将其作为判断真/伪亚裔和界定亚裔美国文学的标准。他们提倡亚裔作家们在作品中体现和倡扬“亚裔美国情感”，以此建构一种非中非美、独特的亚裔身份。

创作时期稍后的另一华裔作家谭恩美的作品同样反映了华裔在双重文化背景下的身份困惑和迷茫，但较之赵健秀和汤亭亭等人，其作品表现出更多的文化调适。她在小说中不断把东方和西方两种文化的不同价值观念和生活方式进行比较，希望达成彼此的理解，消解矛盾和冲突，借此找到关于华裔身份属性的明确答案，建构一个能融和东西文化的族裔身份，以减少跨文化生活中的心理焦虑感。谭恩美对文化身份的思考介于华裔美国文学文化身份追寻的第二阶段和第三阶段之间。

---

① FRANK CHIN. Foreword. Aiiieeeee! an anthology of Chinese and Japanese American literature. Washington D. C.: Howard University Press, 1974: p. viii.

② FRANK CHIN. Foreword. Aiiieeeee! an anthology of Chinese and Japanese American literature. Washington D. C.: Howard University Press, 1974: p. xxv.

③ FRANK CHIN. Foreword. Aiiieeeee! an anthology of Chinese and Japanese American literature. Washington D. C.: Howard University Press, 1974: p. xxxv.

在兴起于20世纪80年代的多元文化思潮影响下，华裔美国文学文化身份追寻进入了第三阶段，走向对差异、流动和杂糅文化身份的探索。这一阶段的代表性作家是任璧莲。汤亭亭《孙行者》的发表也标志着其对文化身份的思考进入了新的阶段。这部作品塑造了一个混杂着美国嬉皮士、中国“猴王”特征的族裔杂糅新主体——惠特曼·阿新，以此响应霍米·巴巴等人提出的后殖民杂糅主体理论。巴巴在后殖民论述中，提出以解构主义的杂糅观念来打破传统殖民/被殖民、主/奴等身份的二元对立结构，强调应当由杂糅文化透过其生产创造方式颠覆固有的身份范畴，倡导在分裂、断续、杂混中发展跨文化、非族裔本位中心的新主体性。从汤亭亭这部小说及其在多个场合的论述中，可以清楚地看到此种新型主体理念的脉络以及建构新型美国族裔主体的努力。

而新生代华裔作家代表人物任璧莲对文化身份的探索则呈现出更为独特的风景。对文化身份的思考是任璧莲一贯的创作主旨，她没有停留在以往的文化认同模式，而是以强烈的后现代精神来观照文化身份问题，在一系列作品中质疑和解构本质论身份观，表现出坚定的反本质主义立场和广阔的“世界主义”视野。无论是在其第一部长篇小说《典型的美国佬》，还是在《莫娜在应许之地》，抑或是之后推出的作品《爱妾》中，人物身份无不具有变动性、临时性和建构性，以鲜活的形象演绎着任璧莲的反本质论文化身份观。在《典型的美国佬》中，她大胆质疑和挑战主流话语中僵化的“美国人”的含义，提出重新定义“美国人”。在《莫娜在应许之地》中，她旗帜鲜明地表达了文化身份具有“流动性”的文化身份观。在《爱妾》中，她又提出文化身份是个人选择的结果。任璧莲对文化身份的独特见解以及对新型族裔主体的建构使其创作超越了“华裔美国人”的范畴，走向了多元化和更具普遍性的文学空间，为华裔美国文学的发展探索了新的疆域。

文化身份在华裔美国文学中的嬗变过程，也是美国华裔对族裔主体性的追寻和建构过程。通过追溯这一过程，我们不仅了解到华裔美国人在美国社会生活和奋斗的种种艰辛、困惑、伤痛和期盼，同时还领略了华裔作家在表现这一主题时所展现的不同艺术风采。这正是我们在下文中需要进一步分析和探讨的内容。

第二节　被压抑者之重返：汤亭亭、赵健秀、徐宗雄笔下的“梦境身份扮演”

文学中的梦境指的是文学作品中叙述者所明确指出或暗示是梦的部分。对于叙事性文学作品如小说而言，梦境叙事不仅可以丰富小说的叙事技巧，通过不同时空的并置和挪移，极大地拓展小说叙事的空间和时间，而且利用梦的多义性特点，为读者在解读过程中参与对作品的再创作提供了更多的空间，使小说更具文学张力，可读性更强；另外，文学梦作为日常梦的模仿，能用来揭示作品中人物心灵深处的另一面，最适合用于表现人物内在的、被压抑的、难以言说的情感和欲望，因此梦境叙事成为古今中外作者在文学创作中一个重要的叙事手段。在美国华裔文学中，有相当一部分优秀作品都成功运用了梦境叙事的手段来丰富作品的表现力，如汤亭亭的《女勇士》、赵健秀的《唐老亚》、徐宗雄的《家园》等，成为美国华裔文学的一大景观。作为文学叙事手法，梦境叙事无疑具有其独特的审美价值，对于美国华裔文学而言，这一文学手法是否还在表现作品主题、传递族裔经验、表达族裔精神诉求方面别具风采呢？

本节运用符号学的方法与精神分析理论来解码美国华裔文学中的梦境叙事，以揭示梦境与美国少数族裔生存现实的互文关系，以及华裔主体如何通过梦境中的角色“身份扮演”钩沉族裔历史，实现自我成长，追寻和建构自我主体性。

一、“缺失”的“潜叙述”

日常生活中人所做的梦千奇百怪，梦的世界由于其奇异和神秘的色彩而成为一个令人好奇而难以捉摸的世界。文学作品中的梦境也往往以其梦幻、怪诞、浪漫和诗意而使作品内容更加丰富多彩。但无论是日常生活中的梦还是文学中的梦，都与现实有着密切的关联。弗洛伊德在分析了大量与梦有关的案例后得出的结论是，“梦是具有意义的”[①]。他认为“梦的内容是在于愿望的达成，其动机在于某种愿望”[②]，愿望经过凝缩、移置、伪装而转化为梦。弗洛伊德指出了梦与现实生活的关联以及梦的伪装和变形，无疑具有开创性意义，然而其将梦所表现的欲望归结于性冲动，使其学说落入了泛性论的泥沼中，极大地限制了阐释梦的空间。

从符号学角度看，梦境是一种符号文本，是与现实相互映射的“互文本”，但是这一文本并非显性的叙述文本，而是一种“潜叙述”[③]，犹如冰山一角，暗示着潜藏于下面的巨大主体，等待解码和阐释。梦的符号化过程涉及能指的编码和所指的解码，相对而言，梦符号的能指（弗洛伊德所称的“梦的显象”）较易把握，问题是，应该从什么维度来限定和阐释梦的所指（弗洛伊德所称的“梦的隐义”）？梦固然是隐藏于潜意识的愿望或欲望的表达，但这些愿望或欲望是否就如弗洛伊德所言都是性冲动驱动的呢？笔者认为，一些有着后结构主义理论背景的符号学家对梦的论述值得借鉴。福柯在一篇论述梦的文章中认为，梦自身具有语言般的自主意指能力，提

---

① SIGMUND FREUD. JAMES STRACHEY . trans. The interpretation of dreams. New York: Penguin Books, 1953.

② SIGMUND FREUD. JAMES STRACHEY . trans. The interpretation of dreams. New York: Penguin Books, 1953: p. 196.

③ 赵毅衡：《符号学：原理与推演》，南京：南京大学出版社，2011 年，第 333 页。

出“让（梦的）意象说话”[①]，从而打开了梦的多维度阐释空间。俄国符号学家洛特曼也将梦看作一个“纯粹形式”，一个等待解码的符号：“梦作为纯形式的性质，允许它成为一个等待填充的空间……梦是一个符号窗口，每个人从中看到的是自己的语言的映射结构。”[②] 如果梦是语言符号，那么梦符号的编码和解码就不可能脱离语言象征体系，也就不可能外在于渗透于语言象征体系的意识形态和权力网。在这一点上，伊格尔顿有更为直接的表述，他认为梦和意识形态是“叠加文本”，是指号（signs）和权力的结合，[③] 因此要理解梦必须了解产生梦的个人生活和社会语境。可以说，梦并不只是指向无意识的“客观指符”，而是具有意义的多重性和开放性，与个体的生活经验和社会经验密切相关，因此既是个体的，也是社会的、文化的，甚至是政治的。

文学中的梦是作家在文学创作过程中对日常梦有意识、自觉的模仿，是作家用于表现作品主题，揭示生活真实，表达思想观念、理想情志，甚至文化和政治诉求的文学手段，天然地具有日常梦所不可比拟的目的性、指向性和操控性。它服务于叙事目的，其意义常常指向外部世界，因此除了具有审美价值外，还具有一切文学创作所可能具有的文化价值和政治价值。由此笔者认为，对于常常被认为兼具审美性和文化性、政治性（甚至是以文化性、政治性为主）的美国华裔文学而言，梦境叙事将成为华裔作家有力的文学手段，凭借这一“潜叙述”符号文本，通过虚实互渗的意象，“含蓄

---

① MICHEL FOUCAULT. FORREST WILLIAMS. Trans. Dream，imagination，and existence. In MICHEL FOUCAULT，LUDWIG BINSWANGER. KEITH HOELLER. ed. Dream and existence. New Jersey：Humanities Press，1985：p. 42.

② LOTMAN. In ROY BING CHAN. The edge of knowing：dreams and realism in modern Chinese literature. California：University of California，2009：p. 70.

③ TERRY EAGLETON. Ideology：an introduction. London：Verso，1991：p. 134.

意指”美国华裔等少数族裔的各种酸甜苦辣的历史和现实经验。

汤亭亭、徐宗雄和赵健秀三位优秀华裔美国作家虽然在对族裔文化属性的理解以及对待华族文化的立场上有着很多分歧，却都擅于使用同一个象征符码——梦境，而且手法非常相似。在《女勇士》《家园》《唐老亚》这三部风格各异的小说中，梦境符号都意指着拉康式的“缺失”（lack）：缺乏、丧失和缺席。

在《从必需到奢侈：解读亚裔美国文学》一书中，黄秀玲提出了“必需”和“奢侈”两个概念，代表两种看似对立的生存和生活模式，“一种模式节俭、克制，受生存的驱遣，另一种崇尚自由、无节制、感情表达与文艺自足论（autotelism）”[①]，但其实都是以美国少数族裔生存必需条件匮乏为前提的。由于政治和经济的原因，第一代华人移民生活在美国社会的最底层，干着最艰苦、最繁重而报酬最低的工作，时时感受到贫穷、失业、饥饿的威胁，对于生活封闭的他们而言，如何克服各种生活必需物资的缺乏来养家糊口是他们面临的最大考验，其他文化的、精神的、政治的需要无疑是奢侈的。而虽然从小生活在这样的家庭，但接受美国式教育，与美国社会有更多接触的第二代、第三代华裔，相比于因艰苦环境的磨砺而神经已经麻木的长辈，他们可能更深切地感受到“缺失”对其生活和心理造成的伤害，更加体会到社会地位、文化政治权利的缺失正在形成一个巨大而无形的黑洞，吞噬着他们的精神。日有所思所感，夜就有所梦，梦境便成为种种折磨着华裔的“缺失”的镜像。

例如，在汤亭亭的《女勇士》中，故事叙述者在梦中化身为女勇士，上山修炼武功。小说对其在山上遭遇饥饿和严寒考验这一梦境情节的叙述占了很长篇幅，这一点似乎从未引起关注，但如果从

---

① SAU – LING CYNTHIA WONG. Reading Asian American literature：from necessity to extravagance. Princeton：Princeton University Press，1993：p. 13.

梦的符号学意义上思考，这一点并非无足轻重，而是叙述者现实生活中物质条件匮乏的镜像。叙述者详细叙述了饥饿使身体产生的反应，如“因为饥饿而眼睛变得敏锐”①，不由自主“想起了帮助妈妈做饭的情景”，直至饥饿难耐，产生了幻觉：

……我的眼前出现了一对金人儿，在那里跳着大地之舞。……在此后的岁月里，不管是在饥荒岁月还是因为戎马倥偬，挨饿时间一长，便会觉得那些普普通通的人也金光灿灿，翩翩起舞。我饿得厉害的时候会觉得相互残杀也是一种舞蹈。②

梦境亦幻亦真，奇幻者如兔子自己跳进火中为女勇士提供食物，但奇特怪诞的符号形式并没有削弱饥饿感的真切：梦中饥饿的感觉似乎深入骨髓，这绝非人们所以为的梦的随意性造成的无意义的符码，而是叙述者现实生活的切肤感受。当读者读到勇兰和丈夫“在洗衣店里从早上 6：30 干到半夜”却还难以保家活命，必须四处收罗各种能成为食物的飞禽走兽和爬虫，包括蜗牛和臭鼬，就不会对其女儿梦中的饥饿意象感到无动于衷。③ 我们还可以从另一处找到梦中饥饿意象在现实生活中的互文：父母亲一收到家乡亲人要钱的来信就发愁，姨妈一家去要饭，姨父因抓鸽子给孩子充饥而被

---

① MAXINE HONG KINGSTON. The woman warrior: memoirs of a girlhood among ghosts. 1976. New York: Vintage, 1989: p. 30.

② MAXINE HONG KINGSTON. The woman warrior: memoirs of a girlhood among ghosts. 1976. New York: Vintage, 1989: pp. 31 – 32. 中文译文参考汤亭亭著，李剑波、陆承毅译：《女勇士》，桂林：漓江出版社，1998 年，第 24 – 25 页。

③ 美国亚裔批评家黄秀玲认为，美国亚裔文学中充斥着吃不寻常食物的“大食者”意象，是亚裔移民应对生活必需品的匮乏，加强在艰难环境中的生存能力的象征。WONG SAU – LING CYNTHIA. Reading Asian American literature: from necessity to extravagance. Princeton: Princeton University Press, 1993: pp. 25 – 26, 28.

活活打死，于是"我"又做梦了，"我梦到自己瘦得皮包骨，有一封航空信在美国和中国之间的大洋上空飘荡。可一定要寄到啊！"① 在饿得产生幻觉和饿得瘦成皮包骨这两个梦的意象中，现实物质的严重匮乏所造成的精神恐惧通过梦的凝缩机制，凝缩在梦者的身体上，使其梦中的身体成了意指现实的指符。

在"白虎山学道"的梦境中，梦里梦外的事情常常发生互渗，梦中又有梦：

> 我每日修炼。雨天我冒雨练习，暗自庆幸自己不必挖山芋。刮风天我像树一般任凭吹打，庆幸自己不必在鸡粪中跋涉，这样的情境过去时常进入梦境，现在这样的噩梦也少多了。②

这梦中梦其实是作者有意设计的又一符码，构成噩梦内容的"挖山芋""在鸡粪中跋涉"这两个指符，通过梦的置换作用，帮助作者以虚写实：梦境中的"不必挖山芋"和"不必在鸡粪中跋涉"置换了现实生活中必需的劳作。我们由此了解到，由于生活所迫，华人移民的孩子必须过早地参加体力劳动，帮助父母赚钱养家，白天艰辛地劳作，其幼小的心灵到夜晚还时常受梦魇折磨。

叙述者梦中那只引路鸟同样是经过梦置换后的指符。在梦中，一只神鸟"披着金色的阳光"，"形状像象形文字的'人'字"，③ 引领她去山上修炼，成为女勇士。梦中的鸟象征着美好、自由、权

---

① MAXINE HONG KINGSTON. The woman warrior: memoirs of a girlhood among ghosts. 1976. New York: Vintage, 1989: p. 51.

② MAXINE HONG KINGSTON. The woman warrior: memoirs of a girlhood among ghosts. 1976. New York: Vintage, 1989: p. 34.

③ MAXINE HONG KINGSTON. The woman warrior: memoirs of a girlhood among ghosts. 1976. New York: Vintage, 1989: p. 26.

利和人的尊严。在现实中，叙述者生活于“群鬼环绕”的美国唐人街，被种族主义以及封建男权思想等旧文化糟粕的幽灵困扰，受贫穷的压迫，深切感受着物质的匮乏、精神自由的丧失、女性地位和权利的缺失。她一直在寻找一只能指引她走出令人窒息的现实环境的鸟，然而在现实中她找不到这样一只鸟，没有睿智的老者教她武功，也没有兔子在她饥饿的时候自己跳进火堆里，她面临的是种族主义者的欺侮和压迫，家人赖以为生的洗衣坊被推倒，在家乡的亲人被折磨而死。更糟糕的是，现实中的鸟甚至“诱骗了”她在中国的亲人，充当了丑恶政治权力的工具。正如拉康所言，“欲望是缺失的换喻”[①]，梦境的美好反衬了现实的严酷，梦境的圆满更反衬了“缺失”黑洞之巨大。从这一意义上，“梦中鸟”同样意指着“缺失”——自由和权利的缺失。

另一华裔作家徐忠雄的《家园》（另译《家乡》《天堂树》）被解读为“以说故事、书信、想象、梦境与灵视再现华美现实的自传小说”[②]，为我们提供了梦境符号的另一种“潜叙述”文本：家园的缺失。主人公陈雨津幼时丧父，少年失母，孤苦无依，成为飘零于美国大陆上的孤儿：“你在15岁时要比在其他年龄更加孤单。没有情人，没有父母兄弟姐妹，除了靠体力让寂寞和自怜疏远你之外，一无所有。”[③] 作为华裔，陈雨津在失亲、失家的痛苦之余更感雪上加霜的是不被美国社会接纳：尽管他已经是第四代华裔，无论他多么努力、多么优秀，白人仍然对他叫喊着“滚回家去”。“家园”在何处？对于陈雨津，“家园”的概念是个被悬搁了所指的能指，一

① 拉康著，褚孝泉译：《拉康选集》，上海：上海三联书店，2000年，第561页。

② 何文敬：《铭刻先人轨迹：〈家乡〉中华美自我的再现》，见何文敬、单德兴主编：《再现政治与华裔美国文学》，台北：“中央研究院”欧美研究所，1996年，第81页。

③ SHAWN HSU WONG. Homebase. 1979. New York：Plume，1991：p. 79.

个“零符号”[①]。为了填充由失亲、失家、失根所带来的巨大虚空，他必须去寻找这个“零符号”的意义。他常常陷于对父亲、祖父和曾祖父的梦和幻想中，思亲、忆亲、梦亲成为其孤寂心灵的唯一慰藉。事实上，小说中梦境和幻境常常纠缠不清，陈雨津在梦境和幻境中四处漂泊，追逐着父祖辈在美国大陆留下的脚印，去寻找缺失的家园。

梦境和幻境为主人公的心灵活动提供了广袤的空间，然而，时空上的无边界却也暗示了家园的不确定、虚幻和缥缈。家园对于漂洋过海来到这块大陆修铁路的华工来说，是他们毕生的奋斗目标，是支撑着他们熬过严寒酷暑、艰辛危险的支柱：

> 铁路建造完成时，我不要这些季节辗过我的背，让白昼与黑夜、雨雪与风霜欺凌我、压垮我。我要找一块地耕种，在一个地方定居下来，看着季节缓缓流淌，扎根在这艰难的土壤里，培植我的土地。[②]

然而这个并不奢侈的愿望却因众所周知的原因而难以实现。铁路修好后，华人劳工便被驱逐、被排挤、被搜捕甚至被剥夺工作机会和合法拥有土地的权利。无论是在这个国家拼命奋斗，到处“寻找一个落脚的地方”的曾祖父，还是凭着无比的毅力和勇气成为养马人的祖父、成为海军机修师的父亲，都不得不过着妻儿缺席、颠沛流离的孤苦生活，甚至是第四代的孙子陈雨津，对他来说家园依

---

① 赵毅衡在《文学符号学》中将意指过程被打断、表意被悬搁的符号称为“零符号”（详见赵毅衡：《文学符号学》，北京：中国文联出版公司，1990 年，第 6 页），但后来又改称“潜在符号”（详见赵毅衡：《符号学：原理与推演》，南京：南京大学出版社，2011 年，第 59 页）。

② SHAWN HSU WONG. Homebase. 1979. New York：Plume，1991：p. 23.

然缥缈如梦：“在美国我找不到自己的位置，即使是在那里生活了四代以后，仍一无所有，除了美国人教我以做外国人为傲。”[①] 在陈雨津的梦幻中，家的观念是以父祖辈所到之处的地名而得以符号化和具象化的。一个个地名就是一个个符码，记录着父祖辈流离失所的历史。这段历史从小说题词引用的早期华人移民练习的常用语得到了印证：“我晚上回家。/我已回家。/我回过家。/我住在家里。/我住在旧金山。/我曾住在奥克兰。”[②] 黄秀玲认为不断重复“家”这个词和不断替换的名词，意味着暂时性和移位，无意中强调了家园的不可靠。[③] 从这一意义上讲，《家园》中的梦境符号实际上是华裔被迫失根的历史的“潜叙述”。

而在赵健秀的《唐老亚》中，我们看到了梦境符号所意指的另一种缺失：华裔历史被有意抹杀和剔除而造成在美国历史上的缺席。《唐老亚》共 19 章，其中有 5 章涉及梦境描写。小说让成长中的华裔少年唐老亚通过其梦境来认识现实、了解历史。学校里的白人历史老师将华人描述为软弱被动、缺乏进取的种族，认为是华人懦弱的民族性格使他们在美国的建设和发展历史上无足轻重，并以中央太平洋铁路的修建为例，坦言这一铁路是白人创下的伟绩。这让唐老亚深感沮丧和自卑，对自己的华裔血统产生强烈的厌弃。或许是受“集体无意识”的驱动，他开始连连做梦，梦见自己回到 19 世纪中叶，与其他华工一起修建中央太平洋铁路，历经各种艰难险阻，亲眼见证华工在施工竞赛中打败了爱尔兰工人，创下了施工进度纪录，见证了华工完成了全程轨道的铺设，将最后一根枕木铺进铁轨，刻上华人的名字。困惑于梦中所见与白人所述历史的歧异，

① SHAWN HSU WONG. Homebase. 1979. New York：Plume，1991：p. 66.

② SHAWN HSU WONG. Homebase. 1979. New York：Plume，1991：p. IV.

③ SAU－LING CYNTHIA WONG. Reading Asian American literature：from necessity to extravagance. Princeton：Princeton University Press，1993：p. 142.

唐老亚到图书馆查找资料，竟然发现梦中情景得到了史实的印证。唐老亚如梦初醒，明白了影像的不可靠[①]，那张铁路竣工庆典照片竟然是个蓄意安排的假象，是强权操弄出来的伪证，目的是将华工修建美国铁路的功绩从历史上涂抹掉，而所谓华人懦弱无能的说法也只是白人的强权话语编造出来的。那张华工缺席了的庆典照片，成为伊格尔顿所说的“指号和权力相结合”的绝佳例证，如果说这张照片象征了“支配阶级所认可的历史”，那么唐老亚的梦境就是指向所谓“正统历史”的缺失——“缝隙、断裂与非延续性”[②] 的那个催人警醒的指号。

弗洛伊德在《否定》（*Negation*）一文中指出，潜意识中受到压抑的记忆，不时会以不同形态重返意识。[③] 弗洛伊德据此从梦中寻找梦象与梦者所受压抑的关联，而我们从《女勇士》《家园》《唐老亚》中也读出了梦境与现实的对话关系。三部作品以不同的梦境符号将美国华裔因长期被压抑和被排挤造成的缺失体验具象化，以“潜叙述”的方式生成符号文本与美国华裔生存现实之间的互文本，从而拓展了阅读空间，使读者可以从梦的符号层面进入政治层面，质疑符号背后的文化和政治霸权，审视文化、政治中的权力运作，当然还包括弱势族裔主体的抗争。

---

① 苏珊·桑塔格认为，影像所呈现的不一定是真实的，因为摄影是“权力的工具”（a tool of power）。SUSAN SONTAG. On photography. New York：Picador，1977：p. 8. Trachtenberg 也认为，“镜头是政治工具，是为了使过去适合于未来的工具”。参见单德兴：《开疆与辟土：美国华裔文学与文化》，天津：南开大学出版社，2006 年，第 154 页。

② 李有成：《〈唐老亚〉中的记忆政治》，见单德兴、何文敬主编：《文化属性与华裔美国文学》，台北：“中央研究院”欧美研究所，1994 年，第 128 页。

③ SIGMUND FREUD. Negation. In JAMES STRACHEY. trans. The standard edition of the complete psychological works of Sigmund Freud. London：Hogarth，1981：p. 235.

二、弥补“缺失”，召唤新义

就美国华裔文学文本而言，梦境与现实的互文关系揭示了弱势族裔所受的压制，但梦境也可以成为族裔发挥其主体能动性的场域。拉康认为，梦一方面意指着缺失，另一方面要求对缺失予以补足。[①] 要求补足缺失的愿望正是主体能动性的体现。在《女勇士》《家园》《唐老亚》中，作为弱势群体一员而经验各种缺失的华裔主人公，并没有被动地接受支配阶级的安排和宰制性话语的规定，而是在重重压制中努力寻找表达诉求的途径，发出要求弥补缺憾、补足缺失的呼声，证明其在历史中的在场，要求应有的权利和地位。他们的诉求是以梦中“身份扮演”这一符号化方式达成的。

“身份扮演”指人在不同社会语境下扮演不同的身份，如有意以某种面目出现，或出于某种目的假扮某一类人，化身为某人等。[②] 文学中的“身份扮演”可以有多种形式，此处用于指文学作品所叙述的梦境中的“化身”现象，即梦者在梦中扮演某种不同于现实身份的角色，或与他人身份发生重叠，或完全化身为他人甚至他物。“庄周梦蝶”之“物化”就是一例：“昔者庄周梦为胡蝶，栩栩然胡蝶也，……不知周之梦为胡蝶与？胡蝶之梦为周与？”[③] 在现实生活的梦中，梦者常常会梦见自己与他人的身份发生交叠，弗洛伊德认为此类梦象是梦的凝缩机制形成的自我与他人或他物的“认同”和

---

① 拉康著，褚孝泉译：《拉康选集》，上海：上海三联书店，2000 年，第 567 页。

② 关于“身份扮演”概念的衍化及其文化内涵，详见许双如：《“他者”的面具政治——亚裔美国文学中的身份扮演与族裔主体性建构》，《当代外国文学》2011 年第 3 期，第 58 –66 页。

③ 庄周著，郭象注：《庄子》第一卷“齐物论”，上海：上海古籍出版社，1989 年，第 19 页。

“组合”（composition）关系。[①] 弗洛伊德认为，梦是自我的，但梦者的自我却不一定直接呈现在梦里，有时会被代以他人形象。梦者的自我可以隐藏在利用“认同”关系或“组合”关系而创造出来的梦中的形象。也就是说，梦者通过扮演他人（或物）来呈现自我潜在的不同侧面，梦中的形象就是梦者的自我不同侧面的人格化。文学梦模仿了梦的机制，使福柯所说的“将多个原本不相容的空间、位置并置于同一处”[②] 成为可能，为角色的身份变幻提供最大的便利。角色在梦境中通过“入住”他人身体、挪用他人人格面具（persona）等方式“化身”、扮演其他身份，从而打破了时空界限，以及人与人、人与物的类别限制，获得行动与思想的无限自由，可以充分展现自我被压抑的部分，并且在凝缩、并置或广延后的梦境时空中，重置身体与历史、话语的关系。从符号学角度看，“梦境身份扮演”是一个符号化过程（semiosis），即用身体符码构建成符号能指，并运用这一身体能指进行意指的过程。美国非裔理论家盖茨认为，“意指的成功依赖于能指召唤出一个缺席的意义”[③]，文学中的“梦境身份扮演”使原有意义模式发生滑动，产生歧义，从而召唤出缺席的意义。经此过程，现实生活中的缺失者获得弥补，缺席者经验在场，被湮灭者获得存在的合法性，从而展示历史和生活的另一种可能性。

在《女勇士》中，汤亭亭安排叙述者化身为“女勇士”，以虚拟的文本召唤出生活中缺失的意义。在叙述者的生活中，长辈口中层出不穷的谚语、口头禅和各种稀奇古怪的故事一直在有意无意地

---

① FREUD, SIGMUND. JAMES STRACHEY . trans. The interpretation of dreams. New York: Penguin Books, 1953: p. 431.

② MICHEL FOUCAULT. Of other spaces. Diacritics, 1986, 16 (1): p. 25.

③ 小亨利·路易斯·盖茨著，王元陆译：《意指的猴子：一个非裔美国文学批评理论》，北京：北京大学出版社，2011 年，第 99 页。

提醒她，作为一名女性，要接受并学会应对充斥着“缺失”的生活，学会生活的各种技能，如做饭、洗碗、帮大人做工挣钱，准备长大后“当别人的妻子或佣人”①，以免将来挨饿。然而她无法秉持父母辈的实用主义信条，而是寻求实现被认为是“奢侈”的理想和愿望：当数学家、伐木工或记者，甚至“当巾帼英雄、女剑客”②。但面对残酷的社会现实，理想和愿望的实现谈何容易：“我在美国的生活真令人失望。”③ 在迷茫、痛苦之中，梦境为其提供了一个实现理想和愿望的空间。梦中，小女孩终于化身为女扮男装的“女勇士”，武艺高强、冲锋陷阵、劫富济贫，为受压迫、受剥削的乡亲报仇雪恨。值得注意的是，叙述者在梦中扮演的“女勇士”，已经不完全是那个象征着中国传统忠孝思想的文化符号“花木兰”，而是由多种元素“集锦”而成的：这既是一个雌雄同体的身体，又是一个集中国传统忠孝思想与美国女权意识和自我意识于一身的新女性。传统观念中专属男性的符码，如强健的体格、高强的武艺、坚韧的毅力、出色的军事才能等，在此与行经、怀孕、生养哺育、耕耘纺织等“女性符码”汇集于同一身体，创造出一个理想的女性形象。女勇士的形象无疑正是叙述者所有理想和愿望的象征，汤亭亭安排叙述者演绎这个完美的角色，意图抹去“女性”这个长久以来被标出（marked）的符号上面的标记——“白吃饭的”、“饭里蛆”、连“呆鹅”都不如、别人的妻子和女佣——正是这些标记使女性尤其是美国少数族裔女性遭受各种“缺失”的困扰。不仅如此，汤亭

① MAXINE HONG KINGSTON. The woman warrior: memoirs of a girlhood among ghosts. 1976. New York: Vintage, 1989: p. 25.

② MAXINE HONG KINGSTON. The woman warrior: memoirs of a girlhood among ghosts. 1976. New York: Vintage, 1989: p. 25.

③ MAXINE HONG KINGSTON. The woman warrior: memoirs of a girlhood among ghosts. 1976. New York: Vintage, 1989: p. 47.

亭还要为“女性”这个符号注入新意——女性也可以成为勇士。的确，“女勇士”已然是一个全新的文化符号，象征着美国新一代族裔女性的精神，它消解了男性与女性之间的二元对立，催醒了女性的主体意识，鼓励、指引着美国华裔女性追求其应有的权利。

值得指出的是，“梦境身份扮演”为文本中的现实理性抹上了超现实的怪诞色彩，让作品理性与诗性兼具。女勇士怀抱新生儿浴血奋战，“（新生儿的）脐带和红旗一起随风飘舞”[①]，这一颇具戏剧性的意象无疑极具象征性，这是一面女权主义的旗帜，倡扬着女权主义的宣言：女性的价值不仅仅在于生儿育女，母亲和妻子的职责并不影响女性建功立业。从其效果看，“梦境身份扮演”作为汤亭亭所使用的符号文本，艺术性地在生活与文学、现实与理想之间架起桥梁，虽然只是虚拟性地填补了缺失，但更重要的是唤起了少数族裔女性主体意识的觉醒，鼓励少数族裔女性走向自我建构。

同样运用“梦境身份扮演”来弥补缺失的是赵健秀的《唐老亚》。如前文所述，唐老亚的梦境意指了美国历史的缺失——白人对华工在美国的建设和发展中所作贡献的抹杀。而唐老亚在梦境中的身份扮演则实现了对历史漏洞的填补、对错误的修正和补偿。唐老亚每晚都梦见自己化身为家族第一代移民高祖父，与成千上万的华工一起在内华达山脉的荒山野岭中修筑中央太平洋铁路。他在梦中亲眼见证了华工在美国铁路发展史上的在场，并且亲身“模拟”了华工风餐露宿、艰苦劳动的情景，将这段缺失的历史栩栩如生地再现于读者眼前。在这段梦境描述中，叙述者多处使用身体—感官符码，如在工地进餐一幕，身上象征其身份的破旧唐人工装，与口腔、肠胃感官直接关联的“新鲜热烫”的粥和包子，飘洒在身上的

---

① MAXINE HONG KINGSTON. The woman warrior：memoirs of a girlhood among ghosts. 1976. New York：Vintage，1989：p. 36.

雨点[①]，这些符码使画面清晰如电影般，穿越了时间和空间阻隔，将杳缈的历史拉回现场。

弗洛伊德认为，梦通过唤醒沉睡的记忆，将过去、现在和将来串在一起[②]，唐老亚的“梦境身份扮演”唤醒了沉睡在美国历史中的族裔记忆，将华裔的过去和现在连在一起，并且提醒新一代华裔在将来保存族裔历史的责任。这正是赵健秀等华裔美国作家所肩负并且希望传承下去的历史责任，是赵健秀借唐老亚父亲之口所说的“天命”：“你应该自己保存历史，不然历史就会永远丢失。这就是天命。”[③] 赵健秀的“天命”说可视为对西马斯·迪恩在《民族主义、殖民主义和文学》中所发出警告的响应：“殖民活动是一个彻底的剥夺过程。被殖民的人民没有历史。”[④] 面对强势文化的“内部殖民”，华裔美国人如果不能依靠自己保存本族裔的历史，必将永远沦为被言说、被表征的“他者”。这正是赵健秀希望借唐老亚的梦境传递出去的信息，也是唐老亚的“梦境身份扮演”的意义所在。唐老亚的“梦境身份扮演”重现缺失的历史，在某种意义上已经是在履行这一“天命”。“历史是战争，不是游戏！”[⑤] 但游戏也可以是战争的手段，唐老亚的“梦境身份扮演”就是以游戏般的形式，上演一场没有硝烟的“历史之战”。

唐老亚通过“梦境身份扮演”弥补了历史的缺失，同时召唤来另一缺失的意义——自我身份的认同。故事一开始，这个12岁的华

---

① FRANK CHIN. Donald Duk. Minneapolis：Coffee House Press，1991：p. 72.

② 转引自张龙海：《以梦为媒，重构历史：评赵建秀〈唐老鸭〉中的艺术创作技巧》，《当代外国文学》2005年第3期，第70页。

③ FRANK CHIN. Donald Duk. Minneapolis：Coffee House Press，1991：p. 122.

④ SEAMUS DEANE. Introduction. In TERRY EAGLETON，FREDERIC JAMESON，EDWARD SAID. ed. Nationalism，colonialism and literature. Minneapolis：University of Minnesota Press，1990：p. 10.

⑤ FRANK CHIN. Donald Duk. Minneapolis：Coffee House Press，1991：p. 122.

裔少年就面临成长的苦恼和困惑。他接受了白人社会的同化教育，痛恨自己的华裔属性，憎恶一切与中国和华人相关的事物，包括自己的姓名，他甚至想离家出走，逃离唐人街。在其戴了“东方主义视镜”的眼里，唐人街是一块丑陋、吵闹、杂乱的边地，充斥着一切他讨厌的事物：“难听懂”的中国话、各种“滑稽可笑”的食物、“滑稽可笑”的各地习俗。[①] 总之，正如其父亲所言，唐老亚是“最后一个相信自己必须放弃华裔身份以成为美国人的土生华裔男孩”[②]。讽刺的是，他脱离不了这一切，“他就住在这里”[③]，即使他想放弃华裔身份，白人社会也不会接纳他为白人，他们仍然嘲笑他，当他的面贬低华人，伤其自尊。唐老亚的困境在于，他的自我是不完整的，他所缺失的是身份属性的认同，这一部分如同他那姓氏里丢失的字母 c，需要他去找回来。[④]

唐老亚的“梦境身份扮演”游戏帮助他完成了这一使命，其在梦境中塑造的关姓工头形象对其自我建构意义重大。唐老亚梦中的这个骁勇汉子，完全颠覆了白色权力话语所表征的“懦弱胆小、缺乏进取”的华人形象。唐老亚目睹其带领华工与白人谈判，为维护华工的权益展开有勇有谋的斗争，在与爱尔兰工人的筑路竞赛中，创下了铺设铁轨的施工进度纪录，还带领华工在最后一根枕木上刻上华人的名字，铭刻华工的血泪史以及对美国的贡献。这一形象深深打动了唐老亚，令其缺失的族裔自豪感油然而生。其实，这关姓工头是个“组合”而成的梦象，既是成千上万修路华工集体群像的

---

① FRANK CHIN. Donald Duk. Minneapolis：Coffee House Press，1991：pp. 2 – 3.

② FRANK CHIN. Donald Duk. Minneapolis：Coffee House Press，1991：p. 42.

③ FRANK CHIN. Donald Duk. Minneapolis：Coffee House Press，1991：p. 3.

④ 见张龙海对唐老亚姓氏（Duk）的解读，其认为 Duk 是 duck 一词有意漏掉了字母 c，这是赵健秀赋予唐老亚的使命，让其挖掘、找回姓氏、家族历史中丢失的一环。详见张龙海：《以梦为媒，重构历史：评赵建秀〈唐老鸭〉中的艺术创作技巧》，《当代外国文学》2005 年第 3 期，第 69 页。

缩影，也是唐老亚父亲崇拜的英雄关公的化身。在美国华人社群中，关公是个被神化的人物，象征着华裔最为荣耀的英雄传统。唐老亚父亲以在戏曲中扮演关公为傲，是其族裔文化认同的体现，而唐老亚梦到关公/关姓工头，对其形成自我和族裔认同同样有着象征性意义。唐老亚通过在梦里化身为高祖父，与关公/关姓工头并肩作战，在身体上建立起与父祖辈、修路华工以及关公的关联，在情感上重置了与他们所代表和象征的华裔历史和文化传统的关系，由此逐渐产生了对族裔文化的自豪感，形成对自我族裔属性的认同。由此而言，唐老亚的“梦境身份扮演”以虚拟召唤缺失的意义，帮助主体实现了自我建构。

在利用“梦境身份扮演”体验族裔经验，重构家族历史，帮助成长中的主体实现自我建构这一环节的设计上，《家园》与《唐老亚》可谓异曲同工。成为孤儿的陈雨津在孤寂中饱尝人生的缺失之痛，为了自我疗伤，实现自我成长，他同样诉诸“梦境身份扮演”，通过梦里化身重返父祖辈生活、劳作的地方，以体认的方式接通家族血脉，寻找其“生命的稳定脉搏”①，因为他深深感到，“除非我追求父母的生命，追求我祖父、曾祖父的生命，否则我的生命微不足道”②。他在梦中有时化身为在内华达山脉建造铁路的曾祖父，或化身为在天使岛遭受囚禁的祖父，有时又与父亲融为一体，四代人同呼吸、共脉搏。陈雨津在梦里张开每一个感官，让全身心浸润在曾祖父、祖父、父亲的气息里，细细感受、体验他们的苦痛和忧伤，就像他在红杉林里用手指在树的残干上一圈圈的年轮里一遍遍地感受其曾祖父、祖父和父亲一样。梦中的体验对陈雨津建构其族裔自我无疑是至关重要的，“自从梦见曾祖父以来，……我就不再

① SHAWN HSU WONG. Homebase. 1979. New York：Plume，1991：p. 23.
② SHAWN HSU WONG. Homebase. 1979. New York：Plume，1991：p. 9.

自怜”①。在梦里，他与父祖辈同在，使缺失的父爱复位、寂寥的心灵得到慰藉。不仅如此，陈雨津的梦旅最终助其寻找到“家园”这个符号所缺失的意义。在父祖辈的精神指引下，陈雨津在梦中“看到自己在这土地上有固定的位置”②，他发现属于他的家园就在曾祖父所在的镇——加利福尼亚的雨津（Rainsford），这是他的名字，虽然这个地名在美国的地图上找不到，但“雨津”这个符码铭刻了父祖辈的轨迹，也证实了他的根之所在：“这就是我的家园，我的雨津，加利福尼亚。”③ 他必须沿着父祖辈的足迹，将那些散落在各处的符码/地名一一标示出来，以便绘制出属于自己族裔的家园地图。在梦境、幻想和现实交叠的旅行中，他终于意识到美国这片土地就是属于自己族裔的家园，这片土地已经与自己族裔的血肉连成一体：

我们老得足以像幽灵一样附在这片土地上，就像印第安人躺下来休息，身体变成了地平线的轮廓一样。这是我父亲的峡谷，看他的头倾斜着！那山峰是他的鼻子，那悬崖是他的下巴，而交叠着的肩膀就是山巅。④

至此，“家园”这个符号不再虚空，而是与华裔族群血脉相连的实实在在的土地。陈雨津以“梦境身份扮演”铭刻父祖辈足迹，重现族裔历史，既建构了自我，又寻找到世世代代魂牵梦绕的“家园”。

显然，陈雨津与唐老亚及《女勇士》中的叙述者一样都不是缺失的被动接受者，而是敢于与宰制性话语和压制性环境抗争，敢于

---

① SHAWN HSU WONG. Homebase. 1979. New York：Plume，1991：p. 27.

② SHAWN HSU WONG. Homebase. 1979. New York：Plume，1991：p. 19.

③ SHAWN HSU WONG. Homebase. 1979. New York：Plume，1991：p. 94.

④ SHAWN HSU WONG. Homebase. 1979. New York：Plume，1991：p. 98.

表达诉求、主张应有权利的族裔主体。他们借助于梦境、戴“面具”的行为貌似是缺乏进取的方式，实际上这是被压迫者最为有效的抗争方式，其效果类似于盖茨所说的含蓄意指，这种话语方式是被压迫者发出自己的声音、表达自我的有效方式。三位华裔作家安排其作品中的华裔主人公通过“梦境身份扮演”，以“间接的方式，用缺席召唤在场”[①]，并在意指过程中彰显其主体能动性，这符合少数族裔的话语方式，也符合华裔文学作为弱势文学的艺术特征。

从这三部小说的梦境叙事来看，汤亭亭、赵健秀和徐宗雄对于梦境符号的运用形式各异，但又有异曲同工之妙。《女勇士》以梦境符号意指少数族裔女性所受的性别、种族歧视以及由此带来的生存权利、自由和平等权利的缺失；《唐老亚》以梦境符号意指少数族裔历史被抹杀、被湮没后的缺失以及新一代族裔身份认同的缺失；《家园》则以梦境符号意指少数族裔的失根离散经验。三部作品都以“梦境身份扮演”的方式，以虚拟的符码干预现有的生活文本和历史文本，召唤缺失的意义。三位作家对梦境符号的运用，让人联想到福柯关于梦的论述以及后结构主义女性主义的身份操演理论。福柯认为，梦并非对充满错误、转瞬即逝的世界的模拟，而是一个经验领域，“我们在其中可以探索和确定自己的存在和我们自己的自由”[②]。也就是，梦提供探索和阐释的空间而产生新的意义。“身份操演”理论以语言学家奥斯汀的语言具有述行功能（performative）的观点为基础，认为“身份操演”具有操演性（performativity），通过对某一身份的重复操演能带来所期望的效果。结合这

---

① 小亨利·路易斯·盖茨著，王元陆译：《意指的猴子：一个非裔美国文学批评理论》，北京：北京大学出版社，2011 年，第 142 页。

② MICHEL FOUCAULT. FORREST WILLIAMS. trans. Dream, imagination, and existence. In MICHEL FOUCAULT & LUDWIG BINSWANGER. KEITH HOELLER. ed. Dream and existence. New Jersey: Humanities Press, 1985: p. 59.

两种观点来理解美国华裔文学中的“梦境身份扮演”，我们或许可以这么认为，“梦境身份扮演”以模拟的经验提供了产生新的身体、新的身份、新的关系的可能，而且，利用梦境的时空便利以及身份转换带来的各种关系重置的时机，以虚拟的体验展开曾经被认为唯一、不容置疑的历史的多种可能性，使读者获得了审视、质疑、思考历史的新视角，促使历史的谬误、社会的不公正受到关注并得以纠正。值得指出的是，2012 年 6 月 18 日，美国众议院全票表决通过，正式以立法形式就其 1882 年通过的《排华法案》道歉，承认华人对美国的贡献。我们有理由认为，这个迟来了一个半世纪的道歉在某种程度上是由所有如赵健秀等华人、华裔的“梦想”述行/操演的结果。

第三节 游戏中的自我追寻与身份建构：任璧莲笔下的“身份表演”

乔治·H. 米德在《心灵、自我与社会》一书中谈到自我的形成时指出，自我的产生是一个社会过程，是个体在与社会的互动下形成的。在这个过程中，个体需要将自己对象化，并借助他人的经验和态度来形成对自身的态度。米德从儿童自我形成的角度提出，角色扮演游戏有助于儿童获得周围他人的态度，帮助其在与所属群体的关系中确定自身，使自我得到发展。在华裔美国作家任璧莲的《莫娜在应许之地》中，“角色/身份扮演”同样成了作品主人公成长过程中形塑和定义自我的重要手段，也是作家思考和探索文化身份建构的独特文学形式。

《莫娜在应许之地》（1996）是任璧莲第一部小说《典型的美国佬》（1991）的续集。《典型的美国佬》讲述了华人移民拉尔夫·张一家在美国实现美国梦的故事。小说展示了任璧莲幽默诙谐的写作风格和敏锐深刻的文化批评意识，被《纽约时报》评为1991年最值得关注的图书之一，并入围美国“全国书评界小说奖”（National Book Critics Circle Award for Fiction），由此奠定了任璧莲作为新生代优秀华裔美国作家的地位。续集《莫娜在应许之地》延续了《典型的美国佬》中拉尔夫·张一家的故事，但叙事焦点转向了张家的第二代，以二女儿莫娜的成长故事为主要叙事。从表面看来，这是一部华裔青少年个人的成长故事，但任璧莲关注的是“一个非常大的美国，但非WASP（盎格鲁—撒克逊白人新教徒）的美国”①。任璧莲将故事背景设定在民权运动蓬勃发展、多元文化主义思想开始萌芽、青少年反文化运动如火如荼的60年代末到70年代，由此巧妙地将个人的成长与种族关系、族裔身份、自由、民权等问题的思考联系起来，透过莫娜在成长过程中追寻自我的心灵历程，展开了对文化认同和族裔身份的思考和探索。

《莫娜在应许之地》的故事从莫娜上八年级开始。此时的张家已经实现经济上相对富裕，并且搬到了美国纽约郊区一个叫做“斯卡希尔”（Scarshill）的中产阶级社区。这是一个以犹太人居多的多族裔社区，其实是美国多种族、多族裔社会的缩影。在这里，莫娜结识了一帮同学和朋友，有犹太裔、日裔、非裔和盎格鲁—撒克逊裔白人。莫娜在与这些不同族裔的人交往过程中，经验不同文化之间的影响、交融和冲突，对不同文化加以审视、思考和实践，在追寻自我的过程中建构自己的文化身份。有意思的是，莫娜的身份建构在很大程度上是通过游戏般的、表演性的身份角色扮演得以完成的。不仅是莫娜，小说中几乎所有人物都致力于身份的转换。“转换”（switch）一词贯穿了整部小说的始末，就像《西游记》中孙悟

① JULIE SHIROISHI. American as apple pie. Asian week 18.6 (Sept. 1996). 26 Oct. 2006, www.asianweek.com/092796/cover.html.

空的口诀“变”一样，为小说叙事以及人物的成长和文化的越界创造了诸多可能性和游移的空间。值得指出的是，任璧莲笔下人物的“身份表演”在某种程度上诠释了巴特勒所言的“身份操演”的戏剧性、仪式性和语言性维度。尽管巴特勒的理论是在讨论性别身份建构时提出的，但对于讨论族裔身份建构仍然非常有帮助。下文中笔者将《莫娜在应许之地》这部作品置于青少年自我成长的心理分析以及巴特勒“身份操演”理论的脉络中加以审视，探讨“身份表演”作为作品的表现形式如何表达作品主题，传达作者的文化思想。

一、自我意识的萌芽与争取认同的表演

故事发生在20世纪六七十年代的美国，此时期社会思想变革风起云涌，人们都不同程度地卷入时代变革的洪流。不同族裔和文化走向多元混杂和融合的趋势，一方面为社会带来了新鲜的理想和希望，另一方面又由于理想和现实之间的差距，使人们不得不面对种族矛盾、文化冲突、身份困惑等问题。当正处于青春成长时期的青少年遭遇一个变动和复杂的世界时，他们的自我追寻之路必定更为曲折和多变。当张家搬到斯卡希尔时，莫娜时年13岁，正进入青春发育期。青春期是一个人在成长过程中自我意识开始萌芽的时期，会由早先的自我意识混沌状态转向对自我的探寻，由早先依赖于家庭、父母转向探索社会。他们需要通过与社会和他人的交往获得对自我的认知，确定自我，在此阶段，他们尤其迫切需要获得同伴的关注和认同。此时的莫娜尚未形成对自我和族裔背景的认识，却从与“他者”的互动中获得了反观自我和族裔身份的契机。

初到新社区，莫娜挖空心思想着如何获得他人的关注和接纳，使自己“受欢迎”（getting popular）。她想学习涂睫毛膏，可是她的眼睫毛总是粘在一起，她甚至考虑是否要像有男朋友的丹妮尔·迈

耶斯那样“找个人来亲吻”[①]。一天，莫娜偶然之间向同学芭芭拉夸口自己会空手道，“可以通过意念使双手坚强似钢铁”[②]，未料芭芭拉竟然相信了，在佩服之余对其刮目相看。随后莫娜发现谈论有关中国的事情总能引起关注。尽管莫娜从来没有在唐人街生活的经验，自认为很西化的父母自其小时候也没有教她讲中国话，她对于中国和中国文化根本没有什么认识，但这并不妨碍莫娜将其华裔身份当作一个可以炫耀的资本。她开始常常在同学面前卖弄她的中国知识，吹嘘“懂得怎样通过喝茶来怀孕”[③]。她向同学展示什么是中国话，其实只是仅有的几个她会讲的带上海口音的词语——别发疯、稀饭、酱油，这已经令她的同学赞叹不已。不久，莫娜成了一个非常受欢迎的女孩：

> 人们喜欢她因为她不必使用除臭剂，正如她在体操课前后在更衣室里所展示的。更不用说她还能向他们解释什么是豆腐。她的朋友们的母亲都请她去家里品尝她们做的中国菜。[④]

当莫娜受邀品尝犹太主妇们做的中国菜时，常常以一副俨然权威的口吻作出“非常正宗”的评价，以讨犹太主妇们高兴。而当被问到她家吃什么时，莫娜不得不承认妈妈做的菜与她们做的有些不同，但她还有一手，她会解释“我妈妈做的是家庭风味，菜谱上没

---

① JEN, GISH. Mona in the promised land. New York: Vintage Contemporaries, 1996: p. 5.

② JEN, GISH. Mona in the promised land. New York: Vintage Contemporaries, 1996: p. 5.

③ JEN, GISH. Mona in the promised land. New York: Vintage Contemporaries, 1996: p. 5.

④ JEN, GISH. Mona in the promised land. New York: Vintage Contemporaries, 1996: p. 6.

有的”[①]，这令众人艳羡不已。在一片赞叹和夸奖声中，莫娜不仅收获了众人的关注和友谊，还得到了作为孩子的虚荣心的极大满足。她开始向母亲海伦学习更多中国菜肴知识，但当“中国人如何吃剥掉皮的番茄”之类的饮食知识不再引起众人兴趣之后，莫娜的中国知识讲授有了新的内容，她绘声绘色地讲述中国人如何生吃猴脑的故事，丝毫没有考虑过这种道听途说的故事是否像忘记如何写中国字的母亲“编造”笔画一样是编造出来的。莫娜就像在进行音乐演奏，自由发挥着她对其族裔背景的渲染。对于莫娜而言，华裔身份是一项“天赋”（special talent），“就像擅长溜冰或唱歌剧一样”，莫娜甚至可以“以此成就一段职业生涯”。[②]

扮演“正宗中国人”的游戏令莫娜乐在其中。正如冈萨雷斯（Begona Simal Gonzalez）所言，她所标榜的“正宗”，实际上却是“假冒”的“中国性”，“正宗”与“假冒”之间的相互转换使得文化边界更加存疑。[③] 表面上，莫娜似乎为“中国性”而自豪，实际上，她仅仅意在利用其与众不同的族裔身份作为炫耀的资本，作为其获得关注的工具。作为出生和成长于西化家庭背景、从未有过唐人街生活经验、少不更事的第二代华裔，她对于族裔文化的认识仅限于浮光掠影的只言片语，更谈不上认同华族文化。可以说，莫娜的“族裔身份表演”与其主体无关。正因为莫娜的表演没有一个族裔主体的支撑，其表演由此具有了操弄性。对于一个富庶犹太社区

① JEN，GISH. Mona in the promised land. New York：Vintage Contemporaries，1996：p. 6.

② JEN，GISH. Mona in the promised land. New York：Vintage Contemporaries，1996：p. 8.

③ BEGONA SIMAL GONZALEZ. The（re）birth of Mona Changowitz：rituals and ceremonies of cultural conversion and self-making in Mona in the promised land. Melus，summer，2001：p. 232.

的初来乍到者，一个觉得自己“就像那只兀自竖立开来的疼痛手指”[①] 一样的“他者”来说，莫娜的操弄性表演似乎是帮助其融入社群、获得归属感的唯一途径。莫娜的表演令人联想起在华裔美国文学和文学批评史上具有争议性的“族裔食物色情文学”一说，任璧莲似乎有意让这个幼稚少年的“族裔身份表演”与曾经被一些华裔作者惯用但一直受到赵健秀等人诟病的“自我东方化”做法产生互涉。尽管莫娜的“身份表演”与华裔作家的“文化表演”处于不同的层次上，但两者之间的确存在某种实质的关联性和相似性。如果将这种关联性和相似性界定为对“他者”认同的追求，那么由此又可以引申到两者之间可能存在的另一共同点，那就是迫切追求“他者”的认同，这意味着主体的缺席。

的确，此阶段的莫娜尚未能对族裔文化以及自身的文化身份展开认真的思考，对其而言，族裔身份充其量就像一件时尚服装一样，可以随兴换来换去，就像她对日籍男友谢尔曼所说的，“谁生在这谁就是美国人，你也可以从你原来的身份转变为美国人。你只要学些规则和话语就可以了……就像我，我想成为犹太人我就可以。我只需要转换（switch）一下就可以了”[②]。足见其天真和幼稚。还是谢尔曼看得清楚，莫娜的一切考虑都是为了趋附时尚，包括她对他日裔身份的兴趣，也包括他们之间的交往。他在回日本之前对莫娜说的最后一句话是：“你只是想把一切都告诉你的朋友，你想有个男友只是为了让自己更合群。”[③]

---

① JEN, GISH. Mona in the promised land. New York: Vintage Contemporaries, 1996: p. 231.

② JEN, GISH. Mona in the promised land. New York: Vintage Contemporaries, 1996: p. 14.

③ JEN, GISH. Mona in the promised land. New York: Vintage Contemporaries, 1996: p. 21.

尽管莫娜的“族裔身份表演”意指其主体性的缺失，但毕竟她的自我意识已经觉醒，“族裔身份表演”为其打开了一个新的空间，让其得以从一个新的角度去接触、观察和思考其族裔文化，为认识和定位自我提供了可能性。

二、“身份表演”实践与自我的追寻和定位

如果说少年时期的“族裔身份表演”只是莫娜的儿戏，那么进入高中后的莫娜则是在有意识的“身份扮演”中思考着自己的文化身份，实践着自主选择的人生信念。

莫娜的身份实践始于她对犹太教的皈依。莫娜所住的社区犹太人居多，她的好朋友大多是犹太人，尤其是犹太姑娘芭芭拉·古拉尔斯坦（Barbara Gugelstein）、犹太男孩塞斯·曼德尔（Seth Mandel）以及犹太教会的拉比（意为导师）霍洛维茨（Horowitz）等人对其宗教信仰产生了重要影响。芭芭拉是犹太裔，由于父母一心希望向盎格鲁—撒克逊裔新教徒看齐，芭芭拉自小信奉新教，16 岁时却突然宣布自己转而信奉犹太教。芭芭拉在莫娜家的薄饼店用一个号角吹奏犹太教传统乐曲作为庆祝仪式，她兴奋地对莫娜说：“这标志着一个新的开始。我这样做，你也要这样做。”① 在芭芭拉的影响下，莫娜真的开始思考起皈依犹太教的问题。但其实此时的莫娜更多还是出于跟风从众、趋附时尚的心理，只是后来在霍洛维茨拉比的启发之下，莫娜才真正开始反思自己的选择。她首先需要确定的是：她是否清楚转换为犹太人意味着什么？她皈依犹太教的愿望是不是认真的？她是否为了效仿朋友而一时心血来潮，或出于青少年的叛逆心理？在霍洛维茨拉比的启发下，莫娜逐渐意识到身份的

---

① JEN，GISH. Mona in the promised land. New York：Vintage Contemporaries，1996：p. 31.

转变并非如她之前所言只要“转换”一下那么简单，而是如霍洛维茨拉比所说的是“毕生的功课”，她需要“不断地读书、学习，读书、学习，但这仍然很可能需要花上一辈子”①。

莫娜开始大量阅读犹太教书籍，潜心钻研犹太教义，同时积极参加犹太教各种活动，到犹太寺庙听拉比讲学，了解犹太历史和礼节，学习犹太圣经和希伯来语。同时，莫娜也开始对各种文化包括华裔文化进行比较和思考。正是在反思、追问、学习和探索的过程中，莫娜有了自己的发现，形成了自己关于宗教文化的见解。她最初选择皈依犹太教一方面是受伙伴的影响，另一方面也是因为她发现犹太文化表现出一种独立自主的精神，这与自己追求自我和独立的愿望相契合。她对霍洛维茨拉比说：“我喜欢来犹太寺庙。我喜欢你教导我们要提问、提问，而不是一味地顺从、顺从。我喜欢每一个人可以成为自己的拉比，与上帝直接交流。我喜欢每一个人都能决定自己的宗教信仰。”② 随着了解的深入，她认识到犹太教是一个相当“务实”（down - to - earth）的宗教，他们不求来生幸福，但求今生意义，致力于在此生改造世界、贡献人类、启迪心灵，并在此过程中使犹太民族生生不息。③ 莫娜还将犹太文化与自己所接触的几种文化进行比较：“犹太人寄希望于今生今世，天主教徒寄希望于天堂，而中国人寄希望于后代。”④ 经过比较，莫娜认为犹太裔美国人是美国少数族裔群体应该学习的榜样：“我们是少数民

---

① JEN, GISH. Mona in the promised land. New York: Vintage Contemporaries, 1996: p. 43.

② JEN, GISH. Mona in the promised land. New York: Vintage Contemporaries, 1996: p. 34.

③ JEN, GISH. Mona in the promised land. New York: Vintage Contemporaries, 1996: p. 35.

④ JEN, GISH. Mona in the promised land. New York: Vintage Contemporaries, 1996: p. 231.

族，……少数民族中没有谁比犹太人做得更好的了。”[①] 正是在学习犹太教教义和犹太传统文化，对犹太民族有了更为深入的了解之后，莫娜坚定了自己的信念，皈依了犹太教，成为一名华裔犹太教美国人，还将自己的姓改为张欧维茨（Changowitz）。这是汉语“张”的发音与犹太人姓氏的尾音相结合，象征着其杂糅的文化身份。

小说中，不仅莫娜实践了身份的转变，几乎每个人物的身份都在变动中。芭芭拉从犹太人转变为新教徒，再从新教徒转变回犹太人，此后又听从母亲的安排，做了整容手术，将犹太人标志性的大鼻子做小了。莫娜的另一位同学英格尔一直自以为是 WASP（盎格鲁—撒克逊白人新教徒），然而有一天得知去世了的母亲是犹太人，于是决定做回犹太人。可是这一犹太人身份并没有保持多久，英格尔又决定做回 WASP。莫娜的姐姐凯莉原先讨厌做华人，到了哈佛之后受室友非裔美国人内奥米的影响，竟然狂热地崇尚中国文化，过起了中国式生活，打太极拳，就着杂菜喝稀粥，甚至穿起了连父母都没有穿过的棉衣、布鞋，宣称自己是个“中国式的人”。

在小说所有的“身份表演者”中，莫娜的男友塞斯是最为积极也最具戏剧性的一个。他出生于犹太人家庭，却声称自己是个“正宗的非正宗犹太人”（authentic inauthentic Jew），并且正在成为“非正宗的非正宗犹太人”（inauthentic inauthentic Jew）[②]，自言“入侵”犹太教仅仅是他寻找自我过程的一部分。他放弃上大学，反对一切社会习俗和规范，像印第安人一样住在帐篷里，整日思索着尼采、康德，梦想着像梭罗一样做社会试验。他认为人必须表里如一，不

---

① JEN，GISH. Mona in the promised land. New York：Vintage Contemporaries，1996：p. 231.

② JEN，GISH. Mona in the promised land. New York：Vintage Contemporaries，1996：p. 112.

能公开一面、私下一面地玩两面派[①]，然而反讽的是，他却导演了一幕又一幕“身份表演”。他让同学安迪·卡普兰冒充莫娜少年时期的日籍男友谢尔曼给莫娜打电话，后来又接替安迪，亲自扮演谢尔曼继续在电话里与莫娜聊天，甚至雇佣另一日本交换生冒充谢尔曼与莫娜见面，让莫娜相信一直在电话里与她攀谈的就是谢尔曼。塞斯就这样在多个身份之间转换，他所进行的“身份表演”既是其社会试验的一部分，也是其探索自我的一个过程。塞斯的“身份表演”就像莫娜在哈佛大学里假扮成姐姐凯莉一样发人深思。离家出走的莫娜来到哈佛，趁姐姐凯莉不在，冒充凯莉，睡她的床，穿她的衣服，用她的牙刷，还以凯莉的身份去上课，替姐姐做课堂笔记，甚至在妈妈海伦和男友塞斯打来电话时自称是凯莉，而两人还信以为真。在这两处地方，“身份表演”得以以“假”乱“真”，恰恰令所谓的“真身份”与“假身份”之间的界线不再是理所当然的。任璧莲似乎以此揭示身份建构过程中的表演性和偶然性因素，启发我们对身份的属性展开更为深入的思考。

任璧莲借上述这些人物的身份转换，明确地表达了身份具有流动性的观点，契合了斯图尔特·霍尔的身份观，即身份只是一个定位、一个正在形成的动态的过程。[②] 值得注意的是，任璧莲似乎并不愿止步于此，她似乎希望进一步探讨这一流动性身份观究竟可以达至何种程度。这从其处理芭芭拉和英格尔的“身份表演”的方式可体现出来。任璧莲不仅将芭芭拉和英格尔的身份置于流动状态，甚至允许其来回变动，明显带有任性和儿戏般的色彩，就像少年时期莫娜的“身份表演”一样。从任璧莲描写这两个事件的态度来

---

① JEN，GISH. Mona in the promised land. New York：Vintage Contemporaries，1996：p. 121.

② 斯图尔特·霍尔著，陈永国译：《文化身份与族裔散居》，见罗钢、刘象愚主编：《文化研究读本》，北京：中国社会科学出版社，2000 年，第 209 页。

看，显然她并不认同对待身份的草率态度，她主张的是像青年莫娜那样的身份实践。尽管对于进入青年时期的莫娜来说，身份实践依然是一场持续不断的表演游戏，但她已经告别了幼时的冲动和儿戏，学会在游戏中学习和思考，在探索中定位自我，在理性的身份实践中建构自我主体性。

三、对身份建构性的文化思考

任璧莲在《莫娜在应许之地》一书中通过“身份表演”的形式，一方面以人物身份的变动不居模糊了身份范畴的边界，主张身份具有流动性；另一方面又以许多出人意料的细节描写揭示身份的建构性。在细读小说的过程中，不难发现任璧莲的思考契合了巴特勒的“身份具有操演性”的观点。巴特勒在《性别麻烦：女性主义与身份的颠覆》中指出，“性别操演”具有戏剧性的维度，因为它强调性别是一种近似于表演的行为，认同男性社会性别或女性社会性别的人会按照社会对这一性别的规约去演绎自己所认同的社会性别，即使这一社会性别与其生理性别不一定相符。但巴特勒特别指出，性别身份具有表演性并不是意味着一个人可以随心所欲地自由控制其性别行为，而是受社会规范的制约。在社会中定位为男性和女性的人在日常生活中都在不断地“引用”社会性别规范，按照异性恋模式中对男性特质和女性特质的规定去行动，在重复性别规范的过程中逐渐形成其性别身份。这是一种重复性、仪式性行为：

> 建构不是一种单一的行为，或由主体发起的一个因果过程，……建构不仅仅在时间中发生，其本身就是一种重复规范的时间过程；在这种重复过程中，性别得以产生，但同时又失去稳定性。作为重复或仪式性实践日积月累的结果，生理性别得到了自然化的效果，然而也正是在这种重复的过程中有偏离规范的可能性，

从而产生了不稳定性。①

巴特勒的“身份操演”理论虽然是在讨论性别身份的时候提出的，但对于分析任璧莲笔下的“族裔身份表演”仍然非常有帮助。我们从莫娜的“中国性”表演中，从她如咒语般的“转换”一词中，从她在哈佛校园里扮演姐姐一事中，从塞斯和安迪扮演谢尔曼这些情节中，都可以清楚看到“身份表演”的戏剧性。每个人物都在游戏式的转换身份角色过程中寻找自我的定位，并在这一过程中使得原有身份范畴变得不稳定，从而消解了固有的身份概念。尽管任璧莲笔下的这些人物宣称“你想成为什么人都可以”，表现出鲜明的反本质主义立场，但任璧莲并没有放任其反本质主义立场走向虚无主义。她通过莫娜的身份实践表达了对身份建构过程的重视。这一点契合了巴特勒所说的“身份操演”具有仪式性维度的观点。巴特勒认为，“身份操演”是对社会规范不断重复引用，从而形成程式化的一套实践，身份便是这一过程的结果。小说中，莫娜清楚自己想要成为犹太人必须经历不断学习的过程，正如她自己所言，“你得知道犹太教的假日，你得知道所有的仪式。这样你才知道你是谁，不再花时间试图成为 WASP，行为举止像是你没什么可以抱怨的。你必须知道你是一个少数族裔”②。由此看来，成为一个特定身份并不是说变就变的，而是必须遵循文化规范操演而成。从莫娜对犹太教教义的学习、对犹太教各项仪式的遵循，可见其身份建构有赖于其对犹太教规范的引用和操演。

不仅如此，任璧莲与巴特勒一样注意到了语言和作为语言实践

---

① JUDITH BUTLER. Bodies that matter：on the discursive limits of “sex”. New York：Routledge，1993：p. 10.

② JEN，GISH. Mona in the promised land. New York：Vintage Contemporaries，1996：p. 137.

的话语在身份建构过程中的作用。在巴特勒的理论中，性别身份的操演具有语言性的维度。首先表现在语言的述行性上。巴特勒吸收了奥斯汀关于语言具有施事功能的理论，讨论了语言对于身份的述行功能。她用了奥斯汀所举的例子：在教堂婚礼仪式上，从牧师说出“我宣布你们成为夫妻”那一刻起，一对新人就成了夫妻。同样，当医生宣布刚出生的婴儿为男孩或女孩那一刻起，婴儿就成了一个性别化的主体，他/她就被带入该文化对男性特质和女性特质的界定之中。这是类似于阿尔都塞所说的“询唤”（interpellation）的效果①。莫娜及其朋友们的身份转变都经过了语言的“询唤”，只不过对他们“询唤”的施行者是他们自己。我们看到芭芭拉和莫娜都是在宣布自己成为“犹太人”之后开始以“犹太人”自居的。这一“宣布成为犹太人”的举动虽然没有让芭芭拉和莫娜即刻成为“真正的”（这个词其实相当存疑）犹太人，但所产生的效果却非常明显，它“开启了她们人生的新篇章”②，她们开始常规性地参加犹太教堂活动，加入犹太教青年会组织，甚至负责该组织的热线电话工作。她们正是通过语言的“询唤”将自己置身于犹太教的身份话语中，并由此开始实践一系列身份操演。“询唤”还激起了反作用：芭芭拉的母亲将她送去做了整容手术，将标志着犹太人身份的大鼻子缩小；莫娜的妈妈海伦与她发生了激烈冲突，责骂她变为犹太人使家庭蒙羞——“我们中国人不会做这样的事”③。由此反证了语言“询唤”的力量。

---

① JUDITH BUTLER. Bodies that matter: on the discursive limits of "sex". New York: Routledge, 1993: pp. 224 - 225, 232.

② JEN, GISH. Mona in the promised land. New York: Vintage Contemporaries, 1996: p. 31.

③ JEN, GISH. Mona in the promised land. New York: Vintage Contemporaries, 1996: p. 45.

然而，语言在身份建构中更显著的作用体现在：身份是话语实践的结果。在巴特勒看来，话语实践产生性别知识，并利用这些知识来规定和铭刻身体，将身体性别化。在性别身份的建构上，社会和个人依照性别话语产生对身体的预期，其结果是建构出具有男性气质或女性气质的身体。这样建构而成的性别身份只是一种话语效果、一个没有“原件的仿品”，它仿拟的是“真品这个概念本身”①。所以说“性别操演”是语言性的，所操演出来的身体性别特征是在历史过程中外在文化符号沉积累加的结果。如果说巴特勒是以哲学思辨论证性别身份的话语建构性，任璧莲则是以文学性的手法表达其对族裔身份的话语建构性的思考。任璧莲的思考在“塞斯—安迪—谢尔曼”的“身份表演”以及莫娜与其几次有趣的对话中得到了充分的演绎。

莫娜在负责犹太教青年会的热线电话工作时，接到了一个自称日本男孩的电话。通话结束后，莫娜做了如下电话记录：

日本（?）男性，为了不可理解却很深刻的原因打电话（这是不是歧视?）。谁知道，也许只是为了练习语言（英语）吧。除了中间有长时间的沉默和使用短句子之外，通话的气氛还是好的。应该在吸毒教育上多注意些。鉴于通话人郁闷的心态，本来应该探讨他对于剖腹自杀的态度，即使这只是个刻板印象，然而却谈论草坪养护问题（施肥），还有长着树（柳树）的鸭子池塘。通话者颇为如前所述的树的剪枝烦恼，认为那树本如季候风一样充满阳光，四肢招展，不可能再长回去。突然挂断。有隐含的信息在里面？文化考量当然只是一个方面，或大或小。存疑。②

---

① JUDITH BUTLER. Gender trouble. New York：Routledge，1990：p. 138.

② JEN，GISH. Mona in the promised land. New York：Vintage Contemporaries，1996：p. 70.

在这里，由于双方没有见面，莫娜只能根据话语——当时的通话以及莫娜头脑中的文化预设——来建构来电者的身份。对方自称日本人，一下子将莫娜拉进其头脑中有关日本人的文化预设话语中。在猜测来电者目的时，她不断援引各种对日本/亚洲移民的刻板印象，如“不可理解”“为了练习语言（英语）”（意味着亚洲移民必定英语能力低下）等。显然，在这种文化预设中，一个心情郁闷的日本人似乎应该探讨剖腹自杀而不是草坪养护，因为探讨草坪养护显然是适合经济富裕、追求高品质生活的美国白人的话题，而不是来自亚洲、只懂得拼命工作的移民的话题。尽管莫娜看不见对方，然而对方的种族身份却成了莫娜理解对方来电目的的关键。讽刺的是，对方的种族身份实际上是扮演出来的，在小说后部，塞斯承认了这名来电者其实是莫娜的同学安迪。

经过几次通话，莫娜认定他是少年时期的男友谢尔曼。当芭芭拉怀疑来电者的身份时，两人试图通过一系列问话来试探其究竟：

芭芭拉在纸上写道：问他日本的教授都穿什么衣服。

“日本的教授都穿什么衣服？”

“什么？”

问他他现在穿什么。

“你现在穿什么？”

“我？我现在穿什么？”

问他是不是穿着蓝色牛仔裤。

“你是不是穿着蓝色牛仔裤？”

他怎么可能不知道自己穿什么。

“我是穿着蓝色牛仔裤。”他最后说。[①]

在这次通话中，莫娜和芭芭拉依然是援引关于族裔化身体的话语来建构对方的身份，她们启用了服饰这一族裔化身体的延伸物。在这两个女孩的文化预设中，和服是日本人族裔身份的标志。依照这样的预设，日本教授肯定是穿着和服的，而来电者如果真是日本人，那么他肯定知道日本教授的衣着。出乎这两个女孩意料，对方却答不上来。她们发现无法确定对方的日本人身份，于是转而问起对方是否穿着蓝色牛仔裤——主流服饰话语中美国文化的象征，试图以此确认对方是否美国人。根据宾夕法尼亚大学艾丽卡·林在《电话里的莫娜》一文中的分析，莫娜和芭芭拉问话中所提到的牛仔裤，既是美国文化中最为典型的服饰，又暗示了在资本主义扩张和全球化的影响下，牛仔裤已经成为全世界的流行服饰。[②] 可见以服饰作为意指种族的符号并不可靠。而来电者对日本服饰的不确定以及莫娜和芭芭拉对来电者身份的不确定，恰恰暗示了种族身份的文化设定的虚幻性，正如艾丽卡·林所指出的，“通过暗示来电者无法描述其身体现实不一定与其身份相关，任璧莲表明了来电者的身份是表演性的，是通过话语引用某些自然化了的关于种族身份的概念而建构的”[③]。

可见，任璧莲以其特有的幽默和深刻描写了莫娜与“谢尔曼”的几次通话，意在揭示对身体的各种种族化话语其实只是文化的建

---

① JEN, GISH. Mona in the promised land. New York: Vintage Contemporaries, 1996: pp. 80 - 81.

② ERIKA T LIN. Mona on the phone: the performative body and racial identity in Mona in the promised land. Melus, summer, 2003, 28 (2): p. 51.

③ ERIKA T LIN. Mona on the phone: the performative body and racial identity in Mona in the promised land. Melus, summer, 2003, 28 (2): p. 51.

构，与身体无关；身份不是建立在任何本质特征之上的，它是“身份表演者”依照文化预设的表演以及“观众”依照文化预设进行解读而共同建构而成的，是话语实践的结果，与主体的本质特征无关。

值得指出的是，原本只是为了捉弄莫娜的塞斯，为了在电话里扮演好谢尔曼，查阅了许多关于日本文化、禅宗的资料，竟然在这一过程中对东方文化产生了越来越浓厚的兴趣，他开始由原先的“身份扮演”游戏转向生活中的“身份操演”，俨然以日本人自居，过上睡榻榻米、使用筷子、坐蒲团的生活方式。他的这些“身份操演”实践最终帮助自己确立了对日本身份的认同，他“开始觉得自己是个日本人”，也许“他前世就是个日本人”。[①] 在此，任璧莲再次呼应了巴特勒关于身份建构具有操演性的观点。

总之，小说中主人公们的一系列“身份表演”事件，寓深刻的文化思考于游戏般的形式中。莫娜等人通过对宗教信仰的思考、对族裔身份的表演和实践，追寻自我，最终实现自我身份定位的过程，既是美国青少年自我成长的精神历程，同时也是作家任璧莲对族裔主体性、文化身份命题展开哲学思考的过程。任璧莲在这部作品中继续倡扬她在《典型的美国佬》中所采取的反本质主义身份观，更加难能可贵的是，她不仅以流动性文化身份观作为其反本质主义文化思想的核心，更将文化身份建构作为主体发展和自我完善旅程中一个动态性的文化过程而进行深入的探索，从而超越了族裔身份范畴，上升到更具普遍意义的人的主体性关怀的层面上。令人赞叹的是，作家巧妙地将这一系列深入的文化思考，寄寓于“身份表演”这一指符上，可以说，无论是作为叙事形式还是文化涵指，《莫娜在应许之地》中的“身份表演”都展现出不容忽视的诗学意义。

---

① JEN，GISH. Mona in the promised land. New York：Vintage Contemporaries，1996：p. 278.

小　结

本章主要探讨“身份表演”在族裔主体性追寻和建构中的作用，选取了几个华裔美国文学文本中独具特色的两类“身份表演”展开讨论：一类是梦幻时空中的化身，观察族裔主体如何借此突破时空界限，在族裔历史的追寻中定位自我，实现自我建构；另一类是后现代多元文化语境中美国少数族裔青少年的“身份表演”游戏，考察美国新一代少数族裔如何以“身份表演”游戏打破社会文化体制中的身份范畴，建构自我主体性。这两种模式的“身份表演”虽然形式各异，但实质意义并无不同，都是通过人物角色身份的转换，打破时空的限制，突破文化的格栅，创造了与历史、族裔传统以及多种文化交流互动的空间，获得重新审视自身与历史、族群、他种文化之关系的新视角，为探索自我、彰显自我、建构自我主体性创造了可能性。

在华裔美国作家笔下，“身份表演”不仅是少数族裔主体实践人生、探索文化身份和建构自我的有效方式，而且成为华裔作家独特的艺术表现形式。在几部运用梦境叙事的作品中，我们看到这一叙事手段模糊了各种身份和时空范畴的界限，为叙事提供了极大的便利，增强了作品的表现力，而且为读者阅读创造了一个内涵丰富的符号空间。在《女勇士》中，汤亭亭别出心裁地为叙述者创造了一个梦的异度空间，从而使在现实中受时间和空间限制、受历史和文化规训的族裔个体，在虚拟时空中获得暂时性的身心自由，释放第二自我，使自我的另一面获得彰显的机会。而在《唐老亚》和《家园》中，华裔主人公都在梦境中邂逅另一自我以及先祖灵魂，以体认的方式承续族裔血脉，追寻被湮没的族裔历史。从符号学角度看，梦境中的“身份扮演”是现实的“潜叙述”，是一种象征和隐喻修辞。这几部优秀的华裔文学作品都充分发挥了“梦境身份表演”的象征和隐喻功能，以似幻似真的梦境来折射现实，不仅创造了独特的模糊性美学效果，而且彰显了文本深刻的现实意义。

任璧莲笔下的“身份表演”同样展示了独特的风采。不同于前三部作品的梦幻，任璧莲的“身份表演”独具幽默和谐趣，以游戏般轻松有趣的形式，实践着对自我、族裔、社会和文化的哲学思考，诠释了任璧莲一贯所擅长的寓深刻思想于诙谐形式的艺术风格。

总之，由本章的论述中，我们不仅领略了“身份表演”在华裔美国作家笔下异彩纷呈的多姿风貌，而且跟随主人公的心灵之旅，一同审视自我的不同侧面，思考历史与人生的多种可能性，感受边缘族裔的生活体验和精神诉求。这也是本章所做研究的意义所在。

结　语

本书以华裔美国文学中的“身份表演”书写为研究对象，选取具有一定代表性的华裔美国叙事性文本，在文本细读的基础上分析了“身份表演”的符号化过程以及不同模式，从“身份表演”的符号形式分析入手，一方面展示了华裔美国文学在表现身份这一核心问题上的多姿风貌，彰显华裔美国文学的文学审美特质；另一方面，通过深层次的解读，挖掘“身份表演”背后的政治和文化内涵，透视“身份表演”背后的权力运作关系，揭示美国少数族裔主体的身份困境以及在应对身份困境时主体所彰显的能动性。综合前面章节的论述，大体可以得出以下三个结论：

第一，“身份表演”作为文学主题在华裔美国文学中具有普遍性，是身份主题在华裔美国作家笔下的具体化和个性化艺术呈现。华裔美国作家笔下的“身份表演”不仅蕴含了华裔美国人特殊的族裔经验，有着丰富的政治和文化内涵，而且浸润着华裔美国作家独特的艺术体验和审美理念，是华裔美国作家表达离散经验、思考和探索普遍困扰着亚裔/华裔美国人的身份问题的艺术表现手法。可以说，“身份表演”书写成为华裔美国文学具有普遍性的文学现象，既是华裔美国文学独有的族裔性体现，也是这一文学形态有着普适性文学审美追求的体现。

第二，从本书所选读的华裔美国文学作品来看，华裔美国作家笔下的“身份表演”有多种模式，包括在不同场合表演公开示人的

“面具”（如族裔身份、性别身份），也包括种种扮装和冒充行为，主要有现实空间的种族越界、身份冒充，心理空间的梦境化身、多重自我，文化空间的种族/性别扮装等。这些不同的模式集中体现了“身份表演”的复杂性、多义性特点，表现出鲜明的符号性和很强的文化隐喻性，不但成为华裔作家独特的叙事手法，而且赋予文本以模糊性的美学品质。

首先，从所选读的华裔美国文学文本中，我们可以看到“身份表演”书写在华裔美国作家笔下发挥了修辞性叙事功能。“身份表演”因为存在表演性和戏剧性的特点，使“表演者”身份难辨真伪，处于含混暧昧状态。作家通过让作品中的人物为不同目的有意表演自我设计的角色身份，或是变换着不同“面具”，扮演着模棱两可的身份，不仅凸显了人物身份的多重性，增强了阅读的层次感和张力，而且使叙事效果更加突出。例如，汤亭亭、赵健秀、徐宗雄书写“梦境身份扮演”，以梦幻作为现实的“潜叙述”，发挥了梦境化身的象征和隐喻修辞功能。黄哲伦的《蝴蝶君》和黄准美的《中国娃娃》则以“身份表演”戏仿了既存于主流文化中僵化的华人形象，取得了反讽的修辞效果。此外，作家还将“身份表演”作为刻画人物形象、表现人物内心世界的视觉叙事，通过人物的语言、服饰、身体姿态、行为举止等符号的运用，表现美国少数族裔在矛盾的文化和社会处境中面临的身份困境和艰难抉择，为作品增添了形象性艺术气质和细微之处见深义的审美趣味。

其次，华裔美国作家通过描述人物在不同场合的“身份表演”，展示人的不同面目，通过自我与多种身份的纠缠，揭示被异化、分裂的人内心的矛盾和冲突，同时创造出一个微妙、独具模糊性美学效果、有艺术张力、有更多阐释空间的文本世界。此外，在华裔美国作家笔下，“身份表演”还成为含蓄意指华裔美国经验的独特言说方式。很多作品通过梦境、幻象、神话等叙事形式，让人物在异度时空扮演“第二自我”或“他我”，以此喻指和暗示人格上的分裂、冲突和矛盾，或是隐晦地“反写”历史和记忆，揭示历史的多种可能性。这种含蓄意指方式在似是而非、欲说还休的意境中激发了读者深入解读的兴趣。

第三，华裔美国作家笔下的“身份表演”尽管形态各异，但都成为华裔作家借以表现族裔经验和族裔政治的艺术形式，被赋予了丰富的政治和文化内涵。从本书在“族裔身份表演”与族裔表征政治、“族裔身份表演”与族裔生存政治、“族裔身份表演”与族裔自我追寻三个方面的分析中，笔者有了以下发现：

其一，“身份表演”书写在不同程度上成为华裔美国作家参与族裔表征政治的策略性手段。很多华裔美国作家有感于美国主流文化长期以来对华裔等少数族裔形象的扭曲和错误表征对华裔等少数族裔所造成的伤害，也深刻感受到族裔自我表征的重要性，为了揭露既存于主流话语中的东方“面具”的虚构性，还本族裔本来面目，他们以文学作品为自我表征和反表征的场域，运用“身份表演”这一战斗武器，或正面描绘自我形象，或戏仿讽刺他者化表征。从不同时期作品中的“身份表演”书写来看，华裔美国作家对“身份表演”的表现手法不尽相同，对族裔表征政治的态度和立场也各异。成长于20世纪三四十年代、经历了美国由实行排华政策到提倡同化的“大熔炉”文化政策之转向的刘裔昌、黄玉雪，他们在文本中对族裔身份的表演就与接受过60年代民权运动洗礼的汤亭亭、黄哲伦笔下的族裔身份表演明显存在形式上的差异，在族裔表征政治中所发挥的作用也有所不同。这说明了华裔作家的文学写作及由写作中体现出来的政治和文化意识与作家的个人经历以及所处的时代、历史文化语境有着密切的关系。不同时期的华裔作家，在不同的政治和文化背景下有着相去颇远的个体经验、族裔意识和身份诉求，他们所受宰制性表征体系影响的程度不同，从而导致了他们在运用“身份表演”表征族裔形象时有着不同的符码选择，表征手法也存在差异。这同时也揭示了族裔表征符号背后权力运作的复杂性和动态性。

其二，从“族裔身份表演”与族裔生存政治这一维度考察华裔美国文学“身份表演”书写，可以发现在华裔美国作家笔下，“身份表演”成为美国少数族裔应对不公的生存环境，争取应有生存权利的政治策略。通过对三种不同类型身份表演者的“伪装”和“冒充”行为的探析，我们可以了解到这些纠缠、拉扯于不同身份之间的弱势族裔的复杂心态，感受到社会边缘人物生活中的辛酸、无奈和苦痛。对于这些被种族化、性别化的“他者”而言，“身份表演”不过是对抗压迫的权宜生存策略而已。他们的生存处境与在“身份表演”中的无奈引发了我们对一系列身份真假问题的思考。当我们将这些所谓真假问题置于弱势族裔所处的具体社会语境中考量时，已经无法依靠单纯的道德准绳来评判其对错，反而会由衷赞叹弱势群体在面对不利生存环境时所激发的能动性。

其三，从族裔主体性追寻和建构的维度分析“身份表演”的作用，可以看到在华裔美国作家笔下，“身份表演”成为美国少数族裔主体实践人生、探索文化身份、建构族裔自我的有效方式。在本书所分析的文本中，人物的身份是可变的。一方面，身份的可流转性不仅为文本叙事提供了极大便利，而且打破了时空的限制，跨越了不同文化的藩篱，创造了与历史、族裔传统以及多种文化交流互动的空间，使族裔主体获得重新审视自身与历史、族群、他种文化之关系的新视角，并从对族裔历史、文化的体认以及与他种文化的交流中获取精神突围和自我成长的力量，为探索自我、建构自我主体性创造了可能性。另一方面，族裔主体通过种族、性别等文化身份的操演，冲破固有身份类属的束缚，实践了自我的多种可能性，从而建构出新的族裔自我。

此外，“身份表演”在族裔身份政治和主体性建构中所起的作用引发了笔者对主体能动性问题的思考。

“身份表演”使得身份和主体建构成为可能，其前提是它颠覆了本质论的身份假设，也否认存在一个具有内在一致性、始终如一的主体。但是这个不断处于建构过程中的主体在自我建构的过程中究竟扮演着什么样的角色，有没有能动性的存在呢？福柯等一些后结构主义、解构主义理论家的主体性理论基本上都强调了主体被权力制约和建构的方面，但他们的理论似乎忽略了主体的能动性问题。深受福柯影响的巴特勒似乎延续了这一倾向，其“性别操演”理论将主体视为文化的建构以及在能动性问题上语焉不详。在《性别麻烦：女性主义与身份的颠覆》中，巴特勒似乎并不关心主体能动性的问题。从其论述中，可见其关注点放在揭示话语如何生产主体，而不关心个体的这一端是否有能动性。尽管巴特勒在论述“身份操演”理论时指出，“身份表演”可以引起意义的改变，但她认为，使意义改变成为可能的能动性不是来自主体身上，而是存在于“身份表演”过程，即意指和重复意指过程中所发生的偏移和变动。简言之，巴特勒将能动性完全置于意指实践中，似乎与个人无关。

然而，本书对华裔美国文学文本中“族裔身份表演”的考察揭示，少数族裔主体并非一味地被动接受角色的安排，主体通过表演角色可以获得一定程度上的能动性。例如，在《中国娃娃》中，我们看到被权力管控和规约的弱势族裔并没有失去能动性。尽管权力话语试图利用其所掌控的符码打造符合其想象的种族化和性别化“他者”，但这个弱势“他者”却以策略性的戏仿式表演在模拟规定角色的同时改动既定的角色，瓦解了固有的身份范畴，提出了族裔自我定义、自我表征的要求，由此表现出积极的能动性。在《女勇士》中，叙述者是在性别和种族双重压迫下产生了反抗压迫的动力，并且在这一动力的驱动下，经由“梦境身份表演”释放压抑的自我，为少数族裔女性自我建构探索可行之路。在《唐老亚》和《家园》中，华裔美国少年由于族裔历史和文化传承在他们生活中的缺席而有所迷失，但他们寻找族裔精神传统的愿望并没有彻底被压制，而是经由“梦境身份扮演”，接通了与族裔文化血脉和精神传统之间的联系。而在《莫娜在应许之地》中，莫娜更是以主动的选择，从有意识的“身份表演”实践中探索新型自我。毋庸置疑，这些成长中的华裔主体最终实现自我建构，重新定义自我，诚如巴特勒所言，是“身份表演”引起了意义的新变，但必须承认，能动性也存在于主体本身，因为“身份表演”作为意指实践，其行动者乃是人，意指实践必将涉及意义的选择，不管这种选择是在主动还是被动的情况下作出的，这种选择的能力就是人的能动性。从某种意义上讲，彰显族裔主体的能动性是华裔美国文学作为华裔族群重要言说方式为表达族裔政治诉求的必然选择，也是华裔美国文学的政治和文化意义的一部分。

综上所述，华裔美国文学“身份表演”书写以形式上的多姿及内涵上的丰富演绎了华裔美国文学独特的艺术风貌。本书通过对其“身份表演”书写的研究，揭示了华裔美国文学普遍性和族裔性、文学性和政治性兼具的特征。本书不仅是对华裔美国文学作为族裔文学研究的有益补充，更为深入探讨华裔美国文学的普适性特征提供了思考和借鉴。

参考文献

一、英文文献

[1] ASHCROFT, BILL. The empire writes back: theory and practice in post - colonial literature. New York: Routledge, 2002.

[2] AUSTIN, JOHN. How to do things with words. New York: Oxford University Press, 1962.

[3] BANERJEE, MITA. Vikrams of change: the suspended transnational presence of the Indian on friends. Amerikastudien/American Studies, 2006, 51 (3).

[4] BARTH, FREDERIK. Ethnic groups and boundaries. Boston: Little, Brown, 1969.

[5] BHABBA, HOMI. The location of culture. London: Routledge, 1994.

[6] BLUMBERG, RHODA LOIS. Civil rights: the 1960s freedom struggle. Boston: Twayne Publishers, 1991.

[7] BROWDER, LAURA. Splippery characters: ethnic impersonators and American identities. Chapel Hill: University of North Carolina Press, 2000.

[8] BROWN, LINDA KELLER, KAY MUSSELL. eds. Ethnic and regional foodways in the United States: the performance of group

identity. Knoxville: University of Tennessee Press, 1985.

[9] BUTLER, JUDITH. Gender trouble. New York: Routledge, 1990.

[10] BUTLER, JUDITH. Bodies that matter: on the discursive limits of "sex". New York: Routledge, 1993.

[11] CARROLL, LORRAYNE. Rhetorical drag: gender impersonation, captivity and the writing of history. Kent: The Kent State University Press, 2007.

[12] CHAN, ROY BING. The edge of knowing: dreams and realism in modern Chinese literature. Berkeley: University of California, Berkeley, 2009.

[13] CHEN, TINA. Double agency: acts of impersonation in Asian American literature and culture. Stanford: Stanford University Press, 2005.

[14] CHENG, ANNE ANLIN. The melancholy of race. New York: Oxford University Press, 2001.

[15] CHEUNG, KING - KOK. Articulate silences: Hisaye Yamanoto, Maxine Hong Kingston, Joy Kogawa. Ithaca: Cornell University Press, 1993.

[16] CHIN, FRANK. Confessions of the Chinatown cowboy. Bulletin of Concerned Asian Scholars, 1972, 4 (3).

[17] RICHARD KOSTELANETZ. ed. Seeing through shuck. New York: Ballantine, 1972.

[18] CHIN, FRANK. The chickencoop Chinaman/The year of the dragon. Seattle: University of Washington Press, 1981.

[19] CHIN, FRANK. The Chinatown Pacific and Frisco R. R. Co. Minneapolis: Coffee House Press, 1988.

[20] CHIN, FRANK. Donald duk. Minneapolis: Coffee House Press, 1991.

[21] CHIN, FRANK, et al. eds. Aiiieeeee! an anthology of Asian - American writers. Washington, D. C. : Howard University Press, 1974.

[22] COOKLIN, KATHERINE L. Poststructural subjects and feminist concerns: an examination of identity, agency and politics in the works of Foucault, Butler and Kristeva. Austin : The University of Texas at Austin, 2004.

[23] DAVIS, ROCIO G. Begin here: reading Asian North American autobiography of childhood. Honolulu: University of Hawaii Press, 2007.

[24] DAVIS, ROCIO G, SUE - IM LEE. eds. Literary gestures: the aesthetic in Asian American writing. Philadelphia: Temple University Press, 2006.

[25] DOANE, MARY ANN. Film and the masquerade: theorizing the female spectator. Screen, 1982, 23 (3 - 4).

[26] DOUGLAS, MARY. Deciphering a meal. Daedalus, Winter, 1972, 101 (1).

[27] EAGLETON, TERRY. Ideology: an introduction. London: Verso, 1991.

[28] EAGLETON, et al. eds. Nationalism, colonialism and literature. Minneapolis: University of Minnesota Press, 1990.

[29] FOUCAULT. The history of sexuality and introduction. New-York: Vintage Books, 1988.

[30] FOUCAULT. COLIN GORDON. ed. and trans. Power/knowledge: selected interviews and other writings, 1972 - 1977. New York:

Pantheon Books, 1980.

[31] KEITH HOELLER. ed. Dream and existence. New Jersey: Humanities Press, 1985.

[32] MICHEL FOUCAULT. Of other spaces. Diacritics, 1986, 16 (1).

[33] FREUD, SIGMUND. JAMES STRACHEY . trans. The interpretation of dreams. New York: Penguin Books, 1953.

[34] JAMES STRACHEY. trans. The standard edition of the complete psychological works of Sigmund Freud. London: Hogarth, 1981.

[35] GOFFMAN, ERVING. The presentation of self in everyday life. New York: Penguin Press and Doubleday, 1956.

[36] GONZALEZ, BEGONA SIMAL. The (re)birth of Mona Changowitz: rituals and ceremonies of cultural conversion and self-making in Mona in the promised land. Melus, summer, 2001, 26 (2).

[37] GOTANDA, PHILIP KAN. Fish head soup and other plays. Seattle: University of Washington Press, 1991.

[38] GREENBLATT, STEPHEN. ed. New world encounters. Berkeley: University of California Press, 1993.

[39] STUART HALL, DAVID, TONY MCGREW. eds. Modernity and its future. Cambridge: Polity Press, 1992.

[40] PATRICK WILLIAMS, CHRISMAN. eds. Colonial discourse and post - colonial theory: a reader. London: Harvester Wheatsheaf, 1994.

[41] ERIC J HOBSBAWM, TERENCE RANGE. eds. The invention of tradition. 1983. Cambridge: Cambridge University Press, 1992.

[42] HURH, W M, KIM, K C. The "success" image of Asian Americans: its validity, and its practical and theoretical implications.

Ethic and racial studies, 1989, 12 (4).

[43] JEN, GISH. Mona in the promised land. New York: Vintage Contemporaries, 1996.

[44] JEN, GISH. The love wife. New York: Vintage Contemporaries, 2004.

[45] KENNEDY, RANDALL. Racial passing. Ohio state law journal, 2001 (62).

[46] KIM, ELAINE H. Asian American literature: an introduction to the writings and their social context. Philadelphia: Temple University Press, 1982.

[47] KIM, ELAINE H. Such opposite creatures' men and women in Asian American literature. Michigan quarterly review, 1990, 29 (1).

[48] EMORY ELLIOTT. ed. Columbia literary history of the United States. New York: Columbia University Press, 1988.

[49] KIM, ELAINE H. Writing self, writing nation: a collection of essays on DICTEE by Theresa Hak Kyung Cha. Berkeley: Third Woman Press, 1994.

[50] KINGSTON, M. H. The woman warrior: memoirs of a girlhood among ghosts. 1976. New York: Vintage, 1989.

[51] KINGSTON, M. H. Tripmaster monkey, his fake book. New York: Vintage Books, 1989.

[52] AMIRTHANAYAGAM, G. ed. Asian and Western writers in dialogue: new cultural identities. London: Macmillan, 1982.

[53] KONDO, K DORINNE. M. butterfly: orientalism, gender, and a critique of essentialist identity. Cultural critique, 1990 (16).

[54] KOSHY, SUSAN. Sexual naturalization. Standford: Standford University Press, 2004.

[55] KRISTEVA, JULIA. LEON S ROUDIEZ. trans. Powers of horror: an essay on abjection. New York: Columbia University Press, 1982.

[56] LAWRENCE, KEITH, FLOYD CHEUNG. eds. Recovered legacies: authority and identity in early Asian American literature. Philadelphia: Temple University Press, 2005.

[57] LEE A JACOBUS. ed. The Bedford introduction to drama. 4th. Boston: St. Martin's Press, 2000.

[58] LEE, ROBERT. Oriental: Asian Americans in popular culture. Philadelphia: Temple University Press, 1999.

[59] LEE, YAN PHOU. When I was a boy in China. Xlibris, 2003.

[60] LI, DAVID LEIWEI. Imaging the nation: Asian American literatureand cultural consent. Stanford: Stanford University Press, 1998.

[61] M BOLER. ed. Democratic dialogue in education: troubling speech, disturbing silence. New York: Peter Lang, 2005.

[62] LIM, JANUARY YEE HIONG. The semiotics of dress in Asian American literature. University of Alberta, 2008.

[63] LIN - BLINDE, PATRICIA. The icicle in the desert: perspective and form in the works of two Chinese - American writers. Melus, 1979, 6 (3).

[64] LIN, ERIKA T. Mona on the phone: the performative body and racial identity in Mona in the promised land. Melus, summer, 2003, 28 (2) .

[65] LING, AMY. Whose America is it? Weber: The Contemporary West, 1995, 12 (1).

[66] LING, JINQI. Narrating nationalism: ideology and form in

Asian American literature. New York: Oxford University Press, 1998.

[67] LODGE, DAVID. ed. Modern criticism and theory: a reader. London: Longman, 1988.

[68] LOWE, LISA. Immigrant acts. Durham and London: Duke University Press, 1996.

[69] LOWE, PARDEE. Father and glorious descendent. Boston: Little, Brown, 1943.

[70] MACKIN, JONNA. Split infinities: the comedy of performative identity in Maxine Hong Kingston's Tripmaster monkey. Contemporary literature, 2005, 46 (3).

[71] MANDEL, BARRETT JOHN. The autobiographer's art. The journal of aesthetics and art criticism, 1968, 27 (2).

[72] MASCUCH, MICHAEL. Origins of the individualist self: autobiography and self-identity in England, 1591 – 1791. Stanford : Stanford University Press, 1996.

[73] MISCH, GEORGE. A history of autobiography in antiquity. Cambridge: Harvard University Press, 1951.

[74] NG, FAE MEYNNE. Bone. New York: Hyperion, 1994.

[75] NG, FAE MEYNNE. Steer toward rock. New York: Hyperion, 2008.

[76] T COLE. ed. Playwrights on playwriting. New York: Hill and Wang, 1961.

[77] ROCIO G DAVIS, SAMI LUDWIG. ed. Asian American literature in the international context: readings on fiction, poetry, and performance. Hamburg: Lit, 2002.

[78] PALUMBO – LIU, DAVID. The minority self as other: problematics of representation in Asian – American literature. Cultural Cri-

tique, autumn, 1994 (28).

[79] PARK, SAMUEL. The performance of race in Asian American drama. University of Southern California, 2006.

[80] READING, AMY LYNN. Courting inauthenticity: deception and revelation in American autobiography. Yale University, 2007.

[81] RICH, FRANK. M. butterfly, a story of a strange love, conflict and betrayal. The New York times, 1988-03-21.

[82] BONNIE KIME SCOTT. ed. Gender in modernism: new geographies, complex intersections. Urbana : University of Illinois Press, 2007.

[83] ROTHFIELD, PETER. Habeus corpus: feminism, discourse and the body. Writings on dance, of bodies and power. Impact printing, 1988.

[84] SAID, EDWARD W. Orientalism. New York: Vintage Books. 1979.

[85] SAID, EDWARD W. After the last sky. New York: Pantheon, 1986.

[86] S BENHABIB, J BUTLER, D CORNELL, N FRASER. eds. Feminist contentions: a philosophical exchange. New York: Routledge, 1995.

[87] SCHUELLER, MALINI HOHAR. Theorizing ethnicity and subjectivity: Maxine Hong Kingston's Tripmaster monkey and Amy Tan's The joy luck club. Genders, 1992 (15).

[88] SCOTT, BONNIE KIME. ed. Gender in modernism: new geographies, complex intersections. Urbana and Chicago: University of Illinois Press, 2007.

[89] SHAPIRO, STEPHEN A. The dark continent of literature:

autobiography. Comparative literature studies, 1968 (5).

[90] SHIMAKAWA, KAREN. "Who's to say?" or, making space for gender and ethnicity in M. butterfly. Theatre journal, 1993 (3).

[91] SHIROISHI, JULIE. American as apple pie. Asian week 18.6 (Sept. 1996). 26 Oct. 2006, http://www.asianweek.com/092796/cover.html.

[92] SONTAG, SUSAN. On photography. New York: Picador, 1977.

[93] STROZIER, ROBERT M. Foucault, subjectivity and identity: historical constructions of subject and self. Detroit: Wayne Sate University Press, 2002.

[94] TANNEN, M. SAVILLE - TROIKE. eds. Perspectives on silence. Norwood, N. J.: Ablex, 1985.

[95] TERRY EAGLETON, FREDERIC JAMESON, EDWARD SAID. eds. Nationalism, colonialism and literature. Minneapolis: University of Minnesota Press, 1990.

[96] TRILLING, LIONEL. The opposing self. New York: The Viking Press, 1955.

[97] TURNER, V. The ritual process: structure and anti-structure. Chicago: Aldine Publishing Co., 1969.

[98] TUSMITH, BONNIE. On cultural contexts, aesthetics, and the mission of Melus, presidential address. Melus, 2002, 27 (3).

[99] WEEDON, CHRIS. Feminist practice and poststructuralist theory. Oxford: Blackwell, 1987.

[100] WHITE, WALTER. A man called White: the autobiography of Walter White. New York: Viking Press, 1948.

[101] WOLFREY, JULIAN. Critical keywords in literary and cul-

tural theory. New York: Palgrave Macmillan, 2004.

[102] KATHY A PERKINS, ROBERTA UNO. eds. Contemporary plays by women of color. New York: Routledge, 1996.

[103] ELIZABETH WONG. China doll: the imagined life of an American actress. Washington: Dramatic Publishing, 2005.

[104] WONG, JADE SNOW. Fifth Chinese daughter. Taiyuan: Shanxi Education Press, 2002.

[105] WONG, SAU – LING CYNTHIA. Reading Asian American literature: from necessity to extravagance. Princeton : Princeton University Press, 1993.

[106] WONG, SHAWN HSU. Homebase. 1979. New York: Plume, 1991.

[107] WONG, SHAWN HSU. American knees. New York: Simon & Schuster, 1995.

[108] WOOLF, VIRGINIA. A room of one's own. New York: Harcourt Brace Jovanovich Inc. 1929.

[109] WURMSER, LEON. The mask of shame. Baltimore: Johns Hopkins University Press, 1981.

[110] YEATS, W B. Autobiographies. London: Macmillan, 1955.

[111] YIN, XIAO – HUANG. Chinese American literature since the 1850s. Urbana and Chicago: University of Illinois Press, 2000.

[112] ZHOU XIAOJING, SAMINA NAJMI. eds. Form and transformation in Asian American literature. Seattle, 2005.

二、中文文献

[1] 朱迪斯·巴特勒著，宋素凤译：《性别麻烦：女性主义与身份的颠覆》，上海：上海三联书店，2008 年。

［2］布莱恩·特纳著，马海良译：《身体与社会》，沈阳：春风文艺出版社，2000 年。

［3］布尔迪厄、华康德著，李猛、李康译：《实践与反思——反思社会学导引》，北京：中央编译出版社，1998 年。

［4］C. S. 霍尔、V. J. 诺德贝著，冯川译：《荣格心理学入门》，北京：生活·读书·新知三联书店，1987 年。

［5］陈爱敏：《表征与反表征——兼论美国华裔文学的表征实践》，《外语研究》2008 年第 6 期。

［6］阿尔都塞著，陈越编：《哲学与政治：阿尔杜塞读本》. 长春：吉林人民出版社，2003 年。

［7］程爱民、邵怡、卢俊：《20 世纪美国华裔小说研究》，南京：南京大学出版社，2010 年。

［8］丹尼·卡瓦拉罗著，张卫东译：《文化理论关键词》，南京：江苏人民出版社，2006 年。

［9］恩斯特·卡西尔著，甘阳译：《人论》，上海：上海译文出版社，1985 年。

［10］法农著，陈瑞桦译：《黑皮肤，白面具》，台北：心灵工坊文化事业股份有限公司，2005 年。

［11］黄玉雪：《五姑娘》，太原：山西教育出版社，2002 年。

［12］方红：《和平沉默叙述技巧——〈第五和平书〉创作谈》，《当代外国文学》2008 年第 1 期。

［13］冯品佳：《世界英文文学的在地化：新兴英文文学与美国弱势族裔文学研究在台湾》，《英美文学评论》2006 年第 9 期。

［14］福柯著，刘北成、杨远婴译：《规训与惩罚：监狱的诞生》，北京：生活·读书·新知三联书店，2007 年。

［15］福柯著，严峰译：《权力的眼睛——福柯访谈录》，上海：上海人民出版社，1997 年。

［16］杰姆逊讲演，唐小兵译：《后现代主义和文化理论》，北京：北京大学出版社，1997 年。

［17］冯俊等著，陈喜贵等译：《后现代主义哲学讲演录》，北京：商务印书馆，2003 年。

［18］欧文·戈夫曼著，冯钢译：《日常生活中的自我呈现》，北京：北京大学出版社，2008 年。

［19］耿龙明、何寅：《中国文化与世界》（第 4 辑），上海：上海外语教育出版社，1996 年。

［20］韩虹：《论赵健秀的语言关怀》，《暨南学报》（哲学社会科学版）2011 年第 5 期。

［21］何文敬、单德兴主编：《再现政治与华裔美国文学》，台北：“中央研究院”欧美研究所，1996 年。

［22］威廉·冯·洪堡特著，姚小平译：《论人类语言结构的差异及其对人类精神发展的影响》，北京：商务印书馆，1997 年。

［23］黄秀玲著，詹乔、蒲若茜、李亚萍译：《从必需到奢侈：解读亚裔美国文学》，北京：中国社会科学出版社，2007 年。

［24］黄玉雪著，张龙海译：《华女阿五》，南京：译林出版社，2004 年。

［25］黄哲伦著，张生译：《蝴蝶君》，上海：上海译文出版社，2010 年。

［26］黄作：《不思之说——拉康主体理论研究》，北京：人民出版社，2005 年。

［27］胡壮麟：《走近巴赫金的符号王国》，《外语研究》2001 年第 2 期。

［28］克里斯蒂娃著，张新木译：《恐怖的权力》，北京：生活·读书·新知三联书店，2001 年。

［29］拉康著，褚孝泉译：《拉康选集》，上海：上海三联书店，

2000 年。

［30］理查·谢克纳著，孙惠柱主编：《人类表演学系列：谢克纳专辑》，北京：文化艺术出版社，2010 年。

［31］李幼蒸：《理论符号学导论》，北京：中国人民大学出版社，2007 年。

［32］林秀幸：《界线、认同和忠实性：进香，一个客家地方社群理解和认知他者的社会过程》，《台湾人类学刊》2007 年第 5 卷第 1 期。

［33］凌津奇著，吴礐译：《叙述民族主义：亚裔美国文学中的意识形态与形式》，北京：中国社会科学出版社，2006 年。

［34］凌津奇：《历史与想象：雷祖威、梁志英与伍慧明的小说艺术》，《南开学报》2009 年第 5 期。

［35］姜望琪：《索绪尔的语言任意性》，《外国语言文学研究》2005 年第 12 期。

［36］勒热纳著，杨国政译：《自传契约》，北京：生活·读书·新知三联书店，2001 年。

［37］刘增美：《族裔性与文学性之间：美国华裔文学批评研究》，南京师范大学博士学位论文，2011 年。

［38］陆梅林：《西方马克思主义美学文选》，桂林：漓江出版社，1988 年。

［39］陆薇：《华裔美国文学的幽灵叙事：以伍慧明的小说〈向我来〉为例》，《译林》2009 年第 2 期。

［40］陆薇：《超越二元对立的话语：读美籍华裔女作家伍慧明的小说〈骨〉》，《外国文学研究》2002 年第 2 期。

［41］陆薇：《走向文化研究的华裔美国文学》，北京：中华书局，2007 年。

［42］陆薇：《形式与内容的交叉互涉：亚裔美国文学的哥特批

评》，《英美文学研究论丛》2010年第1期。

［43］罗兰·巴特著，董学文、王葵译：《符号学美学》，沈阳：辽宁人民出版社，1987年。

［44］罗兰·巴特著，李幼蒸译：《符号学原理》，上海：上海三联书店，1988年。

［45］罗兰·巴特著，屠友祥译：《S/Z》，上海：上海人民出版社，2000年。

［46］罗兰·巴特著，屠友祥、温晋仪译：《神话修辞术：批评与真实》，上海：上海人民出版社，2009年。

［47］奈杰尔·拉波特、乔安娜·奥弗林著，鲍雯妍、张亚辉译：《社会文化人类学的关键概念》，北京：华夏出版社，2005年。

［48］蒲若茜：《族裔经验与文化想象》，北京：中国社会科学出版社，2006年。

［49］蒲若茜：《亚裔美国文学批评探源》，《广东社会科学》2011年第3期。

［50］饶芃子：《比较诗学》，西安：陕西师范大学出版社，2000年。

［51］饶芃子：《流散与回望：比较文学视野中的海外华人文学》，天津：南开大学出版社，2007年。

［52］任湘云：《服饰话语与中国现代小说研究》，成都：四川大学出版社，2010年。

［53］萨义德著，王宇根译：《东方学》，北京：生活·读书·新知三联书店，1999年。

［54］单德兴：《冒现的文学/研究：台湾的亚美文学研究——兼论美国原住民文学研究》，《中外文学》2001年第29卷第11期。

［55］单德兴：《“创造传统与华裔美国文学”专题绪论》，《欧美研究》2002年第32卷第4期。

[56] 单德兴：《开疆与辟土：美国华裔文学与文化》，天津：南开大学出版社，2006 年。

[57] 单德兴、何文敬主编：《文化属性与华裔美国文学》，台北："中央研究院" 欧美研究所，1994 年。

[58] 斯图尔特·霍尔编，徐亮、陆兴华译：《 表征——文化表象与意指实践》，北京：商务印书馆，2005 年。

[59] 罗钢、刘象愚主编：《文化研究读本》，北京：中国社会科学出版社，2000 年。

[60] 苏珊·朗格：《哲学新解》，北京：北京广播学院出版社，2002 年。

[61] 苏珊·S. 兰瑟著，黄必康译：《虚构的权威——女性作家与叙述声音》，北京：北京大学出版社，2002 年。

[62] 孙柏：《丑角的复活：西方戏剧文化的价值重估》，上海：上海学林出版社，2002 年。

[63] 孙胜忠：《质疑华裔美国文学研究中的"唯文化批评"》，《外国文学》2007 年第 3 期。

[64] 泰纳著，傅雷译：《艺术哲学》，北京：人民文学出版社，1963 年。

[65] 汤亭亭著，李剑波、陆承毅译：《女勇士》，桂林：漓江出版社，1998 年。

[66] 汪民安、陈永国编：《后身体：文化、权力和生命政治学》，长春：吉林人民出版社，2003 年。

[67] 王晓路等著：《文化批评关键词研究》，北京：北京大学出版社，2007 年。

[68] 王晓路：《表征理论与美国少数族裔书写》，《南开学报》2005 年第 4 期。

[69] 韦勒克、沃伦著，刘象愚等译：《文学理论》，北京：生

活·读书·新知三联书店，1984年。

[70] 西蒙娜·德·波伏娃著，陶铁柱译：《第二性》，北京：中国书籍出版社，1998年。

[71] 小亨利·路易斯·盖茨著，王元陆译：《意指的猴子：一个非裔美国文学批评理论》，北京：北京大学出版社，2011年。

[72] 徐颖果：《跨文化视野下的美国华裔文学——赵健秀作品研究》，天津：南开大学出版社，2008年。

[73] 亚伯纳·柯恩著，宋光宇译：《权力结构与符号象征》，台北：金枫出版有限公司，1987年。

[74] 姚大志：《现代之后：20世纪晚期西方哲学》，北京：东方出版社，2000年。

[75] 亚理斯多德、贺拉斯著，杨周翰、罗念生译：《诗学·诗艺》，北京：人民文学出版社，1962年。

[76] 伊莉莎白·赖特著，王文华译：《拉康与后女性主义》，北京：北京大学出版社，2005年。

[77] 尹锐：《文化与权力运作视域下的〈华女阿五〉》，《北京航空航天大学学报》（社会科学版）2010年第5期。

[78] 尹晓煌著，徐颖果译：《美国华裔文学史》，天津：南开大学出版社，2006年。

[79] 赵文书：《跨世纪华裔美国文学非虚构作品述评》，《江苏技术师范学院学报》2006年第2期。

[80] 詹乔：《论华裔美国英语叙事文本中的中国形象》，暨南大学博士学位论文，2007年。

[81] 张冲：《散居族裔批评与美国华裔文学研究》，《外国文学研究》2005年第2期。

[82] 张锦忠：《检视华裔美国文学在台湾的建制化（1981—2001）》，《中外文学》2001年第29卷第11期。

［83］张龙海：《美国华裔文学的历史和现状》，《外国文学动态》1999 年第 2 期。

［84］张龙海：《以梦为媒，重构历史：评赵建秀〈唐老鸭〉中的艺术创作技巧》，《当代外国文学》2005 年第 3 期。

［85］张小虹：《性别越界》，台北：联合文学出版社，1996 年。

［86］张子清：《与亚裔美国文学共生共荣的华裔美国文学》，《外国文学评论》2000 年第 1 期。

［87］张子清：《华裔美国文学的价值与译介》，《英美文学研究论丛》2010 年第 1 期。

［88］赵毅衡：《符号学与符号学的文学研究》，《外国文学评论》1989 年第 2 期。

［89］赵毅衡：《文学符号学》，北京：中国文联出版公司，1990 年。

［90］赵毅衡：《符号学：原理与推演》，南京：南京大学出版社，2011 年。

［91］周宁：《想象与权力：戏剧意识形态研究》，厦门：厦门大学出版社，2003 年。

［92］周郁蓓：《亚裔美国文学批评与后现代、后现代理论的关系》，《南开学报》（哲学社会科学版）2009 年第 5 期。

［93］朱立元：《当代西方文艺理论》，上海：华东师范大学出版社，2005 年。

［94］庄周著，郭象注：《庄子》，上海：上海古籍出版社，1989 年。

后　记

本书是在我的博士学位论文基础上修改而成，是我在华裔美国文学领域探索旅程的一个阶段性汇报。回顾从选题、写作、修订到如今付梓在即，竟已历时七年，其间既有苦苦求索的艰辛，也有汲取知识的充实和收获成果的欣慰。一路走来，我能克服种种困难，离不开诸多师长、好友、亲朋的教诲、鼓励和帮助，没有他们，将不可能有这本书的存在。

首先，我要感谢我的博士导师蒲若茜教授。10 年前，我在人生困惑迷茫之际有幸得到蒲老师指点迷津。蒲老师以其亲身经历勉励我不要放弃人生理想，鼓励我继续深造，使我终于下了一个艰难的、需要极大勇气的决定，以不再年轻的身心去迎接考博读博的考验，从此踏上学术探索的道路，开启人生新的篇章。蒲老师在华裔美国文学研究领域有着深厚的积累和卓著的建树，她以其勤奋和对文学的热爱深深感染着我、鞭策着我。蒲老师于我亦师亦友，不仅在学术上给予我悉心指导，在生活上也给予我诸多关心和启迪。她的真诚善良、热情宽厚使人如沐春风，让我时刻感受到榜样的力量。我们在探讨学术之余，常常促膝谈心，交流人生和生活心得，使我从中获得许多教益。本书从选题、谋篇布局到每一个章节的撰写都离不开蒲老师的悉心指导。

我还要感谢暨南大学文艺学博士点导师组的诸位老师。在三年攻读博士学位期间，我有幸主修了饶芃子教授、蒋述卓教授、王烈耀教授、宋剑华教授、苏桂宁教授、张世君教授、刘绍瑾教授、姚新勇教授、黄汉平教授等老师的课，这些课程极大地丰富了我的知识结构，扩大了我的理论视野，为我的研究工作打下了重要的基础。饶芃子教授是我导师的导师，也是我的授课老师，从学术辈分来讲，我既是饶老师的再传弟子，也是其耳提面授的学生。饶老师讲授的“比较诗学”课给了我研究方法论上的重要指导，使我领悟到开放的学术眼光、比较思维和问题意识对于学术研究的重要性。作为比较诗学和海外华文文学造诣深厚的先驱学者，饶老师对于后辈学人不吝赐教，我有幸时能于其膝前聆听教诲，获益良多。蒋述卓教授讲授的中外文论课不仅开阔了我的理论视野，更重要的是让我懂得如何从阅读经典文论中学习研究的方法。刘绍瑾教授的中国古代文论课和美学讲座让我这个西学出身的人对中国古代文论从最初因其艰深而心生敬畏，到后来竟能读而乐在其中。王烈耀教授和蒲若茜教授的“海外华文文学专题”课帮助我坚实了学科基础知识。苏桂宁教授的课让我和同学们在一次次研讨中碰撞出思想的火花。黄汉平教授的课在活泼有趣的气氛中引领我们去领略后现代理论的景观。宋剑华教授的课启迪了我的批判性思维。姚新勇教授的少数民族文学课对我的研究也深有启发。张世君教授的课使我懂得了如何做一个学术有心人，以学术的眼光看待生活，以生活的态度对待学术。张教授还对本书的结构提出了很多宝贵的意见。对本书提出宝贵意见的还有饶芃子教授、宋剑华教授、傅莹教授，以及中国社会科学院杨匡汉教授。在此，谨向各位老师的教诲和指导表示衷心的感谢。

我还要感谢我所在的暨南大学外国语学院院系领导给予我的诸多支持。他们在我读博期间在课程安排上给予我很多方便和照顾，使我能够一边工作一边读书。还要感谢我的同事们，尤其是詹乔博士、刘燕玲博士积极在国外帮我收集资料，感谢他们的支持和鼓励。

本书得以成书，还要感谢国家留学基金委和美国加州大学洛杉矶分校（UCLA）。我在2013年至2014年受国家留学基金委资助，承蒙美国加州大学洛杉矶分校亚裔系主任凌津奇教授邀请赴美访学，其间借助该校丰富的图书资源完成本书的修改和完善工作，在此对凌教授表示衷心的感谢！本书是2014年度教育部人文社科基金项目“面具政治：华裔美国文学‘身份表演’书写研究”（项目批准号：14YJA752017）的最终成果，并得到了广东省高水平大学建设项目的出版资助。暨南大学出版社的徐义雄社长、黄圣英书记和编辑郑晓玲老师对本书的出版给予了大力支持，尤其是郑晓玲老师，对本书的编校极其认真负责，并对排版提出了许多中肯的建议。在此我对他们的辛劳付出表示衷心的感谢！

最后，我要感谢我亲爱的家人。我慈爱的母亲，尽管年事已高，健康欠佳，却仍然以无私的爱给我一如既往的照料，帮我操持家务，使我能够分身做研究。与我相伴二十多年的丈夫在生活上给我莫大的支持、理解和包容。我可爱懂事的儿子钧元给我艰苦忙碌的生活带来了欢乐和安慰。在他成长至为关键的少年时期，我却忙于学业和工作，未能在他的生活和学业上给予更多的关爱和支持。令我欣慰的是，儿子独立上进、品学兼优，不需要我操心太多，去年更是以优异成绩考入理想大学。儿子，谢谢你，你是妈妈的骄傲！此书有你的一份功劳！

谨以此书献给所有在我学术道路上关心、扶持和帮助过我的人！

许双如

2018 年 6 月于广州